사라의 열쇠

SARAH'S KEY
by Tatiana de Rosnay

Sarah's Key

사라의 열쇠

타티아나 드 로즈네 장편소설 | 이은선 옮김

문학동네

나의 어머니 스텔라,

반항기 넘치는 아름다운 내 딸 샤를로트에게,

그리고 우리 할머니 나타샤(1914~2005)의 영전에 바친다.

작가의 말

이 소설에 등장하는 인물들은 전적으로 허구다. 하지만 몇몇 사건은 실화다. 특히 나치 점령하의 프랑스에서 1942년 여름에 일어났던 일들, 그 가운데서도 1942년 7월 16일 파리 한복판에서 벌어졌던 벨로드롬 디베르 일제 검거 사건은 허구가 아니다.

이 책은 역사서가 아니며, 역사서를 쓰려는 생각도 없었다. 벨디브로 끌려갔던 아이들에게 바치는 책이다. 다시는 돌아오지 못한 아이들 그리고 살아남아 증언한 아이들에게 바치는.

오! 이 나라가 나에게 무슨 짓을 하고 있는가?
나를 거부했으니 냉정하게 바라보도록 하자.
그 영광과 생명력을 잃어가는 것을 지켜보도록 하자.
—이렌 네미로프스키, 『프랑스 조곡』

호랑아! 호랑아! 한밤중 숲 속에서
이글거리며 불타오르는 호랑아.
어떤 불멸의 손이 혹은 눈이
그 무시무시한 대칭을 빚어냈느냐?
—윌리엄 블레이크, 『경험의 노래』

차례

1942년 7월, 파리

시끄럽게 문을 두드리는 소리를 맨 처음 들은 사람은 소녀였다. 소녀의 방이 아파트 현관에서 가장 가까웠다. 처음에는 잠결에 지하실에 숨어 있던 아버지가 올라온 거라고 생각했다. 열쇠를 깜빡한 아버지가 처음에는 조심스레 노크하다가 아무도 듣지 못하자 조바심이 나서 문을 두드리는 거라고. 하지만 거세고 우락부락한 목소리가 한밤의 정적을 갈랐다. 아버지의 목소리가 아니었다.

"경찰이다! 문 열어! 당장!"

문 두드리는 소리가 다시 들리기 시작했다. 더 크게. 그 소리가 소녀의 뼛속 깊이 메아리쳤다. 옆 침대에서 자고 있던 남동생이 몸을 뒤척였다. "경찰이다! 문 열어! 문 열어!" 몇 시일까? 소녀는 커튼 사이로 내다보았다. 밖은 아직 어두웠다.

소녀는 겁이 났다. 며칠 전 일이 떠올랐다. 늦은 밤 소녀의 부모는 소녀가 잠든 줄 알고 나지막이 대화를 나누었다. 그때 소녀는 거실 문 쪽으로 살금살금 다가가 벽판 사이에 난 작은 틈새를 들여다보며 이야기에 귀를 기울였다. 불안해하던 아버지의 목소리. 걱정스러워하던 어머니의 얼굴. 두 분은 모국어로 이야기를 나누었다. 소녀도 모국어를 할 수 있지만, 부모님만큼 유창하지는 않았다. 아버지가 앞으로 힘들어질 거라고 속삭였다. 용감해져야 한다고, 아주 조심해야 된다고. 아버지는 '수용소' '일제 검거, 대규모 일제 검거' '이른 새벽 체포 작전' 같은 뜻 모를 이상한 말들을 중얼거렸고, 소녀는 그게 다 무슨 말일까 궁금했다. 아버지는 위험한 건 남자들이라고, 부녀자나 아이들은 괜찮을 거라고, 그날부터 매일 밤마다 지하실에 숨겠다고 했다.

아침이 되자 아버지는 당분간 지하실에서 잘 거라고 소녀에게 이야기했다. "상황이 안전"해질 때까지. '상황'이라니 무슨 말일까? 소녀는 생각했다. 언제면 상황이 다시 '안전'해질까? 소녀는 '수용소'와 '일제 검거'가 무슨 뜻인지 알고 싶었지만, 그러자면 부모님의 대화를 여러 번 엿들었다는 사실을 털어놓아야 했다. 그래서 아버지에게 감히 물어보지 못했다.

"문 열어! 경찰이다!"

경찰이 지하실에 숨은 아버지를 찾아낸 걸까? 그래서 한밤중에 부모님이 나지막이 대화를 나누었을 때 이야기했던 그곳으로 아버지를 끌고 가려고 찾아온 걸까? 도시 밖에 있다는 그 머나먼 '수용소'로?

소녀는 살금살금 복도를 지나 어머니 방으로 갔다. 소녀가 어깨를 건드리자마자 어머니가 눈을 떴다.

"경찰이에요, 엄마." 소녀가 작은 소리로 말했다. "경찰이 문을 두드리고 있어요."

어머니는 이불 밖으로 다리를 뻗으며 눈을 가리고 있던 머리카락을 쓸어 올렸다. 피곤해 보였고, 서른이라는 나이에 비해 훨씬 늙어 보였다.

"아빠를 끌고 가려고 온 걸까요?" 소녀가 어머니의 팔에 손을 얹으며 애처롭게 물었다. "그런 걸까요?"

어머니는 아무 대답이 없었다. 현관 쪽에서 또다시 요란한 소리가 들렸다. 어머니는 잠옷 위로 얼른 가운을 걸친 다음 소녀의 손을 잡고 현관 쪽으로 걸어갔다. 어머니의 손은 꼭 어린아이의 손처럼 뜨겁고 축축했다.

"네?" 어머니가 걸쇠를 걸어놓은 채 조심스럽게 물었다.

어떤 남자가 어머니의 이름을 큰 소리로 외쳤다.

"네, 전데요." 어머니가 대답했다. 귀에 거슬린다 싶을 만큼 강한 외국 억양이 튀어나왔다.

"문 열어. 당장. 경찰이다."

어머니가 한 손으로 목을 감쌌다. 소녀는 그제야 어머니의 안색이 얼마나 창백한지 알아차렸다. 하얗게 질린 어머니가 더이상 움직이지 못하겠다는 듯 꼼짝 않고 그 자리에 서 있었다. 그렇게 겁에 질린 어머니의 얼굴은 처음이었다. 불안함에 소녀의 입안이 바짝 말랐다.

남자가 다시 문을 두드렸다. 어머니는 손을 부들부들 떨며 더듬더듬 문을 열었다. 소녀는 회녹색 군복을 예상하며 몸을 움츠렸다.

두 남자가 서 있었다. 한 명은 경찰로, 무릎까지 오는 감색 망토를 입고 높고 둥근 모자를 쓰고 있었다. 다른 한 명은 베이지색 레인코트를 입고 명단을 들고 있었다. 명단을 든 남자가 다시 한 번 어머니의 이름을 확인했다. 아버지의 이름도 확인했다. 그는 완벽한 프랑스어를 구사했다. 그럼 우리는 안전하겠구나, 소녀는 생각했다. 독일 사람들이 아니라 프랑스 사람들이 찾아온 거니까 위험할 일은 없을 거야. 프랑스 사람들이 우리를 해칠 리는 없으니까.

어머니는 딸을 바짝 끌어안았다. 소녀는 가운 너머에서 두근거리는 어머니의 심장을 느낄 수 있었다. 소녀는 어머니를 떼어내고 싶었다. 어머니가 그렇게 웅크리고 서서 겁먹은 짐승처럼 심장을 두근거리지 말고, 똑바로 서서 당당하게 남자들을 쳐다보길 바랐다. 어머니가 용감하게 대처하길 바랐다.

"남편은…… 여기 없는데요." 어머니가 더듬거리며 말했다. "어디 있는지 저도 몰라요. 정말 몰라요."

베이지색 레인코트를 입은 남자가 아파트 안으로 들어왔다.

"부인, 서두르세요. 십 분 줄 테니까 옷을 몇 벌 싸세요. 이삼 일 치면 됩니다."

어머니는 꼼짝 않고 물끄러미 경찰만 쳐다보았다. 경찰은 문을 등지고 층계참에 서 있었다. 무심하고 지겨운 듯 보였다. 어머니가 그의 감색 소맷부리에 한쪽 손을 올려놓으며 말했다.

"경관님, 제발……"

경찰은 등을 돌리며 어머니의 손을 떨쳐냈다. 냉정하고 무표정한 눈빛이었다.

"지시사항 들었겠지? 우리와 함께 가는 거다. 당신 딸도 같이. 명령에 따르도록."

2002년 5월, 파리

늘 그렇듯 약속시간이 지났는데도 베르트랑은 보이지 않았다. 그러지 않으려고 애를 써도 신경이 쓰였다. 조에는 지겹다는 표정으로 벽에 기대 있었다. 어쩌면 그렇게 제 아빠를 빼다 박았는지 보고 있으면 가끔 웃음이 절로 나왔다. 하지만 오늘은 그렇지 않았다. 나는 높고 고풍스러운 건물을 올려다보았다. 할머님의 집. 베르트랑의 할머니가 살았던 오래된 아파트, 이제 우리가 살게 될 곳이었다. 우리는 교통 소음, 근처에 있는 세 군데 병원 때문에 끊이지 않는 구급차 소리, 카페와 식당 들로 시끄러운 몽파르나스 대로를 떠나 센 강변 오른편의 좀더 조용한 골목으로 집을 옮길 생각이었다.

마레는 익숙지 않은 곳이었지만, 고풍스럽고 스러져가는 아름다움이 마음에 들었다. 이곳으로 이사하는 것이 좋았던가? 그건 잘 모르겠다. 베르트랑은 내 의견을 묻지 않았다. 사실상 우리는 이 문제에 대해 대화를 나눈 적이 거의 없다. 언제나처럼 그가 모든 일을 진행했다. 나는 배제시킨 채.

"아빠다." 조에가 말했다. "삼십 분밖에 안 늦으셨는데요?"

우리는 평소처럼 육감적인 걸음걸이를 뽐내며 어슬렁어슬렁 걸어오는 베르트랑의 모습을 바라보았다. 호리호리하고 까무잡잡하며 성적 매력을 물씬 풍기는 전형적인 프랑스 남자. 그는 늘 그렇듯 통화 중이었다. 불그스름한 얼굴에 수염을 기른 사업 파트너 앙투안이 그를 뒤따르고 있었다. 두 사람의 사무실은 마들렌 광장 바로 뒤편인 아르카드 가에 있었다. 베르트랑은 나와 결혼하기 전부터 오랫동안 어느 건축회사에 다니다 오 년 전에 앙투안과 함께 독립했다.

베르트랑은 우리를 향해 손을 흔들더니 전화기를 가리키며 눈살을 찌푸렸다.

"전화를 끊을 수가 없나봐." 조에가 비웃는 투로 말했다. "어련하실까."

조에는 아직 열한 살밖에 안 됐는데, 가끔 사춘기 소녀 같은 분위기를 풍겼다. 키만 해도 다른 여자 친구들을 난쟁이로 만들 정도였고, 키 얘기가 나오면 아이 스스로 무뚝뚝하게 덧붙이는 발 크기도 또래에 비해 남달랐다. 그리고 어찌나 조숙하고 명석한지 종종 흠칫 놀랄 정도였다. 조에의 진지한 개암나무색 눈빛과 치켜든 턱에는 어른스러운 구석이 있었다. 아주 어렸을 때부터 아이는 차분하고 성숙했다. 어떨 때는 나이에 비해 너무 성숙했다.

앙투안이 다가와 인사를 하는 동안 베르트랑은 온 사방을 쩌렁쩌렁 울리는 목소리로 통화를 계속하며 손을 흔들고 인상을 썼고,

우리가 한마디 한마디 놓치지 않고 잘 듣고 있는지 확인하기 위해 가끔 고개를 돌렸다.

"다른 건축가와 문제가 생겼어요." 앙투안이 조심스럽게 미소를 지으며 설명했다.

"라이벌이에요?" 조에가 물었다.

"응, 라이벌이야." 앙투안이 대답했다.

조에는 한숨을 쉬었다.

"그러니까 우리가 하루 종일 여기서 기다릴 수도 있다는 뜻이네요?" 조에가 말했다.

그때 내게 좋은 생각이 떠올랐다.

"앙투안, 혹시 테자크 부인이 살던 아파트 열쇠 가지고 있어요?"

"가지고 있어요, 줄리아." 그가 얼굴을 환히 빛내며 대답했다. 내가 프랑스어로 말하면 앙투안은 항상 영어를 썼다. 호의의 표현이겠지만, 나는 속으로 짜증이 났다. 그 오랜 세월 동안 여기 살았는데도 프랑스어 실력이 별 볼 일 없는 것처럼 느껴졌기 때문이다.

앙투안이 요란하게 열쇠를 내놓았다. 우리 셋이서 올라갈 작정이었다. 조에가 대문에 달린 디지코드*에 능숙하게 숫자를 입력했다. 우리는 녹음이 우거진 시원한 마당을 지나 엘리베이터 쪽으로 걸어갔다.

"나는 저 엘리베이터가 싫어요. 아빠한테 어떻게 좀 해달라고 해야지." 조에가 말했다.

---

* 알파벳과 숫자로 된 코드를 입력시켜 문을 여는 장치.

"얘, 아빠는 증조할머니께서 사셨던 곳만 리모델링하는 거야. 이 아파트 전체가 아니라." 내가 말했다.

"아무튼 어떻게 좀 해주셔야 해요."

엘리베이터를 기다리는데, 내 휴대전화에서 다스 베이더 주제곡이 울려 퍼졌다. 나는 화면에 뜬 번호를 확인했다. 직장 상사 조슈아였다.

나는 전화를 받았다. "네?"

조슈아는 곧장 본론으로 들어갔다. 언제나처럼.

"세시까지 와줘. 7월호 마무리 짓게. 이상!"

"어머, 깜짝이야." 내가 격의 없이 받아쳤다. 그가 전화를 끊기 전에 킬킬거리는 소리가 들렸다. 그는 내가 "어머, 깜짝이야"라고 할 때마다 좋아하는 눈치다. 젊은 시절이 생각나는 모양이다. 앙투안은 내가 쓰는 미국식 구닥다리 표현들을 재미있어하는 것 같다. 나는 그런 표현들을 기억해두었다가 프랑스식 억양으로 시도해보는 앙투안의 모습을 그려보았다.

비좁고, 수동식 쇠살문이 달려 있고, 나무문이 얼굴 바로 앞에서 열리고 닫히는 엘리베이터는 누구도 모방할 수 없는, 파리에서만 볼 수 있는 장치였다. 조에와 앙투안 사이에 끼어서—앙투안의 지나치게 강한 베티베르 향수 향을 맡아가며—올라가는 동안 나는 거울에 비친 내 모습을 흘끗 쳐다보았다. 삐걱거리는 엘리베이터만큼이나 지친 모습이었다. 매사추세츠 주 보스턴 출신의 그 상큼했던 아가씨는 어디 갔을까? 거울 속에서 나를 마주 보고 있는 여자는 마흔다섯과 쉰 사이의 그 두려운 나이였다. 살이 처지고 주름살이 보이기 시작하고 폐경이 슬금슬금 다가오는 그 나이.

"나도 이 엘리베이터가 싫어." 나는 무뚝뚝하게 내뱉었다.

조에가 씩 웃으면서 내 뺨을 꼬집었다.

"엄마, 기네스 팰트로라도 그 거울로 보면 흉측할걸?"

웃을 수밖에 없었다. 정말로 조에다운 말이었다.

어머니는 울음을 터뜨렸다. 처음에는 흐느끼는가 싶더니 나중에는 소리 내어 울었다. 소녀는 아연한 표정으로 어머니를 바라보았다. 열 살이 되도록 어머니가 우는 것은 처음 보았기 때문이다. 크게 놀란 소녀가 어머니의 일그러진 새하얀 얼굴 위로 눈물방울이 떨어지는 것을 쳐다보았다. 어머니에게 울음을 그치라고 말하고 싶었다. 이 낯선 남자들 앞에서 어머니가 훌쩍이는 것을 지켜보는 모욕을 견딜 수가 없었다. 하지만 두 남자는 어머니의 눈물에 전혀 관심이 없었다. 서두르라고 했다. 시간이 없다면서.

방 안에서는 남동생이 깊이 잠들어 있었다.

"하지만 우리를 어디로 데려가는 건가요?" 어머니가 애원하듯 물었다. "우리 딸은 프랑스 국적이고 파리에서 태어났는데, 이 아이까지 데려가겠다는 이유가 뭐예요? 우리를 어디로 데려가는 건가요?"

두 남자는 더이상 아무 말도 하지 않았다. 거대한 몸집으로 위에서 어머니를 위협적으로 내려다볼 따름이었다. 어머니의 두 눈이 두려움으로 하얗게 질렸다. 어머니는 방으로 들어가 침대 위에 털썩 주저앉았다. 그렇게 잠시 앉아 있다 허리를 펴고 소녀 쪽으로 고개를 돌렸다. 목소리는 쇳소리에 가까웠고, 얼굴은 팽팽하게 잡아당긴 가면 같았다.

"동생 깨워서 같이 옷 갈아입으렴. 둘 다 옷 몇 벌씩 챙기고. 얼른! 얼른, 서둘러!"

소녀의 남동생은 문틈으로 남자들을 본 순간 겁에 질려 말을 잃었다. 그리고 산발한 어머니가 흐느끼며 짐을 싸는 모습만 바라보았다. 아이는 네 살배기가 낼 수 있는 온 힘을 동원해 버텼다. 소녀가 아무리 달래도 듣지 않았다. 조그만 두 팔로 팔짱을 낀 채 그 자리에 가만히 서 있었다.

소녀는 잠옷을 벗고 면 블라우스와 치마를 입었다. 신발도 신었다. 남동생은 그런 소녀를 지켜보았다. 안방에서 어머니의 울음소리가 들렸다.

"나는 비밀의 방에 갈 거야." 남동생이 속삭였다.

"안 돼! 우리랑 같이 가야 돼."

소녀가 손을 내밀어 붙잡았지만, 남동생은 스르륵 빠져나가 벽 속에 숨어 있는 길고 깊숙한 벽장 안으로 들어갔다. 둘이서 숨바꼭질할 때 애용하던 곳이었다. 그곳에 들어가 문을 닫으면 둘만의 작은 집처럼 느껴졌다. 엄마와 아빠는 이 벽장의 존재를 알면서도 모르는 척했다. 큰 소리로 명랑하게 둘의 이름을 부르곤 했다. "그런데 애들이 어디 갔을까? 조금 전까지만 해도 여기 있었는데 거참

이상하네!" 그러면 소녀와 남동생은 좋아서 낄낄거렸다.

벽장 안에는 손전등과 쿠션과 장난감과 책이 있었고, 심지어 엄마가 날마다 물을 갈아주는 물병까지 있었다. 소녀는 아직 글을 읽지 못하는 남동생을 위해 큰 소리로 『악동 샤를』을 읽어주곤 했다. 동생은 고아인 샤를이 고약한 맥미슈 부인에게 복수하는 그 이야기를 좋아했다. 그래서 소녀가 몇 번이나 읽어주고 또 읽어주었다.

어두컴컴한 벽장 안에서 밖을 빠끔 내다보는 동생의 조그만 얼굴이 보였다. 가장 좋아하는 곰 인형을 끌어안고 있었는데, 이제는 겁에 질린 얼굴이 아니었다. 어쩌면 저 안에 숨어 있는 게 안전할지도 몰라. 물도 있고 손전등도 있으니까. 세귀르 백작부인*이 쓴 책의 그림을 보고 있으면 되니까. 동생은 샤를의 멋진 복수극을 제일 좋아했다. 당분간은 그 안에 내버려두는 게 나을지도 모른다. 남자들은 동생을 절대 찾지 못할 것이다. 나중에 집으로 돌아가도 좋다는 허락이 떨어지면 그때 와서 꺼내주면 된다. 그리고 지하실에 있는 아빠가 나중에 올라오면 동생이 어디 숨었는지 알 거야.

"무섭지 않아?" 남자들이 밖에서 부르는 소리가 들리자 소녀가 나지막이 물었다.

"응. 안 무서워. 밖에서 문 잠가줘. 저 사람들이 나 데리고 가지 못하게."

소녀는 작고 새하얀 얼굴이 보이지 않도록 문을 닫고 열쇠로 잠갔다. 그런 다음 열쇠를 주머니에 넣었다. 열쇠 구멍은 전등 스위

---

* 『악동 샤를』의 저자.

치처럼 생긴 회전 장치에 가려져 있었다. 밖에서는 벽장이 보이지 않았다. 그래, 저 안에 있으면 안전할 거야. 소녀는 확신했다.

소녀는 동생의 이름을 중얼거리며 나무 벽판 위에 손을 얹었다.

"나중에 와서 꺼내줄게. 꼭."

우리는 아파트 안으로 들어가 더듬더듬 전등 스위치를 켰다. 하지만 아무 변화가 없었다. 앙투안이 덧문을 몇 개 열었다. 햇빛이 쏟아져 들어왔다. 방 안에는 아무것도 없고 먼지만 가득했다. 가구가 없으니 거실이 몹시 넓어 보였다. 더께가 앉은 기다란 유리창으로 비스듬히 비쳐든 황금빛 햇살이 밤색 마룻바닥에 어른거렸다.

나는 아무것도 없는 선반과 이제는 사라진 멋진 그림들이 벽에 남긴 시커멓고 네모난 흔적과 할머님이 수많은 겨울날 불을 지펴 놓고 희고 고운 손을 내밀어 불을 쪼였을 대리석 벽난로를 둘러보았다.

창가로 다가가 고요하고 푸르른 안마당을 내려다보았다. 할머님이 텅 빈 당신의 아파트를 보지 않고 떠난 게 다행이라는 생각이 들었다. 보셨더라면 얼마나 심란하셨을까. 나도 이렇게 심란한데.

"아직도 할머니 냄새가 나. 샬리마 향수 냄새." 조에가 말했다.

"그 끔찍했던 미네트 냄새도 난다." 이번에는 내가 코를 킁킁거리며 말했다. 미네트는 할머님이 가장 마지막으로 기른 애완동물이다. 대소변을 가리지 못하던 샴고양이였다.

앙투안이 놀란 얼굴로 나를 힐끗 쳐다보았다.

"고양이 말이에요." 내가 설명했다. 이번에는 영어로 말했다. '고양이'의 여성형이 'la chatte'라는 것은 당연히 알고 있었지만, 이 단어는 여성의 음부를 가리키는 말이기도 했다. 두 가지 뜻이 담긴 애매모호한 단어 때문에 앙투안이 박장대소하는 사태만큼은 피하고 싶었다.

앙투안은 전문가다운 시선으로 아파트를 평가했다.

"배선이 옛날식이에요." 그가 하얀 사기로 된 구식 퓨즈를 가리키며 말했다. "난방도 그렇고요."

초대형 라디에이터는 새까만 먼지를 뒤집어쓰고 있는 것이 마치 파충류의 비늘로 덮여 있는 것 같았다.

"주방하고 화장실을 보면 기절할걸요?" 내가 말했다.

"욕조를 보면 갈고리 같은 게 달려 있거든요." 조에가 거들었다. "없어지면 그리울 것 같아요."

앙투안은 벽을 두드리며 살피더니 나를 보며 물었다.

"두 분은 이 집을 전면 개조하고 싶은 거죠?"

나는 어깨를 으쓱했다.

"그이가 뭘 어떻게 하고 싶어하는 건지 잘 모르겠어요. 이 집을 떠맡은 건 그 사람 생각이라. 나는 여기로 이사하는 게 별로 내키지 않았어요. 좀더…… 실용적인 집에서 살고 싶었거든요. 새 집에서요."

앙투안은 씩 웃었다.

"공사를 다 마치면 새 집이 될 거예요."

"그렇겠죠. 그래도 나한테는 죽을 때까지 할머님의 아파트일 거예요."

할머님이 아홉 달 전에 요양원으로 거처를 옮겼음에도 아파트에는 아직까지 할머님의 흔적이 남아 있었다. 할머님은 이 집에서 수십 년을 살았다. 십육 년 전 할머님을 처음 만났을 때가 생각났다. 나는 그때 여러 거장의 걸작과 화려한 은 액자에 담긴 가족사진들이 놓인 대리석 벽난로, 언뜻 보기에는 단순한 듯하면서도 우아한 가구, 서재에 일렬로 꽂혀 있는 수많은 책, 화려한 빨간색 벨벳이 드리워진 그랜드피아노를 보고 감동받았다. 햇빛이 잘 드는 거실에서는 평화로운 안마당이 내다보였고, 맞은편 담벼락에는 담쟁이덩굴이 무성하게 뒤덮여 있었다. 나는 바로 이 자리에서 할머님을 처음 만났다. 내 동생 샬라가 '쪽쪽거리는 그 버릇'이라고 표현한 프랑스 문화에 아직 익숙하지 않았던 때라 나는 어색하게 손을 내밀었다.

처음 만나는 자리일지라도 상대방이 파리 여자일 때는 악수를 하면 안 된다. 양쪽 뺨에 번갈아 입을 맞추어야 한다.

하지만 그때만 해도 나는 아직 그걸 몰랐다.

베이지색 레인코트를 입은 남자가 다시 한번 명단을 확인했다.

“잠깐. 한 명이 빠졌는데. 남자아이.”

그가 남자아이의 이름을 말했다.

소녀는 심장이 덜컥 내려앉았다. 어머니가 딸 쪽을 흘끗 쳐다보았다. 소녀는 얼른 한 손가락을 입술에 갖다 댔다. 남자들은 알아채지 못했다.

“남자아이는 어디 있죠?” 남자가 물었다.

소녀가 두 손을 꽉 쥐고 한 걸음 앞으로 나아갔다.

“남동생은 없어요.” 소녀는 프랑스인답게 완벽한 프랑스어로 말했다. “이달 초에 친구들과 함께 시골로 내려갔어요.”

레인코트를 입은 남자가 소녀를 유심히 바라보았다. 그러더니 경찰을 향해 턱짓을 했다.

“뒤져봐. 얼른. 아버지도 숨어 있을지 모른다.”

경찰이 이 방 저 방 다니며 서툴게 문을 열고, 침대 밑과 벽장 안을 살폈다.

경찰이 요란하게 집 안을 뒤지는 동안 남자는 거실에서 왔다 갔다 했다. 남자가 등을 돌렸을 때 소녀는 얼른 어머니에게 열쇠를 보여주며 입을 벙긋거렸다. 아버지가 올라와서 꺼내줄 거예요. 아버지가 나중에 올 거예요. 어머니는 고개를 끄덕였다. 그래, 네 동생이 어디 있는지 알겠어, 이런 의미인 듯했다. 하지만 잠시 후 어머니는 얼굴을 찡그리며 손으로 열쇠를 그렸다. 열쇠를 어디다 숨길 생각이니, 열쇠가 어디 있는지 아버지가 무슨 수로 알겠어, 하고 묻는 듯했다. 이때 남자가 홱 등을 돌리더니 두 사람을 자세히 살폈다. 어머니는 그 자리에서 얼어붙었다. 소녀는 겁이 나서 온몸이 떨렸다.

남자는 두 사람을 잠깐 동안 물끄러미 바라보았다. 그러더니 갑자기 창문을 닫았다.

"닫지 마세요. 너무 더워서 열어놓은 거예요." 어머니가 말했다.

남자는 미소를 지었다. 소녀가 지금까지 본 중에서 가장 흉악한 미소였다.

"닫아두도록 하죠. 오늘 새벽에 어떤 여자가 아이를 창밖으로 던지더니 자기도 뛰어내리더군요. 그런 일은 두 번 다시 없어야 하지 않겠습니까?"

어머니는 공포로 온몸이 마비돼 아무 말도 하지 못했다. 소녀는 남자를 노려보았다. 그의 모든 것이 하나하나 다 증오스러웠다. 그 혈색 좋은 얼굴도, 번들거리는 입술도 혐오스러웠다. 죽은 사람처럼 차가운 눈빛도. 중절모를 살짝 앞으로 기울인 채 두툼한 양손으로 뒷짐을 지고 다리를 쩍 벌리고 서 있는 것도.

소녀는 자기가 할 수 있는 온 힘을 다해 그 남자를 증오했다. 학교에서 자신의 어머니와 아버지의 억양을 두고 끔찍한 소리를 수군대던 그 못된 다니엘보다도 더 증오했다.

소녀는 경찰이 서툴게 집 안을 뒤지는 소리에 귀를 기울였다. 경찰은 동생을 찾지 못할 것이다. 벽장은 워낙 감쪽같이 숨겨져 있었다. 동생은 안전할 거야. 저들은 동생을 절대 찾지 못할 거야. 절대.

경찰이 돌아왔다. 그는 어깨를 으쓱하며 고개를 저었다.

"아무도 없습니다."

레인코트를 입은 남자가 어머니를 현관 쪽으로 떠밀며 아파트 열쇠를 달라고 했다. 어머니는 말없이 열쇠를 넘겨주었다. 그들은 한 줄로 계단을 내려갔다. 어머니가 들고 있는 가방과 꾸러미 때문에 내려가는 속도가 더뎠다. 소녀는 재빠르게 머리를 굴렸다. 아버지한테 무슨 수로 열쇠를 전하지? 어디에 두면 되지? 관리인한테 맡기면 될까? 이 이른 새벽에 깨어 있을까?

웬일로 관리인이 이 시각에 일어나 문 뒤에서 기다리고 있었다. 게다가 흐뭇해하는 듯한 묘한 표정을 짓고 있었다. 왜 저런 표정을 짓고 있지? 왜 어머니하고 나는 보이지 않는 것처럼 외면하고 남자들만 쳐다볼까? 어머니는 이 여자한테 늘 잘해주었는데. 배가 아파서 자꾸 칭얼거리는 젖먹이 수잔도 몇 번 봐주었는데, 어머니가 모국어로 계속 노래를 불러주면 수잔도 기분 좋게 쌔근쌔근 잠이 들었는데.

"아버지하고 아들은 어디 있는지 압니까?" 경찰이 관리인에게 아파트 열쇠를 건네며 물었다.

관리인은 어깨를 으쓱했다. 소녀와 어머니 쪽은 계속 외면했다. 굶주린 사람처럼 열쇠를 얼른 받아 주머니에 챙기는 품이 소녀는 영 못마땅했다.

"아뇨." 관리인이 경찰에게 대답했다. "남편은 요즘 들어 자주 못 봤어요. 아들을 데리고 어디 숨었을 거예요. 지하실이나 옥상에 있는 다용도실을 찾아보세요. 제가 안내해드릴까요?"

작은 요람에 누워 있던 아기가 낑낑거리기 시작했다. 관리인이 어깨 너머를 돌아보았다.

"그럴 시간 없소." 레인코트를 입은 남자가 말했다. "계속 이 일을 진행해야 하니까. 필요하면 나중에 다시 오겠소."

관리인은 울어대는 아기에게 가 아기를 품에 안았다. 그러고는 옆 건물에 사는 다른 가족도 자기가 안다고 했다. 그러면서 혐오스럽다는 표정을 지으며 절대 입에 담으면 안 될 욕설이라도 되는 양, 지저분한 단어라도 되는 양 그들의 이름을 내뱉었다.

베르트랑이 드디어 전화기를 주머니에 넣고 내 쪽으로 시선을 돌렸다. 그가 나를 보며 특유의 매력적인 미소를 지었다. 어쩌다 나는 이렇게 매력이 철철 넘치는 남자와 결혼했을까? 나는 수없이 되묻곤 했다. 오래전 프랑스 알프스의 쿠르슈벨에서 스키를 타다 처음 만났을 때 그는 호리호리하고 소년 같았다. 하지만 마흔일곱 살이 된 지금은 전보다 덩치가 크고 건장해져, 남자답고 '프랑스스럽고' 세련된 분위기를 풍겼다. 고급 와인처럼 그에게는 세월이 지날수록 품격과 능력이 쌓였다. 반면 나는 찰스 강*과 센 강 사이 어딘가에 청춘을 묻고 중년이 되어도 꽃을 피우지 못하는 듯한 기분을 느꼈다. 베르트랑이 흰머리와 주름살 덕분에 더 매력적으로 보인다면 나는 정반대였다.

"어때?" 베르트랑은 파트너와 딸이 쳐다보는 것에도 아랑곳하

* 미국 매사추세츠 주를 흐르는 강.

지 않고 마음대로 주물러야 직성이 풀리는 그 손으로 내 엉덩이를 감싸며 물었다. "어때, 멋지지 않아?"

"멋져요. 앙투안 아저씨가 그러는데 전부 다 뜯어고쳐야 한대요. 그러니까 일 년 뒤에나 이사할 수 있다는 뜻이죠." 조에가 대답했다.

베르트랑은 웃음을 터뜨렸다. 하이에나와 색소폰 소리를 한데 섞은 듯한, 놀라울 정도로 전염성이 강한 웃음이었다. 그것이 내 남편의 문제였다. 사람을 취하게 만드는 매력. 게다가 그는 그런 매력을 있는 대로 드러내기를 좋아했다. 누굴 닮아 그런 걸까? 부모님인 콜레트와 에두아르를 닮은 걸까? 두 분은 대단히 지적이고 고상하고 박식하지만 매력적이지는 않다. 여동생인 세실과 로르를 닮은 걸까? 그 둘은 점잖고 똑똑하고 완벽한 매너를 자랑하지만 웃어야겠다 싶을 때만 웃는다. 아마도 베르트랑은 할머님을 닮은 게 아닌가 싶다. 반항적이고 호전적인 할머님을.

"앙투안이 워낙 비관적이잖니. 금세 이사할 수 있을 거야. 일이야 많겠지만, 실력이 제일 좋은 팀을 동원할 거니까." 베르트랑이 웃으며 말했다.

우리는 베르트랑을 따라 삐걱거리는 마루를 밟으며 복도를 지나 길가 쪽으로 나 있는 방들을 둘러보았다.

"이 벽은 없애야겠군." 베르트랑이 손가락으로 가리키며 딱 잘라 말하자 앙투안도 고개를 끄덕였다. "주방을 좀더 가까이 옮겨야겠어. 그래야 여기 계신 자먼드 양께서 '실용적'이라고 생각할 테니까."

그는 영어로 이렇게 말하고, 장난꾸러기처럼 내게 윙크하며 손가락으로 허공에 작은 물음표를 그렸다.

"제법 큰 아파트로군." 앙투안이 말했다. "웅장하다고 해야 하나?"

"지금이야 그렇지. 예전에는 지금보다 훨씬 작고 초라했어. 우리 할머니 할아버지가 힘들게 사셨거든. 할아버지가 60년대 들어서야 돈을 벌기 시작하셨으니까. 그때 맞은편 아파트를 사서 가운데를 트신 거야." 베르트랑이 말했다.

"그러니까 할아버지가 어렸을 때는 이쪽 좁은 곳에 사셨다는 거예요?" 조에가 물었다.

"그렇단다. 여기 이 부분에서. 저쪽이 부모님 방이었고, 여기가 할아버지 방이었지. 예전에는 한참 작았어." 베르트랑이 대답했다.

앙투안이 생각에 잠긴 표정으로 여기저기 벽을 두드렸다.

"그래, 자네가 무슨 생각하고 있는지 나도 알겠어." 베르트랑이 웃으며 말했다. "두 방을 터서 합치고 싶은 거지?"

"바로 그거야!" 앙투안이 인정했다.

"그래도 괜찮겠어. 하지만 힘든 작업이 될 거야. 나중에 보여주겠지만, 이쪽 벽에 좀 까다로운 부분이 있거든. 벽판도 두툼하고, 관이며 다른 여러 가지 것들이 지나가서 보기보다 일이 쉽지 않을 거야."

나는 시계를 보았다. 두시 삼십분이었다.

"나는 이제 가야 해. 조슈아하고 회의가 있어서." 내가 말했다.

"조에는 어떻게 하지?" 베르트랑이 물었다.

조에가 눈을 똑바로 떴다.

"버스 타고 몽파르나스로 돌아가면 되잖아요."

"학교는 어쩌고?" 베르트랑이 물었다.

조에가 다시 눈을 크게 떴다.

"아빠! 오늘 수요일이잖아요. 수요일 오후에는 어떤 학교든 수업 없는 거 몰라요?"

베르트랑은 머리를 긁적였다.

"내가 어렸을 때는……"

"목요일이었죠. 수업 없는 날이." 조에가 단조로운 말투로 중얼거렸다.

"프랑스 교육제도는 웃겨." 나는 한숨을 쉬었다. "그러면서 토요일 오전에는 수업을 하고!"

앙투안도 내 말에 맞장구쳤다. 그의 아들들은 토요일 오전에 수업이 없는 사립학교에 다녔다. 하지만 베르트랑은 그의 부모님처럼 프랑스의 공교육제도를 철석같이 믿었다. 나는 조에를 2개 국어로 수업하는 학교에 보내고 싶었다. 파리에는 그런 학교가 몇 군데 있었다. 하지만 테자크 집안에는 그런 전례가 없었다. 조에는 프랑스에서 태어난 프랑스 국민이었다. 그러니 당연히 프랑스 학교에 다녀야 했다. 현재 딸아이는 뤽상부르 공원 근처에 있는 몽테뉴 고등학교에 다녔다. 테자크 집안 사람들은 조에의 엄마가 미국인이라는 사실을 계속 깜빡했다. 다행히 조에의 영어는 나무랄 데가 없었다. 내가 아이와 대화할 때는 영어만 쓰고 우리 부모님을 만나러 보스턴을 자주 오간 덕분이다. 해마다 여름방학이면 딸아이는 거의 내 동생 샬라의 가족과 함께 롱아일랜드에서 지냈다.

베르트랑이 내 쪽으로 고개를 돌리더니 눈을 반짝였다. 아주 재미있거나 아주 잔인하거나 아니면 둘 다에 해당되는 말을 하려고 할 때 짓는 표정이다. 내가 경계해 마지않는 표정이었다. 앙투안도 그 표정의 의미를 아는지, 자기가 신고 있는 술이 달린 에나멜 구두를 열심히 연구하는 척하는 굴욕적인 모습을 보였다.

"아, 그렇겠지. 자먼드 양이 이 나라의 학교, 병원, 끊일 줄 모르는 파업, 기나긴 휴가, 수도 설비, 우편 업무, TV, 정치, 길가에 싸질러놓은 개똥에 대해 어떻게 생각하는지 우리 모두 알고 있잖아. 하도 많이 들어서 귀가 따가울 지경이잖아. '미국에서 살면 좋겠어. 미국은 모든 게 얼마나 깨끗한지 알아? 다들 개똥을 치운다고!'" 베르트랑은 이렇게 말하며 나를 향해 흠잡을 데 없는 치아를 반짝였다.

"아빠, 그만해요. 너무 심하잖아!" 조에가 내 손을 잡으며 말했다.

소녀가 밖으로 나가보니 동네 사람 한 명이 잠옷을 입은 채 창밖으로 고개를 내밀고 있었다. 사람 좋은 음악 선생님이었다. 소녀는 그의 바이올린 연주를 좋아했다. 선생님은 안마당을 사이에 두고 소녀와 남동생을 위해 종종 연주를 들려주곤 했다. 〈아비뇽 다리 위에서〉나 〈맑은 샘에서〉 같은 프랑스 옛 노래나 소녀 부모의 고향 노래를 들려주었다. 고향 노래가 나오면 어머니와 아버지는 신나게 춤을 추었다. 어머니의 슬리퍼가 마룻바닥 위를 미끄러지듯 움직였고, 아버지는 두 사람이 모두 어지러워질 때까지 어머니를 돌리고 돌리고 또 돌렸다.

"뭐 하는 겁니까? 두 사람을 어디로 데려가는 거죠?" 선생님이 다급히 외쳤다.

선생님의 목소리가 안마당에 울려 퍼지며 아이의 울음소리를 덮었다. 레인코트를 입은 남자는 아무런 대꾸도 하지 않았다.

"이러면 안 되는 겁니다." 선생님이 외쳤다. "그들은 정직하고 선량한 사람들이에요! 이러면 안 되는 겁니다!"

선생님의 목소리에 여기저기서 덧문이 열리고 커튼 뒤에서 사람들이 얼굴을 내밀기 시작했다.

하지만 아무도 꼼짝하지 않았고, 아무도 말이 없었다. 그저 구경만 할 따름이었다.

어머니가 걸음을 멈추고 어깨를 들썩이며 흐느껴 울기 시작했다. 남자들이 그런 어머니를 뒤에서 떠밀었다.

동네 사람들은 조용히 쳐다보기만 했다. 심지어 음악 선생님조차 아무 말이 없었다.

갑자기 어머니가 고개를 돌리더니 있는 힘껏 소리를 질렀다. 아버지의 이름을 세 번 불렀다.

남자들이 어머니의 팔을 잡고 거칠게 흔들었다. 어머니가 들고 있던 가방과 꾸러미가 바닥으로 떨어졌다. 소녀가 말리려고 했지만 남자들이 옆으로 밀쳤다.

구겨진 옷차림에 수염이 거뭇거뭇하고, 피곤해서 눈에 핏발이 선 한 남자가 문간에 나타나는가 싶더니 허리를 꼿꼿하게 펴고 안마당을 가로질러 걸어왔다.

그는 남자들에게 다가와 자기 신원을 밝혔다. 여자와 마찬가지로 외국 억양이 심했다.

"가족들과 함께 가겠습니다." 그가 말했다.

소녀는 아버지의 손을 잡았다.

이제 걱정이 없었다. 어머니 아버지와 함께 있으니 걱정할 게 없었다. 조금만 참으면 될 것이다. 상대는 독일 경찰이 아니라 프랑스 경찰이었다. 아무도 그들을 해치지 않을 것이다.

그들은 조만간 아파트로 돌아갈 수 있을 테고, 어머니가 아침을 만들어줄 것이다. 동생도 숨어 있던 곳에서 나올 것이다. 아버지는 십장으로 일하던 동네 공장에서 다른 사람들과 함께 허리띠와 가방과 지갑을 만들 테고, 모든 게 전과 같아질 것이다. 조만간 모든 걱정이 사라질 것이다.

밖은 새벽이었다. 골목길에는 아무도 없었다. 소녀는 자기가 살던 아파트와 아무 말 없이 창문에 매달려 있는 사람들과 꼬맹이 수잔을 안고 있는 관리인을 돌아보았다.

음악 선생님이 천천히 손을 들어 작별 인사를 전했다.

소녀도 웃으며 손을 흔들었다. 모든 게 잘될 것이다. 소녀는 다시 이 집으로 돌아올 수 있을 것이다. 다 같이 돌아올 수 있을 것이다.

하지만 선생님은 괴로워하는 얼굴이었다.

선생님의 얼굴 위로 눈물이 흐르고 있었다. 아무것도 할 수 없는 자가 부끄러운 마음에 말없이 흘리는 눈물이라는 것을 소녀는 알지 못했다.

“너무 심하다고? 너희 엄마는 좋아하는데.” 베르트랑이 킬킬거리며 앙투안을 향해 눈을 찡긋거렸다. “그렇지, 당신? 그렇지, 내 사랑?”

그는 〈웨스트 사이드 스토리〉 가락에 맞춰 손가락을 튀기며 거실을 빙글빙글 돌았다.

나는 앙투안 앞에서 바보가 된 기분이었다. 베르트랑은 나를 프랑스에 대해 꼬투리를 잡지 못해 안달이 난, 편견에 찬 미국인으로 만들어놓고 왜 이렇게 재미있어하는 걸까? 그리고 나는 왜 가만히 서서 당하기만 하는 걸까? 한때는 재미있기도 했다. 결혼 초기에는 미국과 프랑스의 친구들 모두를 배꼽 잡고 웃게 만드는 최고의 농담이었다. 결혼 초기에는.

나는 늘 그랬듯 미소를 지었다. 하지만 오늘은 살짝 어색한 기운이 감도는 미소였다.

“요즘 할머님 뵈러 간 적 있어?” 내가 물었다.

베르트랑은 벌써부터 치수를 재느라 정신이 없었다.

"응?"

"할머님 뵈러 간 적 있느냐고." 나는 꾹 참고 한 번 더 물었다. "당신 보고 싶어하실 거야. 이 집에 대해서도 이야기 나누고 싶어하실 거고."

베르트랑이 내 눈을 똑바로 들여다보았다.

"시간이 없어, 내 사랑. 당신이 가주면 안 될까?"

애원하는 듯한 눈빛이었다.

"베르트랑, 나는 매주 찾아뵙잖아. 당신도 알잖아?"

그가 한숨을 쉬었다.

"당신 할머님이야." 내가 말했다.

"그런데 아메리켄*인 당신을 좋아하시지." 그가 씩 웃었다. "나도 그렇고."

그가 내 곁으로 오더니 내 입술에 살짝 입을 맞추었다.

미국인.

"그래, 미국인이라고?" 아주 오래전, 바로 이 방에서 할머님은 생각에 잠긴 듯한 회색 눈으로 나를 쳐다보며 그렇게 물었다. 아메리켄. 층진 머리를 하고, 운동화를 신고, 건강한 미소를 짓고 있던 내가 얼마나 전형적인 미국인처럼 느껴졌던가. 허리는 꼿꼿하고, 코는 오똑하며, 완벽한 컬을 자랑하는 머리와 날카로운 눈빛을 하고 있던 일흔다섯 살의 할머님은 얼마나 전형적인 프랑스인처럼

---

* 미국인 여성을 지칭하는 프랑스어.

느껴졌던가. 그럼에도 나는 처음 만난 순간부터 할머님이 좋았다. 목구멍을 긁으며 터져나오는 뜻밖의 웃음소리가. 천연덕스러운 유머감각이.

솔직히 말하면 지금도 베르트랑의 부모님보다 할머님이 더 좋았다. 이십오 년 동안 파리에 살았고, 베르트랑과 결혼한 지 십오 년이 지났고, 첫 손주인 조에를 안겨드렸음에도 베르트랑의 부모님을 만나면 내가 '미국인'이라는 느낌을 떨칠 수 없었다.

또다시 엘리베이터 거울에 비친 내 모습을 못마땅하게 바라보며 내려가는데, 문득 내가 너그럽게 어깨를 으쓱하는 걸로 베르트랑의 공격을 너무 오랫동안 받아주었다는 생각이 들었다.

그런데 오늘은 왠지 처음으로 이제 더는 못 참겠다는 생각이 들었다.

소녀는 부모님 곁에 꼭 달라붙어 있었다. 그런 채로 부모님과 함께 베이지색 레인코트를 입은 남자의 닦달을 받아가며 골목길을 걸어 내려갔다. 어디로 가는 걸까? 소녀는 궁금했다. 왜 이렇게 다그치는 거지? 그들은 커다란 자동차 정비소로 가라는 명령을 받았다. 소녀도 아는 동네였다. 소녀가 사는 곳에서, 아버지의 일터에서 그다지 멀지 않은 곳이었다.

정비소 안으로 들어서자 기름때가 묻은 파란색 작업복을 입고 엔진 위로 고개를 숙이고 있던 남자들이 조용히 그들을 쳐다보았다. 아무도 말이 없었다. 제법 많은 사람들이 가방과 바구니를 발치에 놓고 한쪽에 서 있는 것이 보였다. 대부분 여자와 어린아이들이었다. 소녀가 아는 사람도 몇 있었다. 하지만 감히 손을 흔들거나 인사를 주고받는 사람은 없었다. 잠시 후 경찰 두 명이 들어오더니 이름을 불렀다. 자신들의 이름이 호명되자 소녀의 아버지가 손을 들었다.

소녀는 주위를 둘러보았다. 같은 학교에 다니는 레옹이 보였다. 지치고 겁에 질린 얼굴이었다. 소녀는 그를 향해 미소를 지었다. 모든 게 다 잘될 거라고, 곧 모두 집으로 돌아갈 수 있을 거라고 말해주고 싶었다. 조금만 참으면 돌아갈 수 있을 거라고. 하지만 레옹은 미친 사람 대하듯 소녀를 물끄러미 바라보았다. 얼굴이 홍당무가 된 소녀는 발치를 내려다보았다. 어쩌면 소녀가 착각하고 있는 것인지도 몰랐다. 심장이 쿵쾅거렸다. 어쩌면 상황이 소녀의 생각과 다르게 전개될 수도 있었다. 소녀는 자신이 순진하고 멍청한 어린애가 된 기분이 들었다.

아버지가 소녀 쪽으로 몸을 숙였다. 까끌까끌한 턱수염이 소녀의 귀를 간질였다. 아버지가 소녀의 이름을 불렀다. 동생은 어디 있니? 소녀는 열쇠를 보여주었다. 그러면서 우쭐한 목소리로 비밀 벽장 속에 숨어 있다고 말했다. 그 안에 안전하게 숨어 있다고.

아버지가 눈을 휘둥그레 뜨며 묘한 표정을 짓더니 소녀의 팔을 잡았다. 괜찮을 거예요, 소녀가 말했다. 괜찮을 거예요. 안이 깊어서 숨 막힐 일도 없잖아요. 물도 있고, 손전등도 있고. 괜찮을 거예요, 아빠. 너는 모른단다, 소녀의 아버지가 말했다. 너는 몰라. 실망스럽게도 아버지의 눈에 눈물이 고였다.

소녀는 아버지의 소맷부리를 잡아당겼다. 아버지의 눈물을 견딜 수 없었다.

"아빠, 우리 집으로 돌아갈 거잖아요. 아니에요? 이름 다 확인하고 나면 집으로 돌아가는 거 아니에요?" 소녀가 물었다.

아버지는 눈물을 훔치고 소녀를 내려다보았다. 소녀는 사무치도록 슬픈 그 눈을 차마 쳐다볼 수 없었다.

"아니, 돌아가지 못할 거야. 저들이 보내주지 않을 거야."

소녀의 가슴속에 섬뜩한 냉기가 지나가는 것 같았다. 한밤중에 엿들었던 이야기와 문틈 사이로 보이던 부모님의 표정과 공포와 번뇌가 다시금 떠올랐다.

"그게 무슨 소리예요, 아빠? 우리 어디로 가는데요? 왜 집에 못 가요? 말해주세요! 말해주세요!"

소녀는 거의 고함을 지르다시피 물었다.

아버지는 소녀를 내려다보며 소녀의 이름을 다시 한번 나지막이 불렀다. 아버지의 눈가는 아직도 촉촉했고, 속눈썹에는 눈물이 맺혀 있었다. 아버지는 소녀의 목덜미에 한 손을 올려놓았다.

"용감해져야 한다, 우리 딸. 최대한 용감해져야 해."

소녀는 울음도 나오지 않았다. 어마어마한 공포가 모든 것을 집어삼켜버린 듯했다. 흉물스럽고 막강한 진공청소기처럼 소녀 안의 모든 감정을 빨아들인 듯했다.

"하지만 아빠, 돌아가겠다고 약속했단 말이에요. 그애한테 그렇게 약속했단 말이에요."

아버지는 다시 눈물을 흘렸다. 소녀의 말은 듣고 있지 않았다. 아버지만의 슬픔에, 아버지만의 공포에 휩싸여 있었다.

그들은 정비소 밖으로 끌려 나갔다. 거리에는 버스만 늘어서 있을 뿐 아무것도 없었다. 소녀가 어머니, 남동생과 함께 시내에 갈 때 늘 타던 버스였다. 뒤쪽에 승강구가 달린, 초록색과 하얀색으로 된 평범한 버스였다.

그들은 명령에 따라 버스에 올라탔고 서로의 몸에 부대꼈다. 소녀는 회녹색 군복이 보이는지, 두려움의 대상이 된 퉁명스럽고 쉰 소리가 나는 외국어가 들리는지 찾아보았다. 하지만 이들은 그냥 경찰이었다. 프랑스 경찰.

먼지가 부옇게 낀 유리창 너머로 소녀가 아는 얼굴이 보였다. 학교를 마치고 집으로 돌아오는 길에 교차로를 건널 때마다 종종 소녀를 도와주던 젊은 빨간 머리 경찰이었다. 소녀는 창문을 두드렸다. 그는 소녀와 눈이 마주치자마자 얼른 고개를 돌렸다. 그는 당황한 듯한, 거의 화난 듯한 얼굴이었다. 소녀는 그 이유가 궁금했다. 사람들이 서로 부딪혀가며 버스에 오르는데 한 남자가 반항을 하자 경찰이 난폭하게 떠밀었다. 다른 경찰은 도망치려는 자가 있으면 총을 쏘겠다고 고함쳤다.

소녀는 지나가는 건물과 가로수를 맥없이 바라보았다. 벽장 속에서, 빈집에서 소녀를 기다리고 있을 동생 생각뿐이었다. 그것 말고는 아무 생각도 나지 않았다. 다리를 건너자 반짝이는 센 강이 보였다. 어디로 가는 걸까? 아버지는 모른다고 했다. 아무도 몰랐다. 하나같이 겁에 질려 있었다.

우르르 쾅 하는 천둥소리에 모두들 깜짝 놀랐다. 앞이 보이지 않을 정도로 쏟아지는 빗줄기 때문에 버스가 잠시 정차했다. 소녀는 버스 지붕을 때리는 빗소리에 귀를 기울였다. 비는 금세 그쳤다. 버스가 다시 번들거리는 자갈길을 밟으며 가던 길을 재촉했다. 태양이 고개를 내밀었다.

버스가 멈추어 서자 모두들 꾸러미와 트렁크를 들고, 우는 아이들을 안고 버스에서 내렸다. 소녀가 모르는 동네였다. 와본 적이 없는 곳이었다. 길 끝에 고가 철도가 보였다.

그들은 커다랗고 희끄무레한 건물 쪽으로 끌려갔다. 까만 글씨로 큼지막하게 뭐라고 적혀 있었지만 소녀는 무슨 뜻인지 알지 못했다. 사방에서 소녀와 비슷한 사람들이 버스에서 내렸고, 경찰은 그들에게 고함을 질렀다. 이번에도 프랑스 경찰이었다.

소녀는 아버지의 손을 꼭 잡은 채 사람들에게 치이고 떠밀려가며 지붕이 달린 거대한 경기장 안으로 들어갔다. 이미 한가운데는 사람들로 북적거렸고, 딱딱한 철제 의자가 놓인 관중석도 마찬가지였다. 모두 얼마나 될까? 알 수 없었다. 수백 명은 될 것 같았다. 거기다 꾸역꾸역 사람들이 계속 들어오고 있었다. 소녀는 돔 모양의 파랗고 거대한 천창을 올려다보았다. 잔인한 햇살이 천창을 뚫고 쏟아져 내렸다.

아버지가 앉을 자리를 찾아냈다. 소녀는 계속 사람들이 들어오면서 인원이 점점 늘어가는 광경을 지켜보았다. 주변이 점점 소란스러워졌다. 수많은 사람들이 웅얼거리는 소리, 아이들이 칭얼거리는 소리, 여자들이 우는 소리가 사방에서 들렸다. 태양이 정점을 향해 움직이자 온도가 참을 수 없을 정도로 올라가 숨이 막혔다. 공간도 점점 좁아져 서로 꼭 붙어 있다시피 했다. 소녀는 남자와 여자와 아이 들의 초췌한 얼굴과 겁에 질린 눈빛을 바라보았다.

"아빠, 여기 얼마나 있어야 할까요?" 소녀가 물었다.

"모르겠다."

"우리는 왜 여기에 끌려온 거예요?"

소녀는 블라우스 앞섶에 달린 노란 별 위에 손을 얹었다.

"이것 때문이죠? 끌려온 사람들 모두 이걸 달고 있잖아요."

아버지는 미소를 지었다. 서글프고 애처로운 미소였다.

"그래. 그것 때문이란다."

소녀는 얼굴을 찡그렸다.

"너무하잖아요, 아빠!" 소녀가 씩씩거리며 말했다. "이건 너무하잖아요!"

아버지는 소녀를 끌어안고 소녀의 이름을 부드럽게 불렀다.

"그래, 우리 딸. 네 말이 맞다. 너무한 일이지."

소녀는 아버지에게 기대앉아 아버지의 재킷에 달린 별에 뺨을 댔다.

한 달쯤 전 어머니가 소녀의 옷마다 별을 달았다. 남동생을 제외한 온 가족의 옷에 모두 별을 달았다. 그 전에는 '유대인'이라고 찍힌 신분증을 들고 다녔는데. 그러더니 갑자기 하면 안 되는 일들이 생겼다. 공원에서 노는 것도, 자전거를 타고 극장이나 식당이나 수영장에 가는 것도, 도서관에서 책을 빌리는 것도 금지되었다.

'유대인 출입 금지'라는 팻말이 온 사방을 뒤덮은 것처럼 보였다. 아버지가 일하던 공장에도 '유대인 회사'라는 큼지막한 카드가 붙었다. 장도 오후 네시 이후에나 볼 수 있었는데, 그 시간에 가면 배급제 때문에 남은 게 아무것도 없었다. 지하철도 맨 마지막 칸에만 탈 수 있었다. 통금시간이 되면 다음 날 아침까지 외출도 할 수 없었다. 그들에게 허용된 일이 뭐가 있을까? 아무것도 없었다. 소녀가 생각하기에는 아무것도 없었다.

부당한 일이었다. 너무나 부당한 일이었다. 이유가 뭘까? 우리가 왜 이런 일을 겪어야 하는 걸까? 왜 이래야 하는 걸까? 문득 아무도 그녀에게 설명해줄 수 없을 거라는 생각이 들었다.

조슈아는 벌써 회의실에 자리를 잡고 앉아, 자기 취향의 연한 커피를 마시고 있었다. 나는 허둥지둥 들어가 포토 디렉터 뱀버와 피처 에디터 알레산드라 사이에 앉았다.

회의실 창 쪽으로 고개를 돌리면 샹젤리제에서 엎어지면 코 닿을 거리에 있는 번화한 마르뵈프 가가 바로 보였다. 너무 복잡하고 화려해서 내 취향은 아니지만, 사시사철 하루 종일 관광객들로 북적이는 이 먼지투성이 대로를 매일같이 지나야 하는 출근길에 이제는 어느 정도 익숙해졌다.

나는 미국인을 겨냥한 주간지 〈센 신스〉에서 육 년 전부터 기자로 일하고 있다. 오프라인판과 온라인판을 모두 출간하는 잡지였다. 파리에 사는 미국인들이 관심을 보일 만한 행사를 소개하는 것이 나의 일이었다. 공연, 영화, 음식점, 책과 같은 사회 · 문화적인 면에서부터 프랑스 대통령 선거에 이르기까지 '지역색'이 있는 것이라면 무엇이든 포함됐다.

일은 힘들었다. 늘 마감에 쫓겼고, 조슈아는 폭군이었다. 그를 좋아하기는 했지만, 그가 폭군이라는 사실에는 반론의 여지가 없었다. 사생활이나 결혼이나 아이에 대한 배려가 거의 없는 사람이었다. 직원이 임신을 하면 하잘것없는 존재로 전락시켰다. 아이가 아프다고 하면 눈을 부라렸다. 하지만 날카로운 안목, 훌륭한 편집 능력, 완벽한 타이밍을 포착할 줄 아는 천부적인 재능을 타고난 사람이었다. 우리 모두 그 앞에서 머리를 조아렸다. 그가 등만 돌렸다 하면 불평불만을 늘어놓아도 그에게서 헤어나오지 못했다. 뉴욕에서 나고 자란 토박이로, 파리에서 십 년을 산 오십대의 조슈아는 순한 인상이었다. 얼굴은 길고 눈초리는 처졌다. 하지만 입을 여는 순간 좌중을 압도했다. 누구라도 그의 말에 귀를 기울여야 했다. 어느 누구도 중간에 끼어들 수 없었다.

뱀버는 런던 출신으로 이십대 후반이었다. 키는 180센티미터가 훌쩍 넘고, 보라색이 도는 안경을 쓰고, 온몸 여기저기에 피어싱을 하고, 머리는 마멀레이드색으로 염색했다. 내가 보기에는 사랑스럽기 그지없는 영국식 유머 감각의 소유자인데, 조슈아는 뱀버의 유머를 거의 이해하지 못했다. 나는 뱀버를 좋아했다. 그는 깍듯하고 실력 있는 동료였다. 거기다 조슈아가 심기가 불편해 우리 모두에게 성질이라도 부리는 날에는 든든한 지원군이 되어주었다. 한마디로 뱀버는 없어서는 안 될 동맹군이었다.

알레산드라는 피부가 좋고 야심이 하늘을 찌르는 이탈리아 혼혈이었다. 윤기 있는 검정색 고수머리와 남자들이 사족을 못 쓰는 육감적이고 촉촉한 입술을 소유한 미인이었다. 내가 그녀를 좋아하는지 아닌지는 나도 잘 몰랐다. 그녀는 나이는 거의 내 절반밖에 되지 않았지만 연봉은 나와 비슷했다. 물론 판권란에 내 이름이 먼저 올라가기는 하지만.

조슈아가 다음 호에 실릴 기사 목록을 훑었다. 장마리 르펜*이 1차 투표에서 말도 많고 탈도 많은 승리를 거둔 이래 핫이슈로 부상한 대통령 선거를 진지하게 다루기로 되어 있었다. 나는 그 기사를 맡고 싶은 마음이 별로 없었기 때문에 알레산드라에게 배정되었을 때 속으로 기뻐했다.

"줄리아," 조슈아가 안경 너머로 나를 쳐다보며 말했다. "이건 자네한테 딱 맞는 기사인 것 같은데. 벨디브 60주년 기념식."

나는 헛기침을 했다. 뭐라고? 꼭 '벨디프'처럼 들렸다.

머릿속이 하얘졌다.

알레산드라가 거만한 눈빛으로 나를 쳐다보았다.

"1942년 7월 16일. 이제 생각나죠?" 그녀가 가끔 콧소리를 내며 잘난 척하면 정말 꼴 보기 싫었다. 오늘이 그런 날이었다.

조슈아가 하던 이야기를 계속했다.

"벨로드롬 디베르 일제 검거. 줄여서 벨디브라고 해. 사이클 경기가 열리던 유명한 실내 경기장이야. 유대인 수천 명이 그곳에서 며칠을 처참하게 지내다 아우슈비츠로 이송돼 가스실로 직행했어."

그러고 보니 생각이 났다. 아주 희미하게.

---

* 프랑스 극우 민족주의자. 국민전선의 창립자이며 총재이다.

"좋아요." 나는 조슈아를 쳐다보며 딱 잘라 말했다. "맡을게요. 어떤 식으로 진행하면 될까요?"

그는 어깨를 으쓱했다.

"먼저 벨디브에서 생존한 사람이나 목격자를 찾아보는 게 좋겠지. 그런 다음 어디 주관으로 언제, 어디서 기념식이 열리는지 정확한 내용을 파악하고. 마지막으로 실제로 어떤 일이 벌어졌는지 정확한 사실을 파악하고. 까다로운 일이 될 거야. 프랑스 사람들은 비시나 페탱* 이야기를 좋아하지 않거든. 자랑할 만한 일이 아니니까."

"도움이 될 만한 사람이 있어요." 알레산드라가 조금 전보다 겸손한 목소리로 거들었다. "프랑크 레비라고, 홀로코스트 후에 헤어진 유대인 이산가족을 찾아주는 아주 큰 규모의 조직 중 하나를 결성한 사람이에요."

"나도 들어본 적 있어." 나는 이렇게 말하면서 이름을 받아 적었다. 정말로 들어본 적 있는 이름이었다. 프랑크 레비는 유명 인사였다. 회의도 개최하고, 재산을 강탈당한 유대인들과 강제 이송의 공포를 다룬 기사도 기고하는 인물이었다.

조슈아가 커피를 또 한 모금 마셨다.

"시시껄렁한 이야기는 사절이야. 감상주의도 안 돼. 필요한 건 사실, 증언 그리고……" 그는 이야기를 하다 말고 뱀버 쪽을 흘끗

* 2차 대전 당시 프랑스가 나치 독일에 패한 뒤, 필리프 페탱이 비시에 새로운 내각을 세웠는데 이를 비시 정권이라 한다. 비시 정부는 중립을 표방했지만 실제로는 독일의 괴뢰정부였다.

쳐다보았다. “완벽하고 강렬한 사진이야. 옛날 자료도 찾아봐. 어차피 알게 되겠지만, 자료가 별로 없을 거야. 하지만 이 레비라는 사람한테 도움을 받을 수 있을지 몰라.”

“벨디브부터 가보겠습니다. 어떤 곳인지 알아보는 차원에서요.” 뱀버가 말했다.

조슈아는 쓴웃음을 지었다.

“벨디브는 남아 있지 않아. 1959년에 헐렸지.”

“원래 어디 있었는데요?” 내가 물었다. 나만 모르고 있던 게 아니라니 다행이었다.

이번에도 알레산드라가 대답했다.

“15구 넬라통 가요.”

“그래도 한번 가보면 어떨까? 당시를 기억하는 사람들이 그 일대에 살고 있을 수도 있잖아.” 나는 뱀버의 의사를 타진했다.

조슈아는 어깨를 으쓱했다.

“가보는 거야 괜찮지만, 기꺼이 취재에 응하는 사람이 별로 없을 거야. 조금 전에도 이야기했던 것처럼 프랑스 사람들한테는 예민한 부분이거든. 워낙 민감한 문제니까. 그 많은 유대인들을 체포한 게 나치가 아니라 프랑스 경찰이었으니 말이야.”

조슈아의 설명을 듣다보니 내가 1942년 7월 파리에서 벌어졌던 사건에 대해 얼마나 아는 게 없는지 절실하게 느껴졌다. 보스턴에서 학교를 다니는 동안 수업시간에도 배운 적이 없을뿐더러 이십오 년 전에 파리로 건너왔지만 글로 접할 기회도 많지 않았다. 이것은 일종의 비밀이었다. 과거 속에 묻힌 이야기. 아무도 입에 올리지 않는 이야기. 나는 얼른 컴퓨터 앞으로 달려가 인터넷을 뒤지고 싶어 좀이 쑤실 지경이었다.

회의가 끝나자마자 번잡한 마르뵈프 가가 내려다보이는 아늑한 내 자리로 갔다. 우리 사무실은 비좁았다. 하지만 이제는 이런 것에도 익숙했다. 아무 상관 없었다. 집에서는 글을 쓸 만한 공간이 없었다. 베르트랑은 새 아파트로 이사 가면 나에게 넓은 방을 마련해주겠다고 약속했다. 나만의 작업실이 드디어 생기다니. 너무 좋아서 실감이 나지 않았다. 그런 호사에 익숙해지려면 시간이 걸릴 것이다.

나는 컴퓨터를 켜고 인터넷에 접속한 뒤 구글로 들어가 '벨로드롬 디베르 벨디브'를 입력했다. 검색 결과가 엄청나게 많았다. 대부분 프랑스어였고, 상당수가 아주 자세했다.

오후 내내 나는 인터넷에서 찾은 자료를 읽었다. 오직 자료를 읽으면서 정보를 저장하고, 나치 점령과 일제 검거를 다룬 책들을 검색하는 일만 했다. 대부분의 책이 절판 상태였다. 이유가 궁금했다. 아무도 벨디브에 대해 궁금해하지 않는 건가? 이제는 아무도 관심을 갖지 않는 건가? 몇 군데 서점에 전화를 걸어보았지만, 책을 구하기 힘들 거라는 대답만 돌아왔다. 나는 알아봐달라고 부탁을 남겼다.

컴퓨터를 끄자 온몸이 물먹은 솜처럼 피곤했다. 눈이 따끔거렸다. 내가 알게 된 모든 것 때문에 머리와 가슴이 무거웠다.

벨디브에 감금되었던 두 살부터 열두 살 사이의 유대인 아이들이 사천여 명이었다. 대부분 프랑스에서 태어난 프랑스 국적의 아이들이었다.

그중 아우슈비츠에서 살아 돌아온 아이는 아무도 없었다.

견딜 수 없는 하루가 끝없이 이어졌다. 소녀는 어머니 곁에 꼭 붙어 앉아 주변 사람들이 서서히 이성을 잃어가는 모습을 지켜보았다. 마실 것도, 먹을 것도 없었다. 사방을 가득 메운 건조하고 솜털 같은 먼지 때문에 눈과 목이 따끔거렸다.

경기장 출입문은 닫혀 있었다. 벽을 따라 죽 늘어서 있는 험상궂은 표정의 경찰들이 총에 손을 얹은 채 조용히 그들을 위협하고 있었다. 아무 데도 갈 곳이 없었다. 할 일도 없었다. 가만히 앉아서 기다리는 것 외에는. 뭘 기다리는 걸까? 그들은, 소녀의 가족은, 이 수많은 사람들은 어떻게 되는 걸까?

소녀는 아버지와 함께 경기장 저쪽에 있는 화장실을 찾았다. 상상할 수 없을 만큼 지독한 악취가 그들을 맞았다. 사람들에 비해 변기 숫자가 워낙 부족하니 금세 고장이 났다. 소녀는 구역질이 나오려는 것을 참으며 손으로 입을 막고 벽을 등지고 쪼그리고 앉아 볼일을 해결했다. 모두들 풀 죽은 얼굴로 부끄러워하며 짐승처럼 더러운 바닥 근처 아무 데서나 볼일을 보았다. 기품 있는 한 할머니는 남편의 외투로 몸을 가렸다. 또 어떤 여자는 경악을 금치 못하며 손으로 입과 코를 가리고 고개를 저었다.

소녀는 아버지를 따라 어머니가 있는 곳으로 돌아갔다. 인파를 헤치며 간신히 지나갔다. 관중석은 꾸러미, 가방, 매트리스, 아기 침대 들로 발 디딜 틈 없었다. 경기장도 사람들로 뒤덮여 새까맸다. 여기 갇힌 사람들이 모두 몇 명이나 될까? 먼지를 뒤집어쓴 지저분한 아이들이 통로를 달리며 물을 달라고 소리를 질렀다. 더위와 갈증 때문에 현기증이 난 임산부는 죽을 것 같다고, 지금 이 자리에서 죽을 것 같다고 고래고래 고함을 질렀다. 한 할아버지가 갑자기 지저분한 바닥 위로 풀썩 쓰러졌다. 시퍼런 얼굴이 일그러져 있었다. 하지만 아무도 꼼짝하지 않았다.

소녀는 어머니 옆에 앉았다. 어머니는 침묵으로 일관했다. 거의 아무 말도 하지 않았다. 소녀가 손을 꼭 잡아도 반응이 없었다. 아버지가 일어나 경찰에게 아이와 아내가 마실 물을 청했다. 경찰은 퉁명스러운 목소리로 지금 당장은 물이 없다고 대답했다. 아버지가 이건 너무한 처사라고, 어떻게 인간을 개 취급 하느냐고 했다. 경찰은 고개를 돌렸다.

자동차 정비소에서 마주쳤던 레옹이 여기서도 보였다. 출입문 쪽을 쳐다보며 사람들 사이를 어슬렁거리고 있었다. 이제 보니 노란 별이 없었다. 뜯어버린 것이다. 소녀는 일어나 레옹에게 다가갔다. 레옹의 얼굴이 시커멨다. 왼쪽 뺨과 쇄골에 멍 자국이 있었다. 소녀는 자기도 이렇게 지치고 추레한 얼굴일까 궁금했다.

"여기서 도망칠 거야." 레옹이 나지막이 중얼거렸다. "엄마 아빠가 그러라고 했어. 지금 당장 도망치라고."

"하지만 어떻게?" 소녀가 물었다. "경찰이 그냥 있지 않을 텐데."

레옹이 소녀를 쳐다보았다. 소녀와 동갑인 열 살이었지만, 레옹은 훨씬 더 어른스러워 보였다. 더이상 어린애 같은 분위기는 찾아볼 수 없었다.

"방법을 찾아야지. 엄마 아빠가 도망치라고 했어. 그러면서 별을 뜯었어. 그 방법밖에 없어. 안 그러면 끝장이야. 우리 모두 끝장이라구."

또다시 서늘한 공포가 밀려왔다. 끝장이라고? 정말 그럴까? 정말 끝인 걸까?

레옹은 살짝 무시하는 듯한 표정으로 소녀를 물끄러미 바라보았다.

"내 말 안 믿는구나? 너도 같이 가자. 별을 떼고 당장 같이 가자. 내가 지켜줄게. 나는 어떻게 하면 되는지 알아."

소녀는 벽장 속에서 기다리고 있을 동생을 생각하며 주머니에 든 반질반질한 열쇠를 만지작거렸다. 이 날쌔고 영리한 아이와 같이 가면 동생과 자신의 목숨을 구할 수 있다.

하지만 이렇게 어리고 연약한 내가 이런 일을 혼자 감행할 수 있을까? 너무 무서웠다. 그리고 부모님은…… 엄마 아빠는…… 두 분은 어떻게 될까? 이 아이의 말이 사실일까? 믿어도 될까?

레옹은 소녀에게서 망설이는 기색을 느끼고 소녀의 팔에 손을 얹었다.

"같이 가자." 그가 재촉했다.

"글쎄……" 소녀는 웅얼거렸다.

레옹은 뒷걸음질쳤다.

"나는 결심했어. 도망칠 거야. 안녕."

소녀는 출입문 쪽으로 살금살금 다가가는 레옹을 지켜보았다. 경찰이 사람들을 계속 들이고 있었다. 들것과 휠체어에 몸을 의탁한 노인들과 훌쩍이는 아이들과 흐느끼는 여자들이 끝도 없이 밀려 들어왔다. 레옹은 사람들 틈바구니 속으로 들어가 적당한 기회를 기다렸다.

어느 순간, 경찰이 레옹의 옷깃을 잡더니 그를 뒤로 집어던졌다. 하지만 레옹은 유연하게 벌떡 일어나 능숙하게 물살을 가르는 수영선수처럼 다시 출입문 쪽으로 조금씩 다가갔다. 소녀는 넋을 잃고 바라보았다.

몇몇 어머니들이 한 출입문으로 몰려가 화난 목소리로 아이들에게 먹일 물을 달라고 했다. 경찰이 잠시 당황한 모습을 보였다. 레옹은 소녀가 보는 앞에서 아수라장 속을 번개처럼 빠르게 스르륵 통과하는가 싶더니 이윽고 자취를 감추었다.

소녀는 다시 부모님이 있는 곳으로 돌아갔다. 서서히 밤이 찾아들었고, 이와 함께 소녀는 절망감이, 이 안에 함께 갇힌 수많은 사람들의 절망감이 흉측한 괴물처럼 멋대로 자라나는 게 느껴졌다. 지독한 절망감이 소녀를 공포로 채웠다.

소녀는 눈과 코와 귀를 닫고, 냄새와 먼지와 열기와 고통에 겨운 울부짖음과 흐느끼는 어른들과 신음하는 아이들을 지워버리고 싶었지만 그럴 수 없었다.

무기력하게 아무 말 없이 바라보고 있을 수밖에 없었다. 사람들이 삼삼오오 모여 앉아 있던 천창 근처 높은 곳에서 갑자기 소동이 벌어졌다. 가슴을 찢는 듯한 비명소리와 함께 발코니에서 옷가지가 폭포처럼 쏟아지는가 싶더니 무언가가 딱딱한 바닥 위로 쿵 하고 떨어졌다.

"아빠, 저게 뭐예요?" 소녀가 물었다.

아버지는 소녀의 고개를 다른 쪽으로 돌리려 했다.

"아무것도 아니다. 아무것도 아니야. 위에서 옷이 떨어진 거란다."

하지만 소녀는 보았다. 소녀도 그것이 무엇인지 알았다. 어머니와 나이가 비슷해 보이는 젊은 여자와 어린아이였다. 여자가 아이를 끌어안고 제일 꼭대기에 있는 난간에서 뛰어내린 것이다.

사지가 기괴하게 뒤틀린 여자의 몸뚱이와 잘 익은 토마토처럼 갈라져 피범벅이 된 아이의 머리가 소녀가 앉은 자리에서도 보였다.

소녀는 고개를 숙이고 울음을 터뜨렸다.

어렸을 때는, 매사추세츠 주 브루클린 히슬롭 가 49번지에 살던 그 시절에는 내가 나중에 프랑스로 건너가 프랑스 남자와 결혼할 거라곤 꿈에도 상상하지 못했다. 평생 미국에서 살 줄 알았다. 열한 살 때 나는 옆집에 살던 에번 프로스트를 남몰래 좋아했다. 얼굴이 주근깨로 뒤덮여 있던 그는 노먼 록웰* 그림 속 교정기를 낀 아이 같았다. 그 아이가 기르던 애완견 잉키는 우리 아버지가 예쁘게 가꾸어놓은 화단을 짓밟는 걸 좋아했다.

우리 아버지 션 자먼드는 MIT 교수였다. 산발한 머리에 올빼미 같은 안경을 쓰고 다니는 '미치광이 교수' 타입이었고, 학생들 사이에서 인기가 좋았다. 우리 어머니 헤더 카터 자먼드는 마이애미 출신의 전직 테니스 챔피언으로, 스포티하고 까무잡잡하며 나이를 먹을 줄 모르는 늘씬한 스타일이었다. 그리고 요가와 건강식 마니

* 미국의 화가 겸 일러스트레이터.

아였다.

일요일이면 아버지는 잉키가 밟아놓은 튤립 때문에 울타리를 사이에 두고 옆집 프로스트 씨와 서로 질세라 끝없이 고함을 질렀고, 그러는 동안 어머니는 부엌에서 밀기울과 꿀을 넣은 컵케이크를 만들며 한숨을 쉬었다. 어머니는 싸움이라면 질색했다. 그렇게 소란스러운 분위기 속에서도 여동생은 꿋꿋하게 빨간 감초사탕을 먹고 또 먹으며 〈질리언스 아일랜드〉나 〈스피드 레이서〉 같은 TV 프로그램을 보았다. 나는 2층에서 단짝 케이티 레이시와 커튼 뒤에 숨어, 눈부시게 멋진 에번 프로스트가 우리 아버지를 폭발하게 만든 새까만 래브라도 레트리버와 노는 모습을 훔쳐보았다.

행복하고 아무 걱정 없는 어린 시절이었다. 심란한 일도, 요란한 사건도 없었다. 한 동네에 있는 링클 스쿨. 조용한 추수감사절. 아늑한 크리스마스. 나한트*에서 보내는 길고 나른한 여름방학. 평화로운 한 주가 평화로운 한 달로 이어지는 날들. 그 당시 나를 놀라게 한 게 딱 한 가지 있었는데 그건 바로 5학년 때 담임이었던 옅은 금발의 세볼드 선생님이 읽어준 에드거 앨런 포의 「폭로하는 심장」이었다. 덕분에 나는 몇 년 동안 악몽에 시달렸다.

프랑스에 대한 짝사랑이 시작된 건 사춘기 시절이었고, 시간이 지날수록 서서히 동경심이 커져갔다. 왜 하필 프랑스였을까? 왜 하필 파리였을까? 예전부터 나는 프랑스어가 좋았다. 독일어나 스페인어나 이탈리아어보다 훨씬 부드럽고 육감적이었다. 나는 〈루

---

* 매사추세츠 주에 있는 리조트 타운.

니 툰〉*에 나오는 프랑스 스컹크 페페 르 퓨의 흉내도 기가 막히게 내곤 했다. 하지만 미국인들이 상투적으로 떠올리는 것처럼 낭만적이거나 세련미가 넘치거나 섹시해서 파리를 사랑한 게 아니었다. 그보다 고차원적인 이유가 있었다.

파리를 맨 처음 알게 되었을 때 나는 그 대조적인 모습에 끌렸다. 오스만**이 구축해놓은 위풍당당한 분위기뿐만 아니라 천박하고 거친 분위기도 마음에 들었다. 파리의 모순과 비밀과 놀라움을 파헤치고 싶었다. 이십오 년이 걸리기는 했지만 나는 결국 이 사회에 동화됐다. 성질 급한 웨이터와 난폭한 택시 운전사를 참고 견디는 법을 터득했다. 화가 난 버스 운전사와, 번쩍이는 까만색 미니를 타고 나온 우아한 금발 여자들이 욕설을 퍼부어도 못 들은 척 유유히 에투알 광장을 운전하는 법도 터득했다. 콧대 높은 아파트 관리인과 건방진 점원과 심드렁한 전화교환원과 잘난 척하는 의사를 길들이는 법도 터득했다. 자기들이 세상 최고라고 생각하는 파리지앵들이 니스에서 낭시에 이르는 지역은 물론이고 특히 파리 근교에 사는 주민들을 어떤 식으로 무시하는지도 알게 되었다. 다른 지역 사람들이 파리지앵을 '개 관상'이라 지칭하며 운율에 맞춰 '파리지앵, 테트 드 시앵***'이라고 부른다는 것도 알게 되었다. 그들은 파리지앵을 아주 좋아하지는 않았다. 본토박이 파리지앵보

---

* 워너 브러더스에서 만든 만화영화 시리즈.

** 프랑스 제2제정 시대에 파리의 건물을 대규모로 개축하고 근대화하는 데 주도적인 역할을 한 프랑스 관리.

*** '개의 얼굴'이라는 뜻의 프랑스어.

다 더 파리를 사랑하는 사람은 없었다. 본토박이 파리지앵보다 더 파리를 자랑스러워하는 사람은 없었다. 본토박이 파리지앵 특유의 도도함과 거만함과 자부심과 그 거부할 수 없는 매력은 어느 누구도 흉내 낼 수 없었다. 나는 왜 그렇게 파리를 사랑했을까? 아마 절대 곁을 주지 않았기 때문일 것이다. 파리는 손을 내밀면 잡을 수 있을 것처럼 가까이 맴돌면서도 미국인이라는 내 처지를 항상 일깨웠다. 나는 영원한 미국인이었다. 아메리켄.

나는 조에만 한 나이였을 때부터 기자가 되고 싶었다. 고등학교 때 교내신문으로 첫 테이프를 끊은 이래 한 번도 펜을 놓은 적이 없다. 보스턴 대학교 영문학과를 졸업하고 파리로 건너왔을 때 나는 이십대 초반이었다. 첫 직장은 미국의 패션잡지였지만 금세 뛰쳐나왔다. 치마 길이나 봄에 유행할 색상보다 더 가치 있는 주제를 다루고 싶었다.

파리에서는 제일 처음 걸려든 일자리를 잡았다. 미국의 어느 텔레비전 네트워크의 보도자료를 윤문하는 일이었다. 보수가 환상적이지는 않았지만 18구에서 프랑스인 게이 두 명과 아파트를 같이 쓰며 생활하기에는 충분했다. 에르베와 크리스토프는 그 뒤로 나의 오랜 친구가 되었다.

그 주에 나는 베르트랑을 만나기 전에 살았던 베르트 가에서 두 사람과 함께 저녁을 먹었다. 베르트랑은 이런 자리에 따라나서는 일이 거의 없었다. 에르베와 크리스토프에게 왜 그렇게 무관심한지 가끔은 궁금하기도 했다. "프랑스의 부르주아, 잘사는 신사 양반들이 대부분 그렇듯 사랑스러운 네 남편도 호모보다는 여자를 더 좋아하기 때문이지!" 내 친구 이자벨의 나른한 목소리와 장난기 어린 웃음소리가 귓가에 들리는 듯했다. 그렇다. 그녀의 말마따나 베르트랑은 여자라면 사족을 못 썼다. 샬라의 표현에 따르면 넋을 잃었다.

에르베와 크리스토프는 나와 함께 지내던 그 집에서 지금도 살고 있었다. 내가 쓰던 조그만 방이 드레스 룸으로 바뀌었을 뿐이다. 크리스토프는 패션이라면 사족을 못 썼고 그 사실을 자랑스러워하기까지 했다. 나는 두 사람과 함께 저녁 먹는 시간이 좋았다. 유명한 모델이나 가수, 화제의 작가, 귀엽게 생긴 옆집 게이, 미국 아니면 캐나다 출신인 기자, 이제 막 사회생활을 시작한 편집자 등 언제나 흥미로운 사람들이 화제로 등장했기 때문이다. 에르베는 다국적 법률회사에서 일하는 변호사였고, 크리스토프는 요가 강사였다.

그들은 내가 진심으로 아끼는 친구였다. 물론 이곳에서 다른 친구들도 사귀었다. 베이비시터를 구할 때 애용했던 미국인협회와 잡지를 통해 만난 미국 출신의 홀리, 수재나, 잰. 조에에게 발레를 가르치느라 살 플레이엘*에 데리고 다닐 때 만난 이자벨처럼 가깝게 지내는 프랑스 여자 친구들도 몇 있었다. 하지만 베르트랑 때문에 힘들던 시절 내가 새벽 한시에 전화해서 찾은 친구는 에르베와 크리스토프였다. 조에가 킥보드를 타다 넘어져 발목이 부러졌을 때 병문안을 온 것도 에르베와 크리스토프였다. 내 생일을 절대 잊

* 파리의 유서 깊은 공연장.

지 않는 친구. 어느 영화를 보고 어떤 음반을 사야 하는지 아는 친구. 이들과의 저녁식사는 늘 촛불을 밝힌, 더없이 훌륭하고 즐거운 자리였다.

나는 차가운 샴페인을 들고 갔다. 에르베는 문을 열어주면서 크리스토프는 아직 샤워 중이라고 했다. 사십대 중반인 에르베는 호리호리한 체격에 콧수염을 길렀고 싹싹했다. 줄담배를 피우는데 도저히 막을 방법이 없어서 모두들 두 손 들고 말았다.

"재킷 예쁘다." 에르베가 담배를 내려놓고 샴페인을 따며 말했다.

에르베와 크리스토프는 내 향수나 화장이나 헤어스타일이 바뀌면 그냥 지나가는 법이 없었다. 이들 옆에 있으면 나는 파리 스타일을 따라하려고 애쓰는 아메리켄이 된 듯한 기분이 들지 않았다. 있는 그대로의 내가 될 수 있었다. 그래서 나는 이 두 사람이 좋았다.

"그 푸르스름한 초록색이 눈 색깔이랑 기가 막히게 잘 어울려. 어디서 샀어?" 에르베가 물었다.

"렌 가에 있는 H&M에서."

"정말 멋지다. 아파트는 어떻게 돼가고 있어?" 에르베가 핑크색 타라마살라타*를 바른 따뜻한 토스트와 함께 샴페인잔을 건네며 물었다.

"할 일이 무지 많아. 몇 달은 걸리겠어." 나는 한숨을 쉬었다.

"건축가인 남편께서는 아주 좋아 죽고?"

---

* 생선 알로 만든 그리스식 소스.

나는 어깨를 움츠렸다.

"불굴의 의지를 발휘하고 계시지."

"아," 에르베가 말했다. "네 입장에서는 눈엣가시겠다."

"바로 그거야." 나는 샴페인을 홀짝였다.

에르베는 조그만 무테 안경 너머로 나를 물끄러미 바라보았다. 그의 눈은 옅은 회색이었고, 속눈썹은 어처구니없을 정도로 길었다.

"어이, 주주. 괜찮은 거야?" 그가 물었다.

나는 환한 미소를 지었다.

"그럼. 좋아."

하지만 사실은 좋지 않았다. 1942년 7월에 벌어졌던 사건에 대해 알게 되자 내 안의 연약한 부분이, 깊숙한 곳에서 지금까지 나를 괴롭히고 짓누르고 있던 무언가가 깨어났다. 벨디브 일제 검거에 대한 자료 조사를 시작한 뒤로 일주일 내내 마음이 무거웠다.

"평소하고 다른데?" 그가 걱정스러운 목소리로 묻더니 내 옆에 앉아 가늘고 하얀 손을 내 무릎에 얹었다. "줄리아, 나는 그 표정 알아. 슬픈 표정이잖아. 왜 그러는지 말해봐."

그 아수라장을 차단하려면 뾰족한 무릎 사이로 고개를 묻고 두 손으로 귀를 가리는 수밖에 없었다. 소녀는 다리 사이에 얼굴을 묻고 몸을 앞뒤로 흔들었다. 좋은 거, 네가 좋아하는 거, 생각하면 기분 좋아지는 기억, 특별하고 짜릿했던 순간들을 떠올려봐. 엄마를 따라 미용실에 가면 숱이 많은 내 벌꿀색 머리카락을 보고 다들 감탄했지. 꼬마 아가씨, 나중에 어른이 되면 그 머리를 자랑스러워하게 될 거야!

공장에서 가죽을 만지던 아빠의 두 손은 정말 날렵하고 탄탄했는데. 아빠의 솜씨는 또 어땠고. 열 살 때 생일 선물로 받은 시계, 그 예뻤던 파란색 상자, 아빠가 만들어준 가죽 끈에서 풍기던 강렬한 냄새, 조심스럽게 째깍거리며 마음을 빼앗았던 시계. 소녀는 그 시계가 정말로 자랑스러웠다. 하지만 엄마는 학교에 차고 가지 못하게 했다. 고장을 내거나 잃어버릴 수 있다면서. 단짝 아르멜에게만 보여주었는데, 그애가 어찌나 부러워하던지!

아르멜은 지금 어디 있을까? 아르멜은 소녀와 한동네에 살았고 같은 학교에 다녔다. 하지만 방학이 시작되자마자 파리를 떠났다. 부모님과 함께 남쪽의 어딘가로 갔다. 그 뒤로 편지 한 통이 전부였다. 아르멜은 체구가 작고 아주 똑똑한 빨간 머리 친구였다. 구구단을 외웠고, 심지어 아주 까다로운 문법까지 다 알았다.

아르멜은 절대 겁먹는 법이 없었다. 소녀는 친구의 그런 점이 존경스러웠다. 수업 도중에 성난 늑대처럼 사이렌이 울려대 모두들 펄쩍 뛰어도 아르멜은 침착하게 소녀의 손을 잡고 곰팡내 나는 학교 지하실로 내려갔고, 다른 아이들이 겁에 질린 목소리로 속삭이고 디소 선생님이 떨리는 목소리로 지시 사항을 전달해도 눈 하나 깜짝하지 않았다. 아이들의 창백한 얼굴 위로 촛불이 어른거리는 어두컴컴하고 축축한 지하실. 그곳에서 아이들이 서로 어깨를 부딪치며 바싹 붙어 앉아 저 위에서 몇 시간이고 이어지는 비행기 소리에 귀를 기울이는 동안, 디소 선생님은 떨리는 손을 달래며 장 드 라 퐁텐이나 몰리에르의 작품을 읽어주었다. 아르멜은 선생님의 손을 보고 키득거리며 저것 좀 보라고, 무서워서 책도 잘 못 읽는 것 좀 보라고 했다. 그러면 소녀는 그런 친구를 보고 감탄하며 나지막이 물었다. "너는 안 무서워? 손톱만큼도 안 무서워?" 그러면 아르멜은 빨간 고수머리를 거만하게 흔들었다. 응, 안 무서워. 가끔 사방을 뒤흔드는 폭탄 소리가 지저분한 바닥을 뚫고 전해지면 디소 선생님의 목소리가 띄엄띄엄 이어지다 끊겼고, 아르멜은 소녀의 손을 꼭 붙잡았다.

소녀는 아르멜이 보고 싶었다. 아르멜이 옆에서 손을 잡아주며 무서워할 것 없다고 이야기해주었으면 좋겠다고 생각했다. 아르멜의 주근깨와 장난기 가득한 초록색 눈과 거만한 미소가 그리웠다. 네가 좋아하는 거, 생각하면 기분이 좋아지는 걸 떠올려봐.

지난해 여름인지 지지난해 여름인지 모르겠지만, 온 식구가 며칠 동안 시골 강가에서 지낸 적이 있었다. 강 이름은 생각나지 않지만, 살갗에 닿는 강물이 정말 매끄럽고 기분 좋았다. 아버지는 소녀에게 수영을 가르쳐주려고 했다. 며칠이 지나 소녀가 볼썽사나운 개헤엄을 치는 걸 보고 모두들 웃음을 터뜨렸다. 남동생은 강가에만 가면 좋아서 정신을 못 차렸다. 그때 남동생은 아장아장 걷는 아기였다. 꺅꺅거리며 질퍽한 강가에서 미끄러져 넘어지는 아이를 소녀는 하루 종일 쫓아다녀야 했다. 그리고 아버지의 어깨에 기댄 어머니. 너무나 평화롭고 젊고 사랑이 충만한 한 쌍이었다. 시원하게 그늘이 진 강가 어느 호텔에서 소박하지만 맛있는 식사를 했던 것도 떠올랐다. 파트론*이 주방 일을 도와달라고 해서 커피를 서빙했을 때는 어른이 된 것 같아 정말로 우쭐했다. 그러다 소녀가 어떤 손님의 신발 위로 커피를 쏟았는데 그때도 파트론은 아주 너그럽게 넘어가줬다.

소녀가 고개를 들어보니 어머니가 한동네에 사는 젊은 아주머니 에바에게 말을 걸고 있었다. 에바에게는 아이가 네 명 있었는데, 고삐 풀린 망아지 같은 남자아이들이라 소녀는 별로 좋아하지 않았다. 에바의 얼굴은 소녀의 어머니처럼 초췌하고 나이 들어 보

---

* '여주인' '여사장'이라는 뜻의 프랑스어.

였다. 하룻밤 사이 어쩌면 그렇게 폭삭 늙어버릴 수 있는 건지. 에바도 폴란드 출신이었다. 소녀의 어머니처럼 프랑스어가 신통치 않았다. 소녀의 부모처럼 에바의 다른 가족들은 폴란드에 살았다. 에바의 부모와 이모, 삼촌 들. 소녀는 오싹했던 예전 일이 생각났다. 언제였는지 정확히 기억은 안 나지만 얼마 전에 폴란드에서 편지를 받은 에바가 눈물로 얼룩진 얼굴을 하고 소녀의 집으로 찾아와 어머니의 품속으로 쓰러진 적이 있었다. 어머니는 에바를 달래려고 애썼지만, 마찬가지로 충격을 받은 얼굴이었다. 무슨 일이 벌어졌는지 아무도 말하지 않았지만, 소녀는 흐느낌 속에 들리는 이디시어*를 종합해 알아차렸다. 폴란드에서 끔찍한 일이 벌어져 온 가족이 살해당하고 집도 불에 타 유골과 잿더미밖에 남지 않았다는 내용이었다. 소녀는 아버지에게 할머니 할아버지는 괜찮으시냐고 물었다. 거실의 대리석 선반 위에 흑백사진이 놓여 있는 외할머니 외할아버지의 안부를 물은 것이었다. 아버지는 모르겠다고 했다. 폴란드에서 아주 끔찍한 소식들이 들려왔지만, 어떤 소식인지 소녀에게는 알려주지 않았다.

소녀는 어머니와 에바를 보며 생각했다. 부모님이 소녀를 보호하기 위해 심란하고 끔찍한 소식을 모두 차단한 게 정말 잘한 일이었을까. 전쟁이 시작된 이래 왜 그렇게 많은 것이 달라졌는지 설명하지 않은 게 정말 잘한 일이었을까. 에바 아주머니네 아저씨만 해도 작년에 사라졌다. 어디론가 자취를 감추었다. 어디로 갔는지 아

* 독일어에 히브리어, 슬라브어 등이 섞인 언어.

무도 알려주지 않았다. 아무도 설명해주지 않았다. 소녀는 어린아이 취급을 당하는 게 싫었다. 소녀가 방 안으로 들어가면 어머니 아버지가 목소리를 낮추는 게 싫었다.

만약 부모님이 이야기해주었다면, 그들이 알고 있는 모든 것을 소녀에게 이야기해주었더라면, 오늘을 견디는 것이 지금보다는 쉽지 않았을까?

"괜찮아. 그냥 피곤해서 그래. 오늘밤에 누가 오기로 했어?"

에르베가 대답을 하기도 전에 크리스토프가 거실로 나왔다. 카키색과 크림색 옷을 입고, 값비싼 남자 향수 냄새를 풍기는 것이 시크한 파리지앵의 전형이었다. 크리스토프는 에르베보다 몇 살 아래로, 일 년 내내 구릿빛 피부를 자랑했고, 몸은 삐쩍 말랐고, 희끗희끗한 장발을 카를 라거펠트처럼 하나로 묶고 다녔다.

그와 거의 동시에 초인종이 울렸다.

"아, 기욤일 거야." 크리스토프가 나를 향해 손 키스를 날리며 말했다.

그가 현관으로 달려갔다.

"기욤?" 나는 에르베를 향해 입을 벙긋거렸다.

"새로 사귄 친구야. 광고 쪽 일을 해. 이혼남이고. 똑똑한 친구야. 너도 보면 마음에 들걸? 오늘의 유일한 손님이야. 다른 친구들은 긴 주말을 즐기러 파리를 빠져나갔거든."

거실에 등장한 남자는 키가 크고 까무잡잡한 삼십대 후반이었다. 포장지로 싼 향초와 장미꽃을 들고 있었다.

"이쪽은 줄리아 자먼드. 아주아주 먼 옛날부터 알고 지낸 사랑하는 기자 친구." 크리스토프가 말했다.

"어제 만난 친구라는 뜻이겠지?" 기욤은 프랑스인답게 정중한 목소리로 중얼거렸다.

묻는 듯한 눈빛으로 이따금 내 쪽을 쳐다보는 에르베를 의식하느라 나는 애써 느긋한 미소를 지었다. 평소 같으면 속내를 털어놓았을 텐데 이상한 일이었다. 평소 같으면 일주일 내내 내 기분이 얼마나 이상했는지 말했을 텐데. 베르트랑과 있었던 일도 말했을 텐데. 베르트랑이 신경을 건드리는, 가끔 누가 들어도 불쾌한 농담을 던져도 나는 항상 참아왔다. 그런 것에 마음 상한 적이 없었다. 신경 쓴 적도 없었다. 그의 기지와 풍자에 감탄하곤 했다. 그런 것들 때문에 그를 사랑하는 마음이 더 커졌다.

베르트랑이 농담을 던지면 사람들은 웃음을 터뜨렸다. 심지어 그를 조금 무서워하기까지 했다. 베르트랑은 뇌쇄적인 웃음소리와 반짝이는 청회색 눈과 매력적인 미소의 소유자였고, 원하는 것을 차지하는 것에 익숙하며, 가차 없고 요구사항이 많은 남자였다. 내가 지금까지 참을 수 있었던 건 그가 나에게 상처를 주었다는 사실을 알아차릴 때마다 선물과 꽃다발과 열정적인 잠자리로 보상했기 때문이다. 베르트랑과 내가 진심으로 대화를 나누는 유일한 곳, 누가 누구를 지배하지 않는 유일한 곳이 침대였다. 언젠가 한번은 샬라가 베르트랑이 그날따라 유난히 신랄하게 퍼부어대는 걸 보고는 "이 인간이 언니한테 잘해준 적이 있기는 한 거야?"라고 물었다. 서서히 홍당무로 변해가는 내 얼굴을 보더니 샬라는 이렇게 말했다. "맙소사, 알겠다. 잠자리가 무기로구나? 말보다 행동이라 이거지?" 그러고는 한숨을 쉬며 내 손을 토닥였다. 오늘밤, 왜 에르베에게 솔직하게 이야기하지 못한 걸까? 뭔가가 나를 가로막았다. 뭔가가 내 입에 자물쇠를 채웠다.

팔각형 모양의 대리석 식탁에 자리를 잡고 앉자 기욤이 나에게 어느 신문사 소속이냐고 물었다. 그는 내 대답을 듣고도 표정의 변화가 없었다. 놀랄 일도 아니었다. 프랑스 사람들에게 〈센 신스〉는 들어본 적 없는 주간지였다. 파리에 사는 미국인들이 주요 독자층이었으니까. 상관없었다. 나는 어차피 유명한 기자가 되고픈 욕심도 없었다. 가끔 조슈아가 횡포를 부리기는 했지만 보수가 넉넉하고 시간을 비교적 자유롭게 쓸 수 있으니 그거면 충분했다.

"지금 취재하고 있는 기사는 어떤 건가요?" 기욤이 초록색 파스타를 포크로 감으며 예의 바르게 물었다.

"벨디브요. 60주년 기념식이 얼마 안 남았거든요." 내가 대답했다.

"2차 대전 때 있었던 일제 검거?" 크리스토프가 입안 가득 음식을 담고 물었다.

내가 막 대답을 하려는데, 접시에서 입 쪽으로 가져가다 말고 멈춘 기욤의 포크가 눈에 들어왔다.

"응. 벨로드롬 디베르에서 있었던 일제 검거." 내가 말했다.

"그게 파리에서 있었던 일이야?" 크리스토프는 계속 우적우적

음식을 씹어가며 물었다.

기욤이 조용히 포크를 내려놓고, 어쩐 일인지 뚫어져라 나를 쳐다보았다. 그의 눈은 검고, 입술은 섬세하고 우아했다.

"나치가 저지른 만행일걸?" 에르베가 샤르도네를 좀더 따라주며 말했다. 둘 다 딱딱하게 굳은 기욤의 표정을 알아차리지 못한 눈치였다.

"파리가 점령당했을 때 유대인들을 체포한 그 나치 말이야."

"사실은 독일인이 아니라……" 내가 말을 시작했다.

"프랑스 경찰의 소행이었어." 기욤이 끼어들며 말했다. "파리 한복판에서 벌어졌던 일이고. 유명한 사이클 경기가 열렸던 경기장에서."

"정말? 파리 근교에서 나치가 저지른 만행인 줄 알았는데." 에르베가 말했다.

"내가 지난 일주일 동안 자료 조사를 했거든. 독일에서 내린 명령이기는 했지만, 그걸 실행에 옮긴 건 프랑스 경찰이야. 학교에서 안 배웠어?" 내가 물었다.

"기억이 안 나. 안 배운 것 같은데." 크리스토프가 솔직히 시인했다.

기욤이 다시 나를 쳐다보았다. 나에게서 무언가를 알아내려는 것처럼 탐색하는 눈빛이었다. 나는 당황스러웠다.

"어떤 일이 있었는지 모르는 프랑스 국민들이 얼마나 많은지 알면 놀라실걸요?" 그가 얄궂은 미소를 지으며 말했다. "미국인들은 어떻습니까? 줄리아, 당신은 알고 있었나요?"

나는 시선을 피하지 않았다.

"아뇨, 몰랐어요. 70년대에 보스턴에서 학교를 다닐 때도 배운 적이 없고요. 하지만 이제는 많은 걸 알고 있어요. 감당이 안 될 정도로."

에르베와 크리스토프는 아무 말이 없었다. 무슨 말을 하면 좋을지 알 수 없어서 난처한 눈치였다. 이윽고 기욤이 입을 열었다.

"1995년 7월 자크 시라크가 프랑스 대통령 역사상 최초로 점령 기간 당시 프랑스 정부가 했던 역할에 대해 언급했죠. 그리고 이 일제 검거 사건에 대해서도요. 그의 연설이 헤드라인을 장식했는데, 기억하십니까?"

나는 자료 조사를 하면서 시라크의 연설을 읽었다. 그는 이로 인해 궁지에 몰렸다. 하지만 당시에 뉴스에서 분명히 들었을 텐데, 기억이 나지 않았다. 두 녀석들도—나는 예전부터 두 친구를 이렇게 불렀다—시라크의 연설을 읽거나 들은 기억이 전혀 없는 모양이었다. 에르베는 줄담배를 피우면서, 크리스토프는 손톱을 물어뜯으면서 당황한 표정으로 가만히 기욤만 쳐다볼 뿐이었다. 크리스토프는 불안하거나 마음이 불편하면 항상 손톱을 물어뜯었다.

정적이 흘렀다. 이 공간에 정적이 흐르다니 이상한 일이었다. 시끌벅적하고 즐거운 파티가 수도 없이 열렸고, 사람들이 깔깔대고 웃으며 끊임없이 농담을 하고, 시끄러운 음악 소리가 울려 퍼지던 공간이건만. 짜증 난 아래층 사람들이 빗자루로 천장을 두드려도 새벽까지 수많은 게임과 생일을 맞은 주인공의 인사와 춤판이 끊이지 않았던 공간이건만.

정적이 무겁고 아프게 느껴졌다. 다시 입을 연 기윰의 목소리는 조금 전과 달랐다. 얼굴도 달랐다. 창백했고, 더는 우리를 쳐다보지 못했다. 건드리지도 않은 파스타 접시만 내려다보았다.

"일제 검거가 시작됐을 때 우리 할머니는 열다섯 살이었어요. 두 살에서 열두 살 사이 아이들만 부모와 함께 데리고 간다면서 할머니만 남겨두고 온 집안 식구를 끌고 갔대요. 남동생들, 여동생, 어머니, 아버지, 고모, 고모부. 할아버지, 할머니까지. 우리 할머니는 그 뒤로 두 번 다시 식구들을 보지 못했어요. 살아 돌아온 사람은 아무도 없었대요. 아무도."

소녀는 악몽 같은 밤을 보내느라 눈이 침침했다. 새벽에 어느 임부가 미숙아를 사산했다. 소녀는 비명과 눈물을 두 눈으로 똑똑히 목격했다. 피가 흥건하게 묻은 아이의 머리가 여자의 다리 사이로 빠져나오는 것도 보았다. 고개를 돌려야 한다는 건 알았지만, 넋을 잃은 채 쳐다보고 있을 수밖에 없었다. 희끄무레하고 창백한 아이의 사체는 즉시 지저분한 이불 밑으로 사라졌다. 여자는 계속 신음 소리를 냈다. 아무도 여자를 조용히 시키지 못했다.

동틀 무렵이 되자 아버지는 소녀의 주머니에 손을 넣어 더듬더듬 비밀 벽장 열쇠를 찾아들고 경찰에게 이야기하러 갔다. 아버지는 열쇠를 보이며 상황을 설명했다. 아버지는 차분하게 말하려고 애썼지만, 이야기에는 두서가 없었다. 가서 네 살 난 아들을 데리고 와야 한다고 말했다. 반드시 돌아오겠다고 약속했다. 하지만 경찰은 아버지의 얼굴에 대고 웃음을 터뜨리더니 이죽거렸다. "내가 그 말을 믿을 거라고 생각하는 모양이지, 이 딱한 양반아?" 아버지는 못 믿겠으면 같이 가자고, 아들만 데리고 당장 돌아오겠다고 했다. 경찰은 저리 비키라고 했다. 아버지는 어깨가 축 처진 채 원래 앉았던 자리로 되돌아왔다. 흐느끼고 있었다.

소녀는 부들부들 떠는 아버지의 손에 쥐여 있던 열쇠를 다시 주머니에 넣었다. 동생이 얼마나 버틸 수 있을까? 동생은 아직도 소녀를 기다리고 있을 것이다. 동생은 소녀를 믿었다. 무조건적으로 믿었다.

어두컴컴한 곳에서 기다리고 있을 동생을 생각하니 견딜 수가 없었다. 배고프고 목이 마를 텐데. 물도 다 떨어졌을 텐데. 손전등도 나갔을 텐데. 하지만 어떤 상황이든 여기 있는 것보다는 나을 것이다. 이 냄새나고, 덥고, 더럽고, 사람들이 악을 쓰고 죽어가는 아수라장에 있는 것보다는 나을 것이다.

소녀는 지난 몇 시간 동안 흐느껴 우는 소리조차 내지 않은 채 웅크리고 앉아만 있는 어머니를 쳐다보았다. 초췌한 얼굴과 퀭한 눈을 하고 있는 아버지도 쳐다보았다. 에바와 지치고 불쌍한 아이들, 다른 가족들, 자기처럼 가슴에 노란 별을 달고 있는 모르는 사람들도 쳐다보았다. 고삐 풀린 망아지처럼 이리저리 뛰어다니는 굶주리고 목마른 수천 명의 아이들과, 영문을 모른 채 아주 오랫동안 계속되는 이상한 게임인 줄 알고 이제 그만 집으로 돌아가서 곰 인형을 안고 침대에 눕고 싶어하는 어린아이들도 쳐다보았다.

소녀는 뾰족한 턱을 무릎에 얹고 좀 쉬어보려 했다. 해가 뜨자 다시 열기가 덮쳤다. 이곳에서 또다시 무슨 수로 하루를 버틸 수 있을까. 기운이 없고 피곤했다. 목이 찢어지는 것 같았다. 텅 빈 배

속이 쓰라렸다.

소녀는 깜빡 졸았다. 집으로, 길거리가 내다보이는 소녀의 방으로, 창문 사이로 비친 햇살이 벽난로와 폴란드에 계신 할머니 사진 위에 무늬를 만드는 거실로 다시 돌아간 꿈을 꾸었다. 녹음이 우거진 안마당 건너편에서 음악 선생님이 연주하는 바이올린 소리가 들렸다. "쉬르 르 퐁 다비뇽, 오 니 당스, 오 니 당스. 쉬르 르 퐁 다비뇽, 오 니 당스 투 탕 롱(아비뇽 다리 위에서, 사람들이 춤을 추네, 춤을 추네. 아비뇽 다리 위에서, 원을 그리며 춤을 추네)." 어머니는 "레 보 메시외 퐁 콤 사, 에 퓌 앙코르 콤 사(잘생긴 신사들도 그렇게 하네, 그러고 나선 또 그렇게)"라고 따라 부르며 저녁을 만들고 있었다. 남동생은 기다란 복도의 시커먼 마룻바닥 위에서 덜커덕, 쿵 소리를 내며 조그맣고 빨간 기차를 굴리고 있었다. "레 벨 담 퐁 콤 사, 에 퓌 앙코르 콤 사(아름다운 숙녀들도 그렇게 하네, 그러고 나선 또 그렇게)." 집 냄새가, 촛불과 향신료, 주방에서 끓고 있는 갖가지 맛있는 음식의 편안한 냄새가 소녀의 코를 간질였다. 아버지가 어머니에게 책을 읽어주는 소리가 들렸다. 그들은 아무 걱정 없었다. 행복했다.

누가 소녀의 이마에 서늘한 손을 얹었다. 고개를 들어보니 십자가가 찍힌 파란색 베일을 쓴 젊은 여자가 서 있었다.

여자가 웃으며 시원한 물을 한 잔 건넸고, 소녀는 벌컥벌컥 마셨다. 간호사가 얇은 비스킷과 생선 통조림도 주었다.

"용감해져야 한다." 젊은 간호사가 중얼거렸다.

하지만 간호사의 눈에도 소녀의 아버지가 그랬던 것처럼 눈물이 맺혀 있었다.

"여기서 나가고 싶어요." 소녀는 나지막이 속삭였다. 평화롭고 아무 걱정 없던 꿈속으로 다시 돌아가고 싶었다.

간호사가 고개를 끄덕이며 보일 듯 말 듯 슬픈 미소를 지었다.

"네 심정 이해한단다. 내가 해줄 수 있는 게 없구나. 정말 미안하다."

간호사는 일어나 다른 가족이 있는 쪽으로 몸을 돌렸다. 소녀는 간호사의 소맷부리를 붙잡고 물었다.

"언제쯤 여기서 나갈 수 있을까요?"

간호사는 고개를 저으며 소녀의 볼을 부드럽게 쓰다듬었다. 그러고 나서 다음 가족이 있는 곳으로 자리를 옮겼다.

소녀는 미칠 것만 같았다. 악을 쓰고 발로 차고 고래고래 소리를 지르고 싶었다. 이 무시무시하고 끔찍한 곳에서 나가고 싶었다. 집으로, 노란 별을 달기 이전으로, 남자들이 대문을 두드리기 이전으로 돌아가고 싶었다.

왜 이런 일이 벌어진 걸까? 내가 혹은 부모님이 무슨 짓을 저질렀기에 이런 벌을 받는 걸까? 유대인으로 태어난 게 그렇게 끔찍한 잘못일까? 유대인들은 왜 이런 대접을 받는 걸까?

별을 달고 학교에 갔던 첫날이 생각났다. 교실 안으로 들어선 순간, 모든 아이들의 시선이 그리로 가서 꽂혔다. 소녀의 조그만 가슴에 달린, 아버지 손바닥만큼 커다랗고 노란 별. 몇몇 여자아이도 별을 달고 있었다. 아르멜도 달고 있었다. 그 모습에 기분이 조금 나아졌다.

쉬는 시간이 되자 별을 단 여자아이들끼리 한데 모였다. 예전엔 친구였던 아이들이 그들을 향해 손가락질했다. 디소 선생님은 별 때문에 달라지는 건 아무것도 없다고 했다. 별이 있건 없건 모든 학생들을 전과 똑같이 대할 거라고 했다.

하지만 디소 선생님의 말은 도움이 되지 않았다. 대부분의 여자아이들이 그날부터 별을 단 아이들과 말을 하지 않았다. 아니, 그 정도가 아니라 멸시하는 눈빛으로 별을 단 아이들을 빤히 쳐다보았다. 소녀는 그런 모멸감을 견딜 수 없었다. 그리고 그 못된 다니엘은 학교 앞 거리에서 소녀와 아르멜에게 "너희 부모님은 더러운 유대인이야, 너희는 더러운 유대인이야"라고 잔인한 말을 내뱉었다. 왜 더럽다는 걸까? 유대인인 게 왜 더럽다는 거지? 소녀는 부끄럽고 슬펐다. 울고 싶었다. 아르멜은 아무 말 없이 피가 나올 때까지 입술만 깨물었다. 아르멜이 소녀 앞에서 겁먹은 표정을 보인 건 그때가 처음이었다.

소녀는 별을 떼어버리고 싶었다. 부모님에게 별을 떼고 학교에 가겠다고 했다. 하지만 어머니는 안 된다고, 자랑스럽게 생각하라고, 별을 자랑스럽게 생각하라고 했다. 남동생은 자기도 별을 달고 싶다고 난리를 부렸다. 어머니는 짜증을 내지 않고, 별은 여섯 살부터 다는 거라고 설명해주었다. 몇 년 더 기다려야 한다고. 남동생은 오후 내내 엉엉 울었다.

컴컴하고 깊숙한 벽장 안에 숨어 있을 남동생이 생각났다. 그 따뜻하고 조그만 몸을 품에 안고 곱슬곱슬한 금발과 통통한 목에 입을 맞추고 싶었다. 소녀는 주머니에 든 열쇠를 꽉 쥐었다.

"남들이 뭐라건 상관없어." 소녀가 나지막이 속삭였다. "돌아가서 동생을 구할 방법을 찾을 거야. 꼭 찾아낼 거야."

저녁식사가 끝나자 에르베가 리몬첼로를 따랐다. 레몬으로 만들어 얼음처럼 차갑게 마시는 이탈리아 리큐어로, 노란색이 아주 예뻤다. 기욤은 천천히 리몬첼로를 홀짝였다. 그는 식사하는 내내 별말이 없었다. 감정도 가라앉은 듯했다. 나는 벨디브 이야기를 감히 다시 꺼내지 못했다. 그런데 기욤이 내 쪽으로 고개를 돌리더니 입을 열었다.

"저희 할머니는 연세가 많으세요. 이제는 그때 이야기를 피하시죠. 하지만 저는 그날 어떤 일이 있었는지 모두 들었어요. 할머니 입장에서는 혼자 살아가야 했던 게 가장 괴롭지 않았을까 싶어요. 온 가족을 잃고 계속 살아가야 했던 게."

나는 뭐라고 말해야 할지 몰랐다. 다른 두 사람도 말이 없었다.

"전쟁이 끝났을 때 할머니는 라스파유 대로에 있는 루테티아 호텔을 날마다 찾아갔어요." 기욤이 이야기를 계속했다. "수용소에서 돌아온 사람들 명단과 소속 단체를 거기서 확인할 수 있었거든요. 할머니는 날마다 찾아가서 기다리다 얼마 뒤에 포기했어요. 모두들 죽었다는 걸 알게 된 거죠. 아무도 돌아올 수 없다는 걸. 그 전까지는 그런 줄 아무도 몰랐다가, 살아남은 사람들이 돌아와서 들려주는 이야기를 듣고 모두 다 알게 된 거죠."

다시 정적이 흘렀다.

"벨디브 사건에서 가장 충격적인 게 뭔지 아세요? 암호명이었어요." 기욤이 말했다.

나는 광범위한 자료 조사 덕분에 암호명이 뭔지 알고 있었다.

"봄바람 작전." 내가 웅얼거렸다.

"그렇게 끔찍한 작전에 붙인 암호명치고는 참 예쁘죠?" 기욤이 말했다. "게슈타포에서 수를 정해놓고 16세부터 50세 사이 유대인들을 그만큼 '넘겨달라'고 프랑스 경찰에 협조를 요청했어요. 그런데 유대인을 최대한 이송하는 데 혈안이 된 프랑스 경찰에서 명령을 확대 적용해 어린아이들까지 잡아간 겁니다. 프랑스에서 태어난 프랑스 국적의 아이들까지 말입니다."

"게슈타포에서 아이들까지 요구한 게 아니고요?" 내가 물었다.

"네. 처음에는 그런 요구를 하지 않았어요. 어린아이들까지 이송했다가는 들통이 날 테니까요. 유대인들을 수용소에 보내 노동력을 착취하려는 게 아니라 죽이는 게 목적이라는 것을요." 그가 대답했다.

"그런데 아이들까지 잡아간 이유가 뭐죠?" 내가 물었다.

기욤은 리몬첼로를 한 모금 마셨다.

"아마 경찰에서는 유대인 아이들은 프랑스에서 태어나도 유대인이라고 생각했을 겁니다. 결국 프랑스에서는 팔만 명의 유대인을 죽음의 수용소로 보냈습니다. 그중에서 살아 돌아온 사람은 몇천 명밖에 안 돼요. 아이들은 거의 없었고요."

나는 집으로 돌아가는 내내 기욤의 어둡고 슬픈 눈빛을 지울 수 없었다. 할머니와 가족들 사진을 보내주겠다고 하기에 내 전화번호를 알려주었다. 그는 조만간 연락하겠다고 했다.

집에 들어가니 베르트랑이 소파에 엎드려 한쪽 팔로 머리를 받치고 텔레비전을 보고 있었다.

"그래, 그 녀석들은 잘 지내고 있어? 언제나처럼 고상하고?" 베르트랑은 텔레비전 화면에서 시선을 떼지도 않은 채 물었다.

나는 샌들을 벗고 그의 옆에 앉아 멋지고 우아한 옆모습을 바라보았다.

"완벽한 저녁이었어. 기욤이라고 흥미로운 남자도 만났고."

"아하." 베르트랑은 그제야 관심을 보이며 내 쪽으로 고개를 돌렸다. "게이야?"

"글쎄, 그런 것 같지는 않던데. 나야 그쪽으로는 워낙 무디니까."

"그 기욤이라는 남자 뭐가 그렇게 흥미로웠는데?"

"그 사람 할머니가 1942년에 벨디브 일제 검거를 모면했대."

"음." 그는 리모컨으로 계속 채널을 돌렸다.

"베르트랑, 학교 다닐 때 벨디브에 대해 배운 적 있어?"

"모르겠는데."

"이번에 그 기사를 맡았거든. 곧 60주년 기념식이 있대."

베르트랑은 내 한쪽 맨발을 잡더니 따뜻한 손가락에 힘을 실어

주무르기 시작했다.

"독자들이 벨디브에 관심 있어할까? 과거의 일이잖아. 사람들이 읽고 싶어할 만한 기사는 아닌 것 같은데."

"프랑스 사람들이 부끄럽게 생각하는 일이라서? 그러니까 우리도 그 사람들처럼 묻고 아무 일 없었던 것처럼 살아야 한다는 거야?"

그는 자기 무릎에 올려놓았던 내 발을 내려놓고 눈을 반짝였다. 나는 마음의 준비를 했다.

"이런, 이런." 베르트랑이 사악하게 씩 웃으며 말했다. "나치와 손을 잡고 아무 죄 없는 가여운 사람들을 죽음으로 몰고 간 우리 프랑스 국민들이 얼마나 잔인한 족속인지 당신 동포들한테 알릴 수 있는 기회가 또다시 찾아왔다는 건가? 미스 나한트, 진실을 폭로하다! 우리한테 창피를 줘서 뭘 어쩌겠다는 건데? 이제는 아무도 상관하지 않아. 아무도 기억 못하고. 차라리 다른 기사를 써. 재미있고 깜찍한 거. 어떤 식으로 쓰면 되는지 알잖아. 조슈아한테 벨디브를 고른 건 실수였다고 말해. 아무도 읽지 않을 거야. 다들 하품하면서 다음 기사로 넘어갈걸."

나는 소파에서 일어났다. 속이 부글거렸다.

"당신이 착각하는 것 같은데. 사람들은 그 사건에 대해 잘 몰라. 크리스토프조차 별로 아는 게 없었어. 프랑스 사람인데도."

베르트랑은 콧방귀를 뀌었다.

"크리스토프는 글도 거의 못 읽잖아! 알아보는 글자라고는 구찌하고 프라다밖에 없지 않나?"

나는 아무 말 없이 욕실로 들어가 물을 틀었다. 왜 닥치라고 하지 않았을까? 나는 왜 계속 참는 걸까? 베르트랑을 미치도록 사랑하기 때문이지. 그는 처음부터 거만하고 무례하고 이기적이었잖아? 똑똑하고 잘생겼고 마음만 먹으면 얼마든지 재미있고 환상적인 애인이 될 수도 있는. 격정적인 밤, 키스와 애무, 엉망이 되어버린 침대, 아름다운 그의 몸, 따뜻한 입술, 장난꾸러기 같은 미소. 기억이 끝없이 이어졌다. 베르트랑. 너무나 매력적이고, 너무나 뇌쇄적이고, 너무나 벅찬 사람. 그래서 네가 참는 거잖아. 하지만 얼마나 견딜 수 있을까? 얼마 전에 이자벨과 나눈 대화가 생각났다. 줄리아, 베르트랑을 잃을까봐 그게 무서워서 계속 참는 거야? 아이들을 발레 수업에 들여보내고 살 플레이엘 옆 조그만 카페에서 기다리고 있을 때 이자벨이 몇 대째인지 모를 담배에 불을 붙이며 내 눈을 똑바로 쳐다보고 물었다. 아냐, 내가 대답했다. 나는 그 사람을 사랑해. 정말로 사랑해. 있는 모습 그대로 사랑해. 이자벨은 감동적이라는 듯 휘파람을 불었지만, 내 말을 믿지는 않았다. 그럼 그 사람 복이네. 하지만 제발 부탁인데, 너무 심하다 싶으면 그 사람한테 말해. 꼭 말해.

나는 욕조에 누워 베르트랑과 처음 만났던 순간을 떠올렸다. 쿠르슈벨에 있는 어느 별난 나이트클럽이었다. 그는 취해서 비틀거리며 왁자지껄 떠들던 친구들과 함께 있었다. 나는 그 당시 일하던 텔레비전 네트워크에서 만나 몇 개월 동안 사귄 남자 친구 헨리와 함께 있었다. 헨리와 나는 가볍게 만나는 사이였다. 둘 다 서로를 미칠 듯이 사랑하는 사이는 아니었다. 프랑스에 사는 미국 동포일

뿐이었다.

베르트랑이 나에게 춤을 청했다. 내 옆에 다른 남자가 앉아 있는데도 신경 쓰지 않는 눈치였다. 나는 화가 나서 거절했다. 그는 아주 끈질기게 매달렸다. “한 번만요. 딱 한 번만. 아주 환상적인 춤을 경험하게 해줄게요.” 나는 헨리를 곁눈질했다. 헨리는 어깨를 으쓱하더니 윙크를 하며 “나가봐”라고 했다. 나는 자리에서 일어나 이 뻔뻔한 프랑스 남자와 춤을 추었다.

스물일곱 살의 나는 제법 눈부신 미모를 자랑했다. 사실 나는 열일곱 살 때 미스 나한트로 뽑힌 적도 있다. 그때 받은 모조 다이아몬드 왕관이 아직도 어딘가에 처박혀 있다. 조에는 어렸을 때 그 왕관을 가지고 노는 것을 좋아했다. 나는 외모를 별로 내세우지 않았다. 그런데 파리에서 살아보니 미국에서보다 더 많은 주목을 받는 것을 느낄 수 있었다. 게다가 프랑스 남자들은 여자에게 접근할 때 얼마나 과감하고 노골적이던지. 나는 파리지앵처럼 세련되지는 않았지만—그러기엔 키가 너무 크고 눈에 띄는 금발인 데다 이를 너무 환히 드러내고 웃었다—뉴잉글랜드식 매력으로 신선한 분위기를 풍겼다. 파리에서 지낸 처음 몇 달 동안 서로 노골적으로 추파를 주고받는 프랑스 남자 여자 들을 보고 얼마나 놀랐는지 모른다. 그들은 상대방을 끊임없이 재고 따졌다. 외모와 옷차림과 액세서리를 평가했다. 파리에서 지낸 첫해 봄, 오리건에서 온 수재나와 버지니아에서 온 잰과 함께 생 미셸 대로를 걷고 있었다. 우리는 외출한다고 해서 특별히 신경 쓰지 않고 청바지와 티셔츠를 입고 고무 샌들을 신었다. 셋 다 키가 크고 근육질에 금발인, 전형적인 미국인의 외모였다. 그때 남자들이 끊임없이 다가와 말을 걸었다.

"봉주르, 메드무아젤, 부 제트 아메리켄, 메드무아젤(안녕, 아가씨들, 미국인인가요)?"

젊은 남자, 나이 든 남자, 학생, 사업가 할 것 없이 다가와 연락처를 달라는 둥, 같이 저녁을 먹자는 둥, 술 한잔 하자는 둥 애원하고 시시덕거렸다. 매력적인 남자도 있었지만, 대부분 그저 그랬다. 미국에서는 이런 일이 없었다. 미국 남자들은 길거리에서 만난 여자 꽁무니를 쫓아가 애정 공세를 펼치지 않았다. 잰과 수재나와 나는 어쩔 줄 몰라하며 키득거렸다. 기분이 좋기도 하고 당황스럽기도 했다.

베르트랑은 쿠르슈벨의 나이트클럽에서 처음 춤을 추었을 때 나한테 반했다고 한다. 바로 그 자리에서. 나는 그 말을 믿지 않는다. 그가 사랑을 느낀 것은 조금 나중이었을 것이다. 아마 다음 날 아침, 나를 데리고 스키를 타러 갔을 때였을 것이다. "이런 젠장할!" 그는 프랑스 여자들은 그런 식으로 스키를 타지 않는다고 숨을 헐떡이며 감탄하는 눈빛으로 나를 쳐다보았다. 그런 식이라니요? 내가 물었다. 속도를 그 절반도 안 내요. 그는 웃으며 나에게 격렬한 키스를 퍼부었다. 하지만 나는 그 자리에서 그에게 반했다. 베르트랑의 팔짱을 끼고 나이트클럽을 나서며 가여운 헨리에게 눈인사조차 하지 않았을 만큼 홀딱 반했다.

베르트랑은 곧바로 결혼 이야기를 꺼냈다. 나는 그렇게 결혼을 서두를 생각이 없었다. 당분간 여자 친구로 지내도 충분했다. 하지만 그가 워낙 고집을 부리는 데다 워낙 매력적이고 섹시하다보니,

결국 프러포즈를 받아들였다. 그는 내가 완벽한 아내, 완벽한 엄마가 될 줄 알았던 모양이다. '미국인치고는' 똑똑하고 교양 있고 보스턴 대학 우등 졸업생이었으니까. 나는 건강하고 씩씩하고 튼튼했다. 담배도 피우지 않았고, 마약도 하지 않았고, 술도 거의 안 마셨고, 교회에도 다녔다. 나는 파리로 다시 돌아와 테자크 집안 사람들을 만났다. 식구들에게 인사를 하던 그날, 얼마나 긴장했는지 모른다. 흠잡을 데 없이 완벽하고 고풍스러웠던, 위니베르시테 가의 그 아파트. 에두아르의 파랗고 차가운 눈과 건조한 미소. 완벽한 화장과 완벽한 차림새를 뽐내며 매니큐어를 바른 우아한 손으로 애써 다정하게 커피와 설탕을 건네주던 콜레트. 그리고 두 명의 여동생. 뼈만 앙상하고 금발에 안색이 창백했던 로르. 갈색 머리에 발그스레한 뺨과 풍만한 몸매를 자랑했던 세실. 로르의 약혼자 티에리도 있었지만, 나에게는 거의 말을 걸지 않았다. 베르트랑의 여동생들은 파리의 모든 여자를 발치에 거느린 바람둥이 오빠가 촌스러운 미국 여자를 골랐다는 데 당혹스러워하며 호기심 가득한 표정으로 나를 빤히 쳐다보았다.

베르트랑과 그의 식구들은 내가 아이를 서너 명쯤 줄줄이 낳을 거라고 생각했다. 하지만 결혼하자마자 골치 아픈 문제들이 터졌다. 예상치 못했던 골치 아픈 문제들이 끝도 없이 이어졌다. 잇단 조기 유산이 나를 미치게 만들었다.

나는 육 년을 고생한 끝에 간신히 조에를 낳았다. 베르트랑은 한참 동안 둘째를 기다렸다. 나도 마찬가지였다. 하지만 이제는 우리 둘 다 둘째 이야기를 꺼내지 않는다.

그러다 불거진 것이 아멜리에 문제였다.

오늘밤은 아멜리에 생각을 하고 싶지 않았다. 아멜리에라면 이제 신물이 났다.

물이 미지근해졌다. 나는 와들와들 떨며 밖으로 나왔다. 베르트랑은 계속 텔레비전을 보고 있었다. 평소 같으면 그의 옆으로 가서 앉았을 것이다. 그러면 그가 두 팔을 벌리고 다정하게 나를 부르며 입을 맞췄을 것이다. 그러면 내가 조금 전에는 말이 너무 심했던 거 아니냐며 삐친 어린아이처럼 종알거렸을 것이다. 그러면서 서로 입을 맞추다 방으로 들어가 사랑을 나누었을 것이다.

하지만 오늘밤에는 그의 옆으로 가지 않았다. 나는 침대 속으로 들어가 벨디브 아이들에 관한 자료를 읽었다.

불을 껐을 때 마지막으로 떠오른 것은 할머니 이야기를 들려주던 기욤의 얼굴이었다.

여기서 지낸 지 며칠이나 지났을까? 소녀는 기억이 나지 않았다. 멍하고 아무 감각이 없었다. 낮인지 밤인지조차 알 수 없었다. 한번은 속이 불편해서 위액을 토하며 끙끙대기도 했다. 아버지가 손으로 쓰다듬으며 기운을 북돋워주는 게 느껴졌다. 소녀는 오직 동생 생각뿐이었다. 동생 생각을 멈출 수가 없었다. 열쇠가 그 조그맣고 통통한 뺨이라도 되는 양, 곱슬곱슬한 머리칼이라도 되는 양 주머니에서 열쇠를 꺼내 미친 듯이 입을 맞추곤 했다.

지난 며칠 동안 몇몇 사람이 세상을 떠났고, 소녀는 그 광경을 전부 목격했다. 악취가 코를 찌르는 찜통더위 속에서 발광하던 사람들이 매를 맞고 들것에 묶이는 것도 목격했다. 심장마비로, 자살로, 고열로 죽어나가는 사람들도 목격했다. 들려 나가는 시체들도 목격했다. 이토록 소름 끼치는 광경은 처음이었다. 어머니는 온순한 짐승으로 변했다. 거의 아무 말도 하지 않고 소리 없이 눈물만 흘렸다. 기도만 했다.

어느 날 아침, 확성기를 통해 짧은 명령이 전달됐다. 각자 소지품을 들고 조용히 입구 쪽으로 집합하라는 명령이었다. 소녀는 비틀거리며 자리에서 일어섰다. 다리가 후들거려 몸을 가누기도 힘들었다. 소녀는 아버지를 도와 어머니를 일으키고 다 같이 가방을 챙겼다. 사람들 모두 발을 질질 끌며 천천히 입구 쪽으로 향했다. 하나같이 느릿느릿 힘겹게 발걸음을 옮겼다. 심지어 아이들조차 노인처럼 허리를 숙인 채 바닥을 보며 휘청휘청 걸었다. 어디로 가는 걸까? 소녀는 아버지에게 물어보고 싶었지만, 여위고 마음을 꽁꽁 닫은 듯한 아버지의 얼굴을 보니 아버지도 지금 당장은 답을 줄 수 없을 것 같았다. 드디어 집으로 돌아가게 된 걸까? 이제 끝난 걸까? 집에 가서 동생을 꺼내줄 수 있게 된 걸까?

그들은 경찰이 시키는 대로 좁은 길을 따라 걸었다. 소녀는 창가에서, 발코니에서, 문 앞에서, 길가에서 그들을 구경하는 낯선 사람들을 쳐다보았다. 대부분 무관심한 표정으로 아무 말 없이 계속 쳐다보기만 했다. 관심이 없는 거구나. 소녀는 생각했다. 우리가 어떤 일을 겪든, 어디로 끌려가든 관심이 없는 거구나. 한 남자가 웃으며 그들에게 손가락질했다. 그는 아이의 손을 잡고 있었다. 아이도 웃고 있었다. 왜 저렇게 웃는 거지? 악취가 폴폴 풍기는 누더기를 걸치고 있는 우리가 우스워 보이는 걸까? 그래서 웃는 걸까? 뭐가 그렇게 재미있는 거지? 어떻게 웃음이 나올 수가 있어? 어쩌면 이렇게 잔인할 수 있어? 소녀는 그들에게 침을 뱉고 악을 쓰고 싶었다.

중년의 아주머니가 길을 가로질러 오더니 소녀의 손에 무언가를 얼른 쥐여주었다. 말랑말랑한 롤빵이었다. 경찰이 아주머니를 쫓아냈다. 소녀는 아주머니가 저쪽으로 건너갈 때까지 바라보았다. 아주머니는 "딱한 것. 주여, 불쌍히 여기소서" 하고 말했다. 하느님은 뭘 하고 있을까? 소녀는 멍하니 그런 생각을 했다. 우릴 포기한 걸까? 내가 모르는 무슨 일 때문에 우리한테 벌을 주고 있는 걸까? 소녀의 부모님은 하느님을 믿었지만, 독실한 신자는 아니었다. 아르멜네 부모님처럼 모든 의식을 지켜가며 전통적인 방식으로 소녀를 키우지도 않았다. 그래서 벌을 받는구나 싶었다. 교리를 제대로 지키지 않아 받는 벌이구나 싶었다.

소녀는 아버지에게 빵을 건넸다. 아버지는 소녀에게 먹으라고 했다. 소녀는 허겁지겁 먹어치우다 사레가 들 뻔했다.

그들은 예전의 그 시내버스에 태워져 강이 내려다보이는 기차역으로 이송되었다. 소녀는 무슨 역인지 알지 못했다. 한 번도 와 본 적 없는 곳이었다. 소녀는 열 살이 된 지금까지 파리를 벗어난 적이 거의 없었다. 기차가 보이자 공포가 엄습했다. 이렇게 떠날 수는 없었다. 남아야 했다. 동생 때문에 남아야 했다. 돌아가서 구해주겠다고 약속했다. 소녀는 아버지의 소매를 당기며 남동생의 이름을 나지막이 속삭였다. 아버지는 소녀를 내려다보았다.

"방법이 없구나." 마침내 아버지가 힘없이 말했다. "아무것도."

소녀는 도망친 친구가 생각났다. 영리하게 달아난 친구가 생각났다. 분노가 치밀었다. 아빠는 왜 이렇게 나약하고 용기가 없을까? 아들이 걱정되지 않나? 그 꼬맹이가 걱정되지 않나? 왜 용감하게 도망치지 않았을까? 어쩌면 이렇게 가만히 서서 양처럼 기차 안으로 끌려 들어갈 수 있는 걸까? 이렇게 가만히 서 있을 게 아니라 어떻게든 도망쳐서 아들과 자유가 기다리는 아파트로 달려가야 하는 게 아닐까? 나한테서 열쇠를 받아 달아나야 하는 게 아닐까?

아버지가 소녀를 쳐다보았다. 소녀가 무슨 생각을 하는지 다 안다는 얼굴이었다. 아버지는 아주 차분한 목소리로 그들이 매우 위험한 상황이라고 이야기했다. 어디로 끌려가는지 알 수 없다고 했다. 앞으로 그들에게 어떤 일이 닥칠지 알 수 없다고 했다. 하지만 지금 달아나려고 했다가는 죽을 게 뻔했다. 소녀와 어머니 앞에서 그 즉시 총살당할 게 뻔했다. 그러면 끝장이었다. 소녀와 어머니만 남겨질 테니. 아버지가 남아서 두 사람을 지켜주어야 했다.

소녀는 잠자코 이야기를 들었다. 지금까지 아버지가 소녀에게 이런 목소리로 이야기한 적은 한 번도 없었다. 어머니와 걱정스럽고 비밀스러운 대화를 나눌 때 들렸던 바로 그 목소리였다. 소녀는 어떻게든 이해하려고 했다. 어떻게든 괴로운 표정을 짓지 않으려고 했다. 하지만 동생은…… 소녀의 잘못이었다. 벽장에 있으라고 한 사람은 소녀였다. 모두 다 소녀의 잘못이었다. 소녀만 아니었다면 동생도 지금 이 자리에 함께 있었을 텐데. 이 자리에서 소녀의 손을 잡고 있었을 텐데.

소녀는 울음을 터뜨렸다. 뜨거운 눈물이 두 눈과 두 뺨을 타고 흘렀다.

"나는 몰랐어요!" 소녀가 흐느껴 울었다. "아빠, 나는 몰랐어요. 다시 돌아갈 줄 알았어요. 거기 있으면 괜찮을 줄 알았어요." 그러다 고개를 들고 조그만 주먹으로 아버지의 가슴을 때리며 성난 목소리로 외쳤다. "아빠가 아무 말도 해주지 않았잖아요. 얼마큼 위험한 일이 기다리고 있는지 설명해주지 않았잖아요. 아무 말도 해주지 않았잖아요. 왜 그랬어요? 내가 너무 어려서 이해하지 못할 거라고 생각했어요? 나를 보호하려고 했던 거예요? 그런 거였어요?"

아버지의 표정. 소녀는 아버지의 얼굴을 더는 쳐다볼 수 없었다. 소녀를 내려다보는 아버지의 얼굴에는 엄청난 절망과 슬픔이 어려 있었다. 눈물 때문에 아버지의 얼굴이 보이지 않았다. 소녀는 손으로 얼굴을 가리고 혼자 울었다. 아버지는 소녀를 가만히 내버려두었다. 끔찍하고 외로운 시간이 그렇게 흐르는 동안 소녀는 이해했다. 소녀는 이제 행복한 열 살짜리가 아니었다. 그보다 더 나이 많은 다른 사람이 되어버렸다. 그 어떤 것도 예전과 같을 수 없을 것이다. 소녀도. 소녀의 가족도. 소녀의 남동생도.

소녀는 마지막으로 울음을 터뜨리며 난생처음 우악스럽게 아버지의 팔을 잡아당겼다.

"그 아이는 죽을 거예요! 죽을 거라고요!"

마침내 아버지가 입을 열었다. "우리 모두 어떻게 될지 모르는 상황이야. 너, 나, 네 엄마, 네 동생, 에바와 아이들, 여기 있는 사람들 모두. 나는 너와 함께 여기 있지. 그리고 우리는 네 동생과 함께 있는 거란다. 우리의 기도 속에, 우리의 가슴속에 그 아이가 있으니까."

뭐라고 대답할 틈도 없이 소녀는 아버지와 함께 기차 안으로 쓸려 들어갔다. 좌석도 없는 화차였다. 덮개만 씌운 가축 운반 차였다. 지독한 냄새가 나고 지저분했다. 소녀는 문가에 서서 먼지가 내려앉은 잿빛 기차역을 내다보았다.

근처 승강장에서 어떤 일가족이 다른 기차를 기다리고 있었다. 아버지, 어머니, 두 아이로 이루어진 가족이었다. 어머니는 예쁘게 트레머리를 한 미인이었다. 여행을 떠나는 모양이었다. 소녀 또래의 여자아이가 있었다. 예쁜 옅은 자주색 원피스를 입고 있었다. 머리는 깔끔했고, 구두는 반짝거렸다.

승강장을 사이에 두고 두 소녀의 시선이 마주쳤다. 예쁘게 트레머리를 한 어머니도 이쪽을 보고 있었다. 기차 안의 소녀는 눈물로 범벅이 된 자기 얼굴이 꼬질꼬질하다는 것, 머리칼은 기름져 떡이 되었다는 것을 알고 있었다. 하지만 창피해하며 고개를 숙이지는 않았다. 턱을 들고 꼿꼿이 서서 눈물을 닦았다.

문이 힘겹게 닫히고 기차가 바퀴를 덜커덩덜커덩 끼익거리며 움직이기 시작했을 때, 소녀는 작은 틈새로 내다보았다. 승강장에 있는 소녀를 계속 바라보았다. 옅은 자주색 원피스가 시야에서 사라질 때까지 그렇게 바라보았다.

나는 15구를 좋아한 적이 없다. 에펠탑 바로 옆에서 센 강변의 미관을 망가뜨리는 현대적인 분위기의 괴물 같은 고층 건물들 때문일 것이다. 내가 파리로 건너오기 한참 전인 1970년대 초반에 지어진 건물들인데도 절대 익숙해지지 않았다. 게다가 뱀버와 함께 벨로드롬 디베르가 있었던 넬라통 가를 찾아갔으니 이 일대가 한층 더 싫어질 수밖에 없었다.

"흉물스러운 거리네요." 뱀버가 중얼거리며 사진을 몇 장 찍었다.

넬라통 가는 어두컴컴하고 적막했다. 햇빛이 한 번도 쨍하니 비친 적이 없는 게 분명했다. 한쪽에는 19세기 후반에 건설된 속물스러운 석조 건물들이 늘어서 있었다. 벨로드롬 디베르가 있었던 자리 맞은편에는 커다란 갈색 건물이 있었는데, 1960년대 초반에 지어진 건물답게 색깔과 비율 면에서 흉측하기 짝이 없었다. 유리 회전문 위에는 '내무부' 표지가 있었다.

"정부 청사하고는 안 어울리는 부지네요. 안 그래요?" 뱀버가 물었다.

뱀버가 찾은 벨디브 사진은 몇 장 되지 않았다. 나는 그중 한 장을 들고 있었다. 희끄무레한 정면에 까만 글씨로 큼지막하게 '벨디브'라고 적혀 있었다. 커다란 출입구. 길가에 나란히 주차된 여러 대의 버스와 사람들의 정수리. 일제 검거가 있던 날 아침에 맞은편 창문에서 찍은 것일지도 모른다.

여기에서 어떤 일이 벌어졌는지 기록해놓은 게 있을까 싶어 찾아봤지만, 아무것도 없었다.

"아무것도 없다는 게 믿기지 않아." 내가 말했다.

그레넬 대로 쪽으로 모퉁이를 돌자마자 뭔가가 보이기는 했다. 다소 초라해 보이는 자그마한 표지판이었다. 대충 훑어보기라도 한 사람이 한 명이라도 있을까? 표지판에는 이렇게 적혀 있었다.

1942년 7월 16일과 17일, 파리와 근교에서 체포된 13,152명의 유대인이 아우슈비츠로 이송돼 살해됐다. 비시 정부 치하의 경찰이 나치 점령군의 명령에 따라 체포한 1,129명의 남성과 2,916명의 여성, 4,115명의 어린이가 한때 이곳에 있었던 벨로드롬 디베르에 수용되어 참혹한 환경에서 지냈다. 그들을 구하려 했던 사람들에게 감사의 마음이 전해지길. 지나가는 자여, 결코 잊지 말길!

"재미있네요." 뱀버가 중얼거렸다. "어린이와 여자에 비해 남자들 숫자는 왜 그렇게 적었을까요?"

"대규모 일제 검거가 시작된다는 소문이 돌았거든. 그 전에도 몇 번 그런 일이 있었고, 특히 1941년 8월에 그런 경험이 있었으니까. 하지만 그 전에는 남자들만 끌려갔어. 이때처럼 철두철미한 계획 아래 대규모로 검거가 이루어진 적은 없었지. 그래서 이 사건이 더욱 악랄한 거야. 7월 16일 밤에 남자들은 대부분 숨어 있었어. 여자와 아이들은 괜찮을 줄 알았던 거지. 오판한 거야." 내가 설명했다.

"얼마나 오랫동안 계획한 일인가요?"

"몇 개월 동안. 프랑스 정부는 체포할 유대인들 명단을 작성하는 등 1942년 4월부터 열심히 계획을 세우기 시작했지. 동원된 파리 경찰이 육천 명이 넘었어. 처음에 계획한 날짜는 7월 14일이었어. 하지만 그날이 국경일이라 며칠 뒤로 연기된 거고."

우리는 지하철역까지 걸어갔다. 황량한 거리였다. 황량하고 쓸쓸한 거리였다.

"그런 다음에는 어떻게 됐나요? 그들은 어디로 끌려갔어요?" 뱀버가 물었다.

"벨디브에 이삼 일 동안 갇혀 있었어. 나중에 허가를 받고 들어갔다 나온 몇몇 간호사와 의사 들의 증언에 따르면 눈 뜨고 볼 수 없는 아수라장이었대. 그들은 아우스터리츠 역으로 보내졌고, 그런 다음 파리 주변의 수용소들로 옮겨졌지. 그러고는 곧장 폴란드로 이송됐고."

뱀버가 눈을 치켜떴다.

"수용소요? 프랑스에도 강제 수용소가 있었단 말이에요?"

"아우슈비츠로 가기 전에 들르는 대기실 역할을 한 게 프랑스 수용소였어. 드랑시, 이곳이 파리에서 가장 가까웠고, 피티비에, 본라롤랑드……"

"그곳들이 지금은 어떻게 변해 있을지 궁금하네요. 가서 알아봐야 할 것 같은데요." 뱀버가 말했다.

"그래야겠지."

우리는 커피를 마시러 넬라통 가 모퉁이에 있는 카페에 들어갔다. 나는 손목시계를 흘끗 보았다. 오늘은 할머님을 만나러 가기로 약속한 날이었다. 하지만 아무래도 시간이 안 될 것 같았다. 내일로 미루어야겠다. 할머님을 만나러 가는 일은 절대 고역스럽지 않았다. 외할머니와 친할머니 두 분 모두 내가 어렸을 때 돌아가셨기 때문에 할머님이 나의 외할머니이자 친할머니였다. 할머님이 그렇게 아끼는 베르트랑이 조금만 더 신경을 써주면 정말 좋을 텐데.

뱀버가 나를 다시 벨디브의 세계로 끌어들였다.

"제가 프랑스 국민이 아닌 게 정말 다행이에요." 뱀버가 말했다.

그러다 잠시 후 퍼뜩 생각났다는 듯이 말했다.

"앗, 죄송해요. 선배님은 이제 프랑스 국민이죠?"

"그래." 내가 말했다. "프랑스 남자랑 결혼했으니까. 이중국적이야."

"농담으로 한 말이에요." 뱀버가 헛기침을 했다. 당황한 기색이었다.

"신경 쓰지 마." 나는 미소 지었다. "결혼한 지 그렇게 오래됐는데도 우리 시댁 식구들은 지금도 나더러 미국인이라고 하니까."

밤버가 씩 웃었다.

"그래서 거슬려요?"

나는 어깨를 으쓱했다.

"가끔. 인생의 절반 이상을 이곳에서 보내고 나니 여기가 내 나라다 싶거든."

"결혼한 지 얼마나 되셨죠?"

"좀 있으면 16주년이야. 여기서 산 지는 이십오 년 됐고."

"프랑스식으로 성대한 결혼식을 하셨어요?"

나는 웃음을 터뜨렸다.

"아니, 아주 간소하게 치렀어. 우리 시댁 별장이 있는 부르고뉴의 상스 근처에서."

그날의 기억이 언뜻 뇌리를 스치고 지나갔다. 션과 헤더 자먼드, 에두아르와 콜레트 테자크 부부 사이에는 별다른 대화가 없었다. 프랑스 쪽 일가친척들은 영어를 깡그리 잊은 듯한 분위기였다. 하지만 나는 상관없었다. 너무 행복했다. 화창한 햇살. 조용하고 아담한 시골 교회. 시어머니도 만족스러워했던 수수한 아이보리색 웨딩드레스. 회색 예복을 입고 눈부시게 빛났던 베르트랑. 테자크 집안의 별장에서 근사하게 치러진 디너파티. 샴페인, 촛불, 장미 꽃잎. 아주 서툰 프랑스어로 아주 우스운 축사를 했던 샬라. 옅은 자홍색 옷을 입고 내 귀에 "우리 천사, 행복하게 살았으면 좋겠다"고 속삭였던 엄마. 뻣뻣한 콜레트와 함께 왈츠를 추었던 아빠. 모든 게 아주 오래전 일처럼 느껴졌다.

"미국이 그리워요?" 뱀버가 물었다.

"아니. 동생은 보고 싶지만 미국은 별로."

젊은 웨이터가 주문한 커피를 들고 왔다. 그는 뱀버의 이글거리는 머리색을 보고 히죽거리다 으리으리한 위용을 자랑하는 카메라와 렌즈를 발견했다.

"관광객이세요? 파리 사진 잘 찍으셨어요?" 웨이터가 물었다.

"관광객 아니에요. 벨디브에 뭐가 남았는지 사진으로 찍는 중이에요." 뱀버가 특유의 느릿느릿한 영국식 억양이 섞인 프랑스어로 대답했다.

웨이터는 깜짝 놀란 표정을 지었다.

"벨디브에 대해 자세히 묻는 사람은 아무도 없었는데. 에펠탑은 몰라도, 벨디브에 대해서는 묻지 않아요."

"우리는 기자예요. 미국인을 상대로 하는 잡지 기자요." 이번에는 내가 대답했다.

"가끔 유대인 가족들이 찾아올 때도 있어요." 젊은 웨이터가 기억을 더듬었다. "강변에 있는 기념관에서 몇 주년 기념식이 열리면요."

문득 좋은 생각이 떠올랐다.

"이 근처에 일제 검거에 대해 알고 있어 우리한테 그때 이야기를 들려주실 만한 분이 혹시 없을까요?"

우리는 이미 생존자 몇 명을 만나보았다. 대부분 자신의 경험을 토대로 책까지 출간한 상태였다. 하지만 증인이 부족했다. 사건의 전말을 목격한 파리지앵이 필요했다.

묻고 나니 쓸데없는 짓을 했다는 생각이 들었다. 웨이터는 기껏

해야 스무 살이었다. 1942년이면 그의 아버지도 태어나기 전일 것이다.

"있어요." 놀랍게도 웨이터가 이렇게 대답했다.

"이 길을 죽 따라가다보면 왼쪽으로 신문가게가 하나 있어요. 그 가게 주인 자비에르한테 물으면 들을 수 있을 거예요. 그의 어머니가 평생 거기 살았던 분이라 그 사건에 대해 알고 있거든요."

우리는 팁을 듬뿍 남겼다.

소녀는 조그만 기차역에서부터 끝없이 이어진 흙길을 따라 걸었다. 작은 마을을 지나갈 때는 사람들이 빤히 쳐다보며 손가락질을 했다. 발이 아팠다. 이제 어디로 가는 걸까? 앞으로 어떻게 되는 걸까? 파리에서 얼마나 멀리 온 걸까? 기차가 워낙 빨리 달려서 여기까지 오는 데 몇 시간밖에 걸리지 않았다. 소녀는 여느 때처럼 동생 생각을 했다. 한 걸음, 한 걸음 멀어질 때마다 가슴이 점점 더 무거워졌다. 어떻게 하면 집으로 돌아갈 수 있을까? 어떻게 하면 집에 갈 수 있을까? 누나가 자기를 잊어버린 거라고 착각하고 있을지 모를 동생을 생각하면 괴로웠다. 동생은 어두컴컴한 벽장에 갇혀서 그렇게 믿고 있을 것이다. 누나가 자기를 버렸다고, 자기 따위는 신경도 쓰지 않는다고, 자기를 사랑하지 않는다고. 물도 떨어지고 깜깜하고 무서울 텐데. 소녀가 동생을 실망시켰다.

여기는 어디지? 기차가 멈추었을 때 소녀는 역 이름을 미처 확인하지 못했다. 하지만 도시 아이의 눈을 끌 만한 것들은 알아차렸다. 풀숲이 우거진 시골 풍경, 완만하고 푸른 초원, 황금빛 들녘. 사람을 취하게 만드는 상쾌한 공기와 여름 냄새. 호박벌이 윙윙거리는 소리. 하늘을 나는 새들. 폭신폭신하고 하얀 구름. 악취와 더위에 시달렸던 지난 며칠에 비하면 천국이었다. 어쩌면 생각했던 것보다 상황이 괜찮을지도 모른다.

소녀는 부모를 따라 가시철조망 문 안으로 들어갔다. 문 앞에는 험상궂은 얼굴의 보초병들이 총을 들고 양쪽을 지키고 있었다. 줄줄이 늘어선 칙칙하고 기다란 막사와 음산한 풍경을 본 순간, 소녀는 풀이 죽어 어머니 뒤로 숨었다. 경찰들이 큰 소리로 명령을 내렸다. 부녀자와 아이들은 오른쪽에 있는 헛간으로, 남자들은 왼쪽에 있는 헛간으로 가라고 했다. 소녀는 어머니에게 매달린 채 다른 남자들에게 떠밀려 움직이는 아버지를 하릴없이 바라보았다. 아버지가 옆에 없으니 무서웠다. 하지만 어쩔 도리가 없었다. 총이 무서웠다. 어머니는 꼼짝하지 않았다. 죽은 사람처럼 눈빛이 멍했다. 얼굴은 하얗고 아파 보였다.

소녀는 어머니의 손을 잡은 채 헛간 쪽으로 떠밀려 갔다. 안은 아무것도 없고 더러웠다. 널빤지와 짚단이 전부였다. 지독한 냄새가 나고 먼지투성이였다. 구멍을 파서 양쪽에 널빤지를 얹은 것이 야외 화장실이었다. 남들이 보는 앞에서 짐승처럼 그곳에 삼삼오오 쭈그리고 앉아 볼일을 봐야 했다. 생각만 해도 역겨웠다. 그런 화장실은 쓸 수 없을 것 같았다. 그렇게는 못 할 것 같았다. 소녀는 널빤지에 양다리를 걸치고 앉은 어머니를 바라보다 창피해서 그만 고개를 숙였다. 하지만 결국 소녀도 몸을 웅크리고 보는 사람이 아무도 없길 바라며 그들이 하라는 대로 하는 수밖에 없었다.

철조망 위로 언뜻 마을이 보였다. 교회의 까만 뾰족탑. 급수탑. 지붕과 굴뚝. 나무. 저기 보이는 저 집들에는 침대, 시트, 이불, 먹을 음식, 마실 물이 있겠지. 저기 사는 사람들은 깨끗하겠지. 깨끗한 옷도 있겠지. 그들에게 고함을 지르는 사람도 없겠지. 가축 취급을 당하지도 않겠지. 울타리 너머 저쪽에서는. 교회 종소리가 들리는 조그맣고 깨끗한 저 마을에서는.

저기 사는 아이들은 방학 때 놀러도 가겠지. 소풍도 가고 숨바꼭질도 하겠지. 전쟁 때문에 먹을 게 줄고 아버지가 참전했을지도 모르지만 그래도 행복하겠지. 애지중지 사랑받으며 행복하게 살고 있겠지. 소녀는 왜 자신이 그 아이들과 다르게 살아야 하는지 이해할 수 없었다. 소녀와 여기 있는 사람들이 왜 이런 대접을 받아야 하는지 이해할 수 없었다. 누가, 무슨 이유로 이런 결정을 내린 걸까?

미지근한 양배추 수프가 배식됐다. 밍밍하고 깔깔했지만 그게 전부였다. 녹슨 쇠 세숫대야 위로 똑똑 떨어지는 물에 씻겠다고 알몸으로 싸우는 여자들이 보였다. 추하고 기괴한 광경이었다. 살이 늘어진 여자들도 싫고, 비쩍 마른 여자들도 싫고, 늙은 여자들도 싫고, 젊은 여자들도 싫었다. 그들의 알몸을 보아야만 하는 게 싫었다. 보고 싶지 않은데 볼 수밖에 없다는 게 싫었다.

소녀는 따뜻한 어머니 품으로 파고들어 동생 생각을 애써 떨쳐 보려고 했다. 몸도 가렵고 머리도 가려웠다. 목욕도, 침대도, 동생도 그리웠다. 제대로 된 저녁식사도. 지난 며칠 동안 소녀가 겪은 일보다 더 끔찍한 일이 과연 있을까. 소녀는 자기처럼 별을 달고 다녔던 학교 친구들을 떠올렸다. 도미니크, 소피, 아그네스. 그 아이들은 어떻게 됐을까? 도망친 아이들도 있을까? 어디 안전한 곳에 숨었을까? 아르멜은 가족과 함께 숨었을까? 아르멜과 친구들을 다시 만날 수 있을까? 9월이면 학교로 돌아갈 수 있을까?

그날 밤 소녀는 잠을 이루지 못했다. 따뜻하게 어루만져주는 아버지의 손길이 필요했다. 창자가 꼬이는 것처럼 배가 아팠다. 밤에는 막사 밖으로 나갈 수 없었다. 소녀는 이를 악 물고 팔로 배를 감쌌다. 그래도 복통이 점점 심해졌다. 소녀는 천천히 자리에서 일어나 줄줄이 누워 자고 있는 여자와 아이들 곁을 살금살금 지나 야외 화장실로 향했다.

널빤지 위에 쭈그리고 앉아 있는데 눈부신 스포트라이트가 수용소를 비추었다. 물끄러미 아래를 내려다보니 두툼하고 희끄무레한 벌레들이 시커먼 똥 덩어리 속에서 꿈틀거리고 있었다. 소녀는 망루를 지키는 경찰에게 엉덩이가 보일까 싶어 치마를 내렸다. 그러고는 얼른 막사로 돌아갔다.

안으로 들어가니 공기가 탁하고 답답했다. 잠결에 칭얼거리는 아이들도 있었다. 어떤 여자가 우는 소리도 들렸다. 소녀는 어머니 쪽으로 고개를 돌려 퀭하니 창백한 얼굴을 바라보았다.

행복하고 사랑스럽던 여인은 이제 온데간데없었다. 소녀를 꼭 끌어안고 이디시어로 별명을 부르며 사랑한다고 속삭여주던 어머니도 온데간데없었다. 윤기 나는 벌꿀색 머릿결과 풍만한 몸매를 자랑하던, 동네 사람과 가게 주인 들을 만나면 이름을 부르며 친절하게 인사를 건네던 여인도 온데간데없었다. 따뜻하고 포근한 엄마 냄새, 맛있는 음식과 산뜻한 비누와 깨끗한 옷 냄새를 풍기던 여인도. 옆에 있는 사람들까지 덩달아 웃게 만들던 여인도. 전쟁이 나도 우리는 강하고 모범적인 가족이니, 사랑이 넘치는 가족이니 이겨나갈 수 있을 거라고 말하던 여인도.

그랬던 여인은 조금씩, 조금씩 사라져버렸다. 이제는 초췌하고 핼쑥했고, 웃지도 않았다. 몸에서는 코를 찌르는 역겨운 냄새가 났다. 머릿결은 푸석푸석하고 희끗희끗하게 변했다.

소녀는 어머니가 이미 죽은 사람처럼 느껴졌다.

노파는 축축하고 흐린 눈으로 뱀버와 나를 바라보았다. 나이가 백 살에 가까워 보였다. 웃으면 아이처럼 이가 하나도 없었다. 이 노파에 비하면 우리 할머님은 십대였다. 노파는 넬라통 가에서 신문을 파는 아들네 가게 바로 위층에 살았다. 먼지가 부옇게 앉은 가구와 좀먹은 카펫, 말라죽은 화분들이 어지럽게 놓여 있는 볼품없는 아파트였다. 노파는 창가의 푹 꺼진 안락의자에 앉아 있었다. 우리가 다가가 자기소개를 하자 노파는 우리 두 사람을 쳐다보았다. 예정에 없던 손님들이 찾아온 것에 즐거워하는 눈치였다.

"미국에서 온 기자 양반들이로구먼." 그녀가 우리를 뜯어보며 떨리는 목소리로 말했다.

"미국과 영국에서 온 기자입니다." 뱀버가 고쳐 말했다.

"벨디브에 관심이 있다고?" 노파가 물었다.

나는 펜과 수첩을 꺼내 무릎 위에 올려놓으며 물었다.

"할머니, 일제 검거에 대해 뭐 기억나는 거 있으세요? 아주 사소한 거라도 좋으니 말씀해주실 수 있으세요?"

노파가 끅끅거렸다.

"내가 기억을 못할 것 같아, 아가씨? 잊어버렸을까봐?"

"아주 오래전 일이니까요."

"아가씨는 몇 살이야?" 노파가 불쑥 물었다.

내 얼굴이 벌게졌다. 뱀버는 카메라 뒤에서 웃음을 참았다.

"마흔다섯이에요." 내가 대답했다.

"나는 좀 있으면 아흔다섯이야." 노파가 썩어가는 잇몸을 번득이며 말했다. "1942년 7월 16일에는 서른다섯이었고. 지금 아가씨보다 열 살 어렸던 건가? 기억하고말고. 모두 기억하고말고."

그녀는 말을 하다 멈추고 어두침침한 눈으로 창밖의 거리를 바라보았다.

"버스들이 부르릉거리는 소리에 새벽 일찍 잠에서 깼지. 우리 집 창문 바로 앞에 버스들이 서 있었어. 밖을 내다보니 다른 버스들이 계속 도착하고 있더군. 내가 날마다 타던 시내버스였어. 초록색과 하얀색 버스들. 정말 많았어. 도대체 무슨 일인가 싶었지. 그런데 사람들이 나오더군. 아이들도. 아이들이 얼마나 많았는지 몰라. 그 아이들을 잊을 수가 없어."

내가 열심히 받아 적는 동안 뱀버는 천천히 카메라 셔터를 눌렀다.

"잠시 후 나는 옷을 갈아입고, 당시 아직 꼬맹이였던 아들들과 함께 내려가보았지. 무슨 일인가 싶어서 궁금했거든. 옆집 사람들도 나오고 관리인도 나오고. 노란 별을 보고 나서야 우리는 알아차렸어. 유대인. 유대인들을 잡아가는 거였어."

"그 사람들이 어떻게 될지 아셨어요?" 내가 물었다.

노파는 어깨를 으쓱했다.

"아니. 전혀 몰랐지. 어떻게 알 수 있었겠어? 전쟁이 끝난 다음에야 알았지. 그때는 일을 시키려고 데려가는 줄 알았어. 그 사람들이 그렇게 끔찍한 일을 당할 줄은 몰랐어. 누가 이런 말을 했던 게 생각나. '프랑스 경찰들인데 무슨 일이야 있겠어요?' 그래서 걱정하지 않았지. 파리 한복판에서 벌어진 일인데 다음 날 신문에서도, 라디오에서도 아무 말이 없더군. 신경 쓰는 사람도 없는 것 같았어. 그래서 우리도 신경 안 썼지. 나만 해도 그랬어. 그 아이들을 보기 전까지는."

노파는 말을 멈추었다.

"그 아이들이라뇨?" 내가 물었다.

"며칠 뒤에 유대인들이 또 버스로 끌려갔어." 노파가 말을 이었다. "내가 길가에 서 있는데 경기장 밖으로 가족들이 쏟아져 나오더군. 그런데 지저분한 아이들이 울면서 따라 나오는 거야. 겁에 질린 얼굴을 한 더러운 아이들이. 소름이 끼쳤어. 그들이 경기장 안에서 제대로 먹지도, 마시지도 못했다는 걸 그제야 알아차렸지. 어찌나 당혹스럽고 화가 나던지. 빵과 과일을 좀 쥐여주고 싶었는데 경찰이 허락하지 않더군."

노파는 다시 입을 다물더니 한참을 묵묵히 있었다. 갑자기 피곤하고 지쳐 보였다. 뱀버가 조용히 카메라를 치웠다. 우리는 기다렸다. 꼼짝 않고 기다렸다. 그녀가 다시 이야기할까, 궁금했다.

"그렇게 오랜 세월이 지났는데도," 마침내 노파가 입을 열었다. 목소리는 나지막한 속삭임에 가까웠다. "그 오랜 세월이 지났는데도 아직 그 아이들이 보여. 버스를 타고 어디론가 떠나던 그 아이들이. 그 아이들을 어디로 데리고 가는지 정확히 알지 못했지만 예감이 들었지. 끔찍한 예감이. 주변 사람들은 대부분 관심이 없었어. 당연하게 생각했지. 유대인들이 끌려가는 걸."

"왜 그랬을까요?" 내가 물었다.

노파가 또다시 끅끅거렸다.

"유대인들이 우리 프랑스의 원수라고 귀에 못이 박히도록 들었으니까! 내가 기억하기로 1941년인가 42년에는 이탈리엥 대로에 있는 팔레 베를리츠에서 '유대인과 프랑스'라는 전시회가 열리기도 했어. 독일 주관으로 몇 개월 동안 계속됐는데, 파리 사람들 사이에서 얼마나 인기가 많았는지 몰라. 어떤 전시회였는지 알아? 충격적인 반유대주의 전시회였지."

노파는 울퉁불퉁한 손가락으로 치마 주름을 폈다.

"경찰들이 생각나. 훌륭한 우리 파리 경찰들이었지. 훌륭하고 성실한 우리 경찰들이었어. 그런 경찰들이 어린아이들을 버스 안으로 떠밀었어. 고함을 지르고. 곤봉을 휘두르면서."

노파는 턱을 숙여 가슴에 대더니 뭐라고 중얼거렸다. 알아듣지는 못했지만, "막지 않았던 우리들이 어찌나 부끄러운지"라는 말처럼 들렸다.

"몰라서 그러셨던 거잖아요." 문득 촉촉해진 그녀의 눈을 보자 가슴이 뭉클했다. "어쩔 수가 없었잖아요."

"아무도 벨디브의 아이들을 기억해주지 않아. 관심도 없고."

"올해에는 기억해줄 거예요. 올해는 다를지 몰라요." 내가 말했다.

노파는 쭈글쭈글한 입술을 오므렸다.

"아니. 알게 될 거야. 아무것도 달라지지 않았어. 아무도 기억하지 않아. 뭐하러 기억하겠어? 이 나라의 가장 어두운 과거인걸."

소녀는 아버지가 어디에서 지내고 있는지 궁금했다. 같은 수용소 안의 어느 막사에 있을 텐데, 지금까지 한 번인가 두 번밖에 보지 못했다. 이제는 날짜 감각도 사라졌다. 소녀의 머릿속엔 오로지 동생 생각뿐이었다. 소녀는 한밤중에 몸서리를 치며 일어나, 벽장 안에 있을 동생을 떠올렸다. 열쇠를 꺼내 가슴이 찢어지는 듯한 아픔을 느끼며 그것을 쳐다보았다. 지금쯤 동생은 죽었을지도 모른다. 목이 말라서, 배가 고파서 죽었을지도 모른다. 소녀는 남자들이 들이닥쳐 그들을 끌고 왔던 그 끔찍했던 목요일로부터 며칠이 지났는지 열심히 세어보았다. 일주일? 열흘? 알 수 없었다. 머리가 멍하고 혼란스러웠다. 공포와 허기와 죽음으로 점철된 날들이 회오리바람처럼 지나갔다. 점점 더 많은 아이들이 수용소에서 죽어나갔다. 조그만 몸뚱이들이 눈물과 울부짖음 속에 실려 나갔다.

어느 날 아침, 여자들이 모여서 웅성웅성 이야기를 나누고 있었다. 다들 걱정스럽고 심란해하는 분위기였다. 어머니에게 무슨 일이냐고 물어보았지만, 어머니는 모르겠다고 했다. 소녀는 단념하지 않고, 소녀 동생 또래로 보이는 아이를 데리고 지난 며칠 동안 그들 옆에서 잠을 잔 여자에게 물어보았다. 여자는 열이라도 나는 사람처럼 벌건 얼굴로 수용소에 소문이 돌고 있다고 했다. 어른들만 먼저 동부로 가서 노동을 하고, 아이들은 며칠 있다 따라간다는 소문이었다. 소녀는 충격을 달래며 열심히 귀를 기울였고, 들은 이야기를 어머니에게 전했다. 어머니는 눈을 번쩍 뜨더니 세차게 고개를 저었다. 아니라고, 그럴 리가 없다고 했다. 그런 짓을 할 수는 없는 거라고. 아이들을 부모와 떼어놓을 수는 없는 거라고.

부모님의 그늘 아래 평화롭게 살던 예전 같았으면, 이제는 먼 옛날처럼 느껴지는 그때였다면 소녀는 어머니의 말을 믿었을 것이다. 예전에는 어머니가 무슨 말을 하든 믿었으니까. 하지만 이 험한 새 세상에서 소녀는 어른이 된 듯한 기분이었다. 어머니보다 더 어른이 된 것 같았다. 소녀는 다른 여자들이 하는 이야기가 사실이라는 것을 알았다. 소문은 사실이었다. 어머니한테 어떻게 설명해야 할까. 어머니가 어린아이가 되어버렸으니.

남자들이 막사로 들이닥쳤을 때 소녀는 두렵지 않았다. 소녀는 자신이 단단해진 것 같았다. 소녀 주변으로 두꺼운 벽이 솟아오른 것 같았다. 소녀는 어머니의 손을 꼭 잡았다. 어머니가 용감하고 강인해졌으면 좋겠다고 생각했다. 밖으로 나가라는 명령이 내려졌다. 삼삼오오 짝을 지어 다른 막사로 이동하라고 했다. 소녀는 어머니와 함께 줄을 서서 침착하게 기다렸다. 아버지를 볼 수 있을까 싶어 계속 사방을 두리번거렸지만, 아버지는 보이지 않았다.

그들 차례가 되어 막사로 들어가자 경찰 몇 명이 테이블 뒤에 앉아 있었다. 그리고 평상복을 입은 이 마을 여자 두 명이 경찰들 옆에 서서 싸늘하고 무감각한 표정으로 그들을 쳐다보고 있었다. 소녀의 앞에 선 할머니에게 돈과 보석을 요구하는 소리가 들렸다. 할머니는 더듬더듬 결혼반지를 빼고 시계를 풀었다. 여섯 살이나 일곱 살쯤 돼 보이는 여자아이가 그 옆에 서서 와들와들 떨고 있었다. 경찰 하나가 손으로 아이가 끼고 있는 조그만 금 귀걸이를 가리켰다. 아이는 겁에 질려 제 손으로 귀걸이를 빼지도 못했다. 할머니가 빼주려고 허리를 숙였다. 경찰은 분노의 한숨을 쉬었다. 속도가 너무 더뎠다. 이런 속도라면 밤을 새워도 모자랄 것이다.

바로 그때, 마을 여자가 아이에게 다가가더니 홱 하고 귀걸이를 낚아챘다. 귓불이 찢어진 아이는 피가 흐르는 목을 손으로 더듬으며 비명을 질렀다. 할머니도 비명을 질렀다. 한 경찰이 할머니의 얼굴을 때렸다. 할머니와 손녀는 밖으로 끌려 나갔다. 줄을 서 있던 사람들이 겁에 질린 목소리로 웅성거렸다. 경찰들이 총을 가리켰다. 그러자 정적이 흘렀다.

소녀와 어머니는 내놓을 게 아무것도 없었다. 어머니의 결혼반지뿐이었다. 혈색 좋은 마을 여자 하나가 어머니의 원피스를 쇄골에서부터 배꼽 부분까지 북 찢자 어머니의 창백한 피부와 색이 바란 속옷이 드러났다. 여자가 어머니의 원피스와 속옷과 몸을 여기저기 더듬었다. 어머니는 움찔할 뿐 아무 말도 하지 않았다. 소녀는 경찰들이 어머니의 몸을 빤히 쳐다보는 것도 싫었고, 여자가 무슨 고깃덩어리라도 되는 것처럼 어머니의 몸을 만지는 것도 싫었다. 나한테도 이렇게 할까? 소녀는 생각했다. 내 옷도 이렇게 찢을까? 어쩌면 열쇠를 내놓으라고 할지도 몰라. 소녀는 주머니에 든 열쇠를 힘껏 움켜쥐었다. 이건 절대 빼앗기지 않을 거야. 비밀 벽장의 열쇠를 저들 손에 넘겨줄 수는 없어. 절대 그럴 수는 없어.

하지만 경찰들은 소녀의 주머니 속에 들어 있는 것에 관심이 없었다. 어머니와 함께 옆으로 비켜나기 전에 소녀는 테이블 위로 점점 쌓여가는 보석 더미를 마지막으로 돌아보았다. 목걸이, 팔찌, 브로치, 반지, 시계, 돈. 이걸로 뭘 하려는 걸까? 팔 생각일까? 자기네가 쓰려는 걸까? 대체 뭐에 쓰려는 거지?

그들은 밖으로 나가 다시 줄을 섰다. 무덥고 먼지가 풀풀 날리는 날이었다. 소녀는 갈증이 났다. 목이 따끔거리고 건조했다. 그들은 아무 말 없이 노려보는 경찰들의 시선을 느끼며 한참 동안 서 있었다. 어떻게 되는 걸까? 아버지는 어디 있지? 왜 이렇게 세워놓는 걸까? 소녀의 뒤에서 끊임없는 속삭임이 들렸다. 아무도 알지 못했다. 아무도 정답을 가르쳐주지 못했다. 하지만 소녀는 알고 있었다. 느낄 수 있었다. 그 순간이 닥쳤을 때, 소녀는 마음의 준비가 되어 있었다.

경찰들이 커다랗고 시커먼 새떼처럼 그들을 덮치더니 부녀자들은 수용소 이편으로, 아이들은 저편으로 끌고 갔다. 심지어 젖먹이들마저 엄마와 떼어놓았다. 소녀는 딴 세상에 속한 사람인 양 그 광경을 바라보았다. 울부짖음과 고함 소리가 들렸고, 땅바닥으로 몸을 던지며 아이의 옷과 머리를 붙잡는 여자들이 보였다. 경찰들이 곤봉으로 여자들의 머리와 얼굴을 내리쳤다. 쓰러지는 어떤 여자의 코를 보니 피 범벅이었다.

소녀의 어머니는 얼어붙은 사람처럼 옆에 가만히 서 있었다. 어머니가 가쁜 숨을 몰아쉬는 소리가 들렸다. 소녀는 어머니의 차가운 손을 꼭 잡았다. 경찰들이 두 사람을 잡아떼는 게 느껴졌고, 어머니의 비명 소리가 들렸고, 산발한 어머니가 원피스 앞섶을 풀어헤친 채 일그러진 입술로 딸의 이름을 외치며 소녀 쪽으로 몸을 날리는 게 보였다. 소녀는 어머니의 손을 잡으려 했지만, 경찰들에게 떠밀려 무릎을 꿇으며 주저앉고 말았다. 어머니는 미친 사람처럼 반항하며 몇 초 동안 경찰들을 꼼짝 못하게 했다. 바로 그때 소녀는 그리워하고 존경하던 어머니의 본래 모습을 보았다. 강인하고 열정적인 어머니의 모습을. 소녀를 다시 한번 끌어안는 어머니의 두 팔과 소녀의 얼굴을 스치고 지나가는 숱 많고 풍성한 머릿결이 느껴졌다. 순간 어디에선가 찬물이 폭포처럼 쏟아져 소녀의 시야를 가렸다. 어푸어푸하다 눈을 떠보니 경찰들이 흠뻑 젖은 어머니의 원피스 옷깃을 붙잡고 어머니를 끌고 가고 있었다.

소녀가 느끼기에 몇 시간은 지난 듯했다. 어쩔 줄 몰라하며 울어대는 아이들. 그들 위로 양동이째 쏟아지는 찬물 세례. 비탄에 빠져 몸부림치는 여자들. 그들 위로 퍼부어지는 몽둥이찜질. 하지만 이 모든 게 순식간에 일어난 일이었다.

정적. 모든 것이 끝났다. 마침내 아이들은 이편으로, 여자들은 저편으로. 그 사이를 일렬로 견고하게 지키는 경찰들. 경찰들은 어머니와 12세 이상의 아이들이 먼저 떠나고, 그보다 어린 아이들은 다음주에 떠난다고 똑같은 말을 반복했다. 아버지들은 이미 떠났다며 모두들 협조하라고, 명령에 따르라고 했다.

소녀는 다른 여자들과 함께 서 있는 어머니를 보았다. 어머니는 딸을 보며 살포시 씩씩한 미소를 지었다. 어머니는 이렇게 말하는 듯했다. "아무 일 없을 거야. 경찰에서 그렇다고 하잖니. 며칠 뒤면 다시 만날 수 있을 거야. 걱정 마라, 우리 딸."

소녀는 주위를 둘러보았다. 사방이 아이들로 버글거렸다. 이제 막 걸음마를 뗀 아이들은 슬프고 무서워서 얼굴이 울상이었다. 귓불이 찢어져 피를 흘리던 여자아이는 자기 엄마를 향해 손을 내밀고 있었다. 이 아이들은, 나는 어떻게 되는 걸까? 소녀는 생각했다. 부모님들을 어디로 데려가는 걸까?

여자들이 수용소 문 밖으로 끌려 나갔다. 소녀는 어머니가 고개를 꼿꼿이 들고 기차역으로 향하는 기나긴 길을 걸어가는 것을 보았다. 어머니가 마지막으로 소녀를 향해 고개를 돌렸다.

그리고 잠시 후, 어머니는 사라졌다.

"오늘은 '기분이 좋으신 날'이에요, 마담 테자크." 햇빛이 잘 드는 하얀 방으로 들어가자 베로니크가 나를 보고 환하게 웃으며 말했다. 그녀는 몽소 공원에서 가까운 17구의 깨끗하고 쾌적한 요양원에서 할머님을 돌보는 직원 중 한 명이다.

"저 아이를 마담 테자크라고 부르지 마. 싫어해. 자먼드 양이라고 불러." 베르트랑의 할머니가 호통쳤다.

나는 절로 미소가 나왔다. 베로니크는 풀이 죽은 듯했다.

"그리고 마담 테자크는 나야." 할머님은 또다른 마담 테자크, 그러니까 당신의 며느리이자 나의 시어머니인 콜레트를 업신여기면서 살짝 도도한 목소리로 말했다. 이 연세에도 이렇게 꼬장꼬장하다니 할머님다웠다. 할머님은 마르셀이라는 당신 이름을 엄청 싫어했다. 그래서 아무도 할머님을 마르셀이라고 부르지 않았다.

"죄송해요." 베로니크가 공손하게 말했다.

나는 베로니크의 팔에 한 손을 얹었다.

"신경 쓰지 말아요. 제가 남편 성을 쓰지 않거든요."

"미국식이지. 자먼드 양은 미국사람이거든." 할머님이 말했다.

"네, 저도 그런가보다 했어요." 베로니크가 좀더 밝은 목소리로 맞장구쳤다.

뭘 보고 그런가보다 했다는 걸까? 나는 묻고 싶었다. 억양, 옷, 신발?

"그래서 기분 좋은 하루 보내고 계셨어요, 할머님?" 나는 할머님 옆에 앉아 손을 잡았다.

할머님은 넬라통 가에서 살던 시절에 비해 좋아 보였다. 피부에는 주름이 거의 없고 잿빛 눈동자는 반짝였다. 하지만 그 시절에는 얼굴은 늙었어도 정신은 맑았는데, 아흔 살인 지금은 알츠하이머를 앓고 있었다. 곧 자기가 누구인지도 기억하지 못하는 날이 올 것이다.

베르트랑의 부모님은 할머님이 혼자 살 수 없다는 사실을 알게 되자 요양원에 모시기로 결정했다. 할머님이 가스레인지를 하루 종일 켜놓을 수도 있었고, 욕실을 물바다로 만들 수도 있었다. 아파트 문이 잠겨서 가운만 입은 채 생통주 가를 헤매고 다닐 수도 있었다. 물론 할머님은 순순히 승낙하지 않았다. 요양원에 가고 싶어하지 않았다. 하지만 가끔 성질을 부리기는 해도 이곳 생활에 근사하게 적응했다.

"'기분 좋은' 하루를 보내고 있었지." 할머님은 밖으로 나가는 베로니크를 보며 씩 웃었다.

"아하, 평소처럼 온 동네를 공포에 떨게 하면서요?" 내가 말했다.

"그렇지." 할머님은 이렇게 대답하고 내 쪽으로 고개를 돌렸다. 애정이 담긴 잿빛 눈이 내 얼굴을 훑었다. "아무 짝에도 쓸모없는 네 남편은 어디 있냐? 도무지 얼굴을 볼 수가 없구나. 일 때문에 너무 바쁘다는 둥, 그런 소리는 듣기 싫다."

나는 한숨을 쉬었다.

그런 나를 보고 할머님은 무뚝뚝하게 말했다. "뭐, 그나마 너라도 찾아와주니 다행이지. 피곤해 보이는구나. 별일 없는 게야?"

"네." 내가 말했다.

나도 내가 피곤해 보인다는 걸 알고 있었다. 하지만 할 수 있는 게 별로 없었다. 좀 쉬어야 할 텐데 여름이나 되어야 가능한 일이었다.

"아파트는?"

나는 요양원에 오기 전에 아파트에 들러서 공사가 어떻게 되어 가는지 확인한 참이었다. 난리법석이었다. 베르트랑이 평소처럼 기운차게 모든 걸 진두지휘하고 있었다. 앙투안은 기진맥진해 보였다.

"공사가 다 끝나면 아주 근사할 거예요." 내가 말했다.

"그립구나. 그 집에서 살던 시절이." 할머님이 말했다.

"아무래도 그러시겠죠."

할머님이 어깨를 으쓱했다.

"살던 곳에도 애착이 생기는 법이거든. 사람처럼. 앙드레는 그리워할지 모르겠다만."

앙드레는 먼저 세상을 떠난 할아버님이다. 베르트랑이 고등학생이었을 때 돌아가셨기 때문에 나는 뵌 적이 없다. 할머님이 현재 시제로 할아버님 이야기를 하는 데에는 익숙해져 있다. 오래전에 폐암으로 돌아가시지 않았느냐고 지적한 적은 한 번도 없다. 할머님은 할아버님 이야기 하는 것을 좋아했다. 예전에, 할머님이 기억을 잃기 한참 전에 내가 생통주 가로 찾아가면 그때마다 할머님은 사진첩을 꺼내 보여주었다. 이제는 앙드레 테자크의 얼굴을 외우고 있는 듯한 느낌도 들었다. 아버님과 똑같은 회청색 눈. 좀더 둥그런 코와 따뜻한 미소.

할머님은 두 분이 어떻게 만났고 어떻게 사랑에 빠졌으며 전쟁을 겪는 동안 모든 게 얼마나 힘들었는지 구구절절 들려주었다. 테자크 집안의 고향은 원래 부르고뉴였다. 하지만 할아버님이 가업인 포도주 사업을 물려받은 뒤로 사업은 적자를 면하지 못했다. 그래서 파리로 거처를 옮겨 보주 광장 근처 튀렌 가에 조그만 앤티크 숍을 열었다. 어느 정도 시간이 지나자 입소문이 나고 사업이 번창하기 시작했다. 할아버님이 돌아가신 뒤에는 아버님이 전권을 넘겨받아 파리에서 가장 유명한 앤티크 숍들이 모여 있는 7구로 가게를 옮겼다. 지금은 베르트랑의 여동생인 세실이 아주 훌륭하게 가게를 운영하고 있다.

할머님의 주치의는 음울해 보이기는 해도 실력은 있는 로셰 박사로, 그가 일전에 할머님에게 예전 이야기를 묻는 것이 훌륭한 치료법이 된다고 말했다. 할머님은 그날 아침에 일어난 일보다 삼십 년 전에 겪은 일을 훨씬 더 또렷하게 기억할지 모른다면서.

가벼운 놀이 같은 거였다. 나는 찾아갈 때마다 할머님에게 질문을 했다. 요란 떨지 않고 아주 자연스럽게 물었다. 할머님은 내 의도를 완벽하게 간파했지만 모르는 척했다.

베르트랑의 어린 시절에 대해 알아나가는 과정은 재미있었다. 할머님은 그중에서도 가장 재미있는 에피소드를 기억해내곤 했다. 베르트랑은 자기가 사춘기 때 끝내줬다고 했지만 할머님 얘길 들어보면 덜떨어진 소년이었다. 어머님 아버님은 그가 똑똑했다고 했지만 공부도 억지로 한 모양이었다. 열네 살 때는 몸가짐이 헤프고 마리화나를 피우고 머리를 금발로 염색한 옆집 여학생 때문에 아버지와 대판 싸운 적도 있었다.

군데군데 비어 있는 할머님의 기억 창고를 뒤지는 일이 늘 재미있지만은 않았다. 길고 섬뜩한 공백과 맞닥뜨리는 경우가 허다했다. 할머님이 아무것도 기억하지 못하는 것이다. 게다가 할머님은 기분 나쁜 날이면 조개처럼 입을 꾹 다물었다. 턱을 내밀고 텔레비전만 노려보았다.

어느 아침에는 조에가 누구인지 까맣게 잊어버리고 "얘는 누구니? 여기 왜 와 있는 거니?" 하고 계속 물은 적도 있다. 조에는 늘 그렇듯 어른스럽게 받아들였다. 하지만 그날 밤 조에가 침대에 누워 훌쩍이는 소리가 들렸다. 왜 그러는지 조심스럽게 물었더니 조에는 증조할머니가 나이 들어가는 모습을 보는 게 마음이 아프다고 털어놓았다.

"할머님 할아버님하고 생통주 가에 있는 아파트로 이사하신 게 언제예요?" 내가 물었다.

나는 할머님이 지혜로운 늙은 원숭이처럼 얼굴을 찡그리며 "글쎄, 전혀 기억이 안 나는데……"라고 할 줄 알았다.

그런데 금세 뚝딱하고 대답이 나왔다.

"1942년 7월."

나는 똑바로 앉아서 할머님을 빤히 쳐다보았다.

"1942년 7월요?" 내가 되물었다.

"응."

"아파트를 어떻게 구하셨어요? 전쟁 중이라 구하기 힘드셨을 텐데."

"아니야. 갑자기 빈 집이 생겼어. 그 아파트 관리인 루아예 부인이 우리 아파트 관리인하고 서로 아는 사이였거든. 우리는 원래 튀렌 가에 있는 앙드레의 가게 위층에서 살고 있었어. 좁고 볼품없는 방 하나짜리 아파트에서. 그래서 에두아르가 열 살인가 열두 살이었을 때 이사를 했지. 넓은 집으로 옮길 수 있어서 얼마나 가슴이 설렜는지 모른다. 내가 기억하기로는 집세도 저렴했어. 그 당시에는 그 동네가 지금보다 인기가 없었거든."

나는 조심스럽게 할머님을 쳐다보며 헛기침을 했다.

"할머님, 그때가 7월 초였는지 말이었는지 기억하세요?"

할머님은 척척 대답을 하고 있다는 게 기쁜지 미소를 지었다.

"기억하고말고. 7월 말이었지."

"그 집이 왜 갑자기 빈집이 되었는지 기억하세요?"

또다시 환한 미소.

"그럼. 대규모 일제 검거가 시작돼서 사람들이 붙잡혀 갔거든. 그래서 여기저기서 갑자기 빈집이 생겼단다."

나는 할머님을 뚫어져라 쳐다보았다. 할머님도 나를 빤히 쳐다보다, 내 표정을 보고는 얼굴에 그늘이 드리워졌다.

"하지만 어떻게 된 거예요? 어떻게 이사를 하신 거예요?"

할머님은 소매를 만지작거리며 입술을 달싹였다.

"루아예 부인이 우리 아파트 관리인한테 알려주었어. 생통주 가에 방 세 개짜리 빈집이 나왔다고. 그래서 이사를 한 거야."

침묵. 할머님은 부지런히 움직이던 양손을 가지런히 포개 무릎에 얹었다.

"하지만 할머님," 나는 나지막이 속삭였다. "집주인이 돌아올지 모른다는 생각은 안 하셨어요?"

할머님의 표정이 진지해졌고, 힘들고 곤란한 듯 입가에 힘이 들어갔다.

"우리는 아무것도 몰랐어." 할머님이 마침내 대답했다. "아무것도."

할머님은 당신 손을 내려다보기만 할 뿐 더는 입을 열지 않았다.

최악의 밤이었다. 소녀는 자신에게도 다른 아이들에게도 최악의 밤이라고 생각했다. 막사가 완전히 털렸다. 남은 게 아무것도 없었다. 옷도, 담요도 없었다. 아무것도. 오리털 이불도 반으로 찢겨 새하얀 깃털이 가짜 눈처럼 바닥을 덮었다.

아이들은 울고, 악을 쓰고, 무서워서 딸꾹질을 했다. 아무것도 모르는 어린아이들은 계속 끙끙대며 엄마를 찾았다. 옷에 오줌을 싸고, 바닥 위를 구르고, 절망감에 소리를 질렀다. 소녀처럼 어느 정도 나이를 먹은 아이들은 지저분한 땅바닥에 앉아 두 손에 얼굴을 묻었다.

아무도 그들을 거들떠보지 않았다. 아무도 그들을 보살펴주지 않았다. 먹을 것도 거의 없었다. 너무 배가 고파서 마른 풀잎을 뜯어 먹을 정도였다. 아무도 그들을 위로해주지 않았다. 소녀는 궁금했다. 그 경찰들에게도…… 가족이 있지 않을까? 아이들이 있지 않을까? 집에 가면 아이들이 기다리고 있지 않을까? 그런데 어쩌면 아이들을 이렇게 내버려둘 수 있지? 이렇게 하라고 지시가 내려진 건가, 아니면 원래 이런 식인가? 저 사람들은 사실은 인간이 아니라 기계인 게 아닐까? 소녀는 그들을 유심히 살펴보았다. 피와 살로 이루어진 듯했다. 그들도 인간이었다. 소녀는 도무지 이해할 수 없었다.

다음 날, 철조망 너머에서 그들을 지켜보는 몇몇 사람들이 소녀의 눈에 들어왔다. 옷가지와 먹을거리를 들고 찾아온 아주머니들이었다. 아주머니들이 철조망 사이로 먹을거리를 넣어주려고 애쓰고 있었다. 하지만 경찰들이 물러서라고 했다. 그 뒤로 어느 누구도 두 번 다시 그들을 찾아오지 않았다.

소녀는 자기가 다른 사람으로 변해버린 것 같았다. 모질고 무식하고 거친 사람이 되어버린 것 같았다. 어쩌다 오래되어 딱딱하게 굳은 빵을 찾았는데 자기보다 나이 많은 아이들이 빼앗으려 하면 그들과 싸웠다. 욕을 하고 주먹을 휘둘렀다. 소녀는 자기가 위험하고 포악한 아이처럼 느껴졌다.

처음에 소녀는 어린아이들을 외면했다. 보고 있으면 남동생 생각이 났다. 하지만 지금은 도와줘야 한다는 생각이 들었다. 아이들은 정말 작고 연약했다. 너무 가여웠다. 너무 지저분했다. 대부분 설사로 고생했다. 옷에 똥이 들러붙어 딱딱했다. 그런데도 씻겨주거나 끼니를 챙겨주는 사람이 아무도 없었다.

소녀는 아이들의 이름과 나이를 조금씩 조금씩 알아나갔다. 너무 어려서 대답을 못하는 아이들도 있었다. 아이들은 따뜻한 말 한마디와 미소와 입맞춤에 감격해서 지저분한 참새 새끼처럼 수십 명씩 떼를 지어 소녀의 뒤를 졸졸 따라다녔다.

소녀는 동생을 재울 때 들려주던 이야기를 아이들에게 해주었다. 밤이면 이가 득시글거리는 짚단 위에 누워 생쥐들이 부스럭거리는 소리를 들으며 원래보다 훨씬 길게 늘인 이야기를 소곤소곤 들려주었다. 나이 많은 아이들도 모여들었다. 개중 몇몇은 안 듣는 척하면서 열심히 귀를 기울였다.

그중에 키가 크고 머리가 까만 라셸이라는 여자아이가 있었다. 살짝 업신여기는 듯한 눈빛으로 소녀를 쳐다보던 열한 살짜리 아이였다. 그런데 밤이면 밤마다 한마디도 놓치지 않으려고 소녀 쪽으로 점점 바짝 다가와 이야기에 귀를 기울이더니, 어느 날 어린아이들이 대부분 잠들었을 때 소녀에게 말을 걸었다.

라셸은 낮고 허스키한 목소리로 이렇게 말했다. "떠나자. 여길 도망치자."

소녀는 고개를 저었다.

"나갈 수 없어. 경찰들이 총을 가지고 있잖아. 도망칠 방법이 없어."

라셸은 뼈만 앙상한 어깨를 으쓱했다.

"나는 도망칠 거야."

"너네 엄마는 어쩌고? 우리 엄마처럼 다른 수용소에서 너를 기다리고 있을 텐데."

라셸이 웃었다.

"그 말을 믿니? 그 사람들이 한 말을 믿어?"

소녀는 다 알고 있다는 듯한 라셸의 미소가 싫었다.

"아니," 소녀는 단호하게 말했다. "안 믿어. 이제는 아무도 안 믿어."

"나도. 그 사람들이 하는 짓을 봤거든. 꼬맹이들 이름도 제대로 안 적더라. 코딱지만 한 이름표를 달아주었는데 아이들이 떼어내는 바람에 죄다 뒤섞였잖아. 신경도 안 쓰는 거지. 그 사람들은 우리한테 거짓말을 했어. 우리한테 그리고 우리 엄마들한테."

놀랍게도 잠시 후 라셸은 손을 내밀어 소녀의 손을 잡았다. 아르멜이 그랬던 것처럼 꼭 잡았다. 그러더니 자리에서 일어나 저쪽으로 사라졌다.

다음 날 아침 그들은 아주 일찍 눈을 떴다. 경찰들이 막사로 들이닥쳐 그들을 곤봉으로 쿡쿡 찔렀다. 어린아이들은 잠에서 덜 깬 채 소리를 질렀다. 소녀는 가까이 있는 아이들을 진정시키려고 했지만, 모두들 겁에 질려 있었다. 아이들은 다른 막사로 보내졌다. 소녀는 이제 겨우 아장아장 걷기 시작한 아이들을 양손에 한 명씩 붙들었다. 어떤 기구를 들고 있는 경찰이 보였다. 이상하게 생긴 기구였다. 정체를 알 수 없었다. 어린아이들이 무서워서 숨을 들이쉬며 뒷걸음질을 치다 경찰들에게 얻어맞고 걷어차이며 기구를 들고 있는 남자 쪽으로 끌려갔다. 소녀는 충격에 휩싸인 채 지켜보다 뒤늦게 알아차렸다. 머리를 깎으려는 거였다. 모든 아이들의 머리를 깎으려는 거였다.

소녀는 라셸의 숱 많은 까만 머리가 땅바닥으로 떨어지는 것을 바라보았다. 그녀의 민머리는 달걀처럼 새하얗고 뾰족했다. 라셸은 남자들을 경멸하고 증오하는 눈빛으로 노려보다 신발에 침을 뱉었다. 그러자 경찰 하나가 라셸의 옆구리를 인정사정없이 걷어찼다.

어린아이들이 미친 듯이 날뛰는 바람에 남자 두셋이 동원돼 붙잡고 있어야 했다. 자기 차례가 되었을 때 소녀는 반항하지 않고 가만히 고개를 숙였다. 차가운 기계의 감촉이 느껴지자 소녀는 눈을 감았다. 기다란 금발이 발치로 떨어지는 것을 차마 보고 있을 수 없었다. 모두들 부러워했던 아름다운 머리채인데. 울음이 목구멍까지 치밀어 올랐지만 꾹 참았다. 이 사람들 앞에서는 절대 울지 않을 거야. 절대. 울지 않을 거야. 기껏해야 머리카락인걸. 머리는 다시 기르면 돼.

거의 다 끝났을 때 소녀는 다시 눈을 떴다. 소녀를 붙잡고 있는 경찰은 손이 두툼하고 불그스름했다. 다른 경찰이 마지막 남은 몇 뭉치를 미는 동안 소녀는 자기를 붙잡고 있는 경찰을 올려다보았다.

소녀의 동네에서 본 적 있는 빨간 머리의 친절한 경찰이었다. 어머니와 잡담을 나누던 그 경찰이었다. 등굣길에 소녀를 만나면 항상 윙크하던 그 경찰이었다. 붙잡혀 오던 날, 손을 흔드는 소녀를 보고 고개를 돌렸던 그 경찰이었다. 이제 그는 너무 가까이 있어서 고개를 돌릴 수가 없었다.

소녀는 시선을 떨어뜨리지 않고 그를 똑바로 쳐다보았다. 그의 눈은 황금처럼 색깔이 이상하게 노르스름했다. 당황했는지 경찰은 얼굴이 벌게졌고, 소녀를 붙잡은 손은 부들부들 떨렸다. 소녀는 최대한 경멸하는 눈빛으로 아무 말 없이 그를 물끄러미 바라보았다.

그는 꼼짝 않고 소녀를 쳐다보고만 있었다. 소녀는 열 살짜리 아이답지 않게 씁쓸한 미소를 지으며 그의 묵직한 두 손을 떼어냈다.

나는 멍하니 요양원을 나섰다. 뱀버가 기다리는 사무실로 돌아가야 하는데, 나도 모르게 발걸음이 다시 생통주 가로 향했다. 머릿속이 물음표로 가득해서 정신이 없었다. 할머님이 한 말이 사실일까, 아니면 병 때문에 헷갈리신 걸까? 정말 그 집에 유대인 가족이 살았을까? 할머님이 주장한 것처럼 테자크 집안 사람들이 정말 아무것도 모르고 그 집으로 이사할 수 있었을까?

나는 천천히 안마당을 걸었다. 관리인 숙소가 이 자리에 있었는데, 몇 년 전에 조그만 아파트로 바뀌었다. 철제 우편함이 복도를 따라 한 줄로 늘어서 있었다. 이제는 관리인이 매일 우편물을 집집마다 갖다주지 않았다. 할머님 말로는 관리인 이름이 루아예 부인이라고 했다. 나는 일제 검거 때 관리인들이 어떤 역할을 했는지 여러 문건을 통해 익히 알고 있었다. 그들은 대부분 경찰의 명령에 순응했고, 그중 몇몇은 심지어 유대인 가족들이 숨어 있는 곳으로 경찰을 안내하기까지 했다. 그런가 하면 일제 검거 직후에 빈집을 털어 가재도구를 싹 쓸어간 관리인도 있었다. 유대인 가족들을 최대한 보호하려 한 관리인은 소수에 불과했다. 이곳에서 루아예 부인은 어떤 역할을 했을까? 몽파르나스 대로에 있는 우리 아파트 관리인의 얼굴이 언뜻 뇌리를 스치고 지나갔다. 그녀는 내 또래이고 포르투갈 출신이었다. 전쟁에 대해 아는 게 없었다.

나는 엘리베이터를 두고 4층까지 걸어 올라갔다. 인부들은 점심을 먹으러 나가고 없었다. 온 건물이 조용했다. 현관문을 여는데 뭔가 이상한 것이, 생소한 절망감과 공허감이 엄습하는 듯한 기분이 들었다. 나는 지난번에 베르트랑이 보여주었던, 테자크 집안 사람들이 두 집을 합치기 전에 살았던 쪽으로 걸어갔다. 그 일이 벌어졌던 게 이쪽이었다. 무더웠던 7월의 그날, 동이 트기 직전 남자들이 찾아와 문을 두드렸던 집이 이쪽이었다.

지난 몇 주 동안 읽었던 벨디브 사건에 대한 모든 자료들이 이 자리에서 한꺼번에 되살아나는 듯했다. 앞으로 내가 살게 될 바로 이곳에서. 지금까지 열심히 정독한 모든 증언과 공부한 모든 책과 만나본 모든 생존자와 증인 들 덕분에 지금 내가 건드리고 있는 벽과 벽 사이에서 어떤 일이 벌어졌는지 믿기지 않을 만큼 분명하게 이해할 수 있고 볼 수 있었다.

며칠 전부터 쓰기 시작한 기사는 이제 마무리 단계였다. 마감이 코앞이었다. 아직 파리 외곽에 있는 루아레와 드랑시 수용소도 찾아가봐야 했고, 일제 검거 60주년 기념행사를 주관하다시피 하는 프랑크 레비와의 인터뷰도 남았다. 조만간 자료 조사가 끝나면 나는 다른 기사를 쓰게 될 것이다.

하지만 나와 이토록 가까운 곳에서, 내 인생과 이토록 밀접한 곳에서 어떤 일이 벌어졌는지 알고 나니 좀더 많은 것을 알아야 할 것 같은 기분이 들었다. 아직 자료 조사가 끝난 게 아니었다. 모든 것을 파악해야 할 것 같았다. 이곳에 살던 유대인 가족은 어떻게 됐을까? 성은 뭐였을까? 아이가 있었을까? 집단 수용소에서 살아 돌아온 사람이 있었을까? 한 명도 남김없이 죽었을까?

나는 텅 빈 아파트를 이리저리 거닐었다. 방 하나는 벽이 해체되는 중이었다. 파편 속에 멍하니 서 있는데, 벽판 뒤로 감쪽같이 숨겨져 있던 길고 깊은 공간이 일부 모습을 드러낸 것이 보였다. 숨기에 딱 좋은 곳이었을 것이다. 벽들이 말을 할 수 있다면 얼마나 좋을까…… 하지만 그들의 이야기를 들을 필요는 없었다. 나는 이곳에서 어떤 일이 벌어졌는지 알 수 있었다. 볼 수 있었다. 무덥고 고요했던 어느 밤, 문을 두드리는 소리에 이어 무뚝뚝한 명령이 내려졌고, 버스를 타고 파리 저편으로 건너간 이야기라면 생존자들에게 들어서 알고 있었다. 악취가 코를 찌르는 지옥 같았던 벨디브에 대해서도 알고 있었다. 살아남은 사람들을 통해. 달아난 사람들을 통해. 별을 뜯고 도망친 사람들을 통해.

문득 내가 이걸 감당할 수 있을까 하는 생각이 들었다. 이 아파트에서 한 가족이 체포되어 아마 죽음을 당했을 거라는 사실을 알면서도 여기서 살 수 있을까? 테자크 집안 사람들은 이곳에서 어떻게 살아온 걸까? 나는 궁금해졌다.

휴대전화를 꺼내 베르트랑에게 전화를 걸었다. 그는 화면에 뜬 내 번호를 보고 "회의 중"이라고 중얼거렸다. 우리 둘 사이에 바쁘다는 뜻으로 통용되는 암호였다.

"급한 일이야." 내가 말했다.

그가 또 무슨 말을 중얼거리는가 싶더니 잠시 후 이번에는 또렷한 목소리가 전해졌다.

"뭔데? 간단하게 끝내줘. 기다리는 사람이 있거든."

나는 심호흡을 했다.

"베르트랑, 할머님 할아버님께서 생통주 아파트를 어떻게 얻게 됐는지 알아?"

"모르는데. 왜?"

"조금 전에 할머님을 뵈러 다녀왔는데, 1942년 7월에 이사했다고 하셔서. 원래 살던 유대인 가족이 벨디브 일제 검거 때 잡혀가는 바람에 빈집이 되었다고."

정적.

"그래서?" 이윽고 베르트랑이 물었다.

얼굴이 화끈거렸다. 내 목소리가 텅 빈 아파트 안에서 울렸다.

"유대인 가족이 잡혀간 걸 알면서 이사했는데 아무렇지 않아? 할머님 할아버님한테 아무 이야기 못 들었어?"

베르트랑이 프랑스인 특유의 스타일로 입꼬리를 내렸다가 눈썹을 치켜세우며 어깨를 으쓱하는 게 눈에 선했다.

"아니. 전혀 아무렇지 않아. 나는 아무 이야기 못 들어서 몰랐지만, 그래도 상관없어. 일제 검거가 끝나고 1942년 7월에 빈집으로 이사한 사람들이 한둘이었겠어. 그렇다고 우리 가족이 공범이 되는 건 아니잖아, 안 그래?"

그의 웃음소리 때문에 귀가 아팠다.

"나는 그런 식으로 말한 적 없어, 베르트랑."

"당신, 이 일에 너무 흥분하는 거 아니야?" 그가 이번에는 좀더 다정한 목소리로 말했다. "육십 년 전 일이잖아. 세계대전이 한창이었고. 모두들 살기 힘들었을 때지."

나는 한숨을 쉬었다.

"어쩌다 그렇게 됐는지 알고 싶을 뿐이야. 난 이해가 안 돼."

"간단해, 나의 천사. 우리 할머니 할아버지가 전쟁 때 힘들게 사셨거든. 앤티크 숍이 잘 안 돼서. 좀더 넓고 좋은 데로 이사 갈 수 있어서 다행이라고 생각하셨을 거야. 아이도 있고 두 분 다 아직 젊었잖아. 비를 가릴 만한 지붕이 생겨서 기뻤을 거야. 유대인 가족에 대해서는 두 번 생각하지도 않았을 거야."

"오, 베르트랑," 나는 나지막이 속삭였다. "어떻게 그 가족에 대해 생각하지 않을 수 있어? 어떻게 그럴 수 있어?"

베르트랑이 수화기에 대고 입을 맞추었다.

"내 생각에는 모르셨을 것 같아. 이제 끊어야겠어. 이따 봐."

그러고는 전화를 끊었다.

나는 아파트에 잠시 더 머물며 기다란 복도를 따라 걷고, 텅 빈 거실에 서서 대리석으로 된 매끄러운 벽난로 선반을 손바닥으로 훑었다. 이해하려고, 감정에 휩쓸리지 않으려고 애쓰면서.

소녀는 라셸과 함께 결단을 내렸다. 도망치기로. 여기서 탈출하기로. 그러거나 죽거나, 둘 중 하나였다. 소녀는 알고 있었다. 다른 아이들과 함께 여기 남으면 끝이라는 것을. 아픈 아이들이 많았다. 이미 대여섯 명이 죽어나갔다. 한번은 경기장에서 보았던 파란색 베일을 쓴 간호사가 찾아온 적도 있었다. 병에 걸려 굶어 죽어가는 아이들이 이렇게나 많은데 간호사는 고작 한 명이라니.

도망치자는 것은 둘만의 비밀이었다. 다른 아이들한테는 절대 이야기하지 않았다. 아무도 눈치채지 못했다. 그들은 대낮에 도망칠 생각이었다. 알고 보니 낮에는 경찰이 아이들에게 거의 신경을 쓰지 않았다. 그러니 금세 해치울 수 있었다. 숙소 뒤편 급수탑 쪽에, 마을 아주머니들이 철조망 너머로 먹을거리를 넣어주려고 했던 그 근처에 조그만 구멍이 나 있었다. 조그맣기는 했지만, 아이가 기어 나갈 정도는 될 것 같았다.

벌써 일부 아이들이 경찰의 포위 아래 수용소를 떠났다. 소녀는 박박 깎은 머리에 누더기를 걸친 가녀린 아이들이 떠나는 광경을 지켜보았다. 어디로 끌려가는 걸까? 먼 곳일까? 어머니 아버지가 있는 곳일까? 소녀는 그럴 거라고 믿지 않았다. 라셸도 마찬가지였다. 결국 한곳으로 데리고 갈 거였으면 애초에 아이와 부모를 왜 떼어놓았겠는가? 소녀는 왜 이런 고통과 아픔을 겪어야 하는지 알 수 없었다. "저들이 우리를 미워하기 때문이지. 유대인이라면 질색하니까." 라셸이 특유의 낮고 허스키한 목소리로 말했다. 왜 그렇게 미워하는 걸까? 지금까지 소녀는 누군가를 그렇게 미워한 적이 없었다. 수업 태도가 불량하다며 심하게 혼을 낸 선생님 말고는. 나도 그 선생님이 죽어버렸으면 좋겠다고 생각한 적이 있었나? 소녀가 곰곰이 기억을 더듬어보니 그런 적이 있었다. 그러니까 그렇게 된 거였다. 그래서 이런 일이 벌어진 거였다. 죽이고 싶다는 생각이 들 만큼 어떤 사람들을 미워하게 된 거였다. 노란 별을 단 사람들을. 소름이 끼쳤다. 온 세상의 악의와 증오가 이곳에 한데 모여 소녀 주변에 켜켜이 쌓인 듯했다. 경찰들의 무뚝뚝한 얼굴 속에, 그들의 무관심 속에, 멸시 속에. 수용소 밖에 있는 사람들도 하나같이 유대인을 미워하는 걸까? 앞으로도 계속 이렇게 살아가야 하는 걸까?

소녀는 지난 6월 학교에서 집으로 돌아오다 동네 사람들이 계단에 모여서 하는 이야기를 들은 기억이 떠올랐다. 여자들이 모여 수군거리고 있었다. 소녀는 계단 앞에서 걸음을 멈추고 귀를 쫑긋 세웠다. "아니 글쎄 그이 재킷이 벌어지면서 별이 보이지 뭐예요. 유대인일 줄은 꿈에도 몰랐는데." 그러자 다른 여자가 급하게 숨을 들이쉬는 소리가 들렸다. "그이가 유대인이었다고요? 그렇게 예의 바른 양반이? 어머나, 세상에."

소녀는 어머니에게 동네 사람들이 왜 유대인을 싫어하느냐고 물었다. 어머니는 어깨를 으쓱하고 한숨을 내쉬며 다리미 위로 고개를 숙였다. 아무 대답이 없었다. 그래서 소녀는 아버지를 찾아갔다. 유대인으로 태어난 게 무슨 죄예요? 사람들이 왜 유대인을 싫어해요? 아버지는 머리를 긁적이더니, 당황한 듯 미소를 지으며 소녀를 내려다보았다. 그러다 조심스럽게 말했다. "우리가 자기들하고 다르다고 생각하거든. 그래서 무서워하는 거란다." 그런데 뭐가 다르다는 거지? 소녀는 생각했다. 뭐가 그렇게 다르다는 걸까?

어머니. 아버지. 동생. 너무나 보고 싶어서 몸이 아릴 정도였다. 바닥이 보이지 않는 구멍 속으로 떨어진 듯한 기분이었다. 이해할 수 없는 이 새로운 삶에 적응하려면 도망치는 수밖에 없었다. 어머니 아버지도 도망치지 않았을까? 집으로 돌아갈 방법을 찾지 않았을까? 어쩌면…… 어쩌면……

소녀는 텅 빈 아파트와 어질러진 침대와 부엌에서 천천히 썩어가고 있을 음식을 떠올렸다. 그리고 그 정적 속에 갇혀 있을 동생. 그 죽음의 정적 속에 갇혀 있을 동생.

라셸이 팔을 건드리자 소녀는 퍼뜩 정신을 차렸다.

"지금이야." 라셸이 속삭였다. "지금 나가보자."

수용소 안은 조용했고, 인적이 거의 없었다. 어른들이 끌려간 뒤로 감시하는 경찰의 숫자가 줄었다. 남은 경찰들도 아이들에게 말을 걸지 않았다. 그대로 방치했다.

더위가 헛간을 강타해 견디기 힘들었다. 헛간 안에는 병에 걸려 축 늘어진 아이들이 축축한 짚단 위에 누워 있었다. 저 멀리서 남자들 목소리와 웃음소리가 들렸다. 그들은 초소에서 햇볕을 피하고 있을 것이다.

경찰이라고는 소총을 발치에 내려놓고 그늘에 앉아 있는 한 사람뿐이었다. 그는 벽에 머리를 기댄 채 입을 벌리고 잠을 자는 듯했다. 두 아이는 몸집이 날랜 조그만 짐승처럼 울타리 쪽으로 기어갔다. 푸른 초원과 들녘이 언뜻 눈앞에 보였다.

여전히 고요했다. 덥고 고요했다. 우리를 본 사람이 있을까? 두 아이는 쿵쾅거리는 심장을 달래며 풀밭 위로 몸을 웅크렸다. 어떤 움직임도 없었다. 어떤 소리도 들리지 않았다. 이렇게 간단한 걸까? 소녀는 생각했다. 그럴 리 없었다. 앞으로는 뭐든 간단하지 않을 것이다.

라셸이 끌어안고 있던 옷가지를 입으라고 했다. 옷을 겹겹이 입어야 가시철조망에 쓸려도 괜찮을 거라고 했다. 소녀는 몸서리를 치며 더럽고 너덜너덜한 스웨터와 넝마가 된 몸에 꽉 끼는 바지를 주섬주섬 입었다. 이 옷의 주인은 원래 누구였을까? 어머니와 헤어지고 세상을 떠난 가여운 아이, 여기 혼자 남겨져 죽을 날만 기다리던 아이였겠지.

두 아이는 계속 몸을 웅크린 채 구멍이 난 철조망 쪽으로 다가갔다. 조금 떨어진 곳에 경찰 한 명이 서 있었다. 얼굴은 알아보기 힘들었고, 높고 둥근 모자만 도드라지게 눈에 띄었다. 라셸이 구멍을 손으로 가리켰다. 이제 서둘러야 했다. 시간이 없었다. 두 아이는 납작 엎드려 구멍 쪽으로 살금살금 기어갔다. 구멍이 너무 작은걸. 소녀는 생각했다. 옷을 껴입기는 했지만 저 가시철조망을 지나가다 긁히지는 않을까? 어떻게 우리가 성공할 수 있을 거라고 생각했던 걸까? 아무한테도 들키지 않을 거라고. 무사히 빠져나갈 수 있을 거라고. 미쳤던 모양이다. 정신이 나갔던 모양이다.

풀밭이 소녀의 코를 간질였다. 향긋한 냄새가 났다. 그 속에 얼굴을 묻고, 코를 찌르는 싱그러운 냄새를 들이마시고 싶었다. 라셸은 벌써 구멍 앞에 다다라 조심스럽게 머리를 들이밀고 있었다.

갑자기 풀밭 위에서 쿵쿵거리는 소리가 들렸다. 소녀의 심장이 멈추었다. 고개를 들어보니 거대한 형체가 소녀 위에서 어른거리고 있었다. 경찰이었다. 그가 다 해진 블라우스 깃을 잡고 소녀를 일으켜 세우더니 마구 흔들었다. 소녀는 겁에 질린 나머지 온몸에서 힘이 빠져나가는 것 같았다.

"너희들 뭐 하는 거냐?"

그의 목소리가 소녀의 귀청을 때렸다.

라셸은 철조망을 반쯤 빠져나간 상태였다. 경찰은 소녀의 뒷덜미를 잡은 채 손을 뻗어 라셸의 발목을 붙잡았다. 라셸이 발로 차며 저항했지만 경찰의 힘엔 어림없었다. 결국 라셸은 얼굴과 손에서 피를 흘리며 철조망 안으로 끌려 들어왔다.

두 아이는 경찰을 마주 보고 섰다. 라셸은 흐느껴 울었지만, 소녀는 등을 꼿꼿하게 펴고 턱을 들었다. 속으로는 부들부들 떨렸지만 겉으로는 태연한 척했다. 적어도 그렇게 노력은 해볼 생각이었다.

그런데 경찰의 얼굴을 본 순간, 소녀는 숨이 턱 막혔다.

그 빨간 머리 경찰이었다. 그도 단박에 소녀를 알아보았다. 그의 목젖이 꿀꺽 움직이는 게 보였다. 소녀의 옷깃을 잡은 두툼한 그의 손이 떨리는 게 느껴졌다.

"도망치면 안 된다. 여기 있어야 해. 알겠니?" 그가 거친 목소리로 말했다.

그는 스무 살을 갓 넘긴 젊은 경찰로, 몸집이 거대하고 살갗이 불그스름했다. 가만 보니 까맣고 두꺼운 제복을 입고 땀을 뻘뻘 흘리고 있었다. 이마가 땀으로 번들거렸고, 윗입술도 마찬가지였다. 그는 눈을 깜빡이며 몸무게를 이쪽 발에 실었다 저쪽 발에 실었다 했다.

소녀는 그가 무섭지 않았다. 묘한 연민이 느껴져 스스로도 어리둥절했다. 소녀는 한쪽 손을 그의 팔에 얹었다. 그는 놀라고 당황해하며 소녀의 손을 내려다보았다.

"저 기억하죠?"

묻는 게 아니었다. 확인하는 거였다.

그가 코 밑의 땀을 닦아내며 고개를 끄덕였다. 소녀는 주머니에서 열쇠를 꺼내 보여주었다. 열쇠를 쥐고 있는 손은 흔들림이 없었다.

"제 남동생 기억하죠? 금발 고수머리 꼬맹이요."

그가 다시 고개를 끄덕였다.

"보내주세요, 아저씨. 남동생이 파리에 있어요. 혼자요. 제가 벽장에 넣고 밖에서 문을 잠갔어요. 왜냐하면……" 소녀의 목소리가 갈라지기 시작했다. "거기 있으면 괜찮을 줄 알았거든요! 돌아가야 해요! 내보내주세요. 저를 못 본 척하면 되잖아요."

그는 어깨 너머로 흘끗 초소 쪽을 쳐다보았다. 누가 이쪽으로 오지 않을까, 누가 그들을 보거나 듣지 않았을까 두려워하는 듯한 얼굴이었다.

그는 손가락 하나를 입술에 대고 다시 소녀 쪽으로 고개를 돌렸다. 그러더니 인상을 찌푸리며 고개를 저었다.

"안 돼. 명령을 따라야 해." 그가 나지막이 중얼거렸다.

소녀는 손으로 그의 가슴을 지그시 눌렀다.

"부탁이에요, 아저씨." 소녀는 조용히 말했다.

옆에서 훌쩍이는 라셸의 얼굴은 피와 눈물로 범벅이 되어 있었다. 그가 어깨 너머를 다시 한번 흘끗 쳐다보았다. 아주 혼란스러워하는 얼굴이었다. 일제 검거 때 보았던 그 미묘한 표정이 다시금 그의 얼굴을 스치고 지나갔다. 연민과 수치심과 분노가 뒤엉킨 표정이었다.

시간이 느릿느릿, 무겁게 흐르는 게 느껴졌다. 그렇게 끝없이. 소녀의 안에서 흐느낌과 눈물과 공포가 점점 차올랐다. 라셸과 함께 헛간으로 돌려보내지면 어떻게 하지? 앞으로 남은 날들을 어떻게 버티지? 무슨 수로? 다시 도망쳐야 해. 소녀는 생각했다. 미친 듯이 몇 번이고 도망치는 거야. 몇 번이고.

갑자기 그가 소녀의 이름을 부르며 손을 잡았다. 그의 손은 뜨겁고 축축했다.

"가거라." 그가 이를 앙다물고 이렇게 말하는 동안 창백한 그의 얼굴 양쪽으로 땀이 흘렀다. “가거라! 어서.”

소녀는 어리둥절해서 금빛 눈을 올려다보았다. 그는 소녀를 구멍 쪽으로 떠밀더니 억지로 고개를 숙이게 했다. 그리고 철조망을 들고 거칠게 소녀를 떠밀었다. 가시철조망이 소녀의 이마를 찔렀다. 그러고는 끝이었다. 소녀는 비틀비틀 일어섰다. 이제 철조망을 지나온 자유의 몸이었다.

라셸은 꼼짝 않고 물끄러미 바라보기만 했다.

“저도 가고 싶어요.” 라셸이 말했다.

경찰이 라셸의 뒷덜미를 움켜쥐었다.

“안 돼. 너는 못 가.”

그 말을 듣고 라셸이 울부짖었다.

“불공평하잖아요! 쟤는 되고, 나는 왜 안 돼요? 왜요?”

그가 다른 손으로 라셸의 입을 막았다. 소녀는 울타리 너머에서 우두커니 서 있었다. 왜 라셸은 안 되는 걸까? 왜 라셸은 못 간다는 걸까?

“제 친구도 보내주세요. 부탁이에요.”

소녀가 침착하고 조용한 목소리로 말했다. 어른스러운 목소리였다.

경찰은 불안해하며 안절부절못했다. 하지만 그의 고민은 금세 끝났다.

“그럼 가거라.” 그가 라셸을 떠밀며 말했다. “얼른.”

그는 라셸이 기어 나갈 수 있게 철조망을 올려주었다. 라셸이 숨을 헐떡이며 소녀 옆에 섰다.

그가 주머니를 뒤지더니 뭔가를 꺼내 철조망 너머로 내밀었다.

"받아라." 그가 명령조로 말했다.

소녀는 손에 쥐어진 두툼한 지폐 뭉치를 내려다보다 열쇠가 든 주머니 속에 넣었다.

그는 미간을 찌푸린 채 소녀 쪽을 돌아보았다.

"얼른 뛰어가! 빨리! 사람들을 만나거든…… 별을 떼어버려. 도움을 받을 만한 곳을 찾아라. 조심하고! 행운을 빈다!"

소녀는 도와줘서 고맙다고, 돈도 고맙다고 손이라도 한번 잡아주고 싶었지만, 라셸이 소녀의 팔을 붙잡았다. 그렇게 두 아이는 황금빛 밀밭을 똑바로 가로지르며 가슴이 터질 때까지, 팔과 다리가 후들거릴 때까지 멀리, 수용소에서 최대한 멀리 달려갔다.

집에 돌아오니 지난 며칠 동안 계속 속이 메슥거렸던 게 생각났다. 그동안은 벨디브 기사 때문에 자료 조사를 하느라 신경을 못 쓰고 있었다. 게다가 지난주에는 할머님의 아파트와 관련해서 뜻밖의 사실을 알게 됐고. 그런데 젖가슴을 건드리면 찌르르한 느낌 때문에 문득 속이 메슥거리는 증상에 신경이 쓰이기 시작했다. 마지막으로 월경을 한 게 언제였는지 따져보았다. 맞아, 시작할 때가 훨씬 지났어. 하지만 지금까지 그런 적이 한두 번이 아니었다. 나는 결국 동네 약국에서 임신 테스터를 사 왔다. 분명히 확인하고 넘어가기 위해서였다.

결과가 나왔다. 파란 줄. 임신이었다. 임신이라니. 믿기지 않았다.

나는 감히 숨을 쉴 수가 없어 부엌에 주저앉았다.

두 번의 유산 끝에 임신이 됐던 오 년 전의 악몽이 떠올랐다. 초기 진통과 하혈 그리고 한쪽 나팔관에 착상한 것으로 밝혀진 자궁외임신. 힘겨운 수술을 받았고 나는 정신적으로, 육체적으로 피폐

해졌다. 극복하기까지 오랜 시간이 걸렸다. 한쪽 난소를 제거했다. 의사는 다시 임신이 가능할지 장담할 수 없다고 했다. 그 무렵 나는 이미 마흔을 바라보는 나이였다. 베르트랑의 얼굴에 어린 실망과 슬픔이란. 그는 단 한 번도 표현하지 않았지만, 나는 느낄 수 있었다. 알 수 있었다. 그가 자기 속내를 절대 보이지 않으려 했던 것이 상황을 더 나락으로 몰고 갔다. 그는 내가 들여다보지 못하도록 그것을 꼭꼭 감추었다. 내뱉지 못한 말들이 손을 뻗으면 만져질 것 같은 존재로 자라 우리 둘 사이를 가로막았다. 나는 이런 이야기를 정신과의사에게만 했다. 그리고 아주 가까운 친구들에게만.

얼마 전 주말에 이자벨 부부와 아이들을 부르고뉴로 초대했다. 그 집 큰딸 마틸드가 조에와 동갑이었고, 그 밑으로 마티유가 있었다. 네댓 살쯤 된 그 애교 많은 꼬맹이를 바라보던 베르트랑의 표정. 그는 마티유에게서 눈을 떼지 못했고, 목마를 태우고 놀아주는 내내 웃었지만, 슬픈 듯 아쉬워하는 눈빛이었다. 그 눈빛을 나는 견딜 수 없었다. 모두들 밖에서 키슈 로렌*을 먹고 있을 때 부엌에서 혼자 울고 있는 나를 이자벨이 발견했다. 이자벨은 나를 숨이 막힐 정도로 꽉 끌어안더니 큼지막한 잔에 와인을 따랐다. 그러고는 다이애나 로스의 예전 히트곡을 귀청이 떨어질 정도로 크게 틀었다. "네 잘못이 아니야, 친구야. 네 잘못이 아니야. 그것만큼은 잊지 마."

나는 오래전부터 무능한 인간이 된 듯한 자괴감에 시달렸다. 테

* 베이컨과 치즈를 넣어서 구운 파이.

자크 집안 사람들은 모든 면에서 친절하고 깍듯했다. 하지만 베르트랑이 가장 간절히 원하는 부분을 내가 채워주지 못하는 듯했다. 둘째를, 더 나아가 아들을 원하는 사람인데. 베르트랑은 누이동생만 둘이고 남자 형제가 없었다. 후손이 없으면 대가 끊길 것이다. 이 집안에서 그것이 얼마나 중요한지 예전에는 미처 몰랐다.

내가 베르트랑과 결혼해도 '줄리아 자먼드'로 불러달라고 했을 때 그들은 놀란 표정으로 아무 대꾸도 하지 않았다. 시어머니 콜레트는 어색한 미소를 지으며 프랑스에서 그런 사고방식은 신식으로 간주된다고 했다. 너무 신식으로 간주된다고. 이곳에서는 탐탁지 않게 생각하는 페미니스트적인 태도라고. 프랑스 여자들은 결혼하면 당연히 남편을 따라 성을 바꾼다고 생각했다. 나는 남은 평생 동안 베르트랑 테자크 부인으로 불려야 하는 거였다. 나는 하얀 이를 환히 드러내고 웃으며 '자먼드'를 그냥 쓰겠다고 재잘거렸다. 시어머니는 아무 말도 하지 않았고, 그 뒤로 그녀와 시아버지 에두아르는 항상 나를 '베르트랑의 아내'라고 소개했다.

나는 파란 줄을 내려다보았다. 아이라니. 아이라니! 환희와 감당할 수 없는 행복감이 파도처럼 밀려들었다. 아이가 생긴 것이다. 나는 너무나 낯익은 부엌을 둘러보았다. 창가에 서서 부엌과 맞닿은 어두컴컴하고 지저분한 안마당을 내다보았다. 아들이건 딸이건 상관없었다. 베르트랑은 아들이길 바랄 것이다. 하지만 딸이라도 좋아할 것이다. 둘째가 아닌가. 우리가 그토록 오랫동안 손꼽아 기다리던 아이가 아닌가. 희망을 버렸던 아이가 아닌가. 여동생이 됐건 남동생이 됐건 조에는 더이상 동생을 낳아달라는 소리를 하지 않았다. 할머님도 더이상 궁금해하지 않았다.

베르트랑에게 어떤 식으로 알리면 좋을까? 전화를 걸어 불쑥 소식을 전할 수는 없는 일이었다. 단둘이 있는 자리에서 터뜨려야 했다. 오붓한 분위기에서. 그리고 적어도 삼 개월이 될 때까지는 아무에게도 알리지 말아야 했다. 에르베와 크리스토프, 이자벨, 동생, 부모님에게 전화를 돌리고 싶었지만 꾹 참았다. 남편에게 제일 먼저 알려야 했다. 그다음으로 딸아이에게. 문득 좋은 생각이 떠올랐다.

나는 얼른 전화기 앞으로 달려가 베이비시터인 엘자에게 오늘 밤에 조에를 봐줄 수 있느냐고 물었다. 엘자는 시간이 된다고 했다. 그런 다음 신혼 때부터 자주 들르던 생도미니크 가의 단골 레스토랑에 예약을 하고, 마지막으로 베르트랑에게 전화해 음성사서함에 밤 아홉시 정각에 투미외에서 만나자고 메시지를 남겼다.

조에가 열쇠로 현관문을 여는 소리가 들렸다. 문이 쾅 하고 닫히는가 싶더니 무거운 배낭을 든 조에가 부엌으로 들어왔다.

"안녕, 엄마. 오늘 하루 잘 보냈어요?"

나는 미소를 지었다. 조에의 저 예쁜 얼굴과 늘씬한 키와 반짝이는 담갈색 눈을 볼 때마다 숨이 막혔다.

"이리 오렴." 나는 굶주린 사람처럼 아이를 와락 끌어안았다.

조에는 뒤로 몸을 빼더니 나를 빤히 쳐다보았다.

"엄마, 오늘 기분 좋구나? 안으니까 느껴져."

"그래. 아주 기분 좋은 날이었어." 나는 말을 하고 싶어 입이 근질거렸다.

조에가 나를 바라보았다.

"다행이다. 엄마 요즘 좀 이상했잖아. 그 아이들 때문인가 했어."

"그 아이들?" 나는 딸아이의 얼굴에 달라붙은 윤기 나는 갈색 머리칼을 쓸어 넘기며 물었다.

"있잖아. 벨디브에 갇혔던 아이들. 두 번 다시 집으로 돌아오지 못한 아이들."

"맞아. 그 아이들 때문에 슬펐어. 지금도 마찬가지고."

조에가 내 손을 잡고 내 손가락에 끼워진 결혼반지를 돌리고 또 돌렸다. 어렸을 때부터 하던 버릇이었다.

"그리고 엄마가 지난주에 전화로 하는 이야기도 들었어." 조에가 다른 곳으로 시선을 돌린 채 말했다.

"응?"

"내가 자는 줄 알고 한 이야기."

"아, 그래?"

"늦은 밤이었지만, 나 안 자고 있었어. 엄마가 에르베 아저씨랑 통화하고 있었던 것 같아. 할머니한테 들은 얘기 하더라."

"아파트 얘기?" 내가 물었다.

"응." 조에가 마침내 내 쪽으로 고개를 돌렸다. "거기 살았던 가족 이야기. 그리고 그 가족이 겪은 일. 할머니가 그렇게 오랫동안 거기 살았으면서 그 사실에 대해 별로 신경 쓰지 않는 것 같았다고 그랬어."

"다 들었구나?"

조에가 고개를 끄덕였다.

"엄마, 그 가족에 대해서 아는 거 없어? 누군지, 어떻게 됐는지."

나는 고개를 끄덕였다.

"응. 아무것도 몰라."

"할머니가 신경 안 썼다는 거 정말이야?"

아무렇게나 대답을 하면 안 되는 상황이었다.

"당연히 신경 쓰이셨겠지. 어떻게 된 일인지 잘 모르셨을 거야."

조에는 조금 전보다 더 빠르게 결혼반지를 다시 돌렸다.

"엄마, 그 사람들 어떻게 됐는지 알아볼 거야?"

나는 반지를 신경질적으로 잡아당기는 조에의 손가락을 꼭 잡았다.

"응, 조에. 그럴 거야."

"아빠가 싫어할 텐데. 아빠가 그 생각 그만하라고 얘기하는 거 들었어. 그만 좀 신경 쓰라고. 화난 목소리 같았는데."

나는 아이를 끌어당겨 아이의 어깨에 턱을 묻었다. 내 속에 감추고 있는 근사한 비밀에 대해 생각했다. 오늘밤 투미외를 생각했다. 못 믿겠다는 표정으로 기쁨의 탄성을 지를 베르트랑의 얼굴을.

"우리 공주님, 아빠도 언짢아하지 않을 거야. 엄마가 장담할게."

기진맥진한 아이들은 마침내 달리기를 멈추고 커다란 덤불 뒤로 숨었다. 목이 마르고 숨이 찼다. 소녀는 옆구리가 아팠다. 목을 축일 수 있다면 얼마나 좋을까. 한숨 돌리면서 기운을 추스를 수 있다면 얼마나 좋을까. 하지만 여기 있을 수 없었다. 계속 가야 했다. 어떻게든 파리로 돌아가야 했다.

경찰은 별을 떼라고 했다. 두 아이는 껴입었던 옷을 벗었다. 가시철조망에 걸려 여기저기 찢어지고 너덜너덜했다. 소녀는 가슴께를 내려다보았다. 블라우스에 별이 달려 있었다. 소녀는 별을 잡아 뜯었다. 라셸도 소녀를 따라 손톱으로 자기 별을 뜯어냈다. 라셸의 별은 금세 떨어졌다. 하지만 소녀의 별은 단단히 붙어 있어 떨어지지 않았다. 소녀는 블라우스를 벗어 눈앞에 대고 들여다보았다. 바늘땀이 워낙 촘촘하고 완벽했다. 옷가지를 산더미처럼 쌓아놓고 참을성 있게 하나씩 별을 달던 어머니가 떠올라 소녀는 두 눈에 눈물이 고였다. 소녀는 블라우스에 얼굴을 묻고 지금까지 제 속에 담겨 있는 줄도 몰랐던 절망의 울음을 터트렸다.

라셸이 피 묻은 손으로 소녀를 쓰다듬으며 두 팔로 꼭 끌어안았다. "남동생 이야기 진짜야? 진짜로 벽장 속에 갇혀 있어?" 라셸이 묻자 소녀는 고개를 끄덕였다. 라셸은 소녀를 더욱 세게 끌어안더니 서투른 손길로 머리를 쓰다듬었다. 어머니는 어디 있을까? 소녀는 궁금했다. 아버지는? 어디로 끌려갔을까? 두 분이 함께 있을까? 무사할까? 지금 이런 모습을 두 분이 본다면…… 거지 같은 꼴로 주린 배를 안고 어쩔 줄 몰라하며 덤불 뒤에서 울고 있는 자신을 두 분이 본다면……

소녀는 정신을 차리고, 젖은 눈으로 라셸을 향해 애써 웃어 보였다. 거지 같은 꼴로 주린 배를 안고 어쩔 줄 몰라하는 것은 맞을지 몰라도 두렵지는 않았다. 소녀는 시커먼 손으로 눈물을 닦았다. 소녀는 너무 많이 커버렸다. 이제는 두려움에 떠는 어린아이가 아니었다. 부모님이 얼마나 자랑스러워하실까. 소녀는 부모님이 자랑스러워해주었으면 좋겠다고 생각했다. 수용소에서 탈출한 소녀를. 파리로 돌아가 동생을 구하려는 소녀를. 두려움 없는 소녀를.

소녀는 별을 입으로 물고, 어머니의 꼼꼼한 바늘땀을 잘근잘근 씹었다. 노란 천 조각이 마침내 블라우스에서 떨어져 나왔다. 소녀는 천 조각을 바라보았다. 검은색으로 큼지막하게 유대인이라고 적혀 있었다. 소녀는 천 조각을 말아 움켜쥐었다.

"이게 갑자기 작아 보이지 않아?" 소녀가 라셸에게 물었다.

"이제 어쩌지? 주머니 속에 넣고 있다 걸리기라도 하면 끝장이잖아." 라셸이 말했다.

두 아이는 달아날 때 입었던 옷과 함께 별을 덤불 뒤쪽에 묻기로 했다. 메마른 흙은 부드러웠다. 라셸이 구멍을 파서 별과 옷을 넣은 다음 갈색 흙으로 덮고, 의기양양한 목소리로 말했다.

"됐다. 별을 묻었어. 이제 다 죽어서 땅속에 묻힌 거야. 앞으로 영원히."

소녀와 라셸은 함께 웃었다. 그러다 어느 순간 부끄러워졌다. 어머니는 별을 자랑스러워해야 된다고 했는데. 유대인으로 태어난 것을 자랑스러워해야 된다고 했는데.

지금은 그런 것에 연연하고 싶지 않았다. 상황이 달라졌다. 모든 게 달라졌다. 이제 마실 물과 먹을 음식과 쉴 곳을 찾아야 했고, 소녀는 집으로 돌아가야 했다. 어떻게 하면 돌아갈 수 있을지 그건 알 수 없었다. 여기가 어디인지조차 알 수 없었다. 하지만 돈이 있었다. 경찰한테 받은 돈이 있었다. 그는 역시 그렇게 나쁜 사람이 아니었다. 앞으로도 다른 좋은 사람들을 만나서 도움을 받을 수 있을지도 몰랐다. 그들을 미워하지 않는 사람들을 만나서. 그들을 '다르다'고 생각하지 않는 사람들을 만나서.

두 아이가 있는 곳은 마을 근처였다. 덤불 뒤에서 주위를 둘러보니 표지판이 눈에 띄었다.

"본라롤랑드." 라셸이 큰 소리로 읽었다.

두 아이는 마을 안으로 들어가면 안 된다는 것을 직감으로 알 수 있었다. 이 마을에는 그들을 도와줄 사람이 없을 것이다. 수용소에 대해 다들 알고 있을 텐데, 딱 한 번 본 그 아주머니들 말고는 도와주러 온 사람이 아무도 없었다. 게다가 이 마을은 수용소와 아주 가까웠다. 누구라도 아이들을 당장 돌려보낼 수 있었다. 두 아이는 본라롤랑드를 등지고 길가의 웃자란 풀밭에 바짝 붙어서 걸었다. 소녀는 목만이라도 축일 수 있으면 좋겠다고 생각했다. 목이 마르고 배가 고파서 현기증이 났다.

아이들은 가끔 자동차가 지나가거나 농부가 소를 몰고 집으로 돌아가는 소리가 들리면 몸을 숨겨가며 한참을 걸었다. 제대로 가고 있는 걸까? 이쪽으로 가면 파리가 나올까? 알 수 없었다. 하지만 적어도 수용소에서 점점 멀어지고 있는 것만은 분명했다. 소녀는 신발을 내려다보았다. 다 떨어져가고 있었다. 생일이나 영화를 보러 갈 때나 친구네 집에 놀러 갈 때만 신었던, 소녀의 신발 중에서 두번째로 좋은 신발이었다. 작년에 어머니와 함께 레퓌블리크 광장 근처에서 산 것이었다. 그때가 아주 오래전 일처럼 느껴졌다. 전생에 겪은 일처럼 느껴졌다. 신발은 이제 너무 작아서 발가락이 아팠다.

늦은 오후로 접어들 무렵 녹음이 우거진 길고 시원한 숲이 나타났다. 달콤하고 축축한 냄새가 났다. 두 아이는 산딸기나 블루베리가 있을까 싶어 숲 속으로 들어갔다. 잠시 후 빽빽한 과일나무 덤불이 눈앞에 펼쳐졌다. 라셸은 좋아서 비명을 질렀다. 두 아이는 바닥에 주저앉아 허겁지겁 과일을 먹었다. 소녀는 아주 오래전, 강가에서 아버지와 함께 과일을 땄던 즐거웠던 날들을 떠올렸다.

이런 호강에 익숙지 않았던 터라 속이 메슥거렸다. 소녀는 배를 움켜쥐고 구역질을 했다. 미처 소화되지 못한 과일이 덩어리째 나왔다. 입안이 텁텁했다. 소녀는 라셸에게 물을 찾아야겠다고 말하고, 억지로 몸을 일으켰다. 두 아이는 숲 속으로 더 깊숙이 들어갔다. 황금빛 햇살이 신비로운 에메랄드빛 세상에서 너울거렸다. 소녀는 고사리 사이로 느릿느릿 걸어가는 노루를 보고 경외감에 숨을 참았다. 소녀는 자연이 낯설게 느껴지는 천생 도시 아이였다.

좀더 깊숙이 들어가자 조그맣고 맑은 연못이 나왔다. 피부에 닿는 느낌이 시원하고 상쾌했다. 소녀는 오랫동안 물을 마시고, 입을 헹구고, 블루베리 얼룩을 씻어낸 다음 잔잔한 물속에 발을 담갔다. 강가로 가 잠시 일상에서 탈출했던 그때 이후로 수영을 한 적이 없어서 연못 속으로 몸을 담글 엄두는 나지 않았다. 그걸 알아차린 라셸이 잡아줄 테니 들어오라고 말했다. 소녀는 미끄러지듯 물속으로 들어가 라셸의 양쪽 어깨를 꽉 붙들었다. 라셸은 예전에 아버지가 그랬던 것처럼 소녀의 배와 턱을 잡아주었다. 물이 살갗을 부드럽게 어루만지는 듯했다. 소녀는 박박 깎은 머리까지 물로 적셨다. 금발이 자라기 시작해 아버지의 턱처럼 까칠까칠했다.

문득 맥이 빠졌다. 부드럽고 파릇파릇한 이끼에 눕고 싶었다. 아주 잠깐만이라도 쉬고 싶었다. 라셸도 같은 생각이었다. 이 숲 속은 안전하니까 잠깐 쉬어도 될 거라고 했다.

두 아이는 서로를 꼭 끌어안고, 헛간의 고약한 짚단 냄새와는 전혀 다른 신선한 이끼 냄새를 한껏 들이마셨다.

소녀는 금세 잠이 들었다. 오랜만에 누리는 단잠이었다.

평소에 우리가 늘 앉던 테이블이었다. 구식 카운터와 그 위에 깔린 색유리를 지나 오른쪽 구석에 있는 테이블. L자 모양의 빨간색 벨루어 의자가 놓인 곳. 나는 자리에 앉아, 하얀색 긴 앞치마를 두르고 분주히 오가는 웨이터들을 바라보았다. 그중 한 명이 키르 로열 칵테일을 가져다주었다. 분주한 저녁 시간이었다. 이곳은 오래전 베르트랑이 처음으로 데이트 신청한 날 나를 데려왔던 곳이다. 그때와 비교해서 달라진 게 없었다. 여전히 천장은 낮고, 벽은 아이보리색이고, 조명은 둥그스름하고 희미했고, 식탁보는 풀을 먹여 빳빳했다. 베르트랑이 가장 좋아하는 코레즈와 가스코뉴의 풍성한 음식도 여전했다. 나와 만나던 시절 그는 말라르 가 근처의 독특한 꼭대기 층 아파트에 살았는데, 여름에 내가 얼마나 힘들었는지 모른다. 어딜 가든 에어컨이 달려 있는 미국에서 자란 나로서는 그런 곳을 어떻게 견디는지 궁금했다. 나는 그때도 두 녀석과 함께 베르트 가에서 살고 있었는데, 찜통더위가 파리를 덮칠 때마다 어두컴컴하고 작고 시원한 내 방이 천국처럼 느껴졌다. 베르트랑과 동생들이 자란 곳은 파리에서도 점잖고 귀족적인 7구였다. 부모님이 오래전부터 길고 구불구불한 위니베르시테 가에서 살았고, 가업인 앤티크 숍은 바크 가에서 성업 중이었다.

우리가 늘 앉던 테이블. 베르트랑에게 청혼을 받았던 곳. 그에게 조에가 생겼다고 알렸던 곳. 그리고 아멜리에에 대해 알게 됐다고 폭로했던 곳.

아멜리에.

오늘밤에는 생각하고 싶지 않았다. 적어도 지금은. 아멜리에는 지나간 이야기였다. 그런데 지나간 이야기일까? 정말 그럴까? 솔직히 나도 장담할 수 없었다. 하지만 지금은 알고 싶지 않았다. 신경 쓰고 싶지 않았다. 아이가 태어날 것이다. 아멜리에는 적수가 되지 못할 것이다. 나는 조금 씁쓸한 미소를 지었다. 그리고 눈을 감았다. 남편이 방황하면 '눈을 감는 것'이 프랑스 여자들의 전형적인 대응 아니었나? 나도 그럴 수 있을까? 궁금했다.

그가 십 년 전에 바람을 피웠다는 사실을 맨 처음 알아차렸을 때 나는 전의를 불태웠다. 그때도 여기 이 자리였다. 나는 이 자리에서 당장 따지기로 마음먹었다. 그는 아무것도 부인하지 않았다. 깍지 낀 두 손으로 턱을 받치고, 조용하고 침착하게 내 이야기를 들었다. 신용카드 명세서. 카네트 가의 페를 호텔. 들랑브르 가의 레녹스 호텔. 크리스틴 가의 를레 크리스틴 호텔. 줄줄이 이어지는 호텔 영수증.

그는 그다지 철두철미하지 않았다. 영수증도 그렇고, 향수도 그렸다. 그의 옷과 머리카락과 아우디 스테이션왜건 조수석 안전벨트에 남은 향수 냄새가 첫번째 단서이자 신호였다. 뢰르 블뢰. 겔랑에서 출시된 상품 중에서 가장 묵직하고 가장 진하고 가장 쉽게 질리는 향수. 누군지 알아내는 건 일도 아니었다. 사실 나도 아는 여자였다. 결혼하자마자 그가 나에게 소개했던 여자.

십대인 아이가 셋 딸린 이혼녀. 은빛이 도는 갈색 머리의 사십대. 완벽한 파리지앵의 상징. 작고 날씬한 몸매에 흠잡을 데 없는 옷차림. 완벽한 조합을 자랑하는 핸드백과 구두. 근사한 직장. 트로카데로 광장이 내려다보이는 널찍한 아파트. 유명한 와인 이름처럼 들리는 거창하고 오래된 프랑스 가문. 왼손에 낀 인장 반지.

아멜리에. 그 옛날 빅토르 뒤뤼이 고등학교 시절부터 알고 지낸 베르트랑의 옛 여자 친구. 그때까지 계속 만났던 여자. 결혼을 하고 아이가 생기고 그 오랜 세월이 흘렀음에도 계속 살을 섞었던 여자. "우리는 이제 친구야." 그는 그렇게 맹세했다. "그냥 친구라고, 좋은 친구."

식사를 마치고 차에 탔을 때 나는 암사자로 변신해 송곳니를 보이며 발톱을 세웠다. 그런 나를 보며 베르트랑은 얼마나 우쭐했을까. 그는 맹세하고 다짐했다. 나뿐이라고, 나밖에 없다고. 아멜리에는 신경 쓸 것 없다고, 스쳐 지나가는 여자일 뿐이라고. 그리고 한동안 나는 그를 믿었다.

그런데 요즘 들어 의심이 생기기 시작했다. 이상한 낌새가 불쑥 머릿속을 스치고 지나갔다. 확실한 건 없었다. 그냥 느낌에 불과했다. 나는 여전히 그를 믿을 수 있을까?

에르베와 크리스토프는 그런 인간을 믿다니 미친 거 아니냐고 했다. 이자벨은 그에게 대놓고 물어보라고 했다. 샬라와 어머니와 홀리, 수재나, 잰은 그런 인간을 믿다니 제정신이 아니라고 했다.

나는 오늘밤만큼은 아멜리에 생각을 하지 않기로 굳게 다짐했다. 베르트랑과 나 그리고 근사한 소식만 생각하기로 했다. 나는 칵테일을 조금씩 마셨다. 웨이터들이 나를 보며 미소 지었다. 기분이 좋았다. 기운이 났다. 아멜리에는 엿이나 먹으라지. 베르트랑은 내 남편이었다. 나는 그의 아이를 낳을 것이다.

레스토랑은 만석이었다. 나는 분주한 주변을 둘러보았다. 노년의 커플이 와인을 한 잔씩 놓고 나란히 앉아 열심히 식사를 하고 있었다. 삼십대의 젊은 여자들이 키득거리자 그 옆 테이블에서 혼자 저녁을 먹던 딱딱한 인상의 여자가 쳐다보며 눈살을 찌푸렸다. 시가에 불을 붙이는 회색 양복을 입은 사업가. 메뉴를 해독 중인 미국 관광객. 어느 일가족과 십대 아이들. 소음이 상당했다. 담배 연기도 마찬가지였다. 하지만 상관없었다. 나에게는 익숙한 분위기였다.

늘 그렇듯 베르트랑은 늦을 것이다. 상관없었다. 나는 덕분에 여유롭게 옷을 갈아입고 머리도 만질 수 있었다. 옷은 그가 좋아하는 초콜릿색 바지와 몸매가 드러나는 민무늬 황갈색 톱을 선택했다. 여기에 아가타 진주 귀걸이를 하고 에르메스 시계를 찼다. 나는 왼쪽에 달린 거울을 흘끗 훔쳐보았다. 눈이 평소보다 크고 파랬고, 얼굴에서 빛이 났다. 중년의 임신부치고는 제법 훌륭했다. 나를 보며 활짝 웃는 웨이터들을 보니 그들도 그렇게 생각하는 것 같았다.

나는 핸드백에서 수첩을 꺼냈다. 내일 아침 당장 병원에 전화부터 해야 한다. 얼른 예약을 잡아야 한다. 어쩌면 검사를 받아야 할지도 모른다. 양수 검사는 필수항목일 것이다. 나는 이제 '젊은' 엄마가 아니었다. 조에를 낳은 게 언제 적 이야기인지 가물가물했다.

갑작스레 공포가 밀려들었다. 십일 년이나 지난 지금, 그 모든 걸 감당할 수 있을까? 임신, 출산, 밤마다 잠을 설치는 날들, 우유병, 아이 울음소리, 기저귀. 당연하지. 나는 콧방귀를 뀌었다. 지난 십 년 동안 기다려왔던 일이 아닌가. 나는 당연히 준비가 되어 있었다. 베르트랑도 마찬가지였다.

하지만 이렇게 앉아서 그를 기다리자니 점점 불안해졌다. 나는 이를 애써 외면하며 수첩을 펴고 얼마 전에 적어놓은 벨디브 관련 메모를 읽었다. 얼마 지나지 않아 나는 일 속으로 빠져들었다. 주변의 소음과 사람들의 웃음소리와 웨이터들이 테이블 사이를 재빠르게 이동하는 소리와 의자 다리가 바닥을 긁는 소리가 더이상 귀에 들어오지 않았다.

고개를 들어보니 남편이 앞에 앉아서 나를 지켜보고 있었다.

"왔어? 얼마나 앉아 있은 거야?" 내가 물었다.

그는 웃으며 내 손 위로 자기 손을 포갰다.

"꽤 됐어. 당신, 근사하다."

그는 빳빳하게 다린 흰색 셔츠에 감색 코듀로이 재킷을 입고 있었다.

"당신도 근사한데?" 내가 말했다.

하마터면 그 자리에서 불쑥 이야기를 꺼낼 뻔했지만, 아직은 때가 아니었다. 너무 일렀다. 나는 입술을 깨물며 참았다. 웨이터가 베르트랑에게도 키르 로열을 가져다주었다.

"무슨 일이야? 무슨 특별한 일이라도 있어? 깜짝 뉴스라도 있는 거야?" 그가 물었다.

"응." 나는 잔을 들며 말했다. "아주 특별한 깜짝 뉴스가 있어. 원샷! 깜짝 뉴스를 위해!"

우리는 잔을 부딪쳤다.

"어떤 뉴스인지 내가 알아맞혀야 하는 거야?" 그가 물었다.

나는 어린 소녀처럼 장난기가 발동했다.

"절대 알아맞히지 못할걸? 절대."

그는 즐거워하는 표정으로 웃음을 터뜨렸다.

"당신, 조에랑 너무 닮았잖아! 조에도 뭔지 알고 있어?"

나는 고개를 저었다. 점점 더 흥분됐다.

"아니. 아무도 몰라. 아무도…… 나 말고는."

나는 손을 뻗어 그의 손을 잡았다. 구릿빛으로 탄 손등이 부드러웠다.

"베르트랑……"

내가 이야기를 꺼내려는 순간, 웨이터가 다가왔다. 우리는 순식간에 주문을 끝냈다. 나는 오리 콩피, 베르트랑은 카술레로. 시작은 아스파라거스로.

나는 주방 쪽으로 사라지는 웨이터의 뒷모습을 물끄러미 바라보다 터뜨렸다. 아주 빠르게.

"나, 임신했어."

나는 그의 얼굴을 유심히 들여다보며 입꼬리가 서서히 올라가고, 눈이 휘둥그레지길 기다렸다. 하지만 그는 가면이라도 쓴 것처럼 표정에 전혀 변화가 없었다. 나를 보며 눈만 깜빡거릴 뿐이었다.

"임신했다고?" 그가 메아리처럼 내 말을 따라했다.

나는 그의 손을 꼭 잡았다.

"놀랍지, 베르트랑? 그렇지?"

그는 아무 말도 하지 않았다. 나는 이 상황이 이해되지 않았다.

"얼마나 됐어?" 그가 마침내 물었다.

"조금 전에 알았어." 나는 그의 무심한 반응에 불안해하며 조그맣게 대답했다.

그가 눈을 비볐다. 피곤하거나 심란할 때마다 나오는 습관이었다. 그는 아무 말도 하지 않았고, 나도 마찬가지였다.

침묵이 안개처럼 우리 둘 사이를 갈랐다. 손을 내밀면 닿을 것처럼 피부로 느껴졌다.

웨이터가 첫번째 요리를 들고 왔다. 우리 둘 다 아스파라거스에 손도 대지 않았다.

"왜 그래?" 내가 물었다. 더는 견딜 수가 없었다.

그는 한숨을 쉬더니 고개를 저으며 다시 눈을 비볐다.

"당신이 좋아할 줄 알았어. 신나할 줄 알았다고." 내 눈에 눈물이 고이기 시작했다.

그가 한 손으로 턱을 고이고 나를 바라보았다.

"줄리아, 나는 마음을 접었어."

"나도 마찬가지였어! 완전히 포기했었다고!"

그는 심각한 얼굴이었다. 그 단호한 눈빛이 마음에 들지 않았다.

"무슨 뜻이야? 마음을 접었으니까……" 내가 물었다.

"줄리아, 삼 년 뒤면 내 나이가 쉰이야."

"그래서?" 뺨이 화끈거리기 시작했다.

"늙은 아빠가 되긴 싫어." 그의 목소리는 차분하기 그지없었다.

"맙소사."

침묵이 이어졌다.

"줄리아, 이 아이는 낳을 수 없어." 그가 부드러운 목소리로 말했다. "우리 상황이 예전하고 다르잖아. 조에는 조만간 사춘기로 접어들 거야. 당신은 지금 마흔다섯이고. 우리 상황이 전과 달라. 아이는 지금 우리 상황에 어울리지 않아."

눈물이 내 얼굴을 타고 흐르다 음식 위로 떨어졌다.

"지금 나더러," 나는 목이 메었다. "그러니까 지금 나더러 아이를 지우라는 거야?"

옆 테이블에 앉아 있던 가족이 우리 쪽을 빤히 쳐다보았다. 그러거나 말거나 상관없었다.

위기의 순간이 닥칠 때면 언제나 그랬던 것처럼 나는 모국어로 되돌아가 있었다. 이런 상황에서 프랑스어로는 내 심정을 표현할 방법이 없었다.

"세 번이나 유산을 했는데 이번에는 아이를 지우라고?" 내 목소리가 떨렸다.

그는 슬픈 얼굴이었다. 다정하고 슬픈 얼굴이었다. 나는 그 얼굴을 한 대 때리고 발로 걷어차고 싶었다.

하지만 그럴 수가 없었다. 냅킨에 대고 흐느껴 우는 게 고작이었다. 그는 내 머리카락을 쓰다듬으며 사랑한다고, 사랑한다고 중얼거렸다.

나는 귀를 막아버렸다.

두 아이가 눈을 떴을 때는 이미 날이 저문 뒤였다. 숲은 더이상 한낮에 보았던 녹음이 우거진 평화로운 곳이 아니었다. 넓고 황량하고 낯선 소리들로 가득했다. 아이들은 손을 잡고, 무슨 소리가 들릴 때마다 멈추어가며 고사리 덤불을 헤치고 천천히 발걸음을 옮겼다. 밤이 점점 더 짙어지는 듯했다. 점점 더 깊어가는 듯했다. 아이들은 계속 걸었다. 소녀는 지쳐서 쓰러질 것 같았다. 하지만 라셸의 따뜻한 손이 힘이 되어주었다.

드디어 평평한 초원을 구불구불 관통하는 널찍한 길이 나왔다. 숲은 이제 저 너머로 사라졌다. 아이들은 달도 뜨지 않은 캄캄한 하늘을 올려다보았다.

"저것 좀 봐." 라셸이 손으로 앞쪽을 가리키며 말했다. "차야."

밤을 가르며 번쩍이는 전조등이 보였다. 빛이 나오는 부분만 남겨두고 나머지는 검게 칠한 전조등이었다. 시끄러운 엔진 소리가 점점 가까이 들렸다.

"어떡하지? 차를 세울까?" 라셸이 물었다.

검게 칠한 전조등이 또 나타났나 싶더니 계속 행렬이 이어졌다. 긴 차량 행렬이 점점 가까이 다가오고 있었다.

"엎드려." 소녀가 라셸의 치맛자락을 당기며 속삭였다. "얼른!"

몸을 숨길 만한 덤불이 없었다. 소녀는 땅바닥에 턱을 대고 납작하게 엎드렸다.

"왜 그래? 뭐 하는 거야?" 라셸이 물었다.

바로 그 순간 라셸도 깨달았다.

군인들이었다. 야간 순찰을 도는 독일 군인들이었다.

라셸도 허겁지겁 소녀 옆으로 엎드렸다.

차량 행렬이 가까워지자 부아앙 하는 시끄러운 엔진 소리가 들렸다. 희미한 전조등 불빛 속에서 반짝이는 둥근 헬멧들이 보였다. 이러다 들키겠어, 소녀는 생각했다. 숨을 수가 없잖아. 숨을 데가 없어, 이러다 들키겠어.

첫번째 지프가 지나갔고, 다른 지프들이 줄줄이 그 뒤를 따랐다. 뽀얀 흙먼지가 자욱하게 일어 소녀의 눈에 들어갔다. 두 아이는 온 힘을 다해 기침을 참고 꼼짝하지 않았다. 소녀는 땅바닥에 얼굴을 묻고 귀를 막았다. 차량 행렬은 끝없이 이어지는 듯했다. 길가에 엎드려 있는 시커먼 형체가 눈에 띌까? 소녀는 고함 소리와 함께 차가 멈추고, 쾅 하고 문이 닫히고, 발소리에 이어 우악스러운 손길이 그들의 어깨를 붙잡는 순간에 대비해 마음의 준비를 했다.

하지만 마지막 지프마저 윙 소리를 내며 어둠 속으로 사라졌다.

다시 정적이 흘렀다. 두 아이는 고개를 들었다. 흙길에는 아무것도 없었다. 뽀얀 먼지 구름뿐이었다. 그들은 잠시 기다렸다 반대 방향으로 길을 따라 기어갔다. 나무 사이로 불빛이 어른거렸다. 하얀 불빛 하나가 손짓했다. 두 아이는 길가를 따라 가까이 다가갔다. 바깥문을 열고 살금살금 집 쪽으로 걸어갔다. 농가인 듯했다. 열린 창문 너머로 벽난로 옆에서 책을 읽는 여자와 담배를 피우는 남자가 보였다. 맛있는 음식 냄새가 아이들의 콧구멍을 간질였다.

망설임도 없이 라셸이 문을 두드렸다. 면 커튼이 옆으로 젖혀졌다. 얼굴이 길고 깡마른 아주머니가 유리창 뒤에서 고개를 내밀었다. 아주머니는 두 아이를 빤히 쳐다보다 다시 커튼을 쳤다. 문은 열지 않았다. 라셸이 다시 문을 두드렸다.

"아주머니, 제발 부탁이에요. 먹을 것하고 물 좀 주세요."

커튼은 꿈쩍하지 않았다. 두 아이는 열린 창문 앞으로 다가갔다. 한 남자가 의자에 앉아 담배를 피우고 있었다.

"저리 가!" 그가 의자에서 일어서더니 협박하는 투로 나지막이 으르렁거렸다. "얼른!"

깡마른 아주머니는 그 뒤에서 아무 말 없이 바라보고만 있었다.

"제발 부탁이에요. 물이라도 좀 주세요." 소녀가 말했다.

쾅 소리와 함께 창문이 닫혔다.

소녀는 울고 싶었다. 농사를 짓는 사람들이 어쩌면 이렇게 잔인할 수 있을까? 식탁 위에 빵이 있는 것을 소녀는 분명히 보았다. 물 주전자도 있었다. 라셸이 소녀를 잡아끌었다. 아이들은 다시 구불구불한 흙길로 돌아갔다. 농가가 몇 채 더 있었지만, 상황은 매번 똑같았다. 아이들은 매번 쫓겨났고, 매번 허둥지둥 도망쳤다.

이제 밤이 깊었다. 두 아이는 지치고 허기져서 더는 걸을 수가 없었다. 흙길에서 조금 떨어진 곳에 크고 오래된 집이 있었다. 그 집을 비추는 높다란 가로등 불빛이 두 아이의 머리 위로 쏟아졌다. 담쟁이덩굴로 덮인 집이었다. 두 아이는 문을 두드릴 엄두가 나지 않았다. 집 앞에 비어 있는 커다란 개집이 있었다. 두 아이는 그 안으로 기어 들어갔다. 깨끗하고 따뜻했다. 푸근한 개 냄새가 났다. 물이 담긴 대접과 오래된 뼈다귀가 있었다. 두 아이는 한 명씩 차례대로 물을 핥아 마셨다. 소녀는 집을 찾아 돌아온 개한테 물리면 어쩌나 겁이 나서 라셸에게 속삭였다. 하지만 라셸은 조그만 동물처럼 몸을 웅크린 채 벌써 잠들어 있었다. 소녀는 친구의 고단한 얼굴과 야윈 뺨과 움푹 꺼진 눈을 내려다보았다. 나이를 수십 살 먹어버린 듯한 모습이었다.

소녀도 라셸에게 기대 깜빡 졸았다. 이상하고 끔찍한 꿈이 이어졌다. 벽장 안에서 남동생이 죽었다. 부모님이 경찰에게 맞았다. 소녀는 잠결에 신음 소리를 냈다.

개가 사납게 짖는 소리에 소녀는 번쩍 깼다. 소녀는 라셸의 옆구리를 힘껏 찔렀다. 어떤 남자의 목소리와 점점 가까워지는 발소리가 들렸다. 자갈이 덜그럭거렸다. 이미 엎지른 물이라 슬그머니 빠져나갈 수도 없었다. 두 아이는 단념한 채 서로를 꼭 끌어안았다. 이제 죽는구나, 소녀는 생각했다. 이제 끝장이야.

주인이 개를 진정시켰다. 손 하나가 안으로 들어와 더듬거리더니 소녀와 라셸의 팔을 붙잡았다. 두 아이는 그렇게 밖으로 끌려나왔다.

목소리의 주인공은 키가 작고 얼굴에 주름이 가득한, 대머리에 콧수염이 하얀 할아버지였다.

"여기서 뭐 하는 거냐?" 할아버지가 가로등 불빛에 비친 두 아이를 물끄러미 쳐다보며 중얼거렸다.

옆에 있는 라셸의 몸이 뻣뻣해지는 게 느껴졌다. 토끼처럼 잽싸게 달아나려는 모양이었다.

"길을 잃었니?" 할아버지가 물었다. 걱정스러운 목소리였다.

두 아이는 깜짝 놀랐다. 험한 소리를 듣거나 맞을 줄 알았는데, 이렇게 다정한 태도라니.

"할아버지, 배가 너무 고파요." 라셸이 말했다.

할아버지가 고개를 끄덕였다.

"그래 보이는구나."

할아버지는 허리를 숙이더니 낑낑대는 개를 조용히 시켰다. "들어가자, 얘들아. 따라오너라."

두 아이는 꼼짝하지 않았다. 이 할아버지를 믿어도 될까?

"여긴 너희 해칠 사람 없다." 할아버지가 말했다.

두 아이는 서로 끌어안았다. 계속 겁이 났다.

할아버지는 다정하고 따뜻하게 미소를 지었다.

"주느비에브!" 할아버지가 집을 향해 큰 소리로 외쳤다.

파란 가운을 걸친 할머니가 큼지막한 현관문 앞에 나타났다.

"쥘, 그 바보 같은 개가 지금 뭘 보고 짖은 거예요?"

할머니는 짜증 난 목소리로 묻다 뒤늦게 아이들을 발견하고, 손을 부들부들 떨며 뺨에 갖다 댔다.

"하느님 맙소사."

할머니가 중얼거리며 다가왔다. 둥그스름한 얼굴은 차분해 보였고, 흰 머리는 굵게 땋아내렸다. 할머니는 연민과 경악이 어린 눈빛으로 아이들을 가만히 바라보았다.

소녀의 가슴이 콩닥거렸다. 할머니의 모습이 폴란드에 사는 사진 속 소녀의 할머니와 비슷했다. 밝은 색 눈동자며, 흰 머리며, 푸근하고 넉넉한 모습이.

"쥘, 얘들 혹시……" 할머니가 속삭였다.

할아버지가 고개를 끄덕였다.

"맞아요, 내가 보기에도 그런 것 같아."

그러자 할머니가 단호하게 말했다. "얼른 안으로 들여요. 당장 숨겨야죠."

할머니는 좌우를 조심스럽게 살피며 흙길 쪽으로 어기적어기적 걸어왔다.

"얘들아, 얼른 들어오너라." 할머니가 양손을 내밀며 말했다. "여기 있으면 안심해도 돼. 우리랑 같이 있으면 걱정할 것 없단다."

끔찍한 밤이 지나갔다. 일어나보니 잠을 설친 탓에 얼굴이 푸석했다. 조에가 일찌감치 학교에 갔기 망정이지, 딸아이에게 이런 얼굴을 보여주었다면 정말 싫었을 것이다. 베르트랑은 다정하고 상냥했다. 이 문제는 나중에 다시 이야기하자고 했다. 일단 조에가 잠들면 그때 이야기하는 게 좋겠다고. 아주 차분하고 조용한 목소리로 그렇게 말했다. 이미 마음의 결정을 내린 것이다. 이제 이 아이를 낳는 쪽으로 그의 마음을 돌릴 수 있는 사람은 아무도 없었다.

친구들이나 동생에게는 아직 소식을 전할 수 없었다. 베르트랑의 선택을 듣고 너무 심란해서 적어도 당분간은 나 혼자만의 비밀로 간직하고 싶었다.

오늘 하루를 시작하기가 버거웠다. 모든 게 힘겨웠다. 모든 움직임이 수고로웠다. 간밤의 기억이 자꾸 되살아났다. 그가 했던 말이 자꾸 되살아났다. 일에 전념하는 것이 유일한 해결책이었다. 그날 오후 나는 프랑크 레비를 그의 사무실에서 만나기로 되어 있었다. 벨디브 사건이 갑자기 아득하게 느껴졌다. 하룻밤 사이 내가 늙어버린 것 같았다. 남편이 원치 않는 배 속의 아이 말고는 모든 일이 하찮게 여겨졌다.

사무실로 가는데 휴대전화가 울렸다. 기욤이었다. 벨디브와 관련해서 내가 읽고 싶어했던 절판된 책 몇 권을 할머니 집에서 찾았으니 빌려주겠다는 전화였다. 그는 이따 오후나 저녁에 만나서 술 한잔 하면 어떻겠느냐고 했다. 그의 목소리는 유쾌하고 사근사근했다. 나는 바로 좋다고 대답했다. 우리 집에서 이 분 거리에 있는 몽파르나스 대로의 셀렉트에서 여섯시에 만나기로 했다. 작별 인사를 하고 전화를 끊는 순간 다시 벨이 울렸다.

이번에는 아버님이었다. 나는 깜짝 놀랐다. 아버님이 전화를 하다니 좀처럼 없는 일이었다. 우리는 프랑스식 예의를 지켜가며 그럭저럭 잘 지내는 사이였다. 그도 그렇고 나도 그렇고 기본적으로 말주변이 좋았다. 하지만 나는 단 한 번도 아버님이 편안했던 적이 없었다. 그는 항상 뭔가를 감추는 것처럼 느껴졌다. 나한테도 그렇고 다른 사람들에게도 그렇고 자기감정을 표현하지 않는 사람 같았다.

만인이 귀를 기울이는 사람. 만인의 존경을 받는 사람. 분노와 자부심과 자기만족 이외의 다른 감정을 표현하는 아버님의 모습은 상상이 되지 않았다. 아버님이 청바지를 입은 건 한 번도 본 적이 없었다. 심지어 주말에 부르고뉴로 내려가 정원의 떡갈나무 밑에서 루소를 읽을 때도 청바지를 입지 않는 분이었다. 넥타이를 푼 적도 없었다. 아버님을 처음 만났을 때가 아직도 생생했다. 그는 지난 십칠 년 동안 별로 달라진 게 없었다. 꼿꼿한 자세, 은발, 차가운 눈빛. 아버님은 요리를 정말 사랑해서 툭하면 어머님을 주방 밖으로 내쫓고 소박하지만 맛있는 음식을 내놓았다. 포토푀*, 양파 수프, 감칠맛 나는 라타투유** 아니면 송로버섯을 넣은 오믈렛. 아버님과 함께 주방에 들어갈 수 있는 사람은 조에뿐이었다. 세실과 로르가 각각 아들 아르노와 루이를 낳았지만, 아버님은 조에라면 꼼짝 못했다. 우리 딸을 끔찍이 아꼈다. 요리가 어떤 식으로 진행되는지는 알 수 없었다. 문틈으로 조에가 키득거리는 소리, 야채 써는 소리, 물 끓는 소리, 프라이팬에서 기름이 지지직거리는 소리, 아버님이 가끔 가슴속 깊은 곳에서부터 터뜨리는 웃음소리만 새어나올 뿐이었다.

아버님은 조에가 잘 지내느냐고, 아파트 공사는 어떻게 돼가느냐고 물었다. 그런 다음 본론으로 들어갔다. 그는 어제 할머님 병문안을 다녀왔노라고 했다. 그런데 할머님 상태가 안 좋은 날이었던가보다. 할머님이 뚱한 날이었던 것이다. 부루퉁하니 텔레비전만 보는 할머님을 두고 그가 막 자리에서 일어서려는데, 뜬금없이 할머님이 내 이야기를 꺼냈다고 한다.

"무슨 이야기를요?" 나는 어떤 이야기인지 궁금했다.

아버님은 헛기침을 했다.

---

* 고기와 채소를 끓여서 만든 수프.

** 호박, 토마토, 양파 등의 야채를 섞어 삶은 요리.

"네가 생통주 아파트에 대해서 별의별 것을 다 묻더라고 하시더구나."

나는 심호흡을 했다.

"네, 맞아요. 그랬어요." 나는 솔직히 인정했다. 그의 목적이 무엇인지 알고 싶었다.

침묵.

"줄리아, 내 어머니께 생통주 아파트에 대해서 아무것도 묻지 말아주었으면 좋겠구나."

그가 느닷없이 영어로 말했다. 그래야 내가 완벽하게 이해하기라도 하는 것처럼.

나는 자존심이 상해서 프랑스어로 대답했다.

"죄송해요, 아버님. 제가 이번에 맡은 기사가 벨디브 일제 검거라 자료 조사를 하고 있거든요. 우연의 일치라 저도 놀랐어요."

또다시 흐르는 침묵.

"우연의 일치?" 그가 이번에는 프랑스어로 되물었다.

"네. 할머님께서 그 집으로 이사하기 직전까지 그곳에 유대인 가족이 살았다면서요. 그들은 일제 검거 때 끌려갔고요. 저한테 그 이야기를 하시면서 할머님이 당황하시는 것 같았어요. 그래서 저도 더는 여쭤보지 않았고요."

"그래, 고맙구나." 아버님은 잠시 뜸을 들이다가 다시 말했다. "어머님이 정말로 많이 당황스러워하셨다. 어머님 앞에서 그 이야기는 하지 않으면 좋겠구나. 부탁하마."

나는 인도 한가운데서 걸음을 멈추었다.

"알겠습니다. 하지만 나쁜 뜻이 있었던 건 아니에요. 할머님이 어떻게 그 집으로 이사하게 되셨는지, 그 유대인 가족에 대해 알고 계신 게 있는지 궁금했을 뿐이에요. 아버님은 어떠세요? 혹시 뭔가 알고 계세요?"

"미안하구나. 나는 그런 줄도 모르고. 이제 끊어야겠다. 잘 지내렴." 그는 침착하게 대답하고는 전화를 끊어버렸다.

너무 어리둥절해서 어젯밤 베르트랑과 있었던 일을 한순간 까맣게 잊어버릴 정도였다. 할머님이 정말로 내가 별의별 질문을 하더라며 이런저런 말씀을 하셨을까? 그날 더는 대답을 꺼리던 할머님의 얼굴이 떠올랐다. 내가 당혹스러워하며 자리에서 일어설 때까지 입을 꾹 다물고 아무 말도 않던 할머님의 얼굴이 떠올랐다. 할머님은 왜 그렇게 당황스러워했을까? 할머님과 아버님은 아파트에 대해 아무것도 묻지 말아달라고 왜 이렇게 집요하게 말하는 걸까? 나에게 감추고 싶은 게 뭘까?

베르트랑과 아이 문제가 다시 묵직하게 어깨를 짓눌렀다. 문득 출근할 자신이 없어졌다. 알레산드라는 호기심에 눈을 반짝이며 평소처럼 꼬치꼬치 캐물을 것이다. 친한 척 접근하다 헛물만 켤 것이다. 뱀버와 조슈아는 퉁퉁 부은 내 얼굴을 흘끗흘끗 훔쳐볼 것이다. 뱀버는 진짜 신사답게 아무 말 없이 내 어깨를 지그시 잡아주겠지만 조슈아는…… 조슈아가 가장 골치였다. "아니 왜 또 보름달이 떴나? 이번에도 프랑스 남편이 말썽이야?" 비웃음을 흘리며 나에게 커피잔을 건넬 그의 모습이 눈에 선했다. 오늘 아침에는 도저히 출근할 자신이 없었다.

나는 다시 개선문 쪽으로 방향을 틀었고, 개선문을 올려다보다 걸음을 멈추고 사진을 찍으며 굼벵이처럼 느릿느릿 움직이는 관광객 틈바구니를 능수능란하게 헤치고 나아갔다. 수첩을 꺼내 프랑크 레비의 사무실로 전화를 걸었다. 오늘 오후가 아니라 지금 당장 찾아가도 되겠느냐고 물었다. 그는 상관없다고 했다. 아주 좋다고 했다. 협회는 오슈 가 근처로 가까운 거리에 있었다. 십 분이면 충분했다. 포화 상태인 샹젤리제에서 벗어나자 에투알 광장과 연결된 다른 대로들은 놀라우리만치 한산했다.

내가 알기로 프랑크 레비는 육십대 중반이었다. 직접 만나보니 깊이와 기품이 있고 지쳐 보이는 얼굴이었다. 우리는 천장이 높고, 책, 파일, 컴퓨터, 사진들로 가득한 그의 방으로 들어갔다. 내 시선은 벽에 붙어 있는 흑백사진들 위에서 멈추었다. 별을 달고 있는 갓난아이. 젖먹이. 어린아이.

"대부분 벨디브에 있었던 아이들입니다." 그가 내 시선을 따라가다 말했다. "하지만 그렇지 않은 아이들도 있어요. 프랑스에서 추방당한 아이들이 만 천 명이었으니까요."

우리는 그의 책상 앞에 자리를 잡고 앉았다. 내가 인터뷰에 앞서 이메일로 보내놓은 질문이 몇 개 있었다.

"루아레 수용소에 대해 알고 싶다고 하셨죠?" 그가 물었다.

"네. 본라롤랑드와 피티비에요. 파리하고 가까운 드랑시에 대해서는 알려진 게 많은데, 나머지 두 곳은 그렇지가 않네요."

프랑크 레비가 한숨을 쉬었다.

"맞습니다. 드랑시에 비하면 루아레 수용소에 대해서는 자료가 없는 편이죠. 직접 찾아가보면 아시겠지만, 그곳에서 일어났던 사건을 증언하는 흔적도 거의 남아 있질 않아요. 그곳 주민들도 기억에서 지우고 싶어해요. 이야기를 꺼리죠. 게다가 생존자도 몇 명 없고요."

나는 줄줄이 붙어 있는 사진 속의 작고 연약한 얼굴들을 다시 한번 바라보았다.

"처음에는 어떤 성격의 수용소였나요?" 내가 물었다.

"1939년에 독일군을 수감할 목적으로 건설된 전형적인 병영이었어요. 그런데 비시 정권으로 바뀌면서 1941년부터 유대인을 수용하는 용도로 쓰였죠. 본라롤랑드와 피티비에에서 아우슈비츠로 직행열차가 처음 출발한 게 1942년이에요."

"벨디브에 갇혔던 사람들을 파리 근교라 할 수 있는 드랑시로 보내지 않은 이유가 뭘까요?"

프랑크 레비는 쓸쓸한 미소를 지었다.

"아이가 없는 유대인들은 검거된 후 드랑시로 이송됐어요. 드랑시는 파리하고 가깝죠. 다른 수용소들은 한 시간이 넘는 거리였고요. 루아레의 조용한 시골 한복판에 지어졌으니까요. 독일에서 명령을 내린 것도 아닌데, 프랑스 경찰이 그곳에서 아이와 부모를 갈라놓았어요. 파리 같았으면 그런 식으로 쉽사리 처리할 수 없었겠죠. 그들의 처사가 얼마나 잔인했는지 기자님도 읽어서 알고 계시겠죠?"

"읽을 만한 자료가 별로 없던데요."

그의 얼굴에서 쓸쓸한 미소가 사라졌다.

"맞습니다. 자료가 별로 없죠. 하지만 어떤 일이 벌어졌는지 우리는 알고 있습니다. 원하시면 책을 몇 권 빌려드릴게요. 그들이 어떤 식으로 아이와 엄마를 떼어냈는지 아십니까? 곤봉을 휘두르고 매질을 하고 찬물을 끼얹으면서 떼어냈어요."

내 시선이 또다시 사진 속의 조그만 얼굴들로 향했다. 나와 베르트랑과 떨어져 혼자가 된 조에를 상상해보았다. 혼자 떨어져 굶주린 채 거지꼴을 하고 있는 조에를 상상해보았다. 몸서리가 쳐졌다.

"프랑스 정부로서는 벨디브에 있었던 사천 명에 달하는 이 아이들이 큰 골칫거리였죠. 나치가 즉각 이송하라고 요구한 건 성인이었거든요. 아이들이 아니라. 열차 운행 시간표가 워낙 철저해서 변경은 어렵고…… 그래서 8월 초에 엄마와 아이들을 떼놓은 겁니다."

"그러고 나서 아이들은 어떻게 됐나요?" 내가 물었다.

"루아레 수용소에 있던 성인들은 곧장 아우슈비츠로 이송됐습니다. 아이들은 끔찍한 환경 속에 그대로 방치됐죠. 8월 중순이 되었을 때 베를린에서 내린 결론이 전달됐어요. 아이들도 이송하라고요. 하지만 의혹의 시선을 피할 수 있게 아이들을 먼저 드랑시로 보낸 다음 드랑시 수용소에 있던 전혀 모르는 어른들과 섞어서 폴란드로 이송했죠. 그래야 가족들과 함께 유대인 강제노동 수용소로 보내는 것처럼 포장할 수 있으니까요."

프랑크 레비는 하던 말을 멈추고 나처럼 벽에 걸린 사진들을 바라보았다.

"아우슈비츠에 도착한 아이들은 '엄선' 과정을 거치지 않았어요. 어른들과 함께 줄을 서지 않았죠. 누가 튼튼하고, 누가 아프고, 누가 일을 할 수 있고, 누가 일을 할 수 없는지 검사받을 필요도 없이 곧장 가스실로 끌려갔죠."

"프랑스 정부에서 보낸 프랑스 버스와 프랑스 기차를 타고 말이죠." 내가 거들었다.

임신을 해서인지, 호르몬이 이상해져서인지, 간밤에 잠을 설쳐서인지 모르겠지만 갑자기 정신이 아득했다.

나는 비통한 가슴을 달래며 물끄러미 사진들을 바라보았다.

프랑크 레비는 아무 말 없이 나를 지켜보다 자리에서 일어나 한 손을 내 어깨에 얹었다.

소녀는 눈앞에 차려진 음식에 달려들어 쩝쩝 소리를 내며 정신없이 입안에 우겨 넣었다. 어머니가 이 모습을 보았다면 얼마나 눈살을 찌푸렸을까. 꿀맛이었다. 이렇게 향긋하고 맛있는 수프는 난생처음인 것 같았다. 이렇게 부드럽고 신선한 빵도. 이렇게 진하고 맛있는 브리 치즈도. 이렇게 즙이 많고 보드라운 복숭아도. 라셸은 먹는 속도가 더뎠다. 식탁 너머를 흘끗 보니 안색이 창백했다. 손을 부들부들 떨고 있었고, 눈을 보니 열이 나는 것 같았다.

노부부는 부엌을 분주하게 왔다 갔다 하며 포타주*를 더 떠주고, 잔에 시원한 물을 채워주었다. 그들은 부드러운 목소리로 나지막하게 질문했지만, 소녀는 듣기만 할 뿐 대답은 미처 하지 못했다. 나중에 주느비에브가 소녀와 라셸을 2층으로 데려가서 목욕을 시켜주었을 때에야 비로소 입을 열 수 있었다. 물도 없고 먹을 것도

* 진한 수프.

없는 넓은 장소로 끌려가 한참 갇혀 있다 열차를 타고 시골을 지나 수용소로 옮겨졌고, 부모님과 끔찍하게 헤어졌다는 이야기를 했다. 그러고 나서 도망친 이야기도.

할머니는 멍한 표정으로 서 있는 라셸의 옷을 능숙한 솜씨로 벗기면서도 이야기를 들으며 고개를 주억거렸다. 소녀의 눈앞에 시뻘건 물집으로 뒤덮이고 뼈만 앙상하게 남은 친구의 알몸이 드러났다. 할머니는 경악하며 고개를 저었다.

"그 인간들이 대체 무슨 짓을 한 거니?" 할머니가 중얼거렸다.

라셸은 눈도 거의 깜빡이지 않았다. 할머니는 비누 거품을 푼 따뜻한 물속에 라셸을 넣었다. 그런 다음 소녀의 어머니가 남동생한테 해주던 것처럼 라셸을 씻겼다.

그러고 나서 라셸을 큼지막한 수건으로 둘둘 말아 얼른 옆방 침대로 옮겼다.

"이제 네 차례야." 주느비에브가 새로 물을 받으며 말했다. "우리 아가씨는 이름이 뭘까? 이름을 못 들었네."

"시르카예요." 소녀가 대답했다.

"참 예쁜 이름이구나!" 주느비에브가 소녀에게 깨끗한 스펀지와 비누를 건네며 말했다. 주느비에브는 알몸을 보이기 부끄러워하는 마음을 알아차리고, 소녀가 옷을 벗고 물속으로 들어갈 때까지 등을 돌리고 있었다. 소녀는 따뜻한 물을 충분히 만끽하며 몸을 꼼꼼히 씻은 다음 잽싸게 욕조 밖으로 나와 라벤더 향이 나는 부드러운 수건으로 온몸을 둘둘 말았다.

주느비에브는 커다란 에나멜 개수대에서 아이들의 지저분한 옷을 빠느라 여념이 없었다. 소녀는 그런 주느비에브의 모습을 가만히 지켜보다 통통한 팔 위로 조심스럽게 손을 얹었다.

"할머니, 제가 파리로 돌아가야 하는데 도와주실 수 있어요?"

주느비에브가 깜짝 놀라며 고개를 돌렸다.

"파리로 돌아가야 한다고?"

소녀의 온몸이 머리끝에서부터 발끝까지 떨리기 시작했다. 주느비에브는 걱정스러운 눈빛으로 소녀를 바라보다 빨래를 내버려두고 수건에 손을 닦았다.

"왜 그러니, 시르카?"

소녀의 입술이 떨리기 시작했다.

"남동생 미셸이 아직 아파트에 있어요. 파리 아파트에. 우리가 자주 숨던 벽장 안에 갇혀 있어요. 경찰이 우리를 잡으러 온 날부터 거기 있었어요. 제가 거기 있으면 안전할 거라고 생각했거든요. 돌아와서 꺼내주겠다고 약속했어요."

주느비에브는 수심 가득한 얼굴로 소녀를 내려다보다 소녀를 진정시키기 위해 소녀의 앙상한 어깨에 손을 얹었다.

"시르카, 동생이 벽장에 갇힌 지 얼마나 됐니?"

"모르겠어요." 소녀는 멍하니 중얼거렸다. "기억이 안 나요. 기억이 안 나요!"

갑자기 지금까지 품고 있던 희망이 하나도 남김 없이 사라져버렸다. 할머니의 눈빛이 외면하고 싶었던 진실을 전하고 있었다. 미셸은 죽었다. 벽장 안에서 죽었다. 소녀도 알고 있었다. 너무 늦었다는 것을. 소녀가 너무 오랫동안 꾸물거렸다는 것을. 동생은 목숨을 부지하지 못했다. 버티지 못했다. 먹을 것도 없고 물도 없고, 곰 인형과 동화책밖에 없는 어둠 속에서 혼자 숨을 거두었다. 소녀를 믿고 기다리며 누나를 불렀을 텐데. 몇 번이고 누나의 이름을 외쳤을 텐데. "시르카 누나, 시르카 누나, 어디 있는 거야! 어디 있는 거야?" 동생은 죽었다. 미셸은 죽었다. 네 살밖에 안 된 그 아이가 소녀 때문에 죽었다. 그날 벽장에 넣고 가두지 않았다면 지금 옆에 있었을 텐데. 바로 이 순간, 소녀가 목욕을 시켜줄 수도 있었을 텐데. 소녀가 잘 돌봤어야 하는 건데, 소녀가 여기까지 무사히 데리고 왔어야 하는 건데. 소녀의 잘못이었다. 모두 다 소녀의 잘못이었다.

소녀는 다리가 부러진 사람처럼 바닥에 주저앉았다. 절망의 파도가 소녀를 덮치고 또 덮쳤다. 짧은 생애 동안 이렇게 가슴이 찢어질 듯 아픈 것은 처음이었다. 주느비에브가 소녀를 끌어안고 까끌까끌한 머리를 쓰다듬으며 위로의 말을 중얼거렸다. 소녀는 그 따뜻한 품속에 자신의 몸을 온전히 내맡겼다. 잠시 후 폭신한 매트리스와 깨끗한 시트가 기분 좋게 소녀의 몸을 감쌌다. 소녀는 선잠에 빠져들었고 밤새 뒤척였다.

다음 날 일찌감치 눈을 떴을 때는 그저 어리둥절했다. 여기가 어디인지 기억이 나지 않았다. 헛간에서 숱한 밤을 보내다 진짜 침대에서 잠을 자고 나니 기분이 이상했다. 소녀는 창가로 다가갔다. 덧문이 살짝 벌어진 틈새로 향긋한 냄새를 풍기는 널찍한 텃밭이 보였다. 암탉들이 앞마당을 한가롭게 거닐었고, 그 뒤를 장난꾸러기 개가 쫓았다. 철제 벤치 위에서는 투실투실한 황갈색 고양이 한

마리가 앞발을 깨끗하게 핥고 있었다. 새들이 지저귀고 수탉이 꼬끼오 우는 소리도 들렸다. 그 옆에서 소가 음매 울었다. 화창하고 상쾌한 아침이었다. 이렇게 사랑스럽고 평화로운 곳은 처음이라는 생각이 들었다. 전쟁과 증오와 공포가 멀게만 느껴졌다. 텃밭과 꽃과 나무와 이 모든 동물들은 소녀가 지난 몇 주 동안 겪은 사악한 세상에 물들지 않을 것 같았다.

소녀는 입고 있는 옷을 살펴보았다. 하얀 잠옷인데, 소녀한테는 조금 길었다. 누가 입던 잠옷인지 궁금해졌다. 할머니 할아버지에게 딸이나 손녀가 있는 모양이었다. 소녀는 널찍한 방을 둘러보았다. 소박하지만 아늑했다. 문 근처에 책장이 있었다. 소녀는 책장 앞으로 다가갔다. 소녀가 좋아하는 쥘 베른과 세귀르 백작부인의 책도 있었다. 면지에 학구적인 아이의 글씨체로 이름이 적혀 있었다. 니콜라 뒤포르. 그게 누구인지 소녀는 궁금했다.

삐걱거리는 나무 계단을 내려가자 주방에서 웅얼거리는 목소리가 들렸다. 집 안은 조금 낡고 별다른 격식 없이 꾸며져 있었지만 조용하고 푸근했다. 소녀의 두 발이 네모난 와인색 타일 위로 미끄러지듯 움직였다. 소녀는 밀랍과 라벤더 향이 풍기는 볕이 잘 드는 거실 쪽을 흘끗 쳐다보았다. 커다란 괘종시계가 엄숙하게 째깍거리고 있었다.

소녀는 뒤꿈치를 들고 주방 쪽으로 걸어가 문틈으로 몰래 안을 들여다보았다. 노부부가 기다란 식탁에 앉아 파란색 사발에 든 무언가를 마시고 있었다. 둘 다 얼굴에 수심이 가득했다.

"라셸이 걱정이에요." 주느비에브가 이야기하고 있었다. "열이

펄펄 나고 아무것도 먹질 못해요. 발진도 보이고. 얼마나 끔찍한지 알아요? 정말 어찌나 끔찍한지……" 주느비에브가 잠시 한숨을 쉬었다. "둘 다 상태가 말이 아니에요. 한 아이는 속눈썹에 이가 있지 뭐예요."

소녀는 머뭇머뭇 부엌 안으로 들어갔다.

"죄송하지만……" 소녀가 말했다.

노부부는 고개를 들고 소녀를 보며 미소를 지었다.

"이게 누구냐." 쥘이 환한 얼굴로 말했다. "오늘 아침에는 완전히 딴사람 같구나. 뺨에 혈색도 좀 돌고."

"제 옷 주머니에 뭐가 들어 있었는데요." 소녀가 말했다.

주느비에브가 자리에서 일어나더니 손으로 선반을 가리켰다.

"열쇠하고 돈이 있더구나. 저기 두었다."

소녀는 열쇠와 돈을 집어 손에 꼭 쥐었다.

"벽장 열쇠예요." 소녀가 나지막이 말했다. "미셸이 있는 벽장이요. 우리가 숨는 비밀 장소요."

쥘과 주느비에브가 서로 눈짓을 주고받았다.

"동생이 죽었을 거라고 생각하시는 거 알아요." 소녀는 더듬더듬 말을 이었다. "그래도 돌아갈 거예요. 직접 확인해야겠어요. 할머니 할아버지가 저를 구해주셨던 것처럼 누군가 제 동생을 구해주었을 수도 있잖아요! 저를 기다리고 있을 수도 있고요. 알아내야 해요! 경찰 아저씨한테 받은 돈으로 가면 돼요."

"하지만 파리까지 무슨 수로 갈 생각이냐, 아가?" 쥘이 물었다.

"기차를 타려고요. 파리가 여기서 그렇게 멀지는 않죠?"

노부부는 다시 눈짓을 주고받았다.

"시르카, 여기는 오를레앙 남동부란다. 너는 라셸하고 아주 먼 길을 걸어왔어. 하지만 파리에 가려면 그보다 더 먼 길을 가야 한단다."

소녀는 등을 꼿꼿이 폈다. 파리로 돌아가서, 미셸이 있는 곳으로 돌아가서 어떤 결과가 기다리고 있건 두 눈으로 똑똑히 확인할 작정이었다.

"가야겠어요." 소녀는 단호하게 말했다. "오를레앙에서 파리까지 가는 열차가 있을 거예요. 오늘 당장 떠날래요."

주느비에브가 다가와 소녀의 두 손을 잡았다.

"시르카, 여기 있으면 안심해도 돼. 당분간 여기 있어도 된단다. 농장이라 우유, 고기, 달걀이 있어서 배급표가 없어도 되거든. 여기서 먹고 쉬면서 기운을 차려야지."

"고맙습니다. 하지만 벌써 기운을 차렸는걸요. 파리로 돌아가야 해요. 할머니 할아버지께서 같이 안 가주셔도 돼요. 저 혼자 갈 수 있어요. 역이 어느 쪽인지 그것만 가르쳐주세요."

노부부가 뭐라고 대답할 겨를도 없이 2층에서 길게 울부짖는 소리가 들렸다. 라셸이었다. 다 같이 방으로 뛰어 올라가보니 라셸이 괴로워하며 몸부림치고 있었다. 시트는 고약한 냄새를 풍기는 시커먼 액체로 흠뻑 젖어 있었다.

"이럴까봐 걱정했던 건데……" 주느비에브가 나지막이 속삭였다. "이질이에요. 의사를 불러야 해요. 얼른."

쥘이 절름절름 계단을 되짚어 내려갔다.

"내가 읍내로 가서 테브냉 선생님이 있는지 알아보겠소." 그가 어깨 너머로 외쳤다.

한 시간 뒤 쥘이 자전거를 타고 헉헉대며 나타났다. 소녀는 창문 너머로 그 모습을 바라보았다.

쥘이 주느비에브에게 말했다.

"사라졌어. 집에 가보니 아무도 없더라고. 다들 행방을 모른다고 하고. 그래서 오를레앙 쪽으로 조금 더 가서 젊은 친구한테 와달라고 했는데, 먼저 처리해야 할 급한 일이 있다고 거들먹거리더군."

주느비에브가 입술을 깨물었다.

"빨리 와주었으면 좋겠는데."

의사는 늦은 오후가 되어서야 나타났다. 소녀는 파리 이야기를 다시 꺼내지 못했다. 라셸의 상태가 얼마나 심각한지 느낄 수 있었다. 쥘과 주느비에브는 라셸 걱정을 하느라 소녀에게 신경 쓸 겨를이 없었다.

의사가 도착했음을 알리는 개 짖는 소리가 들리자 주느비에브는 소녀에게 얼른 지하실로 가서 숨으라고 했다. 늘 부르던 단골 의사가 아니니 만일의 경우를 대비해야 된다고 했다.

소녀는 뚜껑 문을 열고 밑으로 내려갔다. 컴컴한 지하실에 앉아 위에서 들리는 한마디 한마디에 귀를 기울였다. 얼굴은 보이지 않았지만 의사의 목소리가 마음에 들지 않았다. 귀에 거슬리는 콧소리였다. 그는 계속 라셸이 어디서 온 아이냐고 물었다. 이 아이를 어디서 데리고 온 겁니까? 의사는 집요하게 묻고 늘어졌다. 쥘은 차분한 목소리로 대답했다. 저 아이는 파리에 며칠 다니러 간 이웃의 딸아이예요.

하지만 소녀는 의사의 말투를 듣고 그가 쥘의 말을 못 미더워한다는 것을 알아챘다. 의사는 비열하게 웃으며 계속 법과 질서를 운운했다. 페탱 원수와 프랑스의 새로운 미래를 운운했다. 이 시커멓고 비쩍 마른 아이를 보면 사령부에서 어떻게 생각하겠느냐고 했다.

마침내 현관문이 쾅 하고 닫히는 소리가 들렸다.

잠시 후 다시 쥘의 목소리가 들렸다. 넋을 잃은 목소리였다.

"주느비에브, 우리가 도대체 무슨 짓을 저지른 거요?"

"레비 씨, 한 가지 부탁이 있습니다. 기사하고는 전혀 상관없는 일이에요."

그가 나를 쳐다보더니 다시 자기 자리로 가서 앉았다.

"괜찮습니다. 편하게 말씀하세요."

나는 테이블 위로 몸을 숙였다.

"제가 정확한 주소를 알려드리면 거기 살았던 가족이 어떻게 됐는지 알아봐주실 수 있으신가요? 1942년 7월 16일에 파리에서 잡혀간 가족이에요."

"벨디브 가족이로군요."

"네. 중요한 문제예요."

그가 지친 내 얼굴을 바라보았다. 부은 내 눈을 바라보았다. 내 속을 읽는 듯했다. 내가 지니게 된 새로운 슬픔을, 아파트에 대해 알게 된 사실을 읽는 듯했다. 이 아침, 자기 앞에 앉아 있는 나의 모든 것을 읽고 있는 듯했다.

"자먼드 양, 나는 1941년부터 1944년 사이 이 나라에서 강제 이송된 모든 유대인을 추적하는 일을 사십 년째 하고 있습니다. 길고 고통스러운 작업이죠. 하지만 반드시 해야 하는 일이라고 생각합니다. 그 가족의 이름은 알려드릴 수 있습니다. 여기 이 컴퓨터 안에 전부 다 들어 있거든요. 몇 초면 검색이 가능합니다. 하지만 그 가족에 대해 알고 싶어하는 이유를 들을 수 있을까요? 단순히 기자라는 직업 특유의 호기심 때문입니까, 아니면 다른 이유가 있습니까?"

내 뺨이 화끈 달아오르는 게 느껴졌다.

"개인적인 이유가 있어요. 그런데 설명하기가 쉽지 않네요."

"들어봅시다."

나는 머뭇머뭇 생통주 가 아파트 이야기를 꺼냈다. 할머님에게 들은 이야기도 하고, 아버님에게 들은 이야기도 했다. 그런 다음 마지막으로 좀더 분명하게, 그 유대인 가족에 대한 생각이 머릿속에서 떠나지 않는다고 말했다. 어떤 사람들이었는지, 어떻게 됐는지. 그는 가끔 고개를 끄덕여가며 내 이야기를 열심히 들었다.

그러다 한참 만에 입을 열었다. "자먼드 양, 가끔은 과거를 되돌아보기가 힘겨울 때도 있죠. 뜻밖의 불쾌한 사실들 때문에 말입니다. 아무것도 모르는 것보다 아는 게 더 힘든 일이잖아요."

나는 고개를 끄덕였다.

"맞아요. 그래도 알고 싶어요."

그는 결연한 눈빛으로 나를 물끄러미 바라보았다.

"이름을 알려드리겠지만, 자먼드 양만 알고 계셔야 합니다. 잡지에 공개하면 안 돼요. 약속하시는 거죠?"

"네." 나는 그의 진지함에 눌려 대답했다.

그가 컴퓨터 쪽으로 고개를 돌렸다.

"주소를 알려주세요."

나는 주소를 불러주었다.

그의 손가락이 키보드 위를 움직이자 컴퓨터에서 조그맣게 탁탁 하는 소리가 났다. 심장이 두근거렸다. 잠시 후 프린터가 윙윙거리며 새하얀 종이 한 장을 뱉어냈다. 프랑크 레비가 종이를 집어 아무 말 없이 내게 건넸다. 이렇게 적혀 있었다.

파리 75003, 생통주 가 26번지

스타르진스키

• 블라디슬라프, 1910년 바르샤바 태생. 1942년 7월 16일에 검거. 브르타뉴 가의 자동차 정비 공장. 벨디브. 본라롤랑드. 호송 열차 15호. 1942년 8월 5일.

• 리브카, 1912년 오쿠니에프 태생. 1942년 7월 16일에 검거. 브르타뉴 가의 자동차 정비 공장. 벨디브. 본라롤랑드. 호송 열차 15호. 1942년 8월 5일.

• 사라, 1932년 파리 12구 태생. 1942년 7월 16일에 검거. 브르타뉴 가의 자동차 정비 공장. 벨디브. 본라롤랑드.

프린터가 또다시 윙윙거렸다.

"사진입니다." 프랑크 레비는 이렇게 말하더니, 자기가 먼저 본

다음 내게 건네주었다.

열 살짜리 여자아이 사진이었다. 그 밑에 '1942년 6월'이라는 설명이 적혀 있었다. 블랑 망토 가에 있는 학교에서 찍은 사진이었다. 블랑 망토면 생통주 바로 옆이었다.

아이의 눈은 끝이 살짝 올라갔고 눈동자 색이 옅었다. 파란색 아니면 녹색인 듯했다. 리본으로 묶은 어깨 길이의 금발이 살짝 비뚤어져 있었다. 수줍은 듯한 예쁜 미소. 하트 모양 얼굴. 아이는 책을 펼치고 학교 책상에 앉아 있었다. 가슴에 별이 달려 있었다.

사라 스타르진스키. 조에보다 한 살 어린 아이.

나는 명단으로 다시 시선을 돌렸다. 프랑크 레비에게 물어보지 않아도 본라롤랑드를 출발한 15호 열차의 목적지가 어디였는지 알 수 있었다. 아우슈비츠였다.

"브르타뉴 가의 자동차 정비 공장은 뭔가요?" 내가 물었다.

"3구에 살던 유대인들을 대부분 그곳에 집결시킨 다음 넬라통 가에 있던 벨디브로 옮겼죠."

사라의 이름 뒤에는 호송 열차 번호가 없었다. 나는 프랑크 레비에게 그 부분에 대해 물었다.

"폴란드로 출발한 그 어떤 열차에도 탑승하지 않았다는 뜻입니다. 적어도 저희가 아는 선에서는."

"도망쳤을 수도 있을까요?"

"그건 알 수 없어요. 본라롤랑드에서 탈출해 인근 농민들의 손에 구조된 아이들이 몇 명 있기는 했지만요. 사라보다 훨씬 어린 경우에는 신분 확인 없이 이송된 아이들도 있었거든요. 그런 경우에는 명단에 '남아 1인, 피티비에'라고 적었죠. 안타깝지만 사라 스타르진스키가 어떻게 됐는지 저로서는 알 길이 없습니다. 하지만 본라롤랑드와 피티비에에 있던 다른 아이들 틈에 섞여서 드랑시로 이송되지 않은 것만큼은 분명해요. 드랑시 파일에 이름이 없으니까요."

나는 천진난만하고 예쁘장한 아이의 얼굴을 내려다보며 중얼거렸다.

"어떻게 됐을까요?"

"그 아이의 흔적이 가장 마지막으로 남아 있는 곳이 본라롤랑드입니다. 이웃 주민에게 구조돼 이름을 바꾸고 전쟁 동안 숨어 지냈을 가능성도 있죠."

"그런 경우도 종종 있었나요?"

"네. 마음씨 좋은 프랑스 가족과 종교단체 덕분에 목숨을 건진 아이들이 제법 있었어요."

나는 그를 쳐다보았다.

"사라 스타르진스키도 구조되었을까요? 살아남았을까요?"

그는 미소를 짓고 있는 사랑스러운 아이의 사진을 내려다보았다.

"그랬으면 얼마나 좋을까요. 하지만 궁금했던 부분은 알아내셨잖아요. 그 아파트에 누가 살았는지 말입니다."

"네, 맞아요. 감사합니다. 그런데 스타르진스키 가족이 끌려간 뒤 저희 시댁 식구들이 어쩌다 그 집에서 살게 되었을까요. 이해가 안 돼요."

프랑크 레비가 경고했다.

"너무 매몰차게 몰아붙이시면 안 됩니다. 상당수의 파리 주민들이 냉담한 반응을 보인 건 사실이지만, 그 당시는 파리가 점령당한 상황이었으니까요. 자기 목숨 부지하기 급급했던 시절이었죠. 지금하고는 상황이 많이 달랐어요."

프랑크 레비의 사무실을 나서는데 문득 마음이 약해지면서 눈물이 나려고 했다. 힘들고 고된 하루였다. 세상이 사방에서 나를 에워싼 채 옥죄고 있었다. 베르트랑. 아기. 내 앞에 놓인 말도 안 되는 선택. 오늘밤 남편과 나누어야 할 이야기.

그리고 생통주 가 아파트를 둘러싼 수수께끼. 스타르진스키 가족이 검거되자마자 그 집으로 이사한 테자크 집안 사람들. 그 일에 대해 언급을 꺼리는 할머님과 아버님. 이유가 뭘까? 무슨 일이 있었던 걸까? 나에게 숨기려는 비밀이 뭘까?

마르뵈프 가 쪽으로 걸어가는데, 내가 감당할 수 없는 엄청난 일에 빠져 허우적대고 있는 듯한 기분이 들었다.

그날 저녁 셀렉트에서 기욤을 만났다. 시끄러운 테라스에서 멀찌감치 떨어져 바 근처에 앉았다. 그가 책을 몇 권 들고 왔다. 나는 환호성을 질렀다. 읽고 싶지만 구할 수 없었던 바로 그 책들이었다. 그중에서도 특히 루아레 수용소를 다룬 것. 나는 그에게 진심으로 감사하다고 말했다.

그날 알게 된 사실에 대해 이야기할 생각은 없었는데, 나도 모르게 봇물처럼 터져나왔다. 기욤은 한마디 한마디에 귀를 기울였다. 내 이야기가 끝나자 그는 유대인이 살던 아파트들이 일제 검거 직후에 불법으로 점유된 사례를 할머니한테 들은 적이 있다고 했다. 그렇지 않은 경우에는 경찰에서 입구를 봉쇄하고 몇 개월 혹은 몇 년이 지나 아무도 돌아오지 않을 게 분명해지면 봉쇄를 풀었다고 했다. 기욤이 할머니에게 들은 이야기에 따르면 경찰과 긴밀하게 공조한 관리인들이 금세 알음알음 새로운 주인을 찾았다고 한다. 테자크 집안의 경우도 그랬을 것이다.

"줄리아, 이 일에 이렇게 집착하는 이유가 뭐예요?" 마침내 기욤이 물었다.

"그 아이가 어떻게 됐는지 알고 싶어요."

그가 어둡고 날카로운 눈빛으로 나를 바라보았다.

"그 심정 이해해요. 하지만 남편 집안의 뒤를 캘 때는 조심해야 해요."

"나한테 뭔가 숨기는 게 있어요. 그게 뭔지 알고 싶어요."

"조심해요, 줄리아." 그가 같은 말을 반복하며 씩 웃었다. 하지만 눈빛만큼은 여전히 심각했다. "당신은 지금 판도라의 상자를 만지작거리고 있는 거예요. 가끔은 열어보지 않는 게 나을 수도 있어요. 모르는 게 나을 수도 있다고요."

바로 오늘 아침 프랑크 레비도 똑같은 말을 했다.

십 분 동안 쥘과 주느비에브는 두 손을 비벼대며 흥분한 짐승처럼 아무 말 없이 집 안을 이리저리 뛰어다녔다. 그들은 몹시 괴로운 듯했다. 라셸을 1층으로 옮기려 했지만 라셸이 워낙 쇠약해져 있었다. 그래서 결국 침대에 그냥 눕혀놓는 수밖에 없었다. 쥘은 주느비에브를 진정시키려고 갖은 애를 썼지만, 별 소용이 없었다. 주느비에브는 계속 주변에 있는 소파나 의자에 주저앉아 울음을 터뜨렸다.

소녀는 겁먹은 강아지처럼 쥘과 주느비에브의 뒤를 졸졸 따라다녔다. 소녀가 뭐라고 물어도 두 사람은 대답이 없었다. 쥘은 계속 현관 쪽을 흘끔거리고, 창문 너머로 대문을 훔쳐보기만 했다. 소녀는 두려움이 심장을 갉아먹는 듯한 느낌을 받았다.

밤이 찾아오자 쥘과 주느비에브는 벽난로 앞에서 마주 보고 앉았다. 이제 정신을 좀 차린 듯했다. 침착하고 담담해 보였다. 하지만 주느비에브는 손을 부들부들 떨고 있었다. 두 사람 모두 안색이 창백했고, 계속 시계를 흘끔거렸다.

어느 정도 시간이 흘렀을 때 쥘이 소녀에게 차분한 목소리로 말했다. 다시 지하실로 내려가 있으라고. 커다란 감자 부대가 있으니 그 안에 들어가 숨어 있으라고. 무슨 이야기인지 알겠니? 아주 중요한 일이야. 누가 지하실 안으로 들어가더라도 들키면 안 된다.

소녀는 그 자리에서 얼어붙었다. "독일군이 오고 있어요!"

쥘이나 주느비에브가 대꾸하기도 전에 개가 짖었고 모두들 화들짝 놀랐다. 쥘이 소녀를 보며 뚜껑 문을 가리켰다. 소녀는 곧바로 어두컴컴하고 퀴퀴한 냄새가 나는 지하실로 내려갔다. 앞이 보이지 않았지만 까끌까끌한 부대를 손바닥으로 더듬으며 감자 부대가 있는 곳을 찾아 뒤쪽으로 갔다. 큼지막한 부대들이 층층이 쌓여 있었다. 소녀는 잽싸게 부대 사이를 헤치고 그 사이로 들어갔다. 그 바람에 부대 하나가 벌어져 감자들이 와르르 요란한 소리를 내며 사방으로 쏟아졌다. 소녀는 허둥지둥 자신의 주변과 몸 위로 감자를 쌓았다.

바로 그때 발소리가 들렸다. 요란하고 규칙적인 발소리였다. 파리에서도 통금이 지난 한밤중에 이런 발소리를 들은 적이 있었다. 소녀는 이 발소리의 의미를 알고 있었다. 아까 창밖을 내다보았을 때 둥근 헬멧을 쓰고 정확히 발을 맞춰가며 가로등이 희미하게 비추는 길을 따라 행군하는 사람들이 보였다.

행군하는 사람들. 바로 이 집을 향해 행군하는 사람들. 열두 명의 발소리. 한 남자의 목소리가 또렷하게 소녀의 귀에 들렸다. 독일어였다.

독일군이 들이닥쳤다. 독일군이 소녀와 라셸을 잡으러 온 것이다. 소녀는 찔끔 오줌을 지렸다.

바로 위에서 저벅거리는 발소리. 웅얼웅얼 알아들을 수 없는 말소리. 잠시 후 쥘의 목소리가 들렸다. "예, 중위님. 아픈 아이가 하나 있습니다."

"유대인은 아니겠지요?" 목구멍을 긁으며 나오는 외국 억양.

"그냥 아픈 아이입니다, 중위님."

"아이는 어디 있습니까?"

"2층에요." 쥘은 이제 지친 목소리였다.

묵직한 발소리가 천장을 때리는가 싶더니 잠시 후 라셸의 가느다란 비명 소리가 온 집을 뒤흔들었다. 독일군이 라셸을 침대에서 일으켰다. 라셸은 기운이 없어서 반항도 못하고 그저 끙끙거리기만 했다.

소녀는 두 손으로 귀를 막았다. 아무 소리도 듣고 싶지 않았다. 아무 소리도 들리지 않았다. 소녀는 자신이 만들어낸 갑작스러운 정적으로 보호를 받는 듯한 기분이 들었다.

그렇게 감자 밑에 누워 있는데, 희미한 빛 한 줄기가 어둠을 갈랐다. 뚜껑 문이 열린 것이다. 누군가가 지하실 계단을 내려오고 있었다. 소녀는 귀를 막았던 손을 뗐다.

"그 안에는 아무도 없어요." 쥘의 목소리였다. "그 아이는 혼자였습니다. 개집에 들어가 있는 걸 우리가 발견한 거고요."

주느비에브가 코를 푸는가 싶더니 지친 목소리로 울먹이며 말했다.

"제발 그 아이를 데려가지 마세요! 아픈 아이잖아요."

목구멍을 긁는 그 억양의 주인공이 빈정거리는 투로 말했다.

"부인, 그 아이는 유대인이에요. 인근 수용소에서 탈출했을지도 모릅니다. 부인 집에 있을 이유가 없는 아이죠."

주황색 손전등 불빛이 지하실 벽을 따라 점점 가까이 다가오더니 만화 속 한 장면처럼 크고 시커멓고 선명한 그림자가 나타났다. 이제 이쪽으로 오겠구나. 나를 잡아갈 거야. 소녀는 몸을 최대한 웅크리고 숨을 참았다. 심장이 멈춘 것 같았다.

싫어, 잡히지 않을 거야! 자신마저 잡힌다면 정말 불공평하고 끔찍한 일이었다. 가여운 라셸을 붙잡았으면서도 그 정도론 부족한 걸까? 라셸은 어디로 끌려갈까? 이미 병사들과 함께 트럭에 올랐을까? 정신을 잃었을까? 라셸을 병원에 데려갈까? 아니면 수용소로 돌려보낼까? 잔인한 악마들. 악마! 소녀는 그들이 싫었다. 깡그리 죽어버렸으면 좋겠다는 생각이 들었다. 나쁜 놈들. 소녀는 어머니가 쓰지 못하게 했던 온갖 욕을 동원했다. 개자식들. 소녀는 머리 위에서 어지럽게 움직이며 점점 더 가까이 다가오는 주황색 불빛을 피해 눈을 감고, 속으로 힘껏 외쳤다. 잡히지 않을 거야. 절대 잡히지 않을 거야. 나쁜 놈들. 개자식들.

다시 쥘의 목소리가 들렸다.

"중위님, 저 아래에는 아무도 없어요. 그 아이 혼자였다니까요. 일어서지도 못해서 저희가 간호하는 수밖에 없었어요."

심드렁한 중위의 대답이 소녀의 귀에까지 전해졌다. "그래도 확인을 해야죠. 지하실 수색이 끝나면 사령부로 같이 가주셔야겠습니다."

손전등이 머리 위에서 오락가락하는 가운데, 소녀는 꼼짝하지 않고 한숨 소리도 내지 않고 숨도 쉬지 않으려고 애를 썼다.

"사령부라니요?" 쥘은 충격을 받은 듯했다. "왜요?"

그러자 이어지는 퉁명스러운 웃음소리. "유대인을 집에 들여놓고 지금 왜냐고 묻는 겁니까?"

바로 그때 주느비에브가 놀라우리만치 차분한 목소리로 말했다. 눈물은 그친 듯했다.

"중위님도 보셨다시피 저희는 그 아이를 숨긴 게 아닙니다. 기운을 차릴 수 있게 돕고 있던 것뿐이에요. 저희는 그 아이 이름도 몰라요. 말도 못하는 상태였거든요."

"맞습니다." 쥘도 맞장구를 쳤다. "저희가 의사까지 불렀잖습니까. 그 아이를 숨기려는 생각은 눈곱만큼도 없었어요."

잠시 침묵이 흘렀다. 중위가 기침하는 소리가 들렸다.

"기유맹도 그러더군요. 아이를 숨기려는 생각은 없는 것 같다고요. 그 훌륭한 헤어 독토르*도 그러긴 합디다만."

소녀의 머리 위에서 감자가 하나둘씩 치워지는 게 느껴졌다. 소녀는 숨을 참고 동상처럼 가만히 있었다. 코가 간질간질해서 재채기가 나올 것 같았다.

주느비에브가 어색하게 느껴질 정도로 침착하고 쾌활하게 말했다. 소녀로서는 처음 듣는 말투였다. "다들 와인 좀 드시겠어요?"

---

* 독일어로 '의사 선생'이라는 뜻.

움직이던 감자들이 멈추었다.

위에서 중위가 껄껄 웃음을 터뜨렸다. "와인이요? 야볼*!"

"파테도 좀 있어요." 주느비에브가 여전히 쾌활하게 말했다.

계단을 올라가는 발소리가 들리는가 싶더니 뚜껑 문이 쾅 하고 닫혔다. 소녀는 긴장이 풀려 정신이 아득했다. 몸을 감싸 안는데 눈물이 주르륵 흘렀다. 그들이 위에서 얼마나 오랫동안 잔을 부딪치고 이리저리 왔다 갔다 하며 왁자지껄 떠들었는지 모른다. 그 시간이 영원히 끝나지 않을 것만 같았다. 중위의 목소리가 점점 커졌다. 한번은 지저분하게 트림 소리까지 냈다. 쥘과 주느비에브의 소리는 하나도 들리지 않았다. 아직 위에 있는 걸까? 어떻게 된 걸까? 궁금해도 쥘이나 주느비에브가 부르러 올 때까지 기다려야 했다. 팔다리가 뻣뻣했지만, 그래도 움직일 수가 없었다.

드디어 집 안이 잠잠해졌다. 개가 한 번 짖는가 싶더니 그것으로 끝이었다. 소녀는 열심히 귀를 기울였다. 독일군이 쥘과 주느비에브까지 데리고 간 걸까? 이 집에 나 혼자 남은 걸까? 바로 그때 입을 막고 흐느껴 우는 소리가 들렸다. 끼익하며 뚜껑 문이 열리더니 쥘의 목소리가 들렸다.

"시르카! 시르카!"

먼지 때문에 시뻘게진 눈과 눈물로 시커멓게 얼룩진 뺨을 하고 다리를 후들거리며 올라와보니, 주느비에브가 두 손에 얼굴을 묻은 채 주저앉아 있었다. 쥘은 그녀를 달래고 있었다. 소녀는 그저

* 독일어로 '좋다'는 뜻.

쳐다보기만 했다. 주느비에브가 고개를 들었다. 그사이 몇 살은 더 먹은 것처럼 얼굴이 퀭했다.

"그 아이가 사지로 끌려갔구나." 주느비에브가 속삭였다. "어디로 어떻게 끌려갈지 모르지만, 분명 살아남지 못할 텐데…… 우리 말을 듣지 않더구나. 아무리 술을 먹여도 어쩌면 그렇게 정신이 말짱한지. 우리는 봐주겠지만 라셸은 안 된다며 끌고 갔어."

주느비에브의 쭈글쭈글한 두 뺨 위로 눈물이 흘러내렸다. 절망에 빠진 그녀는 고개를 젓고는 쥘의 손을 꼭 움켜잡았다.

"오, 주여. 이 나라가 어찌 되려고 이러는지……"

주느비에브는 소녀를 가까이 불러 쭈글쭈글한 손으로 소녀의 고사리 같은 손을 꼭 쥐었다. 이분들이 나를 살렸어. 소녀는 계속 그 생각뿐이었다. 이분들이 나를 살렸어. 내 목숨을 살렸어. 어쩌면 이런 분들이 미셸도 살리고, 엄마 아빠도 살렸을지 몰라. 어쩌면 아직 희망이 있을지 몰라.

"시르카!" 주느비에브가 소녀의 손가락을 꼭 쥐며 한숨을 쉬었다. "저 아래서 용감하게 잘 버텨주었구나."

소녀는 미소를 지었다. 그 아름답고 용감한 미소가 노부부의 심금을 울렸다.

"앞으로는 시르카라고 부르지 마세요. 그건 제 아기 때 이름이에요." 소녀가 말했다.

"그럼 뭐라고 부르면 되겠니?" 쥘이 물었다.

소녀는 어깨를 펴고 턱을 들었다.

"제 이름은 사라 스타르진스키예요."

나는 아파트에서 앙투안을 만나 공사 진행 상황을 체크하고 나오다가 브르타뉴 가에 들렀다. 자동차 정비 공장이 여전히 그 자리에 있었다. 3구의 유대인 가족들이 1942년 7월 16일에 이곳에 소집되었다 벨디브를 거쳐 죽음의 수용소로 이송되었다는 팻말도 있었다. 이곳에서 사라의 험한 여정이 시작되었다. 그 여정은 어디에서 끝이 났을까?

지나가는 차량 행렬도 잊은 채 이 자리에 서 있노라니 그 무더웠던 7월 새벽에 어머니, 아버지, 경찰들과 함께 생통주 가를 걸어가는 사라의 모습이 보이는 듯했다. 내 앞에 있는 바로 이 정비 공장으로 떠밀려 들어가는 그들의 모습이 보이는 듯했다. 사랑스러운 하트 모양 얼굴과 거기 어린 당혹감과 공포가 보이는 듯했다. 리본으로 묶은 생머리, 끝이 올라간 눈매에 청록색 눈동자. 사라 스타르진스키. 그녀는 살아 있을까? 살아 있다면 지금 칠십대일 텐데. 아니, 그럴 리 없을 것이다. 벨디브에 갇혔던 다른 아이들과 함께 이 땅에서 사라졌을 것이다. 아우슈비츠에서 돌아오지 못했을 것이다. 한 줌 흙이 되었을 것이다.

브르타뉴 가를 떠나 차를 세워둔 곳으로 돌아갔다. 나는 전형적인 미국인답게 수동변속 차를 운전할 줄 모른다. 베르트랑이 비웃는 작은 일제 자동변속 차를 몰고 다닌다. 그나마도 파리에서는 타고 다니지 않는다. 버스와 지하철 시스템이 워낙 잘되어 있었다. 시내를 돌아다닐 때는 차가 필요 없었다. 이것도 베르트랑에게는 비웃음거리였다.

그날 오후에 뱀버와 함께 본라롤랑드를 방문하기로 되어 있었다. 파리에서 한 시간 거리였다. 오늘 아침에는 기욤과 함께 드랑시에 다녀왔다. 칙칙하고 보잘것없는 보비니와 팡텡 사이에 끼어 있는 드랑시는 파리에서 아주 가까웠다. 전쟁 당시 드랑시는 프랑스 철도망의 심장부로, 이곳에서 폴란드로 떠난 열차가 육십 대가 넘었다. 우리는 역사의 현장을 기념하는 현대적인 분위기의 대형 조각상을 지나치는 순간, 수용소가 지금은 주거 공간으로 쓰이고 있다는 새로운 사실을 깨달았다. 유모차와 개를 데리고 한가로이 산책하는 여자들, 소리를 지르며 달려가는 아이들, 산들바람에 날리는 커튼, 창턱에 놓인 화분. 믿기 어려웠다. 어떻게 이 담벼락 안에서 살 생각을 할 수 있을까? 나는 기욤에게 이 사실을 알고 있었는지 물었다. 그는 고개를 끄덕였다. 그의 표정을 보니 만감이 교차하는 모양이었다. 가족이 바로 여기서 이송되었으니 오기 쉽지 않았을 것이다. 하지만 같이 가고 싶다고 기욤 쪽에서 고집을 부렸다.

드랑시 기념박물관의 큐레이터인 메네츠키는 피로에 찌들어 보이는 중년 남자였다. 그는 전화로 예약한 사람이 있어야만 문을 여는 손바닥만 한 박물관 밖에서 우리를 기다리고 있었다. 우리는 작고 평범한 전시실을 서성이며 사진과 기사와 지도를 살펴보았다. 노란 별도 몇 개 유리장 안에 전시되어 있었다. 노란 별을 실제로 본 건 처음이었다. 인상적이면서도 혐오스러웠다.

수용소는 지난 육십 년 동안 거의 달라진 게 없었다. 1930년대 후반에 혁신적인 주거 프로젝트의 일환으로 건설되었고 1941년에 비시 정부가 유대인들을 강제 이송하는 데 쓰인 U자 모양의 콘크리트 건물은 1947년에 소형 아파트로 용도 변경되어 현재 사백 가구가 살고 있었다. 이 일대에서 가장 집값이 싼 곳이었다.

나는 메네츠키 씨에게 '시테 드 라 뮈에트'—이 건물의 이름인데 희한하게도 '침묵의 도시'라는 뜻이었다—주민들은 이곳이 어떤 용도로 쓰였던 곳인지 아느냐고 물었다. 그는 고개를 저었다. 주민들이 대부분 젊은 층인데, 과거에 대해 알지도 못하고 관심도 없다고 했다. 나는 이 박물관을 찾는 사람들이 많은지도 물어보았다. 그는 단체 관람을 오는 학생들도 있고, 가끔 관광객도 들른다고 했다. 우리는 방명록을 뒤적여보았다. "어머니 폴레트에게. 사랑해요. 죽을 때까지 어머니를 기억할게요. 해마다 이곳에 찾아와 어머니를 생각할게요. 1944년에 이곳에서 아우슈비츠로 이송돼 돌아오지 못한 어머니를 위해. 당신의 딸 다니엘."

콧등이 시큰거렸다.

메네츠키 씨가 그다음으로 안내한 곳은 박물관을 나서자마자 나오는 잔디밭 한가운데 놓인 화물열차 한 칸이었다. 문이 잠겨 있었지만 메네츠키 씨가 열쇠를 가지고 있었다. 나는 기욤의 손을 잡고 올라가 좁고 휑한 그 안에 섰다. 서로 다닥다닥 붙어서 이 열차를 타고 사지로 향했을 어린아이들과 할머니 할아버지, 엄마 아빠, 청소년들을 상상해보았다. 기욤의 안색이 창백했다. 나중에 들어보니 열차에 올라탄 건 그때가 처음이라고 했다. 그 전까지는 감히 엄두를 내지 못했다고 했다. 나는 기욤에게 괜찮냐고 물었다. 그는 고개를 끄덕였지만, 그의 심경이 얼마나 복잡한지 알 수 있었다.

메네츠키 씨에게 받은 리플릿과 책자를 옆구리에 끼고 박물관을 나서는데, 드랑시에 대해 알고 있는 사실들이 자꾸 떠올랐다. 그 공포의 시대에 자행되었던 비인도적인 행각. 유대인들을 폴란드로 끝없이 실어 나르던 열차 행렬.

1942년 여름 부모도 없이 질병과 굶주림에 시달리다 지독한 악취를 풍기며 이곳으로 이송된 사천 명의 벨디브 아이들을 묘사한 가슴 미어지는 구절들도 자꾸 생각났다. 사라도 그중 한 명이었을까? 사라도 낯선 사람들로 가득한 화물열차를 타고 드랑시에서 아우슈비츠로 갔을까?

뱀버가 사무실 앞에서 기다리고 있었다. 그는 사진 장비를 뒷좌석에 실은 다음 비쩍 마른 몸을 굽혀 조수석에 앉더니 나를 쳐다보았다. 걱정하는 얼굴이었다. 그가 내 팔뚝에 가만히 손을 얹으며 물었다.

"저기, 괜찮아요?"

선글라스를 써도 소용이 없었던 모양이다. 처참했던 간밤의 흔적이 온 얼굴에 남아 있었던 모양이다. 새벽녘까지 베르트랑과 나누었던 대화. 시간이 지날수록 그는 점점 더 완강해졌다. 이 아이를 낳고 싶지 않다고 했다. 지금 이 시점에서는 아이라고 할 수도 없다고 했다. 아직 인간도 아니라고. 작은 씨앗에 불과하다고. 아무것도 아니라고. 아무튼 그는 낳을 생각이 없었다. 감당할 자신이 없다고 했다. 너무 버겁다고 했다. 나는 그의 갈라진 목소리를 듣고 깜짝 놀랐다. 얼굴도 상해서 그는 전보다 나이 들어 보였다. 천하태평하고 자신만만하며 세상 무서운 줄 모르던 남편은 어디로 사라져버린 걸까? 나는 망연자실한 얼굴로 그를 빤히 쳐다보았다. 그가 쉰 목소리로 말했다. 내가 그 아이를 낳겠다고 끝까지 고집을 부리면 끝이라고. 끝이라니 뭐가? 나는 그를 멍하니 바라보며 물었다. 우리 관계가 끝이라고. 낯설고 섬뜩하게 갈라진 목소리로 그가 말했다. 우리 결혼생활이. 우리는 식탁을 사이에 두고 마주 앉아 한참 동안 아무 말도 하지 않았다. 나는 그에게 아이 낳는 것을 왜 그렇게 두려워하는지 물었다. 그는 고개를 돌리고 한숨을 쉬며 눈을 비볐다. 그가 늙어가고 있기 때문이라고 했다. 오십대가 얼마 남지 않았기 때문이라고. 그 자체가 끔찍하다고. 늙어간다는 그 자체가. 젊은 자칼들에게 밀리면 안 된다는 중압감. 날이면 날마다 그들과 벌이는 경쟁. 그리고 빛을 잃어가는 외모를 지켜봐야 하는 고통. 받아들이기 힘든 거울 속의 얼굴. 베르트랑과 이런 식의 대화를 나눈 건 처음이었다. 그가 나이 먹는 것을 그렇게 힘겨워하다니, 상상도 못한 일이었다. 그는 몇 번이고 똑같은 말을 중얼거렸다. "이 아이가 스무 살이 됐을 때 나는 일흔인 게 싫어. 안 돼. 싫어. 줄리아, 잘 들어. 이 아이를 낳으면 그 길로 내 인생은 끝장이야. 알겠어? 그 길로 내 인생은 끝장이라고."

나는 심호흡을 했다. 뱀버에게 뭐라고 대답하면 좋을까? 어떤 식으로 말을 꺼내야 할까? 이렇게 젊고 이렇게 처지가 다른데 그가 이해할 수 있을까? 그럼에도 그의 호의와 관심이 고마웠다. 나는 어깨를 폈다.

"좋아, 당신한텐 솔직하게 이야기할게, 뱀버." 나는 뱀버 쪽으로 시선을 주지 않은 채 힘껏 핸들을 움켜쥐며 말했다. "어젯밤에 한바탕 난리가 났었어."

"남편분 때문에요?" 그가 조심스럽게 물었다.

"두말하면 잔소리 아니겠어?" 나는 빈정거리는 투로 되물었다.

그가 끄덕거리며 내 쪽으로 고개를 돌렸다.

"혹시라도 이야기 상대가 필요하면 언제든지 말해요." 처칠이 "우리는 절대 항복하지 않는다"고 결연하게 말했을 때만큼이나 진지하고 힘이 들어간 목소리였다.

나도 모르게 웃음이 나왔다.

"고마워, 뱀버. 감동적이다."

그가 씩 웃었다.

"음, 드랑시는 어땠어요?"

나는 끙 하는 소리를 냈다.

"끔찍했어. 그렇게 우울한 곳은 처음이야. 사람들이 그 건물에서 살고 있었어. 믿을 수 있겠어? 온 가족이 거기서 이송당한 친구와 같이 갔었어. 장담하지만 드랑시 사진 촬영 들어가면 우울해질 거야. 넬라통 가보다 열 배쯤 처참하다고 보면 돼."

나는 파리를 빠져나와 A6 고속도로를 탔다. 때가 때인지라 고맙게도 차가 많지 않았다. 아무 말 없이 달리는데 이 사태에 대해, 아이에 대해 조만간 누군가에게 털어놓아야겠다는 생각이 들었다. 샬라에게 전화하기에는 너무 이른 시각이었다. 다부지고 유능한 변호사의 하루가 이제 막 시작되려는 참이겠지만, 뉴욕은 지금 오전 여섯시였다. 샬라는 전남편 벤을 빼다 박은 아이를 둘 키우고 있었다. 재혼한 배리는 매력적인 컴퓨터광인데, 나하고는 아직 서먹서먹했다.

샬라의 목소리가 듣고 싶었다. 상대방이 나라는 걸 알았을 때 "안녕!" 하고 말하는 그 부드럽고 따뜻한 목소리가. 샬라는 베르트랑과는 잘 맞지 않았다. 서로 겨우 참고 견디는 사이였다. 처음부터 그랬다. 베르트랑이 샬라를 어떻게 생각하는지 나는 알고 있다. 예쁘고 똑똑하고 콧대 높은 미국인 페미니스트. 그리고 샬라는 베르트랑을 여자를 우습게 아는 잘생기고 허영심으로 똘똘 뭉친 프랑스 남자라고 생각했다. 샬라가 그리웠다. 그 쾌활함과 웃음과 솔직함이 그리웠다. 내가 보스턴에서 파리로 건너왔을 때 샬라는 아직 고등학생이었다. 처음에는 샬라가 그다지 그립지 않았다. 어린 여동생에 불과했으니까. 그런데 지금은 보고 싶다. 미치도록 보고 싶다.

"저기," 옆에서 뱀버가 나지막이 말했다. "조금 전 출구에서 나갔어야 하는 거 아닌가요?"

그랬다.

"젠장!" 내가 말했다.

"괜찮아요." 뱀버가 지도를 손으로 짚으며 말했다. "다음 출구에서 나가도 되겠어요."

"미안. 좀 피곤해서." 나는 우물우물 변명을 늘어놓았다.

뱀버는 이해한다는 듯 미소를 짓고는 더는 아무 말도 하지 않았다. 나는 이래서 뱀버가 좋다.

본라롤랑드는 밀밭 한가운데에 자리 잡은 황량한 마을이었다. 우리는 읍내에 있는 교회와 마을회관 옆에 차를 세웠다. 걸어가는 동안 뱀버가 가끔 사진을 찍었다. 인적이 뜸했다. 거의 아무도 살지 않는 듯한 쓸쓸한 마을이었다.

내가 읽은 기록에 따르면 수용소는 마을 북동부에 지어졌고, 1960년대 그 자리에 실업학교가 들어섰다. 수용소와 기차역은 몇 마일 거리였고, 정확히 반대 방향이었다. 그러니까 이송된 가족들이 읍내를 가로질러야 했다는 뜻이다. 나는 뱀버에게 그 당시를 기억하는 사람들이 분명 있을 거라고 말했다. 끊임없이 이어지는 도보 행렬을 창가에서, 대문 앞에서 목격한 사람들이 있을 것이다.

기차역은 폐쇄되고 어린이집으로 개조되어 쓰이고 있었다. 창문 너머로 알록달록한 그림과 동물 인형을 바라보는데, 어쩐지 얄궂다는 생각이 들었다. 건물 오른편의 울타리 안에서 조그만 아이들이 놀고 있었다.

이십대 후반의 아가씨가 꼬맹이를 안고 나와 어떻게 왔느냐고 물었다. 나는 1940년대에 이 마을에 있었던 포로수용소를 취재하러 온 기자라고 신분을 밝혔다. 그녀는 수용소 이야기는 들어본 적이 없다고 했다. 나는 어린이집 출입문 바로 옆에 걸린 표지판을 손으로 가리켰다.

1941년 5월부터 1943년 8월까지 이 기차역과 본라롤랑드의 포로수용소를 거쳐 아우슈비츠의 수용소에서 학살당한 수천 명의 유대인들을 추모하며. 절대 잊어서는 안 될 것이다.

그녀는 어깨를 으쓱하며 겸연쩍은 듯 웃어 보였다. 몰랐던 것이다. 어쨌든 그녀는 너무 어렸다. 그녀가 태어나기 한참 전에 벌어진 일이었다. 나는 기차역을 찾아와 이 표지판을 읽는 사람이 있느냐고 물었다. 그녀는 지난해 근무를 시작한 이래 그런 사람은 한 명도 보지 못했다고 했다.

뱀버가 사진을 찍는 동안 나는 납작한 하얀 건물을 둘러보았다. 기차역 양쪽에 검은 글씨로 이 마을 이름이 새겨져 있었다. 나는 울타리 너머를 흘끗 들여다보았다.

잡초로 뒤덮이기는 했지만, 낡고 녹이 슨 옛날 철길이 아직 남아 있었다. 지금은 방치된 이 철길을 따라 여러 대의 열차가 아우슈비츠로 직행했다. 낡은 침목을 바라보는데 심장이 죄어드는 것 같았다. 갑자기 숨을 쉴 수가 없었다.

1942년 8월 5일, 사라 스타르진스키의 부모를 사지로 싣고 간 15호 열차가 이곳을 출발했다.

사라는 그날 밤 잠을 설쳤다. 계속 라셸의 비명 소리가 들렸다. 라셸은 지금 어디 있을까? 괜찮을까? 다시 건강해지도록 누군가가 돌봐주고 있을까? 그 많은 유대인 가족들은 어디로 끌려갔을까? 어머니 아버지는 어디로 끌려갔을까? 본라롤랑드의 수용소에 있던 아이들은 어떻게 됐을까?

사라는 침대에 반듯하게 누워 이 오래된 집에 흐르는 정적에 귀 기울였다. 궁금한 게 너무 많았다. 하지만 답이 없었다. 예전에는 뭘 물어보든 아버지가 대답해주었다. 하늘은 왜 파란지, 구름은 무엇으로 만들어졌는지, 아이는 어떻게 태어나는지. 바다에는 왜 밀물과 썰물이 있는지, 꽃들은 어떻게 자라는지, 사람들은 왜 사랑에 빠지는지. 아버지는 분명하고 쉬운 단어와 몸짓을 동원해 차분하고 끈기 있게 설명해주었다. 바쁘다고 한 적이 없었다. 아버지는 끊임없이 이어지는 사라의 질문을 사랑해주었다. 똑똑한 딸이라고 칭찬하곤 했다.

하지만 기억을 더듬어보니 요 근래에는 전처럼 대답을 잘 해주지 않았다. 노란 별에 대해 물어도, 극장이나 공용 수영장에 갈 수 없는 것에 대해 물어도, 통금에 대해 물어도. 유대인을 싫어하는 독일의 그 사람, 이름만 들어도 몸서리 쳐지는 그 사람에 대해 물어도 아버지는 제대로 대답해주지 않았다. 말을 얼버무리다 침묵했다. 그 끔찍했던 목요일 갑작스레 들이닥친 사람들에게 끌려나오기 며칠 전만 해도 유대인의 어떤 점이 그렇게 미움을 사는 거냐고 두세 번 다시 물었지만—유대인들이 그들과 '달라서' 무서워하는 것일 리 없었다—아버지는 못 들은 척 먼 산만 바라보았다. 소녀가 묻는 말을 들은 게 분명한데도.

아버지 생각은 더이상 하고 싶지 않았다. 가슴이 너무 아팠다. 아버지를 마지막으로 본 게 언제였는지도 기억나지 않았다. 수용소에서였는데…… 그런데 정확히 언제였지? 소녀는 알지 못했다. 어머니는 흐느껴 우는 다른 아주머니들과 함께 기차역으로 향하는 그 긴 흙길 너머로 사라지면서 고개를 돌려 소녀를 바라본 것이 마지막이었다. 그 모습이 사진처럼 선명하게 뇌리에 각인되어 있었다. 파리하던 어머니의 얼굴과 새파란 눈동자. 희미한 미소.

하지만 아버지하고는 마지막이라고 할 수 있는 추억이 없었다. 꼭 붙들어놓고 되새길 마지막 모습이 없었다. 그래서 소녀는 아버지의 좁고 까만 얼굴과 넋을 잃은 듯한 눈빛을 애써 떠올려보았다. 까만 얼굴과 대조적인 새하얀 치아. 소녀는 항상 어머니를 닮았다는 소리를 들었고 미셸도 마찬가지였다. 소녀와 남동생은 어머니의 슬라브계 핏줄을 물려받아 얼굴이 하얗고, 광대뼈가 넓고 볼록

튀어나왔고, 눈초리가 올라갔다. 아버지는 아이들이 자기를 닮은 구석이 하나도 없다며 투덜대곤 했다. 소녀는 아버지의 미소를 머릿속에서 밀어냈다. 너무 고통스러웠다. 너무 힘겨웠다.

내일이면 파리로 떠나야 한다. 집으로 돌아가야 한다. 미셸이 어떻게 됐는지 알아내야 한다. 어쩌면 미셸도 지금 자기처럼 안전하게 피신했을지 모른다. 마음씨 좋고 착한 사람들이 벽장문을 열고 동생을 구해주었을지 모른다. 하지만 누가 그랬을까? 누가 동생을 도와주었을까? 소녀는 관리인 루아예 부인을 믿은 적이 한 번도 없었다. 그 음흉한 눈빛과 기분 나쁜 미소. 그녀는 아니었다. 그 끔찍했던 목요일 새벽에 "두 사람을 어디로 데리고 가는 거죠? 그들은 정직하고 선량한 사람들이란 말입니다! 이러면 안 되는 겁니다!"라고 외쳤던 바이올린 선생님은? 그래. 그 선생님이 미셸을 구했을지도 모른다. 미셸은 지금 선생님네 집에서 선생님이 바이올린으로 연주하는 폴란드 음악을 듣고 있을지도 모른다. 발그레한 뺨을 하고 웃고 손뼉을 치며 빙글빙글 춤을 추고 있을지도 모른다. 어쩌면 누나를 기다리며 매일 아침 바이올린 선생님을 붙잡고 "오늘 시르카 누나 와요? 언제 와요? 돌아와서 나를 꺼내주겠다고 약속했는데. 그렇게 약속했는데!" 말하고 있을지도 모른다.

새벽녘 수탉이 우는 소리에 눈을 떠보니 베개가 눈물로 흠뻑 젖어 있었다. 소녀는 얼른 잠옷을 벗고 주느비에브가 준 옷으로 갈아입었다. 깨끗하고 튼튼하고 투박한 남자아이 옷이었다. 누가 입던 옷일까? 책마다 정성스럽게 자기 이름을 적어놓은 니콜라 뒤포르가 입던 옷일까? 소녀는 열쇠와 돈을 주머니에 챙겼다.

내려가보니 널찍하고 시원한 주방에는 아무도 없었다. 아직 이른 새벽이었다. 고양이가 의자 위에서 몸을 웅크린 채 자고 있었다. 소녀는 부드러운 빵을 조금씩 뜯어먹고 우유도 마셨다. 그러는 내내 돈뭉치와 열쇠를 만지작거리면서 잘 있는지 확인했다.

무덥고 흐린 아침이었다. 오늘밤에는 사나운 폭풍이 들이닥칠 것이다. 비바람이 심하게 치면 미셸은 엄청 무서워했는데. 어느 쪽으로 가야 기차역이 나올까? 오를레앙은 얼마나 먼 곳일까? 알 수 없었다. 어떻게 하면 이 일을 해낼 수 있지? 어떻게 하면 제대로 찾아갈 수 있지? 여기까지 왔잖아. 소녀는 계속 중얼거렸다. 여기까지 왔는데, 이제 와서 포기할 수는 없어. 어떻게든 방법을 찾을 거야, 어떻게든 방법을 찾아낼 거야. 하지만 쥘과 주느비에브에게 작별 인사도 않고 떠날 수는 없었다. 그래서 소녀는 문 앞에서 암탉과 병아리들에게 빵 부스러기를 던져주며 기다렸다.

삼십 분 뒤에 주느비에브가 내려왔다. 위험했던 간밤의 흔적이 아직까지 얼굴에 남아 있었다. 몇 분 뒤 쥘이 나타나 까끌까끌한 사라의 정수리에 따뜻하게 입을 맞추었다. 소녀는 노부부가 느릿느릿 정성껏 아침을 준비하는 모습을 지켜보았다. 소녀의 마음속에 그들에 대한 애정이 더 커진 것 같았다. 애정 그 이상의 감정이 느껴졌다. 오늘 떠난다고 어떻게 말씀을 드려야 하나? 분명 슬퍼하실 텐데. 하지만 어쩔 수 없었다. 파리로 돌아가야 했다.

소녀는 노부부가 아침식사를 마치고 식탁을 치우기 시작했을 때 이야기를 꺼냈다.

"아이고, 안 된다, 얘야." 주느비에브는 깜짝 놀라 행주로 닦고 있던 컵을 떨어뜨릴 뻔했다. "도로며 기차역마다 경찰이 깔려 있어. 너는 신분증도 없잖니. 잡혀서 다시 수용소로 끌려갈 거야."

"돈이 있잖아요." 사라가 말했다.

"독일군 앞에서는 돈도……"

쥘은 한 손을 들어 부인의 말을 자른 다음, 좀더 기다리라고 사라를 설득했다. 소녀는 쥘의 차분하고 단호한 말투가 아버지와 비슷하다고 생각했다. 소녀는 그의 이야기를 들으며 멍하니 고개를 끄덕였다. 하지만 어떻게든 두 사람을 설득해야 했다. 집으로 돌아가야 하는 이유를 어떻게 설명하면 좋을까? 어떻게 하면 쥘처럼 차분하고 단호하게 말할 수 있을까?

소녀는 뒤죽박죽 말을 쏟아냈다. 이제 어른인 척하는 데 신물이 났다. 소녀는 짜증스럽게 발을 구르며 협박조로 말했다.

"자꾸 붙잡으시면," 소녀는 어두운 목소리로 말했다. "자꾸 붙잡으시면 도망칠 거예요."

소녀는 자리에서 일어나 문 쪽으로 걸어갔다. 노부부는 깜짝 놀라 그저 멍하니 소녀를 바라볼 따름이었다.

"잠깐!" 잠시 후 쥘이 외쳤다. "잠깐만 기다려라."

"싫어요. 기다리지 않을래요. 기차 타러 갈래요." 사라가 문손잡이를 붙잡으며 말했다.

"기차역이 어디 있는지도 모르잖니." 쥘이 말했다.

"알아낼 거예요. 가는 길을 알아낼 거예요."

소녀는 문을 열고 노부부에게 말했다.

"안녕히 계세요. 그리고 감사했어요."

소녀는 등을 돌리고 현관 쪽으로 걸어갔다. 간단했다. 쉬운 일이었다. 하지만 현관을 나서 허리를 숙이고 개를 쓰다듬는데 퍼뜩 실감이 났다. 이제 소녀는 혼자였다. 철저하게 혼자였다. 귀청을 때리던 라셸의 비명 소리가 생각났다. 저벅저벅 다가오던 발소리도. 소름 끼치던 중위의 웃음소리도. 슬금슬금 겁이 나기 시작했다. 기가 꺾였다. 소녀는 자기도 모르게 집 쪽을 돌아보고 말았다.

창문 너머로 멍하니 소녀를 지켜보고 있던 쥘과 주느비에브가 동시에 움직였다. 쥘은 모자를 집고, 주느비에브는 백을 집었다. 두 사람은 그렇게 허둥지둥 밖으로 뛰쳐나와 문을 잠그고, 소녀가 서 있는 곳으로 달려왔다. 쥘이 소녀의 어깨에 손을 얹었다.

"제발 말리지 마세요." 사라가 얼굴을 붉히며 말했다. 두 사람이 따라 나온 것이 좋으면서도 성가셨다.

"말린다고?" 쥘이 미소를 지었다. "누가 널 말린다고 그러니, 이 고집불통 바보 녀석아. 우리도 같이 가려는 거란다."

작열하는 태양 아래 우리는 공동묘지로 향했다. 갑자기 현기증이 나서 나는 걸음을 멈추고 심호흡을 해야 했다. 뱀버가 걱정했다. 나는 걱정 말라고, 잠을 못 자서 그런 거라고 했다. 그는 이번에도 미심쩍은 표정을 지었지만 아무 말도 하지 않았다.

묘지는 자그마했다. 뭔가 있을까 싶어 한참을 둘러보다 포기하려는 순간, 뱀버가 어느 무덤 위에 놓인 조약돌을 발견했다. 유대인의 전통이었다. 가까이 다가가보았다. 납작하고 하얀 묘비에 이렇게 적혀 있었다.

강제이송유대인재향회는 히틀러가 저지른 만행의 희생자, 우리의 순교자들을 추모하기 위해 이들이 매장된 지 십 년이 지난 후 이 기념비를 세운다. 1941년 5월~1951년 5월.

"히틀러가 저지른 만행이라니! 프랑스 사람들은 전혀 상관없다는 식이로군요." 뱀버가 무미건조한 목소리로 꼬집었다.

묘비 옆면에 이름과 날짜가 몇 개 적혀 있었다. 나는 허리를 숙이고 좀더 자세히 들여다보았다. 두세 살도 될까 말까 한 아이들 이름이 적혀 있었다. 1942년 7월과 8월에 수용소에서 세상을 떠난 아이들이었다. 벨디브 아이들이었다.

나는 일제 검거와 관련해 내가 읽은 기록들이 모두 사실이라는 것을 알고 있었다. 하지만 이 무더운 봄날, 이렇게 서서 묘비를 읽고 있자니 진실이 나를 강타했다. 이 엄청난 진실이.

나는 이제 사라 스타르진스키가 어떻게 되었는지 알아내지 않는 한, 테자크 집안 사람들이 감추려는 비밀이 무엇인지 알아내지 않는 한, 마음 편히 쉴 수 없었다.

읍내로 돌아가는 길에 푸성귀 자루를 들고 발을 질질 끌며 걸어가는 노인을 만났다. 둥그스름하고 벌건 얼굴에 머리가 하얗게 센 팔십대 노인이었다. 그에게 다가가 유대인 수용소가 있던 자리를 아는지 물었다. 그는 의심쩍어하는 눈빛으로 우리를 쳐다보았다.

"수용소? 수용소가 어디 있었는지 알고 싶다고?" 노인이 물었다.

우리는 고개를 끄덕였다.

"수용소에 대해 물어보는 사람은 처음이로구먼." 노인은 광주리에 담긴 리크*를 고르며 시선을 피했다.

"어디 있었는지 아세요?" 내가 끈질기게 물었다.

노인은 헛기침을 했다.

---

* 부추의 일종.

"알다마다. 한평생 이 마을에서 살았는데. 어렸을 때는 그 수용소가 뭔지 몰랐어. 아무도 가르쳐주지 않았거든. 우리는 그런 게 있다는 걸 모르는 척하고 살았지. 유대인하고 관계있는 시설이라는 건 알고 있었지만, 그 이상은 아무도 묻지 않았어. 무서웠거든. 그래서 우리 할 일이나 하면서 살았어."

"그 수용소에 대해 기억나는 게 있으세요?" 내가 물었다.

"내가 열다섯 살 때쯤이었을 거야. 1942년 여름에 무더기로 기차역을 빠져나온 유대인들이 바로 이 길을 지나갔지." 노인은 구부정한 손가락으로 우리가 서 있는 대로를 가리켰다. "이 가르 가를. 수가 어마어마했어. 그러고 나서 어느 날 요란한 소리가 들리더군. 처참한 소리였지. 우리 집은 수용소하고 어느 정도 떨어져 있었는데도 우리 집까지 들리는 거야. 울부짖는 소리가 온 동네를 하루 종일 뒤흔들었지. 부모님이 동네 사람들하고 수군거리는 이야기를 들어보니, 수용소에서 엄마와 아이들을 갈라놓았다고 하더군. 왜 그랬는지 우리로서는 알 수 없었지만. 기차역으로 걸어가는 유대인 여자들이 보였지. 아니, 걸어간 게 아니었어. 경찰의 협박 속에 눈물을 흘리며 비틀거렸지."

노인은 대로를 돌아보며 그때 기억을 떠올리다 끙 소리와 함께 광주리를 들었다.

"어느 날, 수용소가 텅 빈 걸 보고 유대인들이 떠났나보다 생각했어. 어디로 갔는지는 알 수 없었지만. 나는 더이상 신경 쓰지 않았어. 지금도 다들 그래. 아무도 그때 일을 입에 올리지 않아. 기억하고 싶지 않거든. 그 일에 대해 모르는 사람들도 있고."

노인은 이 말을 끝으로 가던 길을 재촉했다. 들은 이야기를 모두 받아 적는데 속이 다시 울렁거렸다. 그런데 이번에는 입덧 때문인지, 노인의 눈빛에 담긴 무관심과 냉소 때문인지 알 수 없었다.

우리는 마르셰 광장에서 롤랑 가를 지나 학교 앞에 차를 세웠다. 뱀버가 데포르테스 대로라고 된 도로 이름을 가리켰다. 이송당한 자들의 길이라는 뜻이었다. 고마웠다. 이 길 이름이 레퓌블리크 대로였다면 나는 더는 견디지 못했을 것이다.*

실업학교는 옆에 오래된 급수탑이 버티고 서 있는 으스스한 현대식 건물이었다. 두터운 시멘트와 주차장으로 뒤덮인 이곳에 수용소가 있었다니 잘 상상이 되지 않았다. 학생들이 교문 주변에서 담배를 피우고 있었다. 점심시간인 모양이었다. 지저분한 학교 앞 네모난 잔디밭에 사람 모양으로 구불구불 깎은 이상한 조각상이 몇 개 서 있었다. 그중 한 작품에 "동포애를 발휘하여 서로를 위해, 함께 행해야 할 것이다"라고 적혀 있었다. 그것으로 끝이었다. 뱀버와 나는 곤혹스러워하며 서로를 바라보았다.

내가 한 학생을 붙잡고 이 조각상이 수용소와 연관 있는 작품이냐고 물었다. 그는 "무슨 수용소요?"라고 되물었다. 옆에서 친구가 키득거렸다. 나는 수용소에 대해 설명해주었다. 그는 내 말을 듣더니 표정이 조금 진지해진 듯했다. 한 여학생이 여기서 마을 쪽으로 조금 걸어가면 팻말 비슷한 게 있다고 알려주었다. 우리가 차를 타고 오면서 보지 못하고 지나친 모양이었다. 나는 그것이 기념

* 레퓌블리크는 프랑스어로 공화국이라는 뜻이다.

비인지 물었다. 여학생은 그런 것 같다고 대답했다.

검은색 대리석 기념비에는 빛바랜 금색으로 글씨가 적혀 있었다. 1965년에 본라롤랑드 읍장이 세운 기념비였다. 꼭대기에 다윗의 별이 새겨져 있었다. 그리고 이름들이 적혀 있었다. 끝도 없이 적혀 있었다. 가슴이 아프고 저리도록 낯익은 이름 두 개가 눈에 들어왔다. "스타르진스키, 블라디슬라프. 스타르진스키, 리브카."

대리석 기둥 아래쪽에 사각형 모양의 조그만 단지가 있었다. "아우슈비츠 순교자들의 유골이 여기 담겨 있다." 명단 아랫부분에는 이렇게 적혀 있었다. "부모와 떨어져 본라롤랑드와 피티비에에 잡혀 있다 아우슈비츠로 이송돼 몰살당한 삼천오백 명의 유대인 어린이들에게 바친다." 이번에는 뱀버가 특유의 세련된 영국식 억양을 섞어 큰 소리로 읽었다. "본라롤랑드 묘지에 묻힌 나치의 희생자들." 그 밑에서 우리는 공동묘지의 묘비에 새겨져 있던 이름을 발견했다. 수용소에서 숨을 거둔 벨디브 아이들의 명단이었다.

"이번에도 나치의 희생자 운운하는군요." 뱀버가 중얼거렸다. "기억상실증의 완벽한 사례가 아닌가 싶은데요?"

뱀버와 나는 가만히 서서 아무 말 없이 대리석을 바라보았다. 그가 사진을 몇 장 찍는가 싶더니 카메라를 도로 넣어버렸다. 아무리 눈을 씻고 찾아봐도 수용소를 책임지고 관리한 프랑스 경찰과 철조망 뒤에서 벌어진 일들에 대한 언급은 없었다.

나는 마을을 돌아보았다. 왼쪽으로 시커멓고 음산한 교회 첨탑이 보였다.

사라 스타르진스키가 바로 저 길을 걸었다. 내가 지금 서 있는 이곳을 지나 왼쪽으로 돌아 수용소로 들어갔다. 그로부터 며칠 뒤 그녀의 부모는 다시 끌려 나와 사지로 이송됐다. 아이들은 몇 주 동안 자기들끼리 지내다 드랑시로 이송됐다. 그곳에서 폴란드로 먼 길을 떠나 외로운 죽음을 맞았다.

사라는 어떻게 됐을까? 여기서 죽었을까? 묘비에도, 기념비에도 그녀의 이름은 없었다. 도망쳤을까? 나는 마을 변두리에 북쪽을 향해 서 있는 급수탑 너머를 바라보았다. 그녀는 아직 살아 있을까?

내 휴대전화가 울리는 바람에 우리 둘 다 소스라치게 놀랐다. 여동생 샬라였다.

"언니, 잘 지내? 왠지 전화해야 할 것 같은 예감이 들지 뭐야."

목소리가 신기할 정도로 또렷하게 들렸다. 대서양을 사이에 두고 몇천 마일 떨어져 있는 게 아니라 바로 옆에서 말을 거는 것 같았다.

사라 스타르진스키가 머릿속에서 지워지면서 내 배 속에서 자라고 있는 아이에게로 생각이 옮겨 갔다. 베르트랑이 간밤에 내뱉었던 '끝장'이라는 말로.

다시 한번, 나를 에워싸고 있는 세상의 무게가 느껴졌다.

오를레앙 역은 번잡하고 소란스러웠다. 회색 제복들로 우글거리는 개미굴이었다. 사라는 노부부와 바짝 붙어서 걸었다. 겁에 질린 모습을 보이기 싫었다. 여기까지 왔으니 아직 희망이 있다는 뜻이었다. 파리에 희망이 있다는 뜻이었다. 용감해져야 했다. 강해져야 했다.

"누가 물어보거든," 파리행 기차표를 사려고 줄을 서 있는데 쥘이 속삭였다. "우리 손녀 스테파니 뒤포르라고 해라. 머리는 학교에서 이가 옮는 바람에 밀었다고 하고."

주느비에브가 사라의 옷깃을 매만져주었다.

"이렇게 차려입으니까 단정하고 깔끔해 보이는구나. 예쁘고. 정말 우리 손녀딸 같아!" 주느비에브가 웃으며 말했다.

"정말 손녀가 있으세요? 이건 손녀 옷이에요?" 사라가 물었다.

주느비에브는 웃음을 터뜨렸다.

"무지막지한 손자들밖에 없단다. 가스파르하고 니콜라. 그리고 외아들 알랭. 알랭은 지금 사십대인데, 오를레앙에서 며늘아기 앙리에트하고 살고 있단다. 이건 너보다 몇 살 많은 니콜라 옷이야. 이루 말로 표현할 수 없는 말썽꾸러기지."

사라는 여유롭게 웃어 보였다. 너무나도 일상적인 아침인 척, 너무나도 일상적인 파리 여행인 척하는 노부부가 존경스러웠다. 하지만 사실 노부부는 끊임없이 좌우를 살피며 경계를 늦추지 않았다. 열차에 탑승하는 승객들을 일일이 검문하는 군인들의 모습이 보이자 소녀는 점점 더 불안해졌다. 소녀는 목을 길게 빼고 주의 깊게 관찰했다. 독일군일까? 아니었다. 프랑스군이었다. 프랑스 병사들이었다. 소녀는 신분증이 없었다. 아무것도 없었다. 열쇠와 돈 말고는 아무것도 없었다. 소녀는 아무 말 없이 지폐 뭉치를 꺼내 조심스럽게 쥘에게 건넸다. 그는 깜짝 놀란 얼굴로 소녀를 내려다보았다. 소녀는 열차로 향하는 승객 행렬을 막고 있는 군인들을 턱으로 가리켰다.

"사라, 이걸로 뭘 어쩌라는 거냐?" 쥘이 당황하며 속삭였다.

"저한테 신분증을 보여달라고 할 텐데, 없잖아요. 그게 도움이 될 거예요."

쥘은 열차 앞에 한 줄로 서 있는 남자들을 보더니 허둥거리기 시작했다. 주느비에브가 팔꿈치로 그를 찌르며 나무랐다.

"쥘! 효과가 있을 거예요. 한번 시도해봐야죠. 달리 방법이 없잖아요."

쥘은 등을 꼿꼿하게 펴고 부인을 향해 고개를 끄덕였다. 평정을 되찾은 듯했다. 그들은 표를 사고 열차가 있는 쪽으로 걸어갔다.

승강장은 북새통이었다. 빽빽대는 아이를 안은 여자, 험상궂은 표정을 짓고 있는 노인, 슈트를 차려입은 성질 급한 사업가, 사방에서 승객들이 밀려들었다. 사라는 어떻게 하면 되는지 알았다. 실내 경기장에서 혼란한 틈을 타 빠져나갔던 남자아이가 생각났다. 그렇게 하면 되는 거였다. 여기저기서 밀치며 옥신각신하고, 군인들은 고함을 지르고, 왁자지껄 정신없는 지금 이 상황을 최대한 활용하면 되는 거였다.

소녀는 쥘의 손을 놓고 몸을 숙였다. 물속에서 헤엄치는 것과 비슷하다는 생각이 들었다. 빽빽하게 뒤엉킨 치마와 바지, 구두와 발목. 주먹을 쥐고 힘겹게 헤치고 나아가자 눈앞에 열차가 나타났다.

열차에 오르려는데 누가 어깨를 붙잡았다. 소녀는 얼른 표정을 바꾸고 가볍게 미소를 지었다. 평범한 여자아이처럼 미소를 지었다. 기차를 타고 파리로 가는 평범한 여자아이처럼. 수용소로 끌려가던 날, 아주 먼 옛날처럼 느껴지는 그날, 옅은 자주색 원피스를 입고 승강장에 서 있던 그 여자아이처럼.

"할머니랑 같이 왔어요." 소녀는 순진한 미소를 반짝이며 열차 안쪽을 손으로 가리켰다. 그러자 병사는 고개를 끄덕이고 소녀를 놓아주었다. 소녀는 숨을 죽이고 꿈틀거리며 안쪽으로 파고들어 창밖을 내다보았다. 심장이 두근거렸다. 사람들 틈바구니에 섞여 있던 쥘과 주느비에브가 감탄하는 눈빛으로 소녀를 올려다보았다. 소녀는 의기양양하게 손을 흔들었다. 스스로가 자랑스러웠다. 검문도 건너뛰고 혼자 열차에 오른 것이다.

하지만 독일군 장교들이 열차에 오르는 것을 목격한 순간 소녀의 미소는 사라졌다. 그들은 사납게 고함을 지르며 북적거리는 통로를 지나갔다. 사람들은 고개를 돌리거나 바닥을 쳐다보며 최대한 몸을 웅크렸다.

사라는 쥘과 주느비에브 뒤로 숨어서 열차 한쪽 귀퉁이에 서 있었다. 겉으로 드러난 곳이라고는 노부부의 어깨 사이로 보이는 얼굴뿐이었다. 소녀는 점점 가까이 다가오는 독일군 장교들을 뚫어져라 쳐다보았다. 눈을 뗄 수가 없었다. 쥘이 고개를 돌리라고 속삭였지만, 그럴 수가 없었다.

그중에서도 특히 혐오스럽게 생긴 자가 한 명 있었다. 키가 크고 호리호리하며 얼굴은 하얗고 모가 나 있었는데, 파란 눈동자가 어찌나 옅은지 투명해 보일 정도였다. 장교 행렬이 그들 앞을 지나가는 순간, 이 키가 크고 호리호리한 남자가 회색으로 휘감은 기다란 팔을 뻗어 사라의 귀를 잡아당겼다. 소녀는 깜짝 놀라 몸을 와들와들 떨었다.

"얘야, 무서워할 것 없다." 그가 킥킥거렸다. "너도 크면 나처럼 군인이 될 테니까. 안 그래?"

쥘과 주느비에브는 계속 미소를 지으며 아무렇지 않은 척 사라를 꼭 잡았다. 하지만 소녀를 붙잡은 손을 부들부들 떨고 있었다.

"손자가 아주 잘생겼네요." 장교는 씩 웃으며 그 널찍한 손바닥으로 까끌까끌한 사라의 머리를 쓰다듬었다. "파란 눈에 금발. 우리나라 아이들이 이렇게 생겼잖아요."

그는 옅은 파란색 눈을 마지막으로 한 번 깜빡이더니 동료들을 뒤따라갔다. 나를 남자아이로 착각했구나. 유대인인 줄 몰랐구나.

유대인은 한눈에 알아볼 수 있지 않나? 소녀는 알 수가 없었다. 예전에 한번 아르멜에게 물어본 적이 있었다. 그때 아르멜은 이렇게 말했다. 너는 금발에 파란 눈이라 유대인처럼 안 보인다고. 그러니까 오늘 나는 금발과 파란 눈 덕분에 목숨을 건졌구나.

소녀는 여행 내내 따뜻하고 푹신푹신한 노부부의 품을 거의 떠나지 않았다. 그들에게 말을 붙이거나 뭘 물어보는 사람은 아무도 없었다. 소녀는 창밖을 내다보며 점점 더 가까워지는 파리를 생각했다. 미셸에게 점점 다가가고 있다는 생각을 했다. 창밖에는 낮게 깔린 잿빛 구름이 한데 모이고 있었다. 빗방울이 유리창을 때리더니 이내 바람에 쓸려 흩어졌다.

열차가 아우스터리츠 역에서 멈추었다. 그 무덥고 먼지가 자욱했던 날, 부모님과 함께 떠난 역이었다. 노부부를 따라 열차에서 내린 소녀는 지하철 승강장으로 향했다.

줄이 주춤거렸다. 앞을 보니 감색 제복을 입은 경찰들이 일렬로 서서 승객들을 가로막고 신분증을 요구하고 있었다. 주느비에브가 아무 말 없이 가만히 앞장섰다. 둥그런 턱을 내밀고 당당하게 걸었다. 줄도 사라의 손을 잡고 주느비에브의 뒤를 따랐다.

사라는 줄을 서서 기다리며 경찰의 얼굴을 유심히 관찰했다. 금으로 된 굵은 결혼반지를 끼고 있는 사십대 남자로, 무기력해 보였다. 하지만 손에 쥔 서류와 앞에 서 있는 사람을 계속 대조하며 꼼꼼하게 제 할 일을 하고 있었다.

사라는 머릿속을 비웠다. 어떻게 될지 생각하고 싶지 않았다. 앞으로 벌어질 광경을 상상할 용기조차 나지 않았다. 소녀는 두서

없이 이런저런 생각을 했다. 예전에 키웠던 고양이를 떠올렸다. 옆에만 가면 재채기가 났는데 이름이 뭐였더라? 생각이 나지 않았다. 봉봉 아니면 레글리스, 뭐 그런 웃긴 이름이었는데. 옆에 있으면 코가 간질거리고 눈이 시뻘겋게 붓는 바람에 녀석을 다른 집에 줘버렸을 때 소녀는 슬퍼했고, 미셸은 하루 종일 울었다. 미셸은 이게 다 소녀 때문이라고 원망했다.

경찰이 피곤에 찌든 손을 내밀었다. 쥘이 봉투에 든 신분증을 주었다. 경찰은 서류를 뒤적이며 쥘과 주느비에브를 번갈아 쳐다보았다. 그러더니 물었다.

"아이는요?" 쥘이 신분증을 가리켰다.

"그 안에 있는데요. 저희들 것하고 같이요."

경찰이 엄지손가락으로 능숙하게 봉투를 벌렸다. 삼분의 일 크기로 접힌 지폐가 밑바닥에 들어 있었다. 그는 눈 하나 깜빡 않고 지폐와 사라의 얼굴을 번갈아 쳐다보았다. 사라도 그를 쳐다보았다. 주눅이 들거나 애원하지 않고 그저 가만히 쳐다보았다.

수용소에서 보초병에게 붙잡혔다 풀려나기 직전에 그랬던 것처럼, 영원히 끝날 것 같지 않은 시간이 느리게 흘러갔다.

경찰이 무뚝뚝하게 고개를 끄덕이며 신분증을 쥘에게 돌려주고 봉투를 자기 주머니에 쓱 넣었다. 그러더니 옆으로 비켜서며 그들을 통과시켰다.

"고맙습니다." 경찰이 말했다. "다음 분."

샬라의 목소리가 내 귓전을 때렸다.

"언니, 진짜야? 설마. 형부가 그랬단 말이야? 무슨 권리로?"

그 어떤 것도, 그 누구도 두려워하지 않는 다부지고 자신감 넘치는 맨해튼 변호사 특유의 말투였다.

"정말 그렇게 말했어." 나는 힘없이 대답했다. "끝장인 줄 알래. 계속 아이를 낳겠다고 하면 나하고 헤어지겠대. 요즘 자기가 늙어버린 것 같아서 둘째를 감당할 자신이 없다고. 늙은 아빠가 되기는 싫대."

잠깐 정적이 흘렀다.

"바람피웠던 그 여자하고도 상관있는 거야?" 샬라가 물었다. "이름이 생각 안 나네."

"아니. 베르트랑 입에서 그 여자 이름은 나오지 않았어."

"형부가 이래라저래라 할 문제가 아니야. 그 아이는 언니 아이이기도 하잖아. 그걸 절대 잊어버리면 안 돼."

동생의 말이 하루 종일 머릿속에서 메아리쳤다. 언니 아이이기도 하잖아. 의사와 상담은 했다. 그녀는 베르트랑이 내린 선택에 놀라지 않았다. 어쩌면 갱년기라 둘째에 대한 부담감을 감당하기 힘들어하는 것일지 모른다고 했다. 그만큼 약해진 거라고. 수많은 남자들이 오십 줄을 앞두고 겪는 증상이라고.

정말 베르트랑이 갱년기를 겪고 있는 걸까? 만약 그렇다면 내가 전혀 알아차리지 못했던 셈이다. 정말 그런 걸까? 평소처럼 이기적으로 자기 생각만 하는 건 줄 알았는데. 베르트랑과 대화를 나누면서 나는 이런 생각을 이야기하기도 했다. 가슴속에 담아두고 있던 말들을 하나도 남김없이 쏟아냈다. 내가 지금까지 여러 차례 유산을 겪으면서 얼마나 괴로워하고 좌절하고 절망했는지 뻔히 알면서 어떻게 아이를 지우라고 할 수 있느냐고, 나를 사랑하긴 하느냐고, 발악하며 묻기도 했다. 나를 정말로 사랑하느냐고. 그는 나를 보며 고개를 끄덕였다. 물론 사랑한다고. 어쩌면 그렇게 어리석은 질문을 할 수 있느냐고. 사랑한다고. 쉰 목소리로 어색하게 나이 드는 것에 대한 두려움을 토로하던 그의 모습이 다시 떠올랐다. 갱년기라…… 어쩌면 의사 말이 맞을지도 모른다. 내가 지난 몇 달 동안 너무 정신없이 지내느라 미처 알아차리지 못했던 것일 수도 있다. 나는 당황스러웠다. 베르트랑과 그의 불안감을 어떻게 할 수 없다는 것이.

의사 말로는 고민할 수 있는 시간이 많지 않다고 했다. 벌써 육 주째라 인공유산을 하려면 이 주 안으로 결정을 내려야 했다. 검사를 받고, 병원도 알아봐야 했다. 의사는 베르트랑과 함께 부부 상담을 받아보는 게 어떻겠느냐고 했다. 모든 걸 툭 터놓고 의논할 필요가 있다면서. "만약 본인의 의사와 무관하게 수술을 하면 평생 남편을 용서하지 못할 거예요. 그렇다고 수술을 거부하면 이 상황을 얼마나 감당하기 힘든지 솔직하게 털어놓은 남편을 무시하는 게 되고요. 얼른 합의점을 찾아야 해요."

그녀의 말이 맞았다. 하지만 얼른 해결해야겠다는 생각이 들지 않았다. 내가 일 분을 벌면 이 아이는 육십 초 더 세상을 살 수 있는 셈이었다. 나는 이 아이를 이미 사랑하고 있었다. 콩알만 한 이 아이를 벌써 조에만큼 사랑하고 있었다.

나는 이자벨 집으로 갔다. 이자벨은 톨비악 가에 있는 아담하고 알록달록한 복층 아파트에 살고 있었다. 집으로 직행해 남편이 퇴근할 때까지 기다리고 있을 수가 없었다. 그럴 엄두가 나지 않았다. 나는 베이비시터 엘자에게 전화해 조에를 부탁했다. 이자벨은 크로탱 드 샤비뇰* 토스트와 맛있는 샐러드를 그 자리에서 만들어 주었다. 이자벨의 남편은 출장 중이었다. "좋아, 친구." 그녀가 내 앞에 앉아 다른 쪽으로 담배 연기를 뿜으며 말했다. "베르트랑이 없는 인생을 그려봐. 상상해봐. 이혼. 변호사. 그리고 그 이후. 조에가 이 일을 어떻게 받아들일지. 네 생활은 어떻게 될지. 각자의 집. 각자의 존재. 이 집에서 저 집으로, 저 집에서 이 집으로 왔다 갔다 해야 할 조에. 더이상 가족이라 할 수 없는 관계. 이제 아침도 따로 먹고, 크리스마스도 따로 보내고, 휴가도 따로 지내고. 그럴

---

* 프랑스 알프스 지역의 염소젖으로 만든 치즈.

수 있겠어? 상상이 돼?"

나는 이자벨을 물끄러미 바라보았다. 상상할 수 없는 일이었다. 불가능한 일이었다. 하지만 주변에서 종종 벌어지는 일이었다. 조에네 반에서 부모가 십오 년 동안 결혼생활을 유지하고 있는 집은 우리 집뿐이었다. 나는 이자벨에게 이쯤에서 이야기를 접고 싶다고 했다. 이자벨이 초콜릿 무스를 내놓았고, 둘이서 DVD로 〈로슈포르의 연인들〉을 보았다. 집으로 돌아가보니 베르트랑은 샤워 중이었고, 조에는 꿈속을 헤매고 있었다. 나는 침대로 기어 들어갔다. 베르트랑은 텔레비전을 보러 거실로 나갔다. 그가 침실로 돌아왔을 때 나는 이미 깊이 잠든 뒤였다.

오늘은 할머님을 만나러 가는 날이었다. 난생처음 전화를 걸어 문병을 취소하고 싶은 유혹을 느꼈다. 기운이 없었다. 그냥 침대에 누워 오전 내내 자고 싶었다. 하지만 할머님이 기다리고 계실 것이다. 회색과 연보라색이 섞인 가장 비싼 원피스를 입고, 짙은 빨간색 립스틱을 바르고, 샬리마르 향수를 뿌리고 기다리고 계실 것이다. 할머님을 실망시킬 수는 없었다. 정오가 거의 다 됐을 무렵에 도착해보니 아버님의 은색 벤츠가 요양원 안마당에 주차돼 있었다. 당황스러웠다.

아버님이 오늘 여기 온 것은 나를 만나기 위해서였다. 그는 나와 같은 시간에 문병을 온 적이 한 번도 없었다. 우리는 모두 각자 정해진 시간표가 있었다. 로르와 세실은 주말, 어머님은 월요일 오후, 아버님은 화요일과 금요일, 나는 수요일 오후에 조에와 함께 아니면 목요일 점심시간에 혼자였다. 우리는 각자의 시간표를 지켰다.

과연 아버님이 의자에 꼿꼿하게 앉아 할머님의 이야기를 듣고 있었다. 할머님은 어처구니없을 만큼 일찍 나오는 점심식사를 막 마친 참이었다. 나는 문득 죄를 지은 학생처럼 불안해졌다. 무슨 일일까? 나를 만나고 싶으면 전화를 하면 될 텐데 왜 지금까지 기다린 걸까?

나는 분노와 불안감을 따뜻한 미소로 가린 채 아버님의 양쪽 뺨에 입을 맞추고, 언제나처럼 할머님 옆에 앉아 손을 잡았다. 아버님이 나가주길 바랐지만, 그는 꼿꼿하게 남아서 온화한 표정으로 우리를 지켜보았다. 불편했다. 프라이버시를 침해당하는 듯한 기분이 들었다. 내가 할머님에게 하는 모든 말을 그가 듣고 일일이 평가하는 듯한 기분이 들었다.

삼십 분쯤 지났을 때 그가 손목시계를 쳐다보며 자리에서 일어나더니 나를 향해 묘한 미소를 지어 보였다.

"줄리아, 잠깐 이야기 좀 하자꾸나." 아버님이 가는귀먹은 할머님에게는 들리지 않게 나지막이 중얼거렸다. 그가 발을 어색하게 움직이고 나를 흘끗거리며 느닷없이 초조한 기미를 보였다. 그래서 나는 할머님에게 작별의 입맞춤을 하고, 아버님이 차를 세워놓은 곳으로 따라갔다. 그는 나를 차에 태우더니 내 옆에서 열쇠만 만지작거릴 뿐 시동을 걸지 않았다. 불안한 그의 손놀림에 놀라 나는 잠자코 기다렸다. 무거운 정적이 차 안을 가득 메웠다. 나는 포장이 깔린 안마당과 힘없는 노인들을 휠체어에 태우고 요양원을 들락거리는 간호사들을 바라보기만 했다.

한참 만에 그가 입을 열었다.

"잘 지냈니?" 그가 예의 그 어색한 미소를 지으며 물었다.

"네. 아버님은요?"

"나도 잘 지냈다. 콜레트도 그렇고."

그러고는 다시 정적이 이어졌다.

"어젯밤에 네가 없을 때 조에하고 통화했다." 그가 나를 외면한 채 말했다.

나는 그의 옆얼굴과 우뚝한 코와 위엄 어린 턱을 뜯어보았다.

"그러셨어요?" 내가 조심스럽게 물었다.

"네가 자료를 조사하는 중이라고 하더구나……"

그는 손에 든 열쇠를 짤랑짤랑 흔들며 잠깐 말을 멈추었다.

"그 아파트에 대해서." 그가 마침내 내 쪽을 바라보았다.

나는 고개를 끄덕였다.

"네, 할머님 할아버님이 이사하시기 전에 누가 살았는지 알아냈어요. 조에가 그 말씀을 드린 모양이군요."

그가 한숨을 쉬자 턱살이 아래로 처지면서 옷깃을 덮었다.

"줄리아, 내가 경고했잖니. 기억하지?"

내 맥박이 빨라지기 시작했다.

"할머님께 더이상 아무것도 묻지 말라고 하셨잖아요. 그래서 아버님 말씀대로 했고요." 나는 무뚝뚝하게 대답했다.

"그런데 왜 자꾸 과거를 파헤치는 게냐?" 그가 물었다. 얼굴은 흙빛이었고, 가슴이 아픈 듯 가쁜 숨을 몰아쉬고 있었다.

그가 오늘 나를 만나고 싶어한 이유가 무엇인지 이제 밝혀진 셈이었다.

"그 전에 누가 살았는지 알아낸 것뿐이에요. 꼭 알고 싶어서요. 그것 말고는 아무것도 몰라요. 할머님이나 할아버님이 그 사건과 어떤 관계가 있는지 그것도……" 나는 흥분한 목소리로 맞받아쳤다.

"아무 관계 없어!" 그는 거의 고함을 지르듯 내 말을 잘랐다. "그 가족이 잡혀간 건 우리하고는 아무 상관 없는 일이야."

나는 그를 빤히 쳐다보며 아무 말도 하지 않았다. 그는 부들부들 떨고 있었다. 하지만 화가 나서 그런 건지, 다른 이유가 있는 건지 알 수 없었다.

"그 가족이 잡혀간 건 우리하고는 아무 상관 없는 일이라고." 그가 했던 말을 또박또박 되뇌었다. "그들은 벨디브 일제 검거 때 끌려갔어. 우리가 고발하거나 그런 게 아니야. 알겠니?"

나는 놀란 얼굴로 그를 쳐다보았다.

"아버님, 설마 제가 그런 생각을 했겠어요? 그럴 리가요."

그는 평정심을 되찾으려고 애쓰며 부들부들 떨리는 손으로 미간을 눌렀다.

"줄리아, 너무 많은 걸 알려 드는구나. 호기심이 너무 지나쳐. 어떻게 된 일인지 내가 알려주마. 잘 들어라. 루아예 부인이라는 아파트 관리인이 있었다. 우리는 그때 생통주 가 근처 튀렌 가에 살았는데, 루아예 부인이 우리 아파트 관리인하고 가깝게 지내는 사이였다. 그 부인이 우리 어머니를 좋아했어. 어머니가 잘해주셨거든. 우리 부모님한테 빈집이 있다고 알려준 사람이 그 부인이었다. 집세도 싸고, 우리가 사는 집보다 넓다고. 그렇게 된 거다. 그래서 우리가 이사를 한 거야. 그뿐이다!"

나는 계속 그를 빤히 바라보았고, 그는 계속 부들부들 떨었다. 그렇게 당황하고 흥분한 모습은 처음이었다. 나는 그의 소매를 조심스럽게 건드렸다.

"아버님, 괜찮으세요?" 내가 물었다. 그가 온몸을 떨고 있는 게 느껴졌다. 어디 아픈 게 아닌가 싶을 정도였다.

"괜찮다." 그는 이렇게 대답했지만, 목소리는 쉬어 있었다. 왜 이렇게 격한 반응을 보이는지 이유를 알 수 없었다.

"어머님은 모르신다." 그는 나지막이 하던 이야기를 계속했다. "아무도 몰라. 알겠니? 어머님은 모르셔야 해. 절대 모르셔야 해."

무슨 소리인지 알아들을 수가 없었다.

"뭘요? 아버님, 지금 무슨 말씀 하시는 거예요?"

"줄리아," 그는 내 눈을 뚫어져라 바라보았다. "어느 가족이었는지 알아냈지? 이름을 알고 있지?"

"아버님이 왜 이러시는지 저는 도무지……" 나는 중얼거렸다.

"이름을 알아냈지, 그렇지? 어떤 일이 벌어졌는지 알아냈지, 그렇지?"

그가 버럭 소리를 지르는 바람에 나는 화들짝 놀랐다.

내가 어안이 벙벙한 표정을 짓고 있었는지 그가 한숨을 쉬며 두 손에 얼굴을 묻었다.

나는 아무 말 없이 가만히 앉아 있었다. 도대체 무슨 소리일까? 아무도 모르는 무슨 일이 벌어졌던 걸까?

"그 아이 말이다." 그가 마침내 고개를 들더니 들릴락 말락 한 소리로 나지막이 물었다. "그 아이에 대해서 뭘 알아냈니?"

"그 아이라니요?" 나는 영문을 알 수가 없었다.

그의 목소리와 눈빛이 왠지 모르게 섬뜩해 나는 덜컥 겁이 났다.

"그 아이," 그는 입을 가린 것처럼 이상한 목소리로 같은 말을 반복했다. "그 아이가 찾아왔었다. 우리가 이사하고 몇 주 지났을 때, 생통주 가로. 나는 그때 열두 살이었어. 죽을 때까지 잊지 못할 거야. 나는 죽을 때까지 사라 스타르진스키를 잊지 못할 거야."

무시무시할 정도로 그의 얼굴이 일그러지는가 싶더니 눈물이 뺨을 타고 흘러내렸다. 나는 아무 말도 할 수 없었다. 기다리고 귀를 기울이는 것 외에는 달리 도리가 없었다. 이 사람은 이제 거만하던 나의 시아버지가 아니었다.

다른 사람이었다. 오랫동안 비밀을 간직해온 다른 사람이었다. 무려 육십 년 동안 비밀을 간직해온 사람.

지하철을 타고 몇 정거장 가서 바스티유에서 갈아타니 금세 생통주였다. 브르타뉴 가로 접어들자 사라의 맥박이 빨라지기 시작했다. 집으로 돌아가는 길이었다. 몇 분 있으면 집에 도착한다. 어쩌면 그사이 어머니나 아버지가 돌아와 아파트에서 미셸과 함께 소녀를 기다리고 있을지 모른다. 이런 생각을 하다니 미친 걸까? 정신이 나간 걸까? 기대조차 하면 안 되는 걸까? 사라는 겨우 열 살이었고 그 어떤 것보다, 삶 그 자체보다 희망과 믿음이 더 소중했다.

쥘의 손을 잡고 빨리 가자고 재촉하는데, 희망이 들풀처럼 마구 자라서 더는 감당할 수 없는 지경에 이르렀다. 머릿속에서 조용하고 진지한 목소리가 들렸다. 사라, 아무것도 바라지 마. 아무것도 믿지 마. 마음의 준비를 해. 기다리는 사람은 아무도 없을 거라고, 아빠와 엄마도 없을 거라고, 집은 온통 먼지투성이일 거라고, 그리고 미셸은…… 미셸은……

눈앞에 26번지가 나타났다. 거리는 달라진 게 없었다. 어렸을 때부터 보아왔던 조용한 그 골목길이었다. 여러 사람의 인생이 송두리째 달라지고 망가졌는데, 어쩌면 저 골목길과 건물들은 예전 그대로일 수 있을까.

쥘이 묵직한 대문을 열었다. 푸르른 녹음과 축축하고 퀴퀴한 냄새를 풍기는 안마당도 예전 그대로였다. 안마당을 지나가는데 루아예 부인이 자기 방문을 열고 삐죽 고개를 내밀었다. 사라는 쥘의 손을 놓고 계단으로 달려갔다. 드디어 집에 도착했으니 서둘러야 했다. 머뭇거릴 시간이 없었다.

숨을 헐떡이며 첫번째 계단을 밟는데, 관리인이 궁금한 듯 "누굴 찾아오셨어요?" 하고 묻는 소리가 들렸다.

쥘의 목소리가 그녀를 따라 계단을 올라왔다. "스타르진스키 씨 집을 찾아왔는데요."

귀에 거슬리는 루아예 부인의 불길한 웃음소리가 들렸다. "그 집 식구들은 다른 데로 갔어요, 할아버지! 사라졌어요! 집으로 찾아가봐야 못 만나요."

사라는 2층 층계참에서 발걸음을 멈추고 안마당을 내다보았다. 파란색 꼬질꼬질한 앞치마를 두르고 수잔을 어깨에 얹고 서 있는 루아예 부인이 보였다. 다른 데로 갔다니…… 사라졌다니…… 그게 무슨 말일까? 어디로 사라졌다는 걸까? 언제?

머뭇거릴 시간이 없었다. 지금 그런 걸 궁금해할 때가 아니었다. 이제 두 층만 더 올라가면 소녀의 집이었다. 하지만 루아예 부인의 날카로운 목소리가 발걸음을 재촉하는 소녀의 귀에까지 전해졌다. "경찰한테 잡혀갔어요, 할아버지. 이 일대 유대인들을 깡그리 없애러 나선 경찰들이 커다란 버스에 태워 갔어요. 여기 빈방 많아요. 셋집 찾으세요? 스타르진스키 씨 집은 나갔지만, 제가 알아봐드릴 수 있어요. 2층에도 아주 괜찮은 집이 있는데. 보여드릴까요?"

사라는 숨을 헐떡이며 4층에 다다랐다. 너무 숨이 차서 욱신거리는 옆구리를 주먹으로 누르며 벽에 기대서서 잠시 쉬어야 했다.

소녀는 손바닥으로 다급하게 문을 쳤다. 대답이 없었다. 다시 한번, 이번에는 주먹으로 좀더 세게 문을 두드렸다.

잠시 후 누가 걸어오는 소리가 들리더니 문이 열렸다.

열두 살이나 열세 살쯤 되어 보이는 남자아이가 고개를 내밀었다.

"누구니?" 남자아이가 물었다.

이 아이는 누구일까? 왜 우리 집에 있는 걸까?

"동생 찾으러 왔어." 소녀는 더듬더듬 말했다. "넌 누구야? 미셸은 어디 있어?"

"동생?" 남자아이가 느릿느릿 대답했다. "미셸이라는 아이는 여기 안 사는데."

소녀는 남자아이를 와락 옆으로 밀치고 안으로 들어갔다. 현관 벽에 새로 걸린 그림과 못 보던 책장과 빨간색과 초록색으로 된 괴상한 카펫도 소녀의 눈에는 들어오지 않았다. 깜짝 놀란 남자아이가 소리를 질렀지만, 소녀는 손바닥 보듯 훤한 기다란 복도를 달려 자신의 방이 있는 왼쪽으로 돌았다. 달라진 벽지도, 달라진 침대도, 책도, 자신과는 아무 상관 없는 물건들도 눈에 들어오지 않았다.

남자아이가 자기 아버지를 불렀고, 놀라서 누가 허겁지겁 옆방에서 걸어 나오는 소리가 들렸다.

사라는 주머니에 들어 있던 열쇠를 재빨리 꺼내 손에 꼭 쥐었다. 회전 장치를 돌리자 열쇠 구멍이 드러났다.

초인종이 울리는가 싶더니 사람들이 불안한 듯 웅성거리며 다가오는 소리가 들렸다. 쥘과 주느비에브와 누구인지 알 수 없는 어떤 남자의 목소리였다.

이제 서둘러야 했다. 소녀는 몇 번이고 똑같은 말을 중얼거렸다. "미셸, 미셸, 나야. 누나야." 손가락이 부들부들 떨려 열쇠를 바닥에 떨어뜨렸다.

숨을 헐떡이며 뒤따라온 남자아이가 등 뒤에서 놀란 목소리로 물었다.

"뭐 하는 거야? 지금 내 방에서 뭐 해?"

소녀는 대꾸도 하지 않고 열쇠를 주워 더듬더듬 구멍에 끼웠다. 너무 불안하고 초조했다. 열쇠를 제대로 넣기까지 한참이 걸렸다. 마침내 열쇠 구멍에서 찰칵 하는 소리가 들렸고, 소녀는 비밀의 문을 홱 열었다.

썩은 냄새가 코를 찔렀다. 소녀는 뒷걸음질쳤다. 옆에 있던 남자아이가 움찔했다. 소녀는 그 자리에 주저앉았다.

머리가 희끗희끗한 남자가 방 안으로 들이닥쳤고, 쥘과 주느비에브가 그 뒤를 따라 들어왔다.

사라는 아무 말도 하지 못한 채 손으로 눈과 코를 막고 온몸을 부들부들 떨었다.

쥘이 다가와 사라의 어깨에 손을 얹고 벽장 안을 흘끗 들여다보았다. 쥘은 사라를 안고 밖으로 데리고 나가려고 애를 쓰며 귓가에 대고 중얼거렸다. "가자, 사라. 나랑 같이 가자꾸나."

소녀는 할퀴고 발로 차며 있는 힘을 다해 쥘의 품에서 벗어나 엉금엉금 벽장문 앞으로 다시 기어갔다.

벽장 뒤편에 몸을 웅크린 채 쓰러져 있는 시신이 보였다. 귀여웠던 얼굴은 이제 알아볼 수 없을 지경으로 시커멓게 변해 있었다.

소녀는 다시 주저앉아 목이 찢어져라 울부짖었다. 어머니와 아버지를 부르며, 그리고 미셸을 부르며 울부짖었다.

에두아르 테자크는 손마디가 하얘질 정도로 세게 핸들을 움켜쥐었다. 나는 넋을 놓고 그의 손가락을 바라보았다.

"아직도 그 아이가 울부짖던 소리가 들린다." 그가 나지막이 속삭였다. "잊을 수 없을 거다. 죽을 때까지."

나는 새로 알게 된 사실에 충격받았다. 사라 스타르진스키가 본라롤랑드를 탈출해 생통주 가로 돌아왔었다니. 거기서 끔찍한 광경과 맞닥뜨렸다니.

나는 아무 말도 할 수 없었다. 그저 아버님을 바라보기만 할 따름이었다. 그는 쉰 목소리로 나지막이 하던 이야기를 계속했다.

"벽장 안을 들여다본 아버지의 얼굴이 새파랗게 질렸지. 나도 뭐가 있는지 보고 싶었지만, 아버지가 나를 옆으로 떠밀었다. 뭐가 어떻게 된 건지 도무지 알 수가 없더구나. 그 냄새…… 뭔가가 썩어 문드러진 듯한 그 냄새…… 잠시 후 아버지가 죽은 아이의 시신을 천천히 끄집어냈지. 서너 살밖에 안 된 남자아이였다. 나는 그때까지 시신을 본 적이 한 번도 없었는데, 그렇게 가슴이 미어지는 광경은 처음이었다. 곱슬곱슬한 금발이었어. 두 손에 얼굴을 묻고 몸을 웅크린 채 뻣뻣하게 굳어 있더구나. 그런 채로 시퍼렇게, 처참하게 썩어 있었다."

그는 목이 메는지 더이상 말을 잇지 못했다. 저러다 구역질을 하는 게 아닐까 싶을 정도였다. 나는 그의 팔꿈치를 살짝 건드렸다. 나의 연민과 위로를 전하기 위해서였다. 정말 자부심이 강하고 콧대가 높은 분이었는데, 이제는 몸을 부들부들 떨며 눈물을 흘리는 노인으로 전락한 아버님을 내가 다독이게 되다니, 상상 속에서나 가능한 일이었다. 그는 머뭇거리며 손끝으로 눈을 꾹꾹 누르더니 하던 이야기를 이어나갔다.

"우리는 너 나 할 것 없이 충격을 받고 멍하니 서 있었지. 여자아이는 정신을 잃고 바닥에 쓰러졌다. 아버지가 안아서 내 침대에 눕혔는데, 정신을 차리고 아버지의 얼굴을 보더니 비명을 지르며 뒤로 물러나더구나. 나는 아버지의 이야기와 여자아이와 함께 온 노부부의 이야기를 듣고 사태를 파악했지. 죽은 남자아이는 그 아이의 남동생이었어. 우리가 새로 이사한 그 아파트는 그 아이의 집이었고. 남자아이는 7월 16일, 벨디브 일제 검거가 시작된 날 그 벽장에 숨었다고 하더구나. 여자아이는 금세 돌아와서 동생을 꺼내줄 수 있을 거라고 생각했는데, 파리에서 멀리 떨어진 수용소로 끌려갔던 거야."

다시 침묵. 영원처럼 느껴지는 침묵이었다.

"그래서요? 그다음에는 어떻게 됐나요?" 나는 한참 후에야 입을 열었다.

“노부부는 오를레앙 출신이었어. 인근 수용소에서 도망쳐 자기들 집으로 흘러 들어온 여자아이를 도와 파리까지, 그녀의 집까지 동행한 길이었지. 아버지는 노부부에게 우리가 7월 말에 이사를 왔다고 말했지. 내 방에 벽장이 있는 줄은 몰랐어. 아버지도, 나도. 지독한 악취가 나기는 했지만, 하수구가 막혔나 싶어서 그 주에 배관공을 부를 참이었지.”

“할아버님께서는 그 아이를…… 어떻게 하셨나요?”

“모르겠다. 당신이 모든 걸 맡아서 처리하고 싶다고 말씀하셨는데. 충격을 받으셨고, 많이 슬퍼하셨지. 노부부가 시신을 수습해 간 것 같기도 한데. 모르겠구나. 기억이 안 나.”

“그다음에는 어떻게 됐나요?” 나는 숨을 죽이고 물었다.

그는 냉소적인 표정으로 나를 바라보며 씁쓸하게 웃었다.

“그다음에는 어떻게 됐느냐고? 그다음에는 어떻게 됐느냐고? 줄리아, 그 아이가 떠났을 때 우리가 어떤 기분이었을지 짐작이나 할 수 있겠니? 그 아이가 어떤 표정으로 우리를 쳐다봤는지 아니? 우리를 증오하는 눈빛이었어. 우리를 혐오하는 눈빛이었어. 그 아이가 생각하기에는 우리 때문이었겠지. 우리가 죄인이었겠지. 그것도 가장 저질스러운 죄인. 우리가 자기 집으로 이사 와서 자기 동생을 죽게 만들었다고 생각했겠지. 증오와 고통과 절망이 잔뜩 어려 있던 그 눈빛…… 열 살짜리가 아니라 어른의 눈빛이었다.”

내 눈에도 그 눈빛이 보이는 듯했다. 몸서리가 쳐졌다.

아버님은 한숨을 쉬더니, 피곤에 겨워 까칠해진 얼굴을 손바닥으로 문질렀다.

"그들이 떠난 뒤, 아버지는 바닥에 주저앉아 두 손에 얼굴을 묻고 눈물을 흘리셨지. 한참 동안. 아버지가 우는 모습을 본 건 그때가 처음이었다. 마지막이기도 했고. 그 정도로 강인하고 엄격한 양반이었는데. 나한테도 우리 집안 남자들은 절대 울지 않는 법이라고 하셨지. 감정을 드러내면 절대 안 된다고. 그때 얼마나 섬뜩했는지 모른다. 아버지는 너무나 끔찍한 일이 벌어졌다고 하셨지. 아버지하고 내가 평생 잊지 못할 일이 벌어졌다고. 그러더니 그때까지 한 번도 한 적 없는 이야기를 들려주셨다. 이제 내가 알 만한 나이가 됐다면서. 아버지는 이사를 오면서 이 집의 전 주인이 누구였는지 루아예 부인에게 물어보지 않았다고 하시더구나. 일제 검거 때 붙잡혀간 유대인인 줄 이미 알고 계셨다고. 그런데 모르는 척했다고. 그 끔찍했던 1942년에 수많은 파리 사람들이 그랬던 것처럼 그냥 모르는 척했다고. 일제 검거 때 그 많은 사람들이 버스에 실려 어딘지 모를 곳으로 끌려가는데 모르는 척했다고. 아버지는 심지어 집이 왜 비어 있느냐고, 그 집 식구들이 쓰던 세간은 어떻게 됐느냐고 묻지도 않았다고 하셨지. 다른 사람들처럼 더 넓고 좋은 집으로 옮기는 데에만 혈안이 되어 있었던 거다. 모르는 척하면서. 그런데 이런 일이 터진 거였다. 여자아이는 돌아왔고, 남동생은 죽었고. 남자아이는 우리가 이사 오기 전에 이미 세상을 떠났겠지만. 아버지는 이 일을 절대 잊지 못할 거라고 말씀하셨다. 절대 잊지 못할 거라고. 그런데 줄리아, 아버지의 말씀이 맞더구나. 머릿속에서 잊히질 않더구나. 지난 육십 년 동안 잊히지가 않더구나."

그는 턱을 가슴에 묻은 채 이야기를 멈추었다. 그 오랜 세월 동안 이런 비밀을 간직해온 심정이 어땠을까, 나는 애써 상상해보았다.

"그러면 할머님은요?" 나는 사건의 전말을 모조리 알고 싶어 작정하고 아버님을 몰아붙였다.

그는 천천히 고개를 저었다.

"어머니는 그날 오후에 외출 중이셨다. 아버지는 어머니에게 알리지 않으려 하셨어. 당신의 잘못이 아닌데도 당신의 잘못이라 생각했고, 죄책감에 견디기 힘들어하셨지. 그러니 어머니가 아는 건 상상조차 하기 싫으셨을 게다. 어머니한테 재단당하는 것 역시 상상조차 하기 싫으셨을 테고. 아버지는 나더러 너도 이제 비밀을 지킬 수 있는 나이가 되었다고 하셨다. 어머니는 절대 모르게 하자고. 그렇게 말하는 아버지가 너무 필사적이고 슬퍼 보여서 나도 비밀을 지키겠다고 했지."

"그래서 할머님은 아직까지 모르세요?" 나는 나지막이 물었다.

그는 또다시 깊은 한숨을 쉬었다.

"나도 잘 모르겠다. 일제 검거에 대해서는 알고 계셨어. 그 사건에 대해서 모르는 사람은 없었으니까. 우리 눈앞에서 벌어진 일이었으니까. 그날 저녁 어머니가 돌아왔을 때 아버지와 내가 워낙 이상하게 굴었으니 뭔가 수상한 낌새를 느낄 수밖에 없었을 게다. 그날 밤은 물론이고 그 뒤로 밤마다 계속 그 아이의 시신이 보이더구나. 나는 악몽을 꾸었지. 이십대 후반까지. 그 아파트에서 이사를 했을 때 얼마나 마음이 놓였는지 모른다. 어머니도 아시지 않았을까? 아버지가 어떤 고통을 겪었는지, 어떤 심정이었는지. 어쩌면 아버지가 견디다 못해 어머니에게 털어놓으셨을지도 모르고. 하지만 나한테는 아무 말씀도 하지 않으셨다."

"베르트랑은요? 아가씨들은요? 어머님은요?"

"모두 아무것도 모른다."

"왜요?"

그가 내 손목을 잡았다. 손이 어찌나 차가운지 얼음처럼 냉한 기운이 내 살 속으로 스며들었다.

"아버지를 임종하는 자리에서 아이들이나 안사람에게는 이야기하지 않겠다고 약속했으니까. 아버지는 그 죄책감을 평생 당신 혼자 짊어지셨다. 누구하고도 나누지 않았어. 어느 누구한테도 감히 이야기하지 못하셨지. 나는 그런 점을 존중했다. 이해할 수 있겠니?"

나는 고개를 끄덕였다.

"그럼요."

나는 잠깐 머뭇거리다 물었다.

"아버님, 사라는 어떻게 됐나요?"

그가 고개를 저었다.

"1942년부터 돌아가시는 그 순간까지 아버지는 그 아이의 이름을 단 한 번도 입 밖에 낸 적이 없었다. 사라라는 이름은 비밀이 되었지. 자꾸 생각나는 비밀이. 내가 그 아이를 얼마나 자주 생각했는지 아버지는 모르셨을 거다. 아버지의 침묵 때문에 내가 얼마나 괴로웠는지. 나는 그 아이가 잘 지내는지, 어디에 있는지, 어떻게 됐는지 알고 싶었다. 하지만 아버지에게 물어보려고 할 때마다 외면당했지. 아버지가 더이상 아무 상관 않다니, 과거의 일로 간주하다니, 그 아이에 대해 더이상 아랑곳하지 않다니 믿기지가 않더구나. 그 모든 걸 과거 속에 묻고 싶어하시는 것 같았다."

"그래서 할아버님을 원망하셨어요?"

그가 고개를 끄덕였다.

"그래. 원망했지. 아버지에 대한 존경심에 영원히 금이 갔어. 하지만 아버지 앞에서는 그런 얘기를 꺼내지 않았다. 절대로."

우리는 잠깐 아무 말도 하지 않았다. 테자크 씨와 며느리가 차 안에 왜 그렇게 오랫동안 앉아 있는지 간호사들이 의아해하기 시작했을지도 모른다.

"아버님, 사라 스타르진스키가 어떻게 됐는지 궁금하지 않으세요?"

그가 처음으로 미소를 지었다.

"하지만 어디에서부터 시작하면 좋을지 알 수가 없구나."

나도 미소를 지었다.

"제가 하는 일이 그런 거잖아요. 제가 도와드릴게요."

초췌하고 창백하던 그의 안색이 조금 밝아졌다. 그의 두 눈이 갑자기 새로운 빛으로 반짝였다.

"줄리아, 마지막으로 한 가지가 더 있다. 삼십 년 전쯤 아버지가 돌아가셨을 때 금고 안에 기밀서류가 있다는 이야기를 변호사한테 들었다."

"읽어보셨어요?" 내 맥박이 빨라지기 시작했다.

그는 시선을 떨어뜨렸다.

“아버지가 돌아가신 직후에 대충 훑어보았지.”

“그런데요?” 나는 숨을 죽이고 물었다.

“가게와 그림, 가구, 은식기에 대한 서류밖에 없더구나.”

“그걸로 끝이었어요?”

그는 노골적으로 실망스러워하는 나를 보고 빙긋 웃었다.

“아마 그럴 거다.”

“아마 그럴 거라뇨?” 내가 어리둥절한 표정으로 되물었다.

“두 번 다시 쳐다보지 않았거든. 서류를 쓱 살펴보는데, 사라와 관련된 부분이 하나도 없어 화가 나지 뭐냐. 아버지가 전보다 더 원망스럽고.”

나는 입술을 깨물었다.

“그러니까 정말 아무것도 없는지 장담할 수 없다는 말씀이죠?”

“그래. 그 뒤로 두 번 다시 본 적이 없으니까.”

“왜요?”

그는 입술을 굳게 다물었다.

“정말 아무것도 없는지 확인하고 싶지 않았으니까.”

“그리고 할아버님을 더욱 원망하고 싶지도 않으셨을 테고요.”

“그래.” 그는 솔직히 인정했다.

“그러니까 그 안에 어떤 내용이 들어 있는지 확실하게는 모르시는 거네요? 삼십 년 동안요.”

“그래.”

우리의 시선이 마주쳤다. 하지만 그것도 잠시뿐이었다.

그가 시동을 걸더니 미친 듯이 차를 몰았다. 목적지는 은행인 듯했다. 아버님이 이렇게 과속을 하다니 처음 보는 광경이었다. 사방에서 운전자들이 주먹을 흔들었다. 보행자들은 겁에 질린 표정으로 후다닥 피했다. 우리는 속력을 내어 달리는 동안 아무 말도 하지 않았다. 하지만 따뜻하고 짜릿한 침묵이었다. 둘이서 이 순간을 함께하고 있었다. 우리가 난생처음 무언가를 함께하고 있었다. 우리는 계속 서로를 바라보며 빙긋 웃었다.

하지만 보스케 가에 차를 세우고 은행으로 달려가보니 점심시간이라 닫혀 있었다. 평소에도 그렇지만 오늘 같은 날은 특히 더 사람을 짜증나게 만드는 프랑스 관행이었다. 어찌나 실망스럽던지 눈물이 날 것 같았다.

아버님이 내 양쪽 뺨에 입을 맞추더니 나를 살짝 떠밀었다.

"줄리아, 너는 이만 가거라. 두시에 문을 열 때 맞춰서 내가 다시 오면 되니까. 뭔가 있으면 연락하마."

나는 보스케 가에서 센 강을 건너 사무실로 직행하는 92번 버스를 탔다.

멀어져가는 버스 안에서 뒤를 돌아보니 아버님이 진녹색 외투를 입고 은행 앞에 꼿꼿하게 홀로 서서 기다리고 있었다.

금고에 사라에 대한 내용은 전혀 없고 걸작 고화나 도자기 관련 서류만 잔뜩 들어 있다면, 그는 어떤 기분일까.

그에 대한 연민이 일었다.

"후회 안 할 자신 있으세요, 자먼드 양?" 의사가 반달 모양 안경 너머로 나를 바라보며 물었다.

"아뇨." 나는 솔직하게 대답했다. "하지만 지금 당장은 수술 날짜를 잡는 게 중요한 것 같아서요."

의사는 내 진료 기록을 훑어보았다.

"수술 날짜야 언제든지 잡아드릴 수 있지만, 지금 내리신 결정에 만족하시는지 저로서는 그 점이 불안하군요."

어젯밤이 떠올랐다. 베르트랑은 그 어느 때보다 다정하고 애정이 넘쳤다. 밤새도록 나를 품에 안고 사랑한다고, 내가 필요하다고, 하지만 이 늦은 나이에 아이가 태어나는 건 감당 못 하겠다고, 몇 번이고 똑같은 말을 반복했다. 그는 나이가 들면 우리가 더 가까워질 수 있을 거라고 생각했다. 조에를 두고 둘이서 종종 여행을 떠날 수 있을 거라고 생각했다. 우리의 오십대를 제2의 신혼으로 상상하고 있었다.

나는 그의 이야기를 들으며 어둠 속에서 눈물을 흘렸다. 이 얄궂은 상황에 눈물이 났다. 그는 내가 전부터 그에게서 듣고 싶어했던 바로 그 말들을 모두 들려주었다. 그것도 다정하고 분명하고 푸근한 목소리로. 하지만 그가 내 배 속에 있는 아이를 원하지 않는다는 게 문제였다. 내가 엄마가 될 수 있는 마지막 기회인데. 샬라가 한 말이 자꾸 생각났다. "언니 아이이기도 하잖아."

나는 오래전부터 베르트랑에게 둘째를 선물하고 싶었다. 그렇게 나를 증명하고 싶었다. 테자크 집안에서 인정하고 높이 평가하는 완벽한 아내가 되고 싶었다. 하지만 지금은 나를 위해 이 아이를 낳고 싶었다. 내 아이. 우리 막내. 이 아이를 품에 안고 싶었다. 아기의 몸에서 나는 그 달콤한 젖 냄새를 맡고 싶었다. 이 아이는 내 아이였다. 베르트랑이 아빠이기는 하지만 내 아이였다. 내 혈육이었다. 나는 아이의 머리가 내 밑으로 빠져나오는 그 기분, 눈물과 고통으로 범벅이 되기는 하지만 출산이라는 그 분명하고 순수하고 고통스러운 감정을 느끼고 싶었다. 그 눈물을, 그 고통을 느끼고 싶었다. 공허함으로 인한 고통, 텅 빈 채 상처만 남은 자궁의 눈물은 싫었다.

나는 병원을 나서 생제르맹으로 향했다. 카페 드 플로르에서 에르베, 크리스토프와 한잔하기로 약속이 되어 있었다. 원래는 이 일에 대해 함구할 생각이었는데, 두 친구가 내 얼굴을 보더니 걱정스러워하며 입을 다물지 못했다. 그래서 결국 이야기를 꺼냈다. 늘 그렇듯 두 친구의 의견이 엇갈렸다. 에르베는 수술을 받아야 한다고, 결혼생활이 그 무엇보다도 중요하다고 했다. 반면 크리스토프는 아이를 가장 먼저 생각해야 된다고 했다. 아이를 낳으면 안 될 이유가 없다고, 평생 후회할 거라고 했다.

분위기가 격해지면서 두 친구는 나의 존재를 잊고 옥신각신하기 시작했다. 나는 참을 수가 없었다. 주먹을 불끈 쥐고 테이블을 내리치자 유리잔들이 덜그럭거렸다. 두 친구가 눈을 동그랗게 뜨고 나를 바라보았다. 평소의 나와는 달랐던 것이다. 나는 너무 피곤해서 이 문제에 대해 의논할 기분이 아니라고 말한 뒤 일어서버렸다. 두 친구는 당황하며 나를 멍하니 바라보기만 했다. 신경 쓰지 말자, 나는 생각했다. 나중에 사과하면 돼. 오래된 친구들이니까 이해해줄 거야.

나는 뤽상부르 공원을 가로질러 집 쪽으로 걸어갔다. 어제 이후로 아버님에게서는 연락이 없었다. 할아버님의 금고를 다 뒤져봐도 사라와 관련된 서류는 하나도 없었던 걸까? 아버님이 다시금 느꼈을 원망과 고통의 감정을 상상할 수 있었다. 얼마나 실망스러웠을지도. 마치 내 잘못이라도 되는 양 죄책감이 들었다. 내가 해묵은 상처에 소금을 뿌린 셈이었다.

나는 조깅하는 사람들, 산책하는 사람들, 노인, 정원사, 관광객, 연인들, 태극권 중독자, 페탕크* 하는 사람들, 십대들, 책 읽는 사람들, 일광욕하는 사람들을 피해 구불구불한 꽃길을 느릿느릿 걸었다. 여느 때와 다름없는 뤽상부르 공원의 풍경. 아기들도 많았다. 아기들을 볼 때마다 내 배 속에서 자라고 있는 조그만 녀석을

* 직경 10센티미터쯤 되는 철구를 던지는 프랑스의 구기 종목.

생각하지 않을 수 없었다.

오늘 아침, 병원에 가기 전에 이자벨과 이야기를 나누었다. 늘 그렇듯 그녀는 충고를 아끼지 않았다. 내가 얼마나 많은 정신과의사나 친구들과 이야기를 나누건, 어느 쪽 편을 들건, 어느 쪽 의견을 참고하건 선택은 내 몫이라고 했다. 결국은 내가 결정해야 한다는 그 명확한 사실 때문에 더 고통스러웠다.

한 가지 분명한 사실은 무슨 일이 있더라도 조에한테는 비밀로 해야 한다는 것이었다. 며칠 있으면 조에는 롱아일랜드에서 사촌인 쿠퍼, 알렉스와 함께 여름방학을 보낼 것이고, 그런 다음 외할머니와 외할아버지가 기다리는 나한트로 갈 것이다. 어느 정도 마음이 놓였다. 그러니까 수술을 받더라도 조에 모르게 해치울 수 있다는 뜻이었다. 만약 내가 수술을 받기로 결정을 내린다면.

집으로 돌아가보니 책상 위에 큼지막한 베이지색 봉투가 놓여 있었다. 조에가 친구와 통화를 하다 말고, 관리인이 방금 전에 들고 올라온 봉투라고 큰 소리로 외쳤다.

주소도 없고, 내 이름 이니셜만 파란색으로 적혀 있었다. 봉투를 열어보니 빛바랜 빨간색 파일이 들어 있었다.

'사라'라는 이름이 한눈에 들어왔다.

무슨 파일인지 바로 알 수 있었다. 고맙습니다, 아버님. 나는 혼자서 미친 듯이 중얼거렸다. 고맙습니다. 고맙습니다. 고맙습니다.

파일 안에 든 것은 1942년 9월부터 1952년 4월 사이에 발송된 열몇 통의 편지였다. 얇은 파란색 종이. 둥글둥글하고 깔끔한 글씨. 나는 한 통 한 통 꼼꼼히 읽었다. 모두 오를레앙 인근에 사는 쥘 뒤포르라는 사람이 보낸 편지였다. 사라의 근황에 대해 짤막하게 알리는 내용이었다. 사라의 성장 과정. 학교생활. 건강 상태. 짧고 깍듯한 문장들. "사라는 잘 지내고 있습니다. 올해부터 라틴어를 배우고 있습니다. 지난봄에는 수두를 앓았고요." "올여름에는 우리 손자들과 함께 브르타뉴에 놀러 갔습니다. 몽생미셸에도 다녀왔고요."

쥘 뒤포르가 본라롤랑드에서 탈출한 사라를 숨겨주고, 벽장 속에서 처참한 광경을 목격한 그날 파리까지 동행했다는 그 할아버지인 듯했다. 그런데 쥘 뒤포르가 앙드레 테자크에게 사라의 근황을 편지로 알린 이유가 뭘까? 이해되지 않았다. 할아버님이 부탁한 걸까?

잠시 후 은행 거래 내역서를 보고 나서야 이유를 깨달았다. 할아버님이 은행을 통해 매달 뒤포르 부부에게 돈을 부쳤던 것이다. 확인해보니 액수가 제법 컸다. 송금은 십 년 동안 계속 이어졌다.

할아버님은 십 년 동안 나름의 방법으로 사라를 도왔다. 금고 안에 들어 있던 이 서류를 발견했을 때 아버님이 얼마나 안도했을지 상상이 갔다. 편지를 읽고 이 사실을 알았을 때 그의 모습이 어땠을지 그려졌다. 그의 아버지가 어떤 식으로 속죄를 했는지 드디어 밝혀진 것이다.

쥘 뒤포르의 편지에 적힌 수신지는 생통주 가가 아니라 튀렌 가에 있던 할아버님의 가게였다. 아마 할머님 때문이었을 것이다. 할머님에게는 비밀로 하고 싶었을 것이다. 그리고 그가 정기적으로 돈을 보내고 있다는 사실을 사라에게도 비밀로 하고 싶었을 것이다. 쥘 뒤포르도 깔끔한 필체로 이렇게 적었다. "부탁하신 대로 후원금에 대해서는 사라에게 알리지 않았습니다."

파일 뒤쪽에 큼지막한 마닐라 봉투가 있었다. 꺼내보니 사진이 몇 장 들어 있었다. 예전에 보았던 그 끝이 올라간 눈매. 옅은 금발. 1942년 6월에 학교에서 찍은 사진과는 너무도 다른 모습이었다. 그녀를 감싸고 있는 슬픔이 내게 전해질 정도였다. 얼굴에 웃음기가 하나도 없었다. 그녀는 더이상 어린아이가 아니었다. 열여덟 살쯤 된 듯한 키가 크고 늘씬한 아가씨의 사진. 미소를 짓고 있음에도 눈빛은 여전히 슬퍼 보였다. 또래의 청년들이 그녀와 함께 바닷가에 앉아 있었다. 사진을 뒤집어 보니 쥘의 깔끔한 필체로 이렇게 적혀 있었다. '1950년, 트루빌. 가스파르 뒤포르, 니콜라 뒤

포르와 함께한 사라.'

그녀가 겪었던 일들을 떠올려보았다. 벨디브. 본라롤랑드. 부모님. 남동생. 어린아이가 감당하기엔 벅찬 일들이었다.

나는 사라 스타르진스키에 정신이 팔려 있느라 조에가 내 어깨에 손을 얹은 것도 몰랐다.

"엄마, 누구예요?"

나는 마감이 얼마 남지 않았다고 중얼거리며 허겁지겁 봉투로 사진을 덮었다.

"그러니까 누군데?" 조에가 다시 물었다.

"너는 모르는 사람." 나는 얼른 대답하고 책상을 정리하는 척했다.

조에는 한숨을 쉬더니 어른스러운 목소리로 또박또박 따져 물었다. "엄마 지금 얼마나 이상한지 알아? 나는 아무것도 모르고, 아무것도 못 보는 줄 아는 거지? 그런데 나도 다 보이거든?"

조에는 이렇게 말하고 밖으로 나가버렸다. 죄책감이 밀려왔다. 나는 자리에서 일어나 딸아이의 방으로 갔다.

"맞아, 조에. 엄마가 이상하지? 미안. 너한테 그러면 안 되는 건데."

나는 딸아이의 침대에 앉았다. 그 현명하고 차분한 두 눈을 감당할 수 없을 것 같았다.

"엄마, 나한테 말해봐. 왜 그러는지 말해봐."

머리가 지끈지끈 아파오기 시작했다. 끔찍한 두통의 전조였다.

"내가 열한 살밖에 안 돼서 이해 못할 것 같아?"

나는 고개를 끄덕였다.

조에는 어깨를 으쓱했다.

"나를 못 믿는 거야?"

"너를 못 믿는 게 아니야. 너무 슬프고 힘든 일이라 너한테 얘기하기 어려운 거야. 네가 이 이야기를 듣고 엄마처럼 가슴 아플까봐."

조에는 두 눈을 반짝이며 내 뺨을 부드럽게 어루만졌다.

"가슴 아픈 거 싫어. 엄마 말이 맞아. 이야기하지 마. 들으면 나, 잠도 못 잘 거야. 하지만 조금 지나면 괜찮아질 거라고 약속해줘."

나는 딸아이를 꼭 끌어안았다. 예쁘고 씩씩한 우리 딸. 예쁜 우리 딸. 이런 딸이 있다니 행운이었다. 엄청난 행운이었다. 머리가 지끈거리는 와중에 갑자기 배 속의 아기가 떠올랐다. 조에의 동생. 딸아이는 전혀 알지 못했다. 요즘 내 상황을 전혀 알지 못했다. 나는 입술을 깨물며 눈물을 참았다. 잠시 후 딸아이가 천천히 내 품에서 빠져나가더니 내 얼굴을 올려다보았다.

"그 아이 누구야? 그 흑백사진 속의 아이. 엄마가 감추려고 했던 아이. 말해줘."

"알았어. 하지만 비밀이야, 알았지? 아무한테도 말하면 안 돼. 약속할 수 있지?"

조에가 고개를 끄덕였다.

"약속할게. 모든 걸 걸고 맹세할게."

"할머님이 생통주 아파트로 이사 오기 전에 누가 살았는지 엄마가 알아냈다고 했던 거 생각나?"

조에가 다시 고개를 끄덕였다.

"폴란드인 가족이라고 했잖아. 내 또래 여자아이가 있었고."

"그 아이 이름이 사라 스타르진스키야. 아까 그게 그 아이 사진이고."

조에는 내 대답을 듣더니 실눈을 뜨고 나를 쳐다보았다.

"그런데 왜 아무한테도 말하면 안 돼? 이해가 안 돼."

"우리 집안의 비밀이거든. 슬픈 일이 있었는데, 할아버지가 비밀로 하고 싶대. 네 아빠는 아무것도 모르고."

"사라한테 슬픈 일이 생긴 거야?" 조에가 조심스럽게 물었다.

"그래." 나는 침착하게 대답했다. "아주 슬픈 일이 생겼어."

"엄마가 그 사람을 찾아볼 생각이야?" 덩달아 차분해진 목소리로 조에가 물었다.

"응."

"왜?"

"우리 가족에 대해 오해하고 있다고 알려주고 싶어서. 어떻게 된 일인지 설명하고 싶어서. 네 증조할아버지가 자기를 십 년 동안이나 도왔다는 걸 모르고 있거든."

"증조할아버지가 어떤 식으로 도왔는데?"

"매달 돈을 보냈어. 그 사람 모르게."

조에는 잠시 아무 말이 없었다.

"어떻게 찾을 건데?"

나는 한숨을 쉬었다.

"나도 모르겠다. 그냥 찾았으면 좋겠다는 거지. 이 파일에도

1952년 이후에는 아무 기록이 없거든. 편지도 없고, 사진도 없고. 주소도 없어."

조에는 내 무릎에 앉아 가냘픈 허리를 나에게 기댔다. 숱이 많고 윤기가 흐르는 머리카락에 코를 대자, 조에의 어린 시절을 떠올리게 하는 특유의 달콤한 냄새가 났다. 나는 조에의 헝클어진 머리 몇 가닥을 손으로 매만져주었다.

조에만 한 나이에 그 끔찍한 일을 겪었을 사라 스타르진스키가 생각났다.

눈을 감았다. 그래도 여전히 본라롤랑드에서 경찰들이 아이와 엄마를 떼어놓는 광경이 떠올랐다. 그 광경을 머릿속에서 지울 수가 없었다.

나는 조에를 끌어안았다. 조에가 숨 막혀할 만큼 세게 끌어안았다.

시간이라는 건 참으로 희한하다. 아이러니할 만큼. 2002년 7월 16일 화요일. 벨디브 기념일. 그리고 내 수술 예약이 잡힌 날. 수술을 받을 곳은 7구, 할머님의 요양원 근처에 있는 병원이었다. 나도 처음 가보는 곳이었다. 7월 16일은 여러 가지 의미로 부담스러운 날이라 다른 날짜로 바꾸고 싶었는데, 그럴 수가 없었다.

이제 막 방학이 시작된 조에는 보스턴 시절부터 알고 지낸 내 오랜 친구이자 맨해튼과 파리를 자주 왔다 갔다 하는 조에의 대모 앨리슨과 함께 뉴욕을 거쳐 롱아일랜드로 건너갈 예정이었다. 나는 27일에 합류하기로 했다. 베르트랑의 휴가는 8월이나 되어야 시작된다. 우리는 휴가 때마다 테자크 집안의 별장이 있는 부르고뉴에서 이삼 주 지내곤 했다. 나는 그곳에서 마음 편히 여름휴가를 보낸 적이 한 번도 없었다. 우리 시부모님은 절대 느긋한 성격이 아니었다. 하루 세끼를 정해진 시간에 먹어야 했고, 소곤소곤 대화를 나누어야 했고, 아이들이 놀더라도 시끄럽게 떠드는 건 용납되지 않았다. 베르트랑이 휴가 때마다 왜 항상 거길 가자고 하는지 모를 일이었다. 다행히 조에는 로르와 세실의 아이들과 잘 어울렸고, 베르트랑은 매제들과 테니스를 치고 또 쳤다. 그리고 나는 늘 그렇듯 혼자였다. 로르와 세실은 세월이 흘러도 나와 거리를 두었다. 이혼한 친구들을 불러 수영장 옆에서 몇 시간씩 꼼꼼하게 선탠만 했다. 가슴을 갈색으로 태우는 게 목적이었다. 지금까지 남들 앞에서 가슴을 내보인 적이 한 번도 없는 나로서는 십오 년이 지나도 익숙해질 수 없는 문화였다. 나는 '고상한 척하는 미국 여자'라고 뒤에서 놀림을 당하는 기분이었다. 그래서 하루 종일 조에와 함께 숲 속을 걷거나, 자전거를 타고 그 일대를 외울 정도로 누비고 다니거나, 다른 여자들은 물에 닿은 적도 없는 손바닥만 한 에레스 수영복을 입고 나른하게 누워 담배를 피우며 선탠을 하는 동안 혼자 완벽한 접영을 선보였다.

"다들 질투가 나서 그러는 거야. 비키니 입은 네 모습은 정말 끝내주거든." 내가 여름휴가 때마다 얼마나 괴로운지 모르겠다고 투덜거리면 크리스토프는 이렇게 빈정거렸다. "셀룰라이트가 네 몸을 잔뜩 뒤덮고 혈관이 울퉁불퉁 드러나기 시작하면 그땐 너한테 말을 걸걸?" 그의 말에 깔깔대며 웃었지만, 정말 그런 거라고 생각하지는 않았다. 하지만 한여름에도 서늘한 그 조용한 집과 오래된 떡갈나무들이 늘어선 사방으로 트인 땅과 구불구불한 욘 강이 내려다보이는 풍경은 마음에 들었다. 그리고 조에와 함께 오랫동안 걸을 수 있는 숲도 좋았다. 좀더 어렸을 때 조에는 그곳에서 새가 지저귀는 모습 또는 이상하게 생긴 나뭇가지를 보거나 검게 반짝이는 비밀스러운 늪지와 마주치면 넋을 잃곤 했다.

베르트랑과 앙투안은 9월 초면 생통주 아파트 공사가 끝날 거라고 했다. 베르트랑과 팀원들이 솜씨를 아주 제대로 발휘했다고. 하지만 나는 아직 그곳으로 이사할 준비가 되어 있지 않았다. 어떤 일이 있었는지 알게 된 지금은 더욱 그랬다. 벽을 없앴지만 그래도 깊숙한 비밀 벽장이 생각났다. 꼬맹이 미셸이 누나를 기다리다 숨을 거둔 그 벽장이.

그 이야기가 끊임없이 떠올라 나를 괴롭혔다. 솔직히 나는 그 아파트에서 살 날이 기다려지지 않았다. 그곳에서 보낼 밤이 무서웠다. 자꾸만 머릿속에 되살아날 과거가 끔찍했고, 그걸 막을 수 있는 방법도 떠오르지 않았다.

베르트랑에게 비밀로 하는 것도 힘든 일이었다. 나는 그의 현실적인 시각이 필요했다. 끔찍하기는 하지만 극복할 수 있을 거라는, 방법을 찾을 수 있을 거라는 말을 그에게서 듣고 싶었다. 그런데 아버님과 약속했으니 베르트랑에게는 아무 말도 할 수 없었다. 이 이야기를 들으면 베르트랑은 무슨 생각을 할까? 그의 여동생들은? 나는 그들이 어떤 반응을 보일지 상상해보았다. 할머님은 또 어떠실지. 상상이 되질 않았다. 조개처럼 입을 다무는 것이 프랑스 사람들의 특징이었다. 그들은 아무것도 내보이지 않았다. 아무것도 겉으로 드러내지 않았다. 항상 침착하고 평온했다. 그런 식이었다. 늘 그런 식이었다. 나는 그런 사람들과 살아가는 것이 점점 버겁게 느껴졌다.

조에가 미국으로 떠나자 집이 텅 빈 것 같았다. 프랑스의 젊은 작가들과 파리의 문학계를 재기발랄하게 다룬 9월호 기사를 준비하면서 나는 회사에서 보내는 시간이 점점 늘었다. 일이 재미있었고 시간도 잘 갔다. 매일 저녁, 정적에 휩싸인 집이 나를 기다리고 있다는 생각을 하면 발걸음이 떨어지지 않았다. 회사를 나서면 조에가 '엄마의 기나긴 지름길'이라고 부르는 우회로를 따라 미치도록 아름다운 파리의 석양을 감상하며 집으로 향했다. 7월 중순부터 시작되는 파리 특유의 그 유쾌하게 풀어진 분위기가 슬금슬금 고개를 내밀고 있었다. '여름휴가. 9월 1일에 다시 문을 엽니다'라는 안내문을 내걸고 셔터를 내린 가게들이 곳곳에서 눈에 띄었다. 한참을 걸어야 문을 연 약국이나 식료품가게나 빵집이나 세탁소가 나왔다. 파리지앵들은 지칠 줄 모르는 관광객들에게 파리를 맡기고 여름 파티를 벌이러 떠나버렸다. 향긋한 7월의 저녁을 만끽하며 샹젤리제에서 몽파르나스까지 걸어가는 동안, 나는 파리지앵 없는 파리에서 드디어 편안함을 느낄 수 있었다.

나는 파리를 사랑했다. 예전부터 그랬다. 하지만 앵발리드*의 둥근 지붕이 커다란 보석처럼 금빛으로 반짝이는 해질녘에 알렉상드르 3세 다리를 걸어가는데, 미국이 어찌나 그리운지 심장이 아릴 정도였다. 고향이 그리웠다. 내 인생의 절반 이상을 프랑스에서 지냈지만 내 고향은 그곳이었다. 격의 없고 자유롭고 여유롭고 소탈한 그곳의 분위기, 솔직히 고백하면 아직도 완전히 터득하지 못해 애를 먹는 복잡한 존댓말을 쓸 필요 없이 누구든 '당신'이라고 부

* 파리에 있는 군사박물관.

르면 되는 그 단순한 언어가 그리웠다. 여동생과 부모님이 그리웠고, 미국이 그리웠다. 마치 처음 떠나온 것처럼 그곳이 몹시 그리웠다.

갈색의 높다란 몽파르나스 타워가 험상궂게 버티고 서 있는(파리지앵들은 혐오해 마지않지만 나는 어디 있건 이곳을 기준 삼아 길을 찾았기 때문에 좋아했다) 우리 동네에 다다르자, 점령 기간 동안 파리는 어떤 모습이었을지 문득 궁금해졌다. 사라가 살았던 그 시절의 파리는 어떤 모습이었을까. 회녹색 군복과 둥그런 헬멧. 엄격했던 통금과 신분증. 고딕체 독일어로 적힌 표지판. 우아한 석조 건물에 덕지덕지 붙어 있는 큼지막한 나치 문양.

그리고 노란 별을 달고 다녔던 아이들.

병원은 고급스럽고 쾌적하게 꾸며져 있었다. 간호사들은 환한 얼굴로 반겼고, 접수계 직원들은 비굴한 미소를 지었고, 정성스러운 꽃꽂이가 여기저기 놓여 있었다. 수술은 다음 날 오전 일곱시로 잡혀 있었다. 병원에서는 그 전날인 7월 15일 밤에 입원하라고 했다. 베르트랑은 중요한 계약을 마무리 지으러 브뤼셀로 출장을 떠나고 없었다. 나는 옆에 있어달라고 조르지 않았다. 없는 편이 나았다. 이 우아한 살구색 병실에 혼자 있는 쪽이 더 마음 편했다. 다른 때 같았으면 왜 베르트랑이 불필요한 존재처럼 느껴지는지 궁금했을 것이다. 그가 내 일상의 일부분 내지는 한 조각이라는 점을 감안하면 참으로 놀라운 일이라고 생각했을 것이다. 하지만 나는 지금 일생일대의 위기를 나 혼자 헤쳐나갈 준비를 하며 그가 없다는 데 안심하고 있었다.

나는 로봇처럼 움직이며 기계적으로 옷을 개고, 칫솔을 세면대 위 선반에 올려놓고, 부르주아적인 분위기의 고요한 거리를 창문 너머로 물끄러미 내다보았다. 너 지금 여기서 뭐 하는 거야? 하루 종일 애써 외면했던 내면의 목소리가 속삭였다. 미쳤어? 정말 수술받을 거야? 나는 결국 어느 쪽으로 결정을 내렸는지 아무에게도 이야기하지 않았다. 베르트랑에게만 알렸다. 수술을 받겠다고 했을 때 그는 환하게 웃으며 나를 꼭 끌어안고 내 정수리에 열렬히 입을 맞추었다. 그런 그의 모습은 떠올리고 싶지 않았다.

나는 좁은 침대에 걸터앉아 가방에 넣어 가지고 온 사라의 파일을 꺼냈다. 지금 내 머리가 감당할 수 있는 건 사라뿐이었다. 그녀의 행방을 알아내는 것이 신성한 임무처럼 느껴졌다. 기운을 낼 수 있는, 내 삶을 집어삼킨 슬픔을 몰아낼 수 있는 유일한 방법처럼 느껴졌다. 그녀를 찾는다, 좋아, 하지만 무슨 수로? 전화번호부를 뒤져봐도 사라 뒤포르나 사라 스타르진스키라는 이름은 없었다. 그렇다면 일이 너무 쉽게 해결되는 거지. 쥘 뒤포르의 편지에 적힌 번지수는 이제는 없는 주소지였다. 그래서 나는 그의 아들인지 손자인지 모를 청년들의 행방을 찾기로 했다. 트루빌에서 찍은 사진에 등장하는 가스파르 뒤포르와 니콜라 뒤포르. 살아 있다면 육십대 중반이나 칠십대 초반일 것이다.

유감스럽게도 뒤포르는 흔한 성이었다. 오를레앙에만 수백 명이었다. 그러니까 그 수백 명에게 일일이 전화를 걸어 확인해야 한다는 뜻이었다. 나는 지난주 내내 인터넷을 뒤지고, 여러 지방의 전화번호부를 꼼꼼히 체크하고, 끝없이 전화를 돌렸지만, 실망스럽게도 아무 소득이 없었다.

그러다 파리 전화번호부에서 찾은 나탈리 뒤포르에게 전화를 한 게 그날 아침이었다. 젊은 아가씨가 명랑하게 전화를 받았다. 나는 수화기 너머 낯선 사람들에게 수백 번 했던 말을 되풀이했다. "저는 줄리아 자먼드라는 기자예요. 1932년에 출생한 사라 뒤포르를 찾고 있는데, 아는 이름이 가스파르 뒤포르와 니콜라 뒤포르뿐이라……"

그러자 그녀가 내 말허리를 자르고 자기가 가스파르 뒤포르의 손녀라고 하는 게 아닌가. 그녀의 할아버지는 현재 오를레앙 외곽의 아셰레르마르셰에 살고 있는데, 집 전화를 전화번호부에 등록하지 않았다고 했다. 나는 숨죽인 채 수화기를 꼭 쥐었다. 그리고 그녀에게 혹시 사라 뒤포르를 아느냐고 물었다. 상대방은 웃음을 터뜨렸다. 유쾌한 웃음이었다. 그녀는 1982년생이라 할아버지의 어린 시절에 대해서는 아는 게 거의 없다고, 사라 뒤포르라는 이름은 들어본 적이 없다고 했다. 혹시 들었을지도 모르지만 생각이 안 난다고 했다. 그러면서 괜찮다면 자기가 할아버지에게 연락해보겠다고 했다. 무뚝뚝한 분이고 전화 통화를 달가워하지 않지만, 전화해보고 연락을 주겠다며 내 전화번호를 물었다. 그러더니 이렇게 말했다. "미국분이세요? 억양이 정말 듣기 좋네요."

하루 종일 전화를 기다렸지만 소식이 없었다. 나는 배터리가 충분한지, 제대로 켜져 있는지 수시로 휴대전화를 확인했다. 하지만 감감무소식이었다. 가스파르 뒤포르는 기자를 만나 사라 이야기를 하는 것에 관심이 없을지 모른다. 아니면 내가 설득력이 부족했을지도 모른다. 기자라는 직업을 밝힌 게 실수였을지도 모른다. 집안끼리 아는 친구라고 할걸. 하지만 그럴 수는 없었다. 거짓말이니까. 거짓말은 할 수 없었다. 거짓말까지 동원하고 싶지는 않았다.

아셰레르마르셰. 지도에서 찾아보았다. 오를레앙과 피티비에 사이에 있는 작은 마을로, 본라롤랑드와 가까운 피티비에에는 유사한 용도의 수용소가 있었다. 쥘과 주느비에브가 살던 곳은 아니었다. 그러니까 사라가 십 년 동안 살았던 곳도 아니었다.

점점 초조해졌다. 나탈리 뒤포르에게 다시 전화를 걸어보는 게 좋을까? 고민을 하고 있는데 휴대전화가 울렸다. 나는 얼른 휴대전화를 집어 "여보세요?" 하고 속삭였다. 남편이 브뤼셀에서 건 전화였다. 너무 실망스러워서 신경이 곤두설 지경이었다.

가만 생각해보니 베르트랑과는 통화하고 싶은 마음이 없었다. 그에게 무슨 말을 하겠는가?

밤새 뒤척이다보니 어느새 아침이었다. 동틀 무렵, 푸근한 몸집의 간호사가 접혀 있는 파란색 종이 가운을 들고 찾아왔다. 내가 '수술'할 때 입을 거였다. 간호사는 계속 미소를 지었다. 파란색 종이 모자와 파란색 종이 슬리퍼까지 있었다. 간호사는 삼십 분 뒤에 다시 와서 나를 수술실로 옮길 거라고 했다. 그러면서 마취를 해야 하니 음식은 물론이고 물도 마시면 안 된다고 다시 한번 주의를 주고는 조심스럽게 문을 닫고 나갔다. 그때까지 따뜻한 미소를 지으면서. 오늘 아침에 그 미소로 깨운 여자가 몇 명이나 될지, 나처럼 배 속에 든 아이를 긁어내려는 임신부가 몇 명이나 될지 궁금해졌다.

나는 순순히 가운을 입었다. 종이가 살갗에 닿자 간지러웠다. 이제 기다리는 것 말고는 할 일이 아무것도 없었다. 나는 텔레비전을 켜고, 이십사 시간 뉴스가 방송되는 LCI로 채널을 돌렸다. 그러고는 멍하니 화면을 응시했다. 머리가 멍했다. 백지 상태였다. 한 시간 정도면 끝날 것이다. 마음의 준비가 된 걸까? 잘 견딜 수 있을까? 내가 그 정도로 강한 사람일까? 대답할 자신이 없었다. 그저 종이옷에 종이 모자를 쓰고 가만히 누워서 기다리는 게 고작이었다. 수술실로 옮겨질 때까지. 마취가 될 때까지. 의사가 칼을 들 때까지. 의사가 내 다리 사이를 들여다보며 무슨 짓을 할지 시시콜콜 생각하고 싶지 않았다. 나는 금발의 날씬한 미녀가 매니큐어를 곱게 칠한 손으로, 동그란 해님 모양이 곳곳에 붙은 프랑스 지도를 이리저리 가리키는 텔레비전 화면에 집중했다. 일주일 전에 마지막으로 받았던 부부 상담이 생각났다. 베르트랑이 내 무릎에 손을 얹고 "아뇨, 우리는 이 아이를 낳고 싶지 않습니다. 같이 결정을 내렸어요"라고 했을 때 나는 아무 말도 하지 않았다. 상담사가 나를 쳐다보았다. 내가 고개를 끄덕였던가? 모르겠다. 진정제를 먹거나 최면에 걸린 것 같았던 기분만 생각난다. 베르트랑이 차 안에서 했던 말도 생각난다. "잘한 거야. 두고 보면 알아. 금세 잊을 수 있을 거야." 그는 그러고 나서 뜨겁게, 열정적으로 나에게 입을 맞추었다.

금발의 미녀가 사라졌다. 아나운서가 등장하면서 뉴스 시간임을 알리는 익숙한 시그널이 흘러나왔다. "2002년 7월 16일 오늘은 수천 명의 유대인 가족들이 프랑스 경찰에게 붙잡혀 갔던 벨로드롬 디베르 일제 검거 60주년 기념일입니다. 프랑스 역사에 새겨진 끔찍한 순간이라 할 수 있겠습니다."

나는 재빨리 볼륨을 높였다. 카메라가 넬라통 가를 따라 움직이자 어딘가에 있을지 모르는 사라가 생각났다. 그녀는 오늘을 기억하고 있을 것이다. 옆에서 누가 가르쳐줄 필요도 없을 것이다. 절대 없을 것이다. 사라뿐 아니라 사랑하는 사람을 잃은 가족들에게 7월 16일은 잊을 수 없는 날일 테고, 일 년 365일 중에서도 특히 오늘 아침에는 눈을 뜨기가 괴로울 것이다. 나는 그녀에게, 그들에게, 이 모든 사람들에게 외치고 싶었다. 내가 알고 있다고, 기억하고 있다고, 잊을 수가 없다고 그녀에게, 그들에게 큰 소리로 알리고 싶었다. 하지만 무슨 수로? 나는 무력하고 아무것도 할 줄 모르는 사람이 된 기분이었다.

몇몇 생존자들이 벨디브 팻말 앞에 서 있었다. 그중 몇 명은 나도 직접 만나서 인터뷰를 한 사람들이었다. 그러고 보니 내 기사가 실린 이번 주 〈센 신스〉를 아직 보지 못했다. 잡지를 병원으로 보내달라고 뱀버의 휴대전화에 메시지를 남겨야겠다는 생각이 들었다. 나는 텔레비전에 시선을 고정한 채 휴대전화를 켰다. 프랑크 레비가 심각한 표정으로 등장해 기념식 이야기를 했다. 올해는 그 어느 때보다 중요한 행사가 될 거라고 했다. 전화기에서 삑 소리가 났다. 음성 메시지가 있다는 뜻이었다. 하나는 베르트랑이 어젯밤 늦게 남긴, 사랑한다는 메시지였다.

나머지 하나는 나탈리 뒤포르가 남긴 것이었다. 그녀는 밤늦게 미안하지만 지금에서야 시간이 났다며 희소식을 전했다. 할아버지가 나를 만나 사라 뒤포르의 모든 것을 알리고 싶어한다는 것이었다. 할아버지가 어찌나 적극적이던지 나탈리조차 호기심이 동할 정도였다고 했다. 그녀의 생기발랄한 목소리에 프랑크 레비의 밋밋한 목소리가 묻혔다. "괜찮으시면 내일, 화요일에 제 차로 아셰

르까지 모셔다드릴게요. 저도 할아버지 이야기를 꼭 듣고 싶거든요. 전화주세요. 어디서 만나면 좋을지 정하게요."

심장이 어찌나 쿵쾅거리는지 아플 지경이었다. 텔레비전에서는 다시 등장한 아나운서가 다음 뉴스를 전했다. 나탈리 뒤포르에게 전화하기엔 너무 이른 시각이었다. 앞으로 몇 시간은 더 기다려야 했다. 종이 슬리퍼를 신은 두 발이 좋아서 춤을 주었다. "……사라 뒤포르에 대해 말씀해주세요." 그러면 가스파르 뒤포르는 뭐라고 할까? 나는 어떤 이야기를 듣게 될까?

문 두드리는 소리에 나는 화들짝 놀랐다. 지나치게 환한 간호사의 미소가 나를 다시 현실 세계로 데려다놓았다.

"이제 이동하실 거예요." 간호사가 잇몸까지 보이며 발랄한 목소리로 말했다.

간이침대의 고무바퀴가 복도 바닥에서 끽끽거리는 소리가 들렸다.

갑자기 모든 게 명쾌해졌다. 내가 이렇게 명쾌하고 쉽게 결론을 내린 적이 있었던가.

나는 침대에서 일어나 간호사를 마주 보았다.

"미안해요." 내가 나지막이 말했다. "생각이 바뀌었어요."

나는 종이 모자를 벗었다. 간호사가 눈이 동그래져 나를 쳐다보았다.

"하지만 부인……"

나는 종이 가운을 찢었다. 간호사는 갑작스럽게 드러난 내 알몸을 보고 움찔하며 시선을 돌렸다.

"선생님들께서 기다리고 계세요."

"상관없어요. 수술 안 받을 거예요. 이 아이 낳을 거예요." 나는 분명하게 말했다.

간호사는 화가 나 입술을 떨었다.

"바로 선생님을 호출할게요."

간호사는 이렇게 말하고 밖으로 나갔다. 못마땅한 듯 리놀륨 바닥을 찰싹찰싹 때리는 그녀의 슬리퍼 소리가 들렸다. 나는 데님 원피스를 입고 구두를 신고 가방을 들고 병실을 나섰다. 계단을 내려가 아침식사가 담긴 쟁반을 나르다 화들짝 놀란 간호사들 옆을 지나가는데, 욕실에 두고 온 칫솔, 수건, 샴푸, 비누, 데오도런트, 화장품 키트와 크림이 생각났다. 뭐 어때. 나는 깔끔하게 단장된 출입문을 힘차게 지나며 속으로 중얼거렸다. 뭐 어때! 뭐 어때!

텅 빈 거리는 이른 아침답게 상쾌하고 환했다. 나는 택시를 잡아타고 집으로 향했다.

2002년 7월 16일.

내 아이. 내 아이는 내 배 속에서 안전하게 자라고 있었다. 나는 울고 싶기도 하고 웃고 싶기도 했다. 정말 그랬다. 택시 기사가 백미러로 나를 몇 번이나 흘끔거렸지만 상관없었다. 나는 이 아이를 낳을 것이다.

대충 어림잡아보니 센 강의 비라켕 다리에 운집한 사람이 이천 명이 넘었다. 생존자들. 가족들. 아이들, 손자들. 랍비들. 시장. 총리. 국방부장관. 수많은 정치인들. 기자들. 사진기자들. 프랑크 레비. 수많은 꽃들, 대형 천막, 새하얀 연단. 상당한 규모였다. 기욤은 내 옆에 서서 땅바닥을 쳐다보고 있었다.

넬라통 가에서 만났던 노파가 뇌리를 스치고 지나갔다. 노파가 뭐라고 했더라? "아무도 기억하지 않아. 뭐하러 기억하겠어? 이 나라의 가장 어두운 과거인걸."

감정에 북받친 표정으로 아무 말 없이 이렇게 모여 있는 사람들을 그 할머니가 볼 수 있다면 얼마나 좋을까. 숱 많은 적갈색 머리를 자랑하는 미모의 중년 여가수가 단상에서 노래를 불렀다. 주변에서 들리는 차량 소음도 그녀의 청아한 음성을 가리지 못했다. 그러고 나서 총리가 연설을 시작했다.

"육십 년 전, 바로 이곳 파리에서뿐 아니라 프랑스 전역에서 끔찍한 비극의 서막이 올랐습니다. 참상으로 가는 행진에 박차를 가했습니다. 벨로드롬 디베르에 갇힌 무고한 사람들의 머리 위로 대학살의 그림자가 드리워졌습니다. 매년 그래왔듯 올해도 우리는 그날을 기억하기 위해 이 자리에 모였습니다. 체포와 처형으로 미래가 산산이 부서져버린 수많은 유대계 프랑스인들을 잊지 않기 위해 이 자리에 모였습니다."

내 왼쪽에 있던 노인이 주머니에서 손수건을 꺼내 소리 없이 눈물을 흘렸다. 가슴이 아팠다. 누구를 생각하며 흘리는 눈물일까? 누구를 떠나보낸 걸까? 총리의 연설이 계속 이어지는 가운데 내 시선은 모여 있는 사람들 사이로 이리저리 움직였다. 이중에 사라 스타르진스키를 아는 사람이 있을까? 사라 스타르진스키가 있을까? 지금 이 순간, 바로 여기에 있을까? 남편, 아이, 손자와 함께 참석했을까? 내 뒤에 아니면 앞에? 나는 칠십대로 보이는 여자들을 골라, 엄숙한 표정을 짓고 있는 주름살 가득한 얼굴들을 유심히 관찰했다. 눈초리가 올라갔고 눈동자가 초록색인 사람이 혹시라도 있나 싶어서였다. 하지만 슬퍼하는 낯선 사람들을 곁눈질하려니 마음이 불편했다. 나는 고개를 숙였다. 총리의 목소리가 점점 더 쩌렁쩌렁 분명하게 울리는 듯했다.

"그렇습니다. 벨디브와 드랑시, 죽음으로 향하는 대기실 역할을 했던 그 모든 수용소를 프랑스 국민들이 조직하고 운영하고 감시했습니다. 그렇습니다. 프랑스 정부의 공모 아래 이곳에서 대학살의 서막이 올랐습니다."

내 주변의 수많은 사람들이 차분한 표정으로 총리의 연설을 듣고 있었다. 나는 그의 쩌렁쩌렁한 목소리를 들으며 그들을 살펴보았다. 모두의 얼굴에 슬픔이 어려 있었다. 절대로 지워지지 않을 슬픔이었다. 총리의 연설이 끝나자 한참 동안 박수가 이어졌다. 사람들이 서로 끌어안고 눈물을 흘렸다.

나는 기욤을 데리고 프랑크 레비를 만나러 갔다. 그는 〈센 신스〉를 옆구리에 끼고 있었다. 그는 나를 따뜻하게 맞이하며 우리를 몇몇 기자들에게 소개해주었다. 잠시 후 나는 행사장을 빠져나가면서 기욤에게 테자크 집안의 아파트에 누가 살았었는지 알아냈다고, 그 과정에서 육십여 년 동안 끔찍한 비밀을 간직하고 있었던 아버님과 어찌어찌 가까워지게 됐다는 소식을 전했다. 그리고 본 라롤랑드에서 탈출한 사라라는 소녀의 행방을 찾고 있다는 이야기도 했다.

이제 삼십 분 뒤면 파스퇴르 전철역 앞에서 나탈리 뒤포르를 만날 것이다. 나탈리 뒤포르를 만나 그녀의 차를 타고 오를레앙으로, 그녀의 할아버지 댁으로 찾아갈 것이다. 기욤은 내 뺨에 따뜻하게 입을 맞추고 안아주었다. 그러면서 행운을 빌어주었다.

나는 번잡한 대로를 건너며 손바닥으로 배를 어루만졌다. 만약 오늘 아침에 병원을 뛰쳐나오지 않았다면 지금쯤 환한 표정의 간호사가 지켜보는 가운데 아늑한 살구색 병실에서 의식을 회복하고 있었을 것이다. 크루아상과 잼과 카페오레로 맛있게 아침식사를 하고, 오후 무렵 혼자 퇴원했을 것이다. 생리대를 하고 살짝 비틀거리면서. 공허한 머리와 가슴을 안고 묵직한 아랫배를 달래며.

베르트랑에게서는 아무 소식이 없었다. 내가 수술도 받지 않고 퇴원해버렸다고 병원에서 연락했을까? 알 수 없었다. 그는 아직 브뤼셀에 있었고, 오늘밤에 돌아올 예정이었다.

그에게 어떻게 말해야 좋을지 알 수 없었다. 그리고 그가 어떻게 받아들일지도.

약속 시간에 늦지 않으려고 조바심을 내며 에밀 졸라 가를 걸어가는데, 베르트랑이 무슨 생각을 하는지, 어떤 심정인지 내가 여전히 마음쓰고 있는지 궁금했다. 이런 심란한 생각이 들자 두려워졌다.

오를레앙에 갔다 이른 저녁에 돌아와보니 집이 후텁지근하고 답답하게 느껴졌다. 나는 창문을 열고 시끄러운 몽파르나스 대로를 내려다보았다. 조만간 조용한 생통주 가로 이사를 간다고 생각하니 기분이 이상했다. 여기서 십이 년을 살았다. 조에는 태어나서 지금까지 죽 여기서 살았다. 이 집에서 보내는 여름도 올해가 마지막이라는 생각이 잠깐 뇌리를 스치고 지나갔다. 나는 이 집이 좋았다. 매일 오후가 되면 넓고 하얀 거실을 비추는 햇살, 바뱅 가만 지나면 바로 나오는 뤽상부르 공원, 파리의 심장과 그 빠르고 짜릿한 맥박을 느낄 수 있는, 파리에서도 가장 활기 있는 구라는 데서 오는 편리함.

나는 샌들을 벗어던지고 베이지색 소파에 누웠다. 정신없는 하루를 보내고 났더니 몸이 천근만근이었다. 하지만 잠시 눈을 감았다 전화벨 소리에 깜짝 놀라 곧장 현실 세계로 되돌아왔다. 센트럴 파크가 내려다보이는 사무실에서 나를 찾는 여동생의 전화였다.

독서용 안경을 코끝에 걸치고 널찍한 책상에 앉아 있을 동생의 모습이 그려졌다.

나는 거두절미하고 수술을 받지 않았노라고 알렸다.

“어휴, 살았다.” 살라가 참았던 숨을 터트렸다. “안 받았구나.”

“응. 못 하겠더라.”

동생이 수화기 너머에서 씩 하고 특유의 매력적인 미소를 짓는 게 보이는 듯했다.

“언니 정말 용감하고 대단해. 언니가 자랑스러워.”

“베르트랑은 아직 몰라. 오늘 저녁 늦게 돌아오거든. 아마 수술을 받은 줄 알고 있을 거야.”

대서양을 가로지르는 침묵.

“얘기할 거지?”

“물론 그래야지. 언젠가는 얘기해야겠지.”

전화를 끊은 뒤 나는 깍지 낀 손을 방패처럼 배에 얹고 한참 동안 소파에 누워 있었다. 조금씩 조금씩 기운이 났다.

늘 그랬던 것처럼 사라 스타르진스키와 새롭게 알게 된 사실을 떠올렸다. 가스파르 뒤포르에게 들은 이야기는 녹음하거나 받아 적을 필요가 없었다. 내 안에 모두 기록되어 있으니까.

오를레앙 외곽에 있는 작고 깨끗한 집. 깔끔하게 가꾼 화단. 앞을 잘 못 보는 조용한 늙은 개. 싱크대에서 야채를 썰다 내가 들어서자 까딱 고개를 숙이던 아담한 체구의 할머니.

가스파르 뒤포르의 걸걸한 목소리. 쭈글쭈글한 개의 머리를 토닥이던, 파란 혈관이 울퉁불퉁 드러난 손. 그리고 그가 한 말들.

"우리 형제는 전쟁 당시 엄청난 사건이 벌어졌다는 건 알고 있었지만, 어렸을 때라 어떤 사건이었는지 잊어버렸다오. 할머니 할아버지가 돌아가신 다음에야 아버지를 통해 사라의 성이 원래 스타르진스키였고 유대인이라는 이야기를 들었지. 우리 할머니 할아버지께서 그동안 숨겨서 키워주신 거라고 하시더군. 사라는 얼굴에 항상 그늘이 져 있었어. 명랑하고 사교적인 성격은 아니었지. 친해지기 힘든 아이였다고 해야 할까. 전쟁 때 부모님을 잃고 우리 할머니 할아버지께 입양이 되었다는 게 우리가 아는 전부였지만, 우리와는 다른 아이라는 걸 느낄 수 있었지. 같이 교회에 가도 주기도문을 외는 법이 없었거든. 기도도 하지 않고. 성찬도 받지 않고. 섬뜩한 표정으로 멍하니 앞만 쳐다보았어. 할머니 할아버지는 우리를 보고 미소 지으며 그 아이를 가만히 내버려두라고 하셨지. 우리 부모님도 마찬가지였고. 사라는 서서히 우리 가족이 되었다오. 우리한테 없던 여동생. 그녀는 우수에 젖은 매력적인 아가씨로 자랐지. 나이에 비해 아주 진지하고 성숙했어. 전쟁이 끝난 후 부모님이 우리를 파리에 몇 번 데려간 적이 있었는데, 사라는 절대 따라나서지 않았어. 파리가 싫다고 했어. 두 번 다시 그곳엔 돌아가고 싶지 않다고."

"사라가 남동생 이야기를 한 적이 있나요? 부모님 이야기는요?" 내가 물었다.

가스파르는 고개를 저었다.

"아니. 남동생 이야기는 사십 년 전에 우리 어머니한테 들었어. 같이 살았을 때는 전혀 몰랐어."

나탈리 뒤포르가 끼어들었다.

"남동생이 어떻게 됐는데요?"

가스파르 뒤포르는 한마디도 놓치지 않으려고 귀를 쫑긋 세운 손녀딸을 흘끗 쳐다보았다. 그런 다음 지금까지 단 한마디도 하지 않고 줄곧 온화한 표정만 짓고 있던 부인을 쳐다보았다.

"나중에 알려주마. 아주 슬픈 이야기거든."

한참 동안 정적이 흘렀다.

"뒤포르 씨," 내가 입을 열었다. "사라 스타르진스키가 지금 어디 있는지 알고 싶어요. 그래서 찾아온 겁니다. 저를 좀 도와주시겠어요?"

가스파르 뒤포르는 머리를 긁적이며 미심쩍어하는 눈빛으로 나를 바라보다 씩 웃었다.

"나는 자먼드 양이 왜 이렇게 이 일에 집착하는지 알고 싶소만."

전화벨이 다시 울렸다. 이번에는 롱아일랜드에 있는 조에의 전화였다. 잘 지내고 있고, 날씨도 좋고, 까무잡잡하게 탔고, 새 자전거가 생겼고, 사촌 쿠퍼도 '짱' 좋지만, 내가 보고 싶다고 했다. 나도 조에에게 보고 싶다고, 앞으로 열흘만 지나면 다시 만날 수 있다고 대답했다. 그러자 조에가 목소리를 낮추더니 사라 스타르진스키를 찾는 일은 어떻게 되어가고 있는지 물었다. 조에의 목소리가 어찌나 진지하던지 절로 미소가 지어졌다. 나는 진척이 있었다고, 곧 알려주겠다고 말했다.

"엄마, 뭔데?" 조에가 숨을 헐떡였다. "나도 알고 싶어요! 지금 당장요!"

"알았어." 나는 딸아이의 성화에 순순히 손을 들었다. "어렸을 때부터 사라하고 잘 아는 사이였던 할아버지를 오늘 만났어. 사라가 1952년에 미국으로 건너가서 어느 미국인 가정에 유모로 취직했대."

조에가 함성을 질렀다.

"그러니까 미국에 있다는 거야?"

"아마도."

잠시 침묵이 흘렀다.

"그런데 엄마, 미국에서 어떻게 찾지?" 조에가 시들한 목소리로 물었다. "미국이 프랑스보다 훨씬 넓잖아."

"그러게." 나는 한숨을 내쉰 다음 수화기에 대고 열심히 뽀뽀를 하며 내 사랑을 전한 뒤 전화를 끊었다.

"나는 자먼드 양이 왜 이렇게 이 일에 집착하는지 알고 싶소만." 나는 가스파르 뒤포르에게 솔직히 털어놓자고, 즉흥적으로 결정을 내렸다. 어쩌다 사라 스타르진스키가 내 일상으로 들어왔는지. 어쩌다 내가 그녀의 끔찍한 비밀을 알게 되었는지. 그리고 그녀가 어떤 식으로 우리 시댁 식구들과 얽혀 있는지. 내가 1942년 여름에 벌어졌던 일들—벨디브와 본라롤랑드라는 공적인 사건과 테자크의 집에서 어린 미셸 스타르진스키가 숨을 거둔 사적인 사건—을 알게 된 뒤, 사라를 찾는 일이 어떻게 나에게 중요한 일이 되고, 내가 전력투구하는 일이 되었는지.

가스파르 뒤포르는 나의 집요한 태도에 놀라워했다. 왜, 무엇 때문에 그녀를 찾는 거요? 그는 희끗희끗한 머리를 설레설레 저으며 이렇게 물었다. 나는 우리도 기억하고 있고, 우리도 잊지 않고 있다는 말을 그녀에게 전하고 싶어서라고 대답했다. 그는 웃으며 '우리'가 누구를 말하는 거냐고 물었다. 기자 양반의 시댁과 프랑스 국민들인가? 나는 그의 미소에 조금 짜증이 나서 맞받아쳤다.

아뇨, 제가요, 제가 미안하다고 말하고 싶어서요. 제가 그 일제 검거와 수용소와 미셸의 죽음과 그녀의 부모님을 저세상으로 인도한 아우슈비츠행 직행열차를 잊을 수 없었다고 말하고 싶어서요. 미안하다니 뭐가, 하고 그가 응수했다. 미국인인 자먼드 양이 뭐가 미안하다는 건가, 미국 덕분에 프랑스가 1944년에 해방되었으니 미안해할 일이 없을 텐데. 그는 이렇게 말하며 껄껄 웃었다.

나는 그의 눈을 똑바로 쳐다보고 말했다.

"모르고 지내서 미안하다고요. 마흔다섯이나 먹을 때까지 모르고 지내서 미안하다고요."

사라는 1952년 말에 프랑스를 떠났다. 그리고 미국으로 건너갔다.

"왜 하필 미국으로 갔을까요?" 내가 물었다.

"프랑스하고는 다르게 대학살의 직접적인 영향을 받지 않은 곳으로 도망치고 싶었다고 하더군. 우리 모두 그 얘기를 듣고 얼마나 당황했는지 모른다오. 친딸처럼 아꼈던 할머니 할아버지는 말할 것도 없었고. 그래도 사라는 꿋꿋이 떠났어. 그리고 두 번 다시 돌아오지 않았지. 적어도 내가 알기로는 그래."

"그러고 나서 어떻게 됐는데요?" 나는 나탈리처럼 열띤 목소리로 진지하게 물었다.

가스파르 뒤포르는 어깨를 으쓱하더니 깊은 한숨을 쉬었다. 그가 자리에서 일어서자 앞을 잘 못 보는 늙은 개가 그의 꽁무니를 쫓았다. 부인이 쌉싸래하고 진한 커피를 또 한 잔 끓였다. 손녀딸은 아무 말 없이 안락의자에 웅크리고 앉아 애정 어린 눈빛으로 자기 할아버지와 나를 번갈아 바라보았다. 그녀는 오늘 들은 이야기를 기억하겠지. 나는 생각했다. 오늘 들은 이야기를 전부 기억하겠지.

그녀의 할아버지가 끙 소리와 함께 자리에 앉으며 나에게 커피를 건넸다. 그리고 조그만 거실과 벽에 걸린 빛바랜 사진과 낡은 가구를 휘휘 둘러보았다. 머리를 긁적이고 한숨도 쉬었다. 나도 기다리고 나탈리도 기다렸다. 이윽고 그가 다시 입을 열었다.

1955년을 끝으로 사라와 연락이 끊겼다고.

"할머니 할아버지 앞으로 편지가 몇 번 배달되더니 일 년 뒤에 결혼 소식을 알리는 카드가 날아왔지. 우리 아버지가 사라가 양키와 결혼한다고 말씀하셨던 게 생각나는군." 가스파르가 미소를 지었다. "우리 모두 잘됐다며 기뻐했지. 하지만 그 뒤로 연락이 끊겼어. 전화도 없고, 편지도 없었어. 할머니 할아버지가 행방을 알아내려고 백방으로 애를 쓰셨어. 뉴욕에 전화도 하고, 편지도 쓰고, 전보도 보내고. 남편이 어디 사는지 알아내려고 애도 써보고. 그래도 소용이 없었어. 사라가 사라진 거야. 두 분에겐 끔찍한 일이었지. 두 분은 전화 한 통이라도, 카드 한 통이라도 받을 수 있길 몇 년 동안 기다리고 또 기다렸지만, 아무 소식이 없었지. 그러다 1960년대 초반에 할아버지가 세상을 뜨시고, 몇 년 뒤에 할머니마저 그 뒤를 따라가셨어…… 두 분 다 상심이 크셨을 거야."

"할아버님 할머님이 열방의 의인으로 선정될 수 있는 거 아시죠?" 내가 물었다.

"그게 무슨 소리인가?" 그가 어리둥절해하며 물었다.

"예루살렘에 있는 야드 바셈 협회에서 전쟁 기간 중에 유대인을 구한 비유대인들에게 메달을 주거든요. 사후에도 받을 수 있어요."

그는 헛기침을 하며 시선을 피했다.

"사라를 찾아주게. 제발 사라를 찾아줘, 자먼드 양. 보고 싶다고 전해주게. 내 동생 니콜라도 보고 싶어한다고. 우리 소식을 전해주게."

집을 떠나기 전 그가 나에게 편지를 한 통 쥐여주었다.

"전쟁이 끝났을 때 할머니가 우리 아버지에게 보낸 편지야. 기자 양반도 읽어보면 좋을 것 같아서. 다 읽은 뒤에 나탈리에게 돌려주면 돼."

나중에 나는 집으로 돌아가 홀로 예스러운 필체를 판독했다. 편지를 읽어 내려가는데 눈물이 났다. 나는 눈물을 닦고 코를 풀어가며 애써 마음을 진정시켰다.

그런 다음 아버님에게 전화를 걸어 편지를 읽어드렸다. 아닌 척하려고 갖은 애를 썼지만, 그 역시 눈물을 흘리는 듯했다. 그는 잠긴 목소리로 고맙다고 말하고는 전화를 끊었다.

1946년 9월 8일

사랑하는 아들 알랭에게

사라가 너희 집에서 여름방학을 보내고 지난주에 돌아왔을 때 얼굴을 보니 발그스름한 뺨에…… 미소를 머금고 있더구나. 아버지와 내가 얼마나 놀라고 기뻤는지 모른다. 그 아이가 너에게 직접 감사 편지를 쓰겠지만, 나도 이렇게 옆에서 도와주고 따뜻하게 맞아주는 네가 얼마나 고마운지 전하고 싶었다. 너도 알다시피 지난 사 년 동안 얼마나 힘들었니. 속박과 공포와 상실로 점철된 시간이었잖니. 우리 모두가 그랬지, 우리나라 전체가. 아버지와 나에게도 그 사 년은 고통스러운 시간이었다만 어디 사라만 했겠니. 1942년 여름에 우리와 함께 마레의 자기 집을 다시 찾아갔을 때 겪은 충격을 그 아이가 어찌 잊을 수 있겠니. 그날, 사라 안에 들어 있던 무언가가 끊어졌을 게다. 무언가가 무너져내렸을 게야.

무엇 하나 쉬운 일이 없었는데, 네가 있어 얼마나 든든했는지 모른다. 몇 년 전 그 여름부터 휴전 협정이 체결될 때까지 사라를 안전하게 보호하느라 정말 피가 말랐단다. 하지만 이제는 사라한테 가족이 생겼구나. 우리가 가족이잖니. 너희 아들, 가스파르와 니콜라가 그 아이의 가족이잖니. 사라는 우리 뒤포르 집안의 아이다. 우리 성을 쓰는.

사라는 죽을 때까지 잊지 못할 거야. 그 발그스레한 뺨과 미소 뒤에 숨어 있는 냉소를 나도 알고 있다. 그 아이는 평범한 열네 살 소녀가 되지 못할 게다. 이미 어른이 되었어. 냉소적인 어른이. 가끔은 그애가 나보다 나이가 많은 것처럼 느껴질 때도 있단다. 그 아이는 가족이나 남동생 이야기를 절대 하지 않지만, 가슴속에 항상 품고 산다는 것을 나는 알고 있다. 매주, 어떨 때는 그보다 더 자주 남동생이 묻혀 있는 공동묘지를 찾아가는 것도 알고 있고. 묘지에는 늘 혼자 가고 싶어한단다. 내가 같이 가려고 해도 싫다고 해. 가끔은 걱정이 돼서 내가 따라갈 때도 있는데, 조그만 묘비 앞에 가만히 앉아 있기만 한단다. 늘 들고 다니는 황동 열쇠를 꼭 쥔 채 몇 시간 동안을 말이다. 가엾은 그 남동생이 숨어 있던 벽장 열쇠. 그러고 나서 집으로 돌아오면 싸늘한 무표정이 되어 있지. 그럴 때면 말도 하지 않고, 나하고 눈도 마주치지 않는단다. 그래도 나는 그애를 아낌없이 사랑하려고 해. 내가 낳지는 않았지만 그애는 내 딸이니까.

그 아이는 본라롤랑드 이야기를 절대 하지 않아. 차를 타고 그 근처에 가기만 해도 얼굴이 하얗게 질리지. 고개를 돌리면서 눈을 질끈 감는단다. 언젠가 온 세상에 알려질 날이 올까? 거기서 어떤 일이 벌어졌는지 만천하에 공개될 날이 올까? 아니면 어둡고 불편한 과거의 비밀로 영원히 묻힐까?

작년에 전쟁이 끝났을 때 네 아버지는 수용소에서 살아 돌아온 사람들 소식을 들으러 일 년 내내 루테티아를 자주 드나들었단다. 가끔 사라도 데려갔지. 바라고 또 바랐건만. 우리 모두 진심으로 바랐건만. 하지만 이제는 포기했다. 그 아이의 부모님은 결코 돌아오지 못할 거야. 그 악몽 같았던 1942년 여름에 아우슈비츠에서 죽임을 당한 게 분명한 것 같구나.

사라처럼 끔찍한 지옥을 견디고 살아남아, 사랑하는 사람들 없이 살아가야 하는 아이들이 과연 얼마나 될까, 가끔 궁금해지곤 한단다. 얼마나 괴로울까, 얼마나 고통스러울까. 사라는 모든 걸 포기해야 했잖니. 가족도, 이름도, 종교도. 서로 입 밖에 낸 적은 없지만 그 공허감이 얼마나 깊을지, 그 상실감이 얼마나 지독할지 나는 알고 있단다. 사라는 이 나라를 떠나 자기가 아는 모든 것과 지금까지 겪은 모든 일로부터 멀리 떨어진 새로운 곳에서 다시 시작하고 싶다는구나. 지금은 너무 어리고 약해서 우리 집에 머물고 있다만, 언젠가는 그럴 날이 오겠지. 그러면 아버지와 나는 그애를 보내주어야겠지.

그래, 전쟁은 결국 끝이 났지만 네 아버지와 내가 보기에는 모든 게 달라져버렸구나. 모든 게 전과 다르구나. 씁쓸한 평화. 불길한 미래. 전 세계와 프랑스의 겉모습을 바꾸어버린 사건들. 프랑스는 아직도 암울했던 시절을 딛고 일어서는 중이지. 완전하게 회복될 수 있을까? 내 어렸을 적 프랑스는 이렇지 않았는데. 지금의 프랑스에는 적응이 안 되는구나. 나는 이제 나이를 먹어서 살날이 얼마 남지 않았단다. 하지만 사라, 가스파르, 니콜라는 아직 어리잖니. 그 아이들은 달라진 프랑스에서 살아야 하잖니. 그 아이들을 생각하면 딱한 마음이 들고, 앞으로 어떤 미래가 기다리고 있을지 두렵구나.

아들아, 원래 우울한 이야기를 하려고 펜을 든 게 아니었는데 쓰다보니 이렇게 됐구나. 정말 미안하다. 텃밭 손질도 해야 하고 닭 모이도 주어야 하니 이제 그만 마무리해야겠다. 사라를 위한 너의 모든 배려에 고맙다는 말을 다시 한번 하고 싶구나. 마음씨 착하고 믿음직한 너희들에게 신의 은총이 함께하길, 너희 두 아들에게도 신의 은총이 함께하길.

사랑하는 엄마,

주느비에브

다시 전화벨 소리. 이번에는 내 휴대전화였다. 꺼놨어야 하는 건데. 조슈아였다. 나는 그의 목소리를 듣고 깜짝 놀랐다. 이 늦은 시간에 전화를 하다니 좀처럼 없는 일이었다.

"자기, 뉴스에서 봤어." 그가 느릿느릿 말했다. "한 폭의 그림처럼 아름답던데? 안색이 조금 창백하기는 했지만 아주 매력적이었어."

"뉴스라뇨? 무슨 뉴스요?" 나는 숨을 죽이고 물었다.

"여덟시 TF1 뉴스를 보려고 텔레비전을 켰더니 총리 바로 아래에 우리 줄리아가 보이지 뭐야."

"아, 벨디브 기념식 말씀이세요?"

"연설 좋던데. 자네 생각은 어때?"

"아주 훌륭했어요."

대화가 잠깐 끊겼다. 그가 미국에서만 파는 순한 말보로 실버를 한 대 꺼내 불을 붙이느라 라이터를 켜는 소리가 들렸다. 그의 용건이 궁금해졌다. 평소에 그는 직설적인 사람이었다. 지나치게 직설적인 사람.

"무슨 일로 전화하셨어요?" 내가 조심스럽게 물었다.

"별일 아니야. 잘했다고 칭찬하려고. 자네가 쓴 벨디브 기사, 반응이 좋아. 그 말을 하고 싶어서. 뱀버가 찍은 사진도 좋았고. 둘 다 아주 잘했어."

"아, 감사합니다."

하지만 그런 말에 속을 내가 아니었다.

"그런데요?" 내가 조심스럽게 물었다.

"꺼림칙한 부분이 한 군데 있단 말이지."

"말씀하세요."

"내가 보기엔 뭐가 하나 빠졌어. 생존자, 목격자, 본라롤랑드에서 만난 할아버지, 기타 등등 다 좋아. 다 좋다고. 그런데 자네가 깜빡한 게 있단 말이지. 경찰, 프랑스 경찰 말이야."

"네?" 나는 속이 부글부글 끓기 시작했다. "프랑스 경찰이라뇨?"

"일제 검거 때 관여한 경찰까지 취재했다면 더 완벽했을 거야. 몇 명 찾아내 그쪽 이야기를 들었으면 말이지. 지금은 다들 할아버지가 되었겠지만. 그때 그들은 자신의 아이들에게 뭐라고 했을까? 그들의 가족들도 알고 있었을까?"

그의 말이 맞았다. 왜 미처 그 생각을 못했을까? 부글거리던 속이 가라앉았다. 나는 의기소침해져 아무 대꾸도 하지 않았다.

"이봐, 줄리아, 그럴 것 없어." 조슈아가 킬킬거렸다. "기사 훌륭했다니까. 경찰을 만났더라도 아무 이야기 못 들었을 거야. 그쪽

입장을 소개한 자료도 별로 없었지?"

"네. 그러고 보니 프랑스 경찰의 심정이 어땠을지, 그 부분을 다룬 자료는 한 건도 없었어요. 자기 할 일을 했을 뿐이라는 거겠죠."

"그래, 그렇겠지. 하지만 나는 그들이 그 일을 어떻게 견디며 살았을지 궁금해. 드랑시와 아우슈비츠를 끊임없이 오간 열차 기관사들은 어땠을까? 그 열차에 누가 타고 있는지 알고 있었을까? 정말로 가축을 태운 줄 알고 있었을까? 그들이 어디로 향하는지, 어떤 운명을 맞이할지 알고 있었을까? 버스 운전사들은 또 어땠을까? 그 사람들도 아무것도 몰랐을까?"

물론 이번에도 맞는 말이었다. 나는 계속 잠자코 있었다. 훌륭한 기자라면 이런 금기의 영역까지 파고들어야 하는 법이다. 프랑스 경찰, 프랑스 철도, 프랑스 버스 체계까지.

하지만 나는 온통 벨디브 아이들에 대한 생각뿐이었다. 그중에서도 특히 한 아이에 대한 생각뿐이었다.

"줄리아, 자네 괜찮아?" 그의 목소리가 들렸다.

"당연하죠." 나는 거짓말을 했다.

"자네, 좀 쉬는 게 좋겠어. 비행기를 타고 고향에 다녀올 때가 됐군."

"안 그래도 그러려고요."

그날 저녁 마지막으로 전화한 사람은 나탈리 뒤포르였다. 그녀는 아주 신이 난 목소리였다. 흥분해서 벌겋게 달아오른 그녀의 부랑아 같은 얼굴과 반짝이는 갈색 눈동자가 그려졌다.

"줄리아! 할아버지의 서류를 전부 뒤져서 찾았어요. 사라가 보낸 카드를 찾았다구요!"

"사라가 보낸 카드요?" 나는 멍하니 되물었다.

"결혼한다면서 보낸 마지막 카드요. 거기 남편 이름이 적혀 있어요."

나는 펜을 집고, 허둥지둥 메모지를 찾았다. 메모지가 없었다. 손등에 적는 수밖에 없었다.

"이름이 뭔데요?"

"리처드 J. 레인스퍼드하고 결혼한다고 써 있어요." 나탈리는 레인스퍼드의 철자를 알려주었다. "1955년 3월 15일이라고 적혀 있어요. 주소도 없고, 아무것도 없어요. 그뿐이에요."

"리처드 J. 레인스퍼드." 나는 이름을 되뇌며 손등에 또박또박 적었다.

나는 나탈리에게 고맙다고 인사하고, 앞으로 진행 상황을 계속 알려주겠다고 약속한 다음 맨해튼에 있는 샬라의 사무실로 전화했다. 비서 티나가 받아서 조금 기다리게 하더니 잠시 후 샬라의 목소리가 들렸다.

"우리 언니가 또 어쩐 일이실까?"

나는 단도직입적으로 물었다.

"미국에서는 사람을 찾고 싶으면 어떻게 해야 돼?"

"전화번호부를 뒤지지." 샬라가 대답했다.

"그렇게 간단해?"

"다른 방법도 있고." 알쏭달쏭한 대답이었다.

"1955년에 자취를 감춘 사람의 경우는 어떨까?"

"사회보장번호나 자동차번호나 주소 알아?"

"아니. 아무것도 몰라."

샬라가 휘파람을 불었다.

"어렵겠는데. 못 찾을 수도 있고. 그래도 찾아볼게. 도움이 될 만한 친구가 몇 명 있거든. 이름 불러줘."

바로 그때 쾅 하고 문이 닫히고, 열쇠 뭉치가 식탁 위로 떨어지는 소리가 들렸다.

"내가 다시 전화할게." 나는 얼른 속삭이고 전화를 끊었다.

베르트랑이 거실로 들어왔다. 긴장한 사람처럼 창백하고 얼굴이 굳어 있었다. 그가 다가와 나를 품에 안았다. 그의 턱이 내 정수리에 닿는 게 느껴졌다.

얼른 고백해야 할 것 같은 기분이 들었다.

"나, 수술 안 받았어." 내가 말했다.

그는 꼼짝도 하지 않았다.

"알아. 의사한테 전화 받았어." 그가 대답했다.

나는 그의 품에서 빠져나왔다.

"할 수가 없었어, 베르트랑."

그는 자포자기한 듯 묘한 미소를 지었다. 그가 술병을 보관하는 창가의 수납함 쪽으로 다가가 코냑을 한 잔 따랐다. 그런 다음 고개를 젖히고 단숨에 코냑을 들이켰다. 그런 그의 모습이 꼴사납고 보기 싫었다.

"그럼 이제 어떻게 하면 되지?" 그가 술잔을 똑바로 내려놓으며 물었다. “어떻게 하면 좋을까?”

나는 애써 미소를 지었지만, 어색하고 힘없는 미소인 게 느껴졌다. 베르트랑은 소파에 걸터앉아 넥타이를 풀고 셔츠 윗 단추를 두 개 풀었다.

“줄리아, 나는 이 아이를 받아들일 수 없어. 그렇게 열심히 설명했는데 당신은 들어주질 않네.”

그의 목소리가 평소와 다른 구석이 있어 나도 모르게 그를 유심히 쳐다보았다. 그가 나약하고 초췌해 보였다. 차에서 사라가 집을 찾아온 이야기를 들려주며 지친 표정을 짓던 아버님이 언뜻 떠올랐다.

“내가 이 아이를 낳지 못하게 막을 방법은 없겠지. 하지만 절대 타협할 수 없다는 걸 알아줬으면 좋겠어. 이 아이를 낳으면 나는 무너질 거야.”

약해진 그에게, 무방비한 상태의 그에게 안쓰러운 마음을 전하고 싶었는데 뜻밖에도 분노가 치밀었다.

“무너질 거라고?” 내가 되뇌었다.

베르트랑은 소파에서 일어나 술을 한 잔 더 따랐다. 나는 고개를 돌리고 그가 잔을 비우는 모습을 외면했다.

“당신, 갱년기라고 들어봤어? 미국 사람들이 사랑해 마지않는 단어잖아. 당신은 일이며 친구들이며 딸에게 정신이 팔려서 내가 어떤 시기를 겪고 있는지 알아차리지 못했어. 솔직히 말하면 신경도 안 썼지. 안 그래?”

나는 깜짝 놀라 그를 쳐다보았다.

그는 천천히, 조심스럽게 소파에 다시 앉더니 천장을 응시했다. 내가 지금껏 본 적 없는 느리고 신중한 몸짓이었다. 그의 얼굴이 자글자글했다. 문득 정신을 차리고 보니 늙어가는 남편이 내 앞에 앉아 있었다. 젊은 베르트랑은 사라지고 없었다. 항상 젊고 정력적이고 에너지가 넘치던 사람이었는데. 가만히 있지 못하고, 활기차고 날쌔고 열정적으로 끊임없이 움직이던 사람이었는데. 지금 내 앞에 앉아 있는 사람에게서 과거의 모습은 찾아볼 수 없었다. 언제부터 그랬던 걸까? 어떻게 내가 모를 수 있었을까? 웃음소리가 호탕했던 베르트랑. 농담을 잘하던 베르트랑. 호기롭던 베르트랑. 저 분이 남편이세요? 사람들은 감탄하며 눈을 휘둥그레 뜨고 조그맣게 물었다. 디너파티 때마다 베르트랑이 대화를 독점해도 아무도 뭐라 하지 않았다. 그만큼 좌중을 압도하는 사람이었다. 특유의 시선, 강력한 광선을 뿜어내는 듯한 파란 눈, 삐딱하지만 저항할 수 없는 매력적인 미소.

오늘밤 그에게는 팽팽함이 없었다. 탄탄한 무언가가 없었다. 그는 모든 걸 포기한 듯 힘없이, 무기력하게 앉아 있었다. 눈빛은 처량해 보였고, 눈꺼풀은 처져 있었다.

"내가 어떤 시기를 겪고 있는지 당신은 관심 없었어, 그렇지?"

그의 목소리는 단조롭고 기운이 없었다. 나는 그의 옆에 앉아 손을 쓰다듬었다. 미처 알아채지 못했던 걸 어떤 식으로 고백하면 좋을까? 어떻게 하면 이 미안한 마음을 전할 수 있을까?

"왜 말하지 않았어, 베르트랑?"

그의 입꼬리가 내려갔다.

"하려고 했지만 소용없었어."

"무슨 소리야?"

이번에는 그의 표정이 딱딱하게 굳었다. 그가 작은 소리로 건조하게 웃었다.

"당신이 내 말을 듣지 않았잖아."

생각해보니 그의 말이 맞았다. 처참했던 그날 밤만 해도 그는 갈라진 목소리로 나이를 먹는 게 두렵다고 고백했다. 건드리면 부서질 것처럼 보였다. 그렇게 약해 보였다. 그런데 나는 외면했다. 그런 그의 모습을 보고 불편해했다. 역겨워했다. 그는 내 속마음을 간파했다. 하지만 그로 인해 자기가 얼마나 비참했는지는 차마 내게 표현하지 못했다.

나는 아무 말도 하지 못한 채 그의 손을 잡고 가만히 옆에 앉아 있었다. 참 아이러니한 상황이라는 생각이 들었다. 의기소침한 남편. 금이 간 결혼생활. 조만간 태어날 아이.

"우리 셀렉트나 로통드에 가서 뭐 좀 먹을까?" 내가 다정한 목소리로 물었다. "먹으면서 이야기 좀 할까?"

그는 끙 하고 몸을 일으켰다.

"나중에. 지금은 피곤해."

문득, 지난 몇 달 동안 그가 피곤하다는 말을 입에 달고 살았던 게 생각났다. 너무 피곤해서 영화도 볼 수 없고, 너무 피곤해서 뤽상부르 공원을 달리지도 못하겠고, 너무 피곤해서 일요일 오후에 조에를 데리고 베르사유로 나들이도 갈 수 없다고. 너무 피곤해서 나와의 잠자리도 힘들다고. 마지막으로 부부관계를 가진 게 언제였더라? 몇 주 전이었다. 나는 무겁게 발걸음을 옮기는 그의 뒷모습을 바라보았다. 이제 보니 살이 쪘는데, 그것도 모르고 있었다. 그는 자기 관리가 철저한 사람이었다. "당신은 일이며 친구들이며 딸에게 정신이 팔려서 내가 어떤 시기를 겪고 있는지 알아차리지 못했어…… 당신이 내 말을 듣지 않았잖아." 부끄러워서 온몸이 화끈거렸다. 내가 왜 진실을 외면했을까? 한 지붕 아래서 살며 한 침대를 썼지만, 지난 몇 주 동안 베르트랑은 내 인생에서 제외되어 있었다. 나는 사라 스타르진스키에 대해 함구했다. 아버님과의 새로운 관계에 대해서도 함구했다. 중요한 모든 부분에서 그를 배제했다. 그렇게 내 인생에서 잘라내버렸는데, 얄궂게도 내 배 속에서 그의 아이가 자라고 있었다.

부엌에서 그가 냉장고를 열고 포일을 부스럭거리는 소리가 들렸다. 그가 한 손에는 닭다리를, 다른 손에는 포일을 들고 다시 거실로 들어왔다.

"줄리아, 한 가지만."

"뭔데?"

"이 아이를 받아들일 수 없다는 말은 진심이야. 당신은 마음을 정한 거지? 알았어. 이젠 내 차례로군. 시간을 두고 천천히 고민하고 싶어. 잠시 떨어져서. 여름휴가가 끝나면 당신하고 조에만 생통주 아파트로 들어가. 나는 그 근처에 다른 집을 알아볼게. 당분간 그렇게 지내보자. 시간이 지나면 내 생각이 바뀔지도 모르지. 아니면 이혼하는 거고."

놀랄 일도 아니었다. 진작부터 예상했던 일이었다. 나는 소파에서 일어나 원피스를 매만지고 차분한 목소리로 말했다. "지금 우리가 가장 신경 써야 할 사람은 조에야. 어떻게 되건 그 아이한테 이야기해야 돼, 우리 둘이 같이. 준비를 시켜야지. 제대로."

그는 닭다리를 다시 포일에 내려놓았다.

"당신, 사람이 어쩌면 이렇게 냉정해? 꼭 처제처럼 말을 하네." 빈정거리는 게 아니라 씁쓸한 말투였다.

나는 아무 대꾸도 하지 않았다. 욕실로 들어가 물을 틀었다. 그때 이런 생각이 들었다. 나는 이미 결정을 내리지 않았나? 베르트랑이 아니라 아이를 선택하기로. 나는 그의 태도와 나약한 모습에 마음이 약해지지 않았고, 몇 개월 혹은 영원히 떨어져 지내겠다고 해도 무섭지 않았다. 베르트랑은 사라질 수 없는 존재였다. 딸아이의 아버지이자 지금 내 배 속에서 자라고 있는 아이의 아버지이니 우리와 영원히 인연을 끊을 수는 없었다.

거울에 비친 내 모습을 바라보았다. 수증기가 서서히 욕실을 채우며 자욱한 김으로 내 모습을 흐릿하게 덮었다. 모든 것이 극적으로 달라졌다는 게 실감이 났다. 나는 여전히 베르트랑을 사랑하고 있을까? 여전히 그를 필요로 하고 있을까? 어떻게 그가 아니라 이 아이를 선택할 수 있었을까?

울고 싶었다. 하지만 눈물은 나오지 않았다.

내가 아직 욕조에 몸을 담그고 있는데 그가 욕실로 들어왔다. 내 가방에 들어 있던 사라에 관한 빨간색 파일을 들고 있었다.

"이게 뭐야?" 그가 파일을 흔들며 물었다.

내가 깜짝 놀라 갑자기 움직이는 바람에 목욕물이 한쪽으로 넘쳤다. 그는 시뻘겋게 달아오른 얼굴로 혼란스러운 표정을 지으며 변기 뚜껑을 닫고 그 위에 걸터앉았다. 다른 때 같았으면 그 우스꽝스러운 모습을 보고 깔깔대며 웃었겠지만, 지금은 그럴 때가 아니었다.

"어떻게 된 일이냐면……"

내가 설명하려는 순간, 그가 손을 들었다.

"당신, 어쩔 수가 없는 거지? 과거를 그대로 묻어둘 수가 없는 거지?"

그는 그 파일을 대충 훑어보더니, 쥘 뒤포르가 할아버님에게 보낸 편지를 빠르게 넘겨 보고, 사라의 사진을 유심히 살폈다.

"이게 다 뭐야? 누구한테 받은 거야?"

"아버님한테." 나는 침착하게 대답했다.

그가 나를 빤히 쳐다보았다.

"우리 아버지가 이 일하고 무슨 상관인데?"

나는 욕조 밖으로 나가 등을 돌리고 수건으로 몸을 닦았다. 어쩐 일인지 그에게 알몸을 보이기 싫었다.

"얘기하자면 길어, 베르트랑."

"왜 시시콜콜 끄집어내는 거야? 육십 년 전에 있었던 일이야! 다들 죽었고, 다들 잊혀졌다고."

나는 홱 몸을 돌렸다.

"아니, 그렇지 않아. 육십 년 전에 당신 집안에 어떤 일이 일어났어. 당신은 모르는 일이. 당신이나 아가씨들은 모르는 일이. 할머님도 모르는 일이."

그의 입이 벌어졌다. 어안이 벙벙한 표정이었다.

"무슨 일이 일어났는데? 어서 말해!" 그가 명령조로 외쳤다.

나는 그의 손에 들린 파일을 낚아챘다.

"무슨 생각으로 내 가방을 뒤진 건지 당신부터 말해봐."

우리는 쉬는 시간에 싸우는 어린애들 같았다. 그가 눈을 부라렸다.

"가방 안에 파일이 보이기에 뭔가 궁금했어. 그뿐이야."

"지금까지 내 가방에 파일이 들어 있었던 게 한두 번이야? 그전에는 거들떠보지도 않았잖아."

"지금 그게 문제가 아니잖아. 이게 다 무슨 소리냐고? 말해. 지금 당장."

나는 고개를 저었다.

"베르트랑, 당신 아버지한테 물어봐. 아버님한테 파일을 보았다고, 그게 뭐냐고 물어보라구."

"당신, 나를 못 믿는구나, 그런 거지?"

그가 허탈한 표정을 지었다. 갑자기 그에 대한 연민이 일었다. 그는 상처받은 듯했고, 내 말을 못 믿는 듯했다.

"아버님이 당신한테는 절대 비밀로 해달라고 간곡하게 부탁하셨어." 나는 부드러운 목소리로 대답했다.

베르트랑은 힘없이 변기에서 일어나 문손잡이에 손을 얹었다. 지치고 피곤해 보였다.

그가 뒤로 돌더니 내 뺨을 부드럽게 어루만졌다. 얼굴에 와 닿는 그의 손가락이 따뜻했다.

"줄리아, 우리가 어쩌다 이렇게 된 걸까? 어디서부터 어긋난 걸까?"

그러고는 욕실을 나갔다.

눈물이 났다. 나는 흐르는 눈물을 가만히 내버려두었다. 흐느껴 우는 소리가 들렸을 텐데, 그는 다시 돌아오지 않았다.

오십 년 전 사라 스타르진스키가 뉴욕으로 건너갔다는 사실을 알고 난 이후, 2002년 여름 내내 대서양 저편에서 초강력 자석이 나를 끌어당기는 것 같았다. 한시라도 빨리 그곳으로 떠나고 싶었다. 한시라도 빨리 조에를 만나고 리처드 J. 레인스퍼드를 찾아보고 싶었다. 한시라도 빨리 비행기에 오르고 싶었다.

베르트랑은 아버님께 전화해 그 옛날 생통주 아파트에서 무슨 일이 있었는지 물어보았을까? 베르트랑은 아무 말이 없었다. 계속 따뜻하게 대했지만 나와 거리를 두었다. 그도 내가 얼른 떠나주길 바라는 게 느껴졌다. 혼자서 생각할 시간이 필요한 걸까? 아멜리에를 만나고 싶은 걸까? 알 수 없었다. 관심도 없었다. 나는 관심없다고 계속 되뇌었다.

뉴욕으로 출발하기 몇 시간 전에 아버님에게 전화를 걸었다. 그는 베르트랑과 이야기를 했는지에 대해 말이 없었고 나도 묻지 않았다.

"사라가 왜 편지를 끊었을까? 왜 그랬을 것 같니, 줄리아?" 그가 물었다.

"저도 잘 모르겠어요. 아무튼 최선을 다해서 찾아볼게요."

밤낮으로 그 생각이 떠나질 않았다. 몇 시간 뒤 비행기에 올라서도 나는 계속 같은 질문을 되뇌고 있었다.

사라 스타르진스키는 아직 살아 있을까?

내 동생. 반짝이는 밤색 머릿결과 보조개, 아름다운 파란 눈. 어머니를 닮아 운동선수처럼 탄탄한 체격. 자먼드 자매. 테자크 집안의 여자들보다 훨씬 큰 우리 두 사람. 당황스러워하며 환하게 웃는 사람들. 질투의 시선. 아메리켄들은 왜 이렇게 키가 커요? 음식 때문인가, 비타민 때문인가, 아니면 호르몬? 심지어 샬라는 나보다 더 컸다. 아이를 둘이나 낳았음에도 여전히 군살 없이 건강하고 늘씬한 몸매를 자랑했다.

공항에서 내 얼굴을 본 순간, 샬라는 나에게 낳기로 결심한 아이나 위태로운 결혼생활이 아닌 뭔가 다른 문제가 있음을 알아차렸다. 차를 타고 뉴욕으로 달리는 내내 샬라의 휴대전화가 울리고 또 울렸다. 비서, 상사, 의뢰인, 아이들, 베이비시터. 롱아일랜드에 사는 전남편 벤, 애틀랜타로 출장 간 지금 남편 배리. 전화가 끊이지 않았다. 하지만 동생을 만난 게 너무 행복해서 그런 것쯤 상관없었다. 그저 옆에 앉아 있는 것이, 어깨가 스치는 것만으로도 행복했다.

이스트 81번가에 있는 샬라의 조그만 브라운스톤 아파트로 들어가 크롬으로 도금한 먼지 한 톨 없는 주방에 앉았다. 샬라가 자기 잔에 화이트 와인을 따르고 (임신부를 배려하는 차원에서) 내 잔에 사과주스를 따르자마자 내 속에 담아두었던 이야기가 봇물처럼 터져나왔다. 샬라는 프랑스에 대해 아는 게 거의 없었다. 프랑스어도 별로 신통치 않았고, 유창하게 구사할 수 있는 외국어라고는 스페인어가 전부였다. 나치 점령하의 프랑스라고 해봐야 아무 의미 없는 단어였다. 내가 일제 검거, 수용소, 폴란드로 향한 열차에 대해 이야기하는 동안 그녀는 아무 말 없이 듣고만 있었다. 1942년 7월 파리. 생통주 가의 아파트. 사라. 그녀의 남동생, 미셸.

샬라의 고운 얼굴이 충격으로 하얗게 질렸다. 샬라는 화이트 와인에 손도 대지 않았다. 손가락으로 입술을 꾹 누른 채 고개만 저었다. 나는 사라가 1955년에 뉴욕에서 보낸 마지막 카드를 끝으로 이야기를 마무리 지었다.

그러자 샬라가 말했다.

"맙소사." 그녀가 얼른 와인을 한 모금 마셨다. "그러니까 사라를 찾으러 온 거구나?"

나는 고개를 끄덕였다.

"무슨 수로 실마리를 찾으려고?"

"내가 예전에 전화로 물어본 이름 있잖아. 리처드 J. 레인스퍼드. 그게 남편 이름이야."

"레인스퍼드?"

나는 철자를 알려주었다.

샬라는 당장 자리에서 일어나 무선전화기를 집어들었다.

"뭐 하려고?" 내가 물었다.

그녀는 잠자코 있으라는 듯 한 손을 들었다.

"네, 안녕하세요. 뉴욕 주에 사는 리처드 J. 레인스퍼드 씨 전화번호가 있는지 알고 싶은데요. 맞아요. R.A.I.N.S.F.E.R.D. 없어요? 그럼 뉴저지에는 있나 알아봐주실래요?…… 없어요?…… 코네티컷은요?…… 다행이다. 네, 감사합니다. 잠시만요."

샬라는 메모지에 뭔가를 받아 적더니 요란하게 나에게 건넸다.

"찾았어." 그녀가 의기양양한 목소리로 말했다.

나는 미심쩍어하며 전화번호와 주소를 읽었다.

R. J. 레인스퍼드 부부. 코네티컷 주 록스베리 셰포그 대로 2299번지.

"설마 이 사람일까? 이렇게 쉽게 찾아질 리가 없잖아." 내가 중얼거렸다.

"록스베리라," 샬라는 곰곰이 생각했다. "리치필드 카운티잖아? 예전에 거기 사는 남자를 사귄 적 있거든. 언니가 프랑스에 가고 없었을 때. 그레그 태너. 진짜 귀여웠는데. 그레그의 아버지가 의사였어. 아름다운 곳이야. 맨해튼에서 100마일쯤 떨어져 있고."

나는 얼떨떨한 채 높은 스툴에 앉아 있었다. 사라 스타르진스키를 이렇게 쉽게, 이렇게 빨리 찾아내다니 믿기지가 않았다. 조에한테는 아직 이야기도 하지 못했는데, 벌써 찾아내다니. 사라가 지금까지 살아 있다는 사실 자체가 꿈만 같았다.

"저기, 이 사람이 맞는지 어떻게 하면 확실히 알아볼 수 있을까?" 내가 물었다.

샬라는 식탁에서 노트북 전원을 연결하느라 정신이 없었다. 그녀는 가방을 뒤져 안경을 꺼내더니 코에 걸쳤다.

"바로 알아보면 되지."

나는 키보드를 바쁘게 두드리는 샬라의 뒤로 가서 섰다.

"뭐 하는 거야?" 내가 어리둥절한 목소리로 물었다.

"걱정 마." 샬라는 똑 부러지게 말하고 키보드를 두드렸다. 어깨 너머로 들여다보니 벌써 인터넷에 접속하는 중이었다.

화면에 '코네티컷 주 록스베리를 찾아주셔서 감사합니다. 행사, 모임, 주민, 부동산 정보를 알려드립니다'라고 적혀 있었다.

"완벽해. 딱 원하던 거야." 샬라가 화면을 뚫어져라 쳐다보더니 내가 들고 있던 메모지를 슬그머니 가져가 다시 전화기를 들고 메모지에 적힌 번호를 눌렀다.

일이 너무 순식간에 진행되는 바람에 정신이 없었다.

"샬라! 잠깐! 도대체 뭐라고 하려고?"

샬라가 손으로 송화기를 막았다. 안경 너머로 보이는 파란 눈에 언짢은 기색이 역력했다.

"언니, 나 못 믿어?"

설득력 있고 차분한 변호사의 말투였다. 나는 고개를 저었다. 당혹스럽고 불안했다. 나는 주방을 왔다 갔다 하며 반질반질한 가전제품을 만지작거렸다.

그러다 뒤를 돌아보니 샬라가 씩 웃고 있었다.

"어쩌면 자축하는 의미에서 와인을 마셔야 할지도 몰라. 그리고 발신자 번호 확인 서비스는 걱정할 것 없어. 212*는 안 뜨니까."

샬라는 말을 하다 말고 갑자기 집게손가락으로 수화기를 가리켰다. "네, 안녕하세요. 저기 혹시 레인스퍼드 부인 되세요?"

그 비음 섞인 목소리를 들으니 웃을 수밖에 없었다. 예전부터 샬라는 음성변조에 일가견이 있었다.

"아, 죄송해요…… 부인은 외출 중이시라고요?"

외출 중이라니. 그러니까 정말로 레인스퍼드 부인이 있다는 뜻이었다. 나는 미심쩍어하며 귀를 기울였다.

"네, 저는 사우스 가에 있는 마이너 메모리얼 도서관에서 일하는 샤론 버스톨이라고 하는데요. 8월 2일에 열리는 제1차 여름 간담회에 혹시 참석할 수 있으신가 해서요…… 어머, 어떡해요. 바쁘신데 괜히 번거롭게 해서 죄송해요. 감사합니다. 안녕히 계세요."

샬라는 전화를 끊고, 나를 향해 의기양양한 미소를 지어 보였다.

"뭐래?" 나는 숨을 죽이고 물었다.

"전화를 받은 사람은 리처드 레인스퍼드의 간병인이었어. 노환으로 침대에 누워 지낸대. 중환자라고 하던데. 자기가 매일 오후에 와서 돌봐준대."

"레인스퍼드 부인은?" 내가 조바심을 내며 물었다.

"금방 돌아올 거라는데?"

나는 멍하니 샬라를 바라보았다.

"그럼 이제 어떻게 하지? 그냥 찾아가면 되나?"

---

* 뉴욕 지역번호.

내 동생이 웃음을 터뜨렸다.

“그것 말고 다른 방법 있어?”

다 왔다. 셰포그 대로 2299번지. 나는 시동을 끄고 축축한 손을 무릎에 얹은 채 차 안에 가만히 앉아 있었다.

회색 돌기둥 한 쌍이 양쪽에 서 있는 대문 너머로 집이 보였다. 납작하고 콜로니얼 양식인 것으로 보아 1930년대에 지어진 건물 같았다. 오는 길에 본 수백만 달러짜리 대저택들처럼 으리으리하지는 않았지만, 품격 있고 조화로운 건물이었다.

나는 67번 고속도로를 달리는 동안 때묻지 않은 리치필드 카운티의 소박한 아름다움에 반했다. 높고 낮은 언덕, 반짝이는 강물, 한여름에도 푸르른 초목. 뉴잉글랜드가 얼마나 더운 곳인지 깜빡 잊고 있었다. 에어컨을 아무리 세게 틀어도 온몸이 땀범벅이었다. 생수 한 병 들고 오지 않은 게 후회됐다. 목이 바짝 말랐다.

샬라는 록스베리가 부촌이라고 했다. 독특하고 멋지고 고풍스러운 예술가 마을이라 싫어하는 사람이 없다고 했다. 화가, 작가, 영화배우 들이 많이 사는 듯했다. 리처드 레인스퍼드는 직업이 뭐였을까? 예전부터 여기 살았을까? 아니면 맨해튼에서 살다 은퇴 후 사라와 함께 이곳에 정착했을까? 아이는 있을까? 몇이나 될까? 나는 앞 유리 너머로 목조 저택을 바라보며 창문 숫자를 세어보았다. 뒤쪽이 내 생각보다 크면 모를까, 방은 두세 개쯤 되는 듯했다. 아이가 있다면 내 또래일 것이다. 손주도 있겠지. 나는 목을 길게 빼고 집 앞에 주차된 차가 있는지 살펴보았다. 문이 닫힌 독립 차고만 보였다.

손목시계를 보았다. 두시가 조금 넘었다. 뉴욕에서 겨우 두세 시간 거리였다. 나는 샬라가 빌려준 볼보를 타고 왔다. 차도 주방만큼 깨끗했다. 샬라와 같이 왔더라면 얼마나 좋았을까. 하지만 샬라는 미리 잡아놓은 일정을 취소할 수가 없었다. 샬라는 자동차 열쇠를 건네주며 말했다. "언니 혼자서도 잘할 수 있을 거야. 상황 알려줘, 알았지?"

차 안에 앉아 있는데, 숨 막히는 열기와 함께 불안감이 점점 더해졌다. 사라 스타르진스키에게 뭐라고 말하면 좋을까? 그 이름으로는 부를 수 없었다. 뒤포르 씨라고 부를 수도 없었다. 그녀는 지난 오십 년 동안 레인스퍼드의 아내로 살아온 레인스퍼드 부인이었다. 차에서 내려 대문에 달린 황동 초인종을 눌러야 하는데 발이 떨어지지 않았다. "안녕하세요, 레인스퍼드 부인. 부인께서는 저를 모르시겠지만 저는 줄리아 자먼드라고 합니다. 생통주 아파트와 그 집에서 있었던 일, 테자크 집안에 대해 드릴 말씀이 있어서 찾아왔어요……"

설득력이 없고 어색하게 들렸다. 내가 지금 여기서 뭐 하는 걸까? 무엇 때문에 여기까지 찾아온 걸까? 먼저 편지를 보내고 답장을 기다렸어야 하는 건데. 여기까지 찾아오다니 바보 같았다. 바보 같은 발상이었다. 내가 뭘 바라고 왔을까? 두 팔 벌려 나를 맞이하고 차를 따라주며 "테자크 집안이야 당연히 용서했죠"라고 말해주길 바란 걸까? 말도 안 되는 일이었다. 현실적으로 불가능한 일이었다. 여기까지 오다니 괜한 짓을 한 거였다. 당장 돌아가야 했다.

차를 후진시켜 출발하려는데, 어떤 사람의 목소리가 들려 화들짝 놀랐다.

"누굴 찾아오셨어요?"

축축한 좌석에 앉아 고개를 돌려보니 까무잡잡한 삼십대 여자가 서 있었다. 짧게 자른 까만 머리에, 체구는 작고 탄탄했다.

"레인스퍼드 부인을 만나러 왔는데 집을 제대로 찾아왔는지 모르겠네요."

여자가 미소를 지었다.

"제대로 찾아오셨어요. 그런데 엄마가 안 계세요. 장 보러 가셨거든요. 이십 분 뒤면 오실 거예요. 제 이름은 오넬라 해리스예요. 바로 옆집에 살아요."

나는 사라의 딸을 보고 있었다. 사라 스타르진스키의 딸을.

나는 애써 흥분을 가라앉히며 예의 바르게 미소 지었다.

"저는 줄리아 자먼드예요."

"반가워요. 제가 뭔가 도와드릴 일이 있을까요?"

나는 뭐라고 대답하면 좋을지 열심히 머리를 짜냈다.

"아, 어머님을 뵙고 싶어서요. 먼저 전화를 드렸어야 하는데, 록스베리를 지나는 길에 안부 인사나 드릴까 해서 들렀어요."

"저희 엄마랑 잘 아는 사이세요?"

"아뇨. 얼마 전에 어머님 사촌을 만났을 때 여기 사신다는 얘기를 들었어요."

오넬라의 표정이 밝아졌다.

"아, 로렌초 아저씨를 만나셨군요! 유럽에서요?"

나는 애써 태연한 표정을 지었다. 로렌초라니 도대체 누구지?

"네, 파리에서 뵈었어요."

오넬라가 빙그레 웃었다.

"로렌초 아저씨는 참 특이한 분이에요. 엄마도 아저씨를 얼마나 좋아하시는지 몰라요. 자주 놀러오지는 않으시지만, 전화는 자주 하시죠."

그녀가 내 쪽으로 고개를 숙이고 물었다.

"저기, 들어가서 아이스티나 뭐 시원한 거 한잔 하실래요? 밖이 너무 더워요. 우리 집에서 기다리세요. 엄마가 돌아오시면 차 소리가 들릴 거예요."

"그렇게까지 폐를 끼치기는……"

"아이들하고 남편이 릴리노나 호수로 배 타러 가서 괜찮아요!"

나는 차에서 내려 점점 더 초조해지는 마음을 달래며 오넬라를 따라 옆집 테라스로 향했다. 레인스퍼드의 집과 똑같은 양식의 집이었다. 플라스틱 장난감, 프리스비*, 머리가 없는 바비 인형, 레고

* 던지고 받으며 노는 플라스틱 원반.

가 잔디밭에 널브러져 있었다. 나는 서늘한 그늘에 앉으며 사라 스타르진스키가 얼마나 자주 여기 앉아 손자들이 노는 모습을 지켜보았을지 생각했다. 바로 옆에 살고 있으니 아마 매일 찾아왔겠지.

오넬라가 아이스티가 담긴 큼지막한 잔을 건넸고, 나는 고맙게 받아 들었다. 우리는 아무 말 없이 아이스티만 홀짝였다.

"이 근처에 사세요?" 한참 뒤에 그녀가 물었다.

"아뇨. 프랑스에 살아요. 파리요. 프랑스 남자랑 결혼했거든요."

"파리요? 와우." 그녀가 환호성을 질렀다. "멋진 곳에 사시는군요?"

"그렇긴 한데 고향에 오니까 너무 좋아요. 여동생은 맨해튼에 살고, 부모님은 보스턴에 사시거든요. 가족들이랑 여름휴가 같이 보내려고 온 거예요."

전화벨이 울렸다. 오넬라가 전화를 받으러 일어섰다. 그녀는 몇 마디 나지막이 중얼거리더니 다시 테라스로 돌아왔다.

"밀드레드예요." 그녀가 말했다.

"밀드레드요?" 내가 멍하니 물었다.

"아빠 간병인이요."

어제 샬라가 전화했을 때 병석에 누운 노인 운운했던 그 간병인인 모양이었다.

"아버님은…… 좀 괜찮아지셨어요?" 내가 조심스럽게 물었다.

그녀는 고개를 저었다.

"아뇨. 암이 너무 진행된 상태라서요. 오래 못 버티실 것 같아요. 말씀도 못 하시고 의식도 없어요."

"어쩌면 좋아요." 내가 중얼거렸다.

"엄마가 강인한 분이라 다행이에요. 원래는 그 반대가 되어야 하는데, 엄마 덕분에 제가 견디고 있어요. 얼마나 대단하신지 몰라요. 제 남편 에릭도 마찬가지구요. 두 사람이 없었다면 저는 버티지 못했을 거예요."

나는 고개를 끄덕였다. 그때 자동차 바퀴가 자갈 위를 구르는 소리가 들렸다.

"엄마예요!" 오넬라가 말했다.

쾅 하고 문이 닫히는 소리에 이어 저벅저벅 자갈을 밟는 소리가 들렸다. 잠시 후 누가 울타리 너머에서 높고 듣기 좋은 목소리로 "넬라! 넬라!" 하고 부르는 소리가 들렸다.

경쾌한 외국 억양이 느껴졌다.

심장이 쿵쾅거렸다. 진정시키느라 가슴에 손을 얹어야 할 정도였다. 넙적한 엉덩이를 좌우로 흔들며 걷는 오넬라를 따라 다시 잔디밭을 가로지르는데, 너무 흥분되고 떨려서 현기증이 났다.

조금만 있으면 사라 스타르진스키를 만난다. 내 눈으로 직접 그녀를 확인할 것이다. 내 입에서 무슨 말이 튀어나올지는 하늘만이 알 것이다.

바로 옆에 있는데도 오넬라의 목소리가 아득하게 느껴졌다.

"엄마, 이쪽은 줄리아 자먼드예요. 파리에서 온 로렌초 아저씨 친구분이에요. 록스베리를 지나다 들렀대요."

웃으며 나를 향해 다가오는 여자는 발목까지 내려오는 빨간색 원피스를 입고 있었다. 오십대 후반이었고, 딸처럼 체구가 작고 탄탄했다. 둥근 어깨, 풍만한 허벅지, 굵고 투실투실한 두 팔. 하나로 틀어 올린 까만 머리, 햇볕에 까무잡잡하게 탄 얼굴, 칠흑처럼 새까만 눈동자.

새까만 눈동자.

이 여자는 사라 스타르진스키가 아니었다. 그것만큼은 분명했다.

“로렌초 친구라고요? 만나서 반가워요!”

완벽한 이탈리아 억양이었다. 틀림없었다. 이 여자는 머리끝에서 발끝까지 이탈리아 사람이었다.

나는 뒷걸음질치며 더듬거렸다.

“죄송해요. 정말 죄송합니다.”

오넬라와 그녀의 어머니가 나를 뚫어져라 쳐다보았다. 두 사람의 얼굴에서 미소가 흔들리는가 싶더니 사라졌다.

“제가 레인스퍼드 부인을 잘못 찾아왔나봐요.”

“잘못 찾아왔다고요?” 오넬라가 내 말을 반복했다.

“사라 레인스퍼드를 찾고 있거든요. 제가 착각을 한 모양이에요.”

오넬라의 어머니가 한숨을 쉬고 내 팔을 토닥였다.

“신경 쓸 것 없어요. 있을 수 있는 일이니까.”

“이만 가볼게요.” 나는 화끈거리는 얼굴로 중얼거렸다. “괜히 저 때문에 시간만 뺏기셨네요. 죄송합니다.”

몸을 돌려 차를 세워둔 곳으로 걸어가는데, 당황스럽고 실망스러워서 몸이 떨렸다.

"잠깐만요! 잠깐만요!" 레인스퍼드 부인이 특유의 맑은 목소리로 외쳤다.

나는 걸음을 멈추었다. 그녀가 내 쪽으로 걸어와 통통한 손을 내 어깨에 얹었다.

"착각한 거 아니에요."

나는 미간을 찌푸렸다.

"무슨 말씀이세요?"

"프랑스에서 온 사라가 우리 남편의 첫번째 부인이었어요."

나는 그녀를 응시했다.

"그분 어디 사는지 혹시 아세요?" 나는 숨을 죽이고 물었다.

그녀는 다시 그 통통한 손으로 나를 토닥였다. 검은 눈동자가 슬퍼 보였다.

"죽었어요. 1972년에. 이런 소식을 전하려니 나도 안타깝네요."

그녀의 말을 이해하기까지 한참이 걸렸다. 머리가 어지러웠다. 태양이 작열하고 있었으니, 어쩌면 더위 때문이었을지도 모른다.

"넬라! 물 좀 가져오렴!"

레인스퍼드 부인이 내 팔을 붙잡더니 베란다로 데리고 가서 쿠션이 놓인 나무 벤치에 앉혔다. 그러고는 물을 한 잔 주었다. 나는 물컵 가장자리에 이를 부딪혀가며 물을 마시고 빈 잔을 그녀에게 다시 건넸다.

"이런 소식을 전하게 돼서 나도 정말 안타까워요."

"어쩌다 돌아가셨나요?" 내가 침울한 목소리로 물었다.

"교통사고로요. 리처드와 사라는 1960년대 초부터 록스베리에 살았는데, 사라의 차가 빙판길에 미끄러지면서 나무를 들이받았대요. 이곳은 겨울이면 길이 아주 위험하거든요. 그 자리에서 즉사했다고 들었어요."

나는 아무 말도 할 수 없었다. 정신이 아득했다.

"충격을 받은 모양이네. 어쩌면 좋아." 그녀는 모성애가 듬뿍 담긴 손길로 내 뺨을 어루만졌다.

나는 고개를 저으며 뭐라고 중얼거렸다. 온몸의 기운이 다 빠져나간 듯했다. 빈껍데기만 남은 듯했다. 뉴욕까지 그 먼 길을 돌아갈 생각을 하니 소리를 지르고 싶었다. 게다가…… 아버님한테는, 가스파르한테는 뭐라고 하면 좋지? 어떻게 말해야 할까? 그냥 죽었다고 하면 될까? 그러면 될까? 더이상 내가 할 수 있는 게 없는 걸까?

그녀는 세상을 떠났다. 마흔 살에. 죽었다. 세상을 떠났다. 영원히.

사라는 세상을 떠났다. 나는 그녀에게 아무 말도 할 수 없다. 아버님을 대신해 미안하다고 사과하고, 테자크 집안 사람들이 얼마나 그녀를 생각했는지 이야기하고 싶었건만. 가스파르와 니콜라 뒤포르가 얼마나 보고 싶어하는지 모른다는 말과 그들의 소식도 전하고 싶었건만. 너무 늦었다. 삼십 년이나 늦었다.

"나는 사라를 한 번도 못 봤어요." 레인스퍼드 부인이 다시 이야기를 시작했다. "몇 년이 지난 뒤 리처드를 만났거든요. 얼마나

보기 딱했는지 몰라요. 그리고 아들도……"

나는 고개를 번쩍 들고 온 정신을 집중했다.

"아들이요?"

"네, 윌리엄이요. 윌리엄 알아요?"

"사라의 아들이라고요?"

"맞아요. 사라의 아들."

"저한테는 이복오빠인 셈이죠." 오넬라가 말했다.

다시 한번 희망의 서광이 비쳤다.

"아뇨, 몰라요. 어떤 분인가요?"

"가여운 아이죠. 어머니가 돌아가셨을 때 겨우 열두 살이었으니 얼마나 상심이 컸겠어요. 내가 친자식처럼 키웠어요. 이탈리아에 대한 사랑을 가르쳤고요. 나중에 우리 고향 마을 아가씨하고 결혼했죠."

그녀의 얼굴이 자부심으로 환히 빛났다.

"그분도 록스베리에 살아요?" 내가 물었다.

그녀는 웃으며 다시 한번 내 뺨을 어루만졌다.

"맘마 미아! 윌리엄은 이탈리아에 살아요. 스무 살이던 1980년에 록스베리를 떠났고, 1985년에 프란체스카와 결혼했죠. 예쁘장한 딸이 둘 있어요. 가끔 자기 아버지하고 나, 오넬라를 만나러 와요. 자주는 아니지만. 여길 싫어하거든요. 돌아가신 어머니가 생각나니까."

갑자기 기분이 한결 나아졌다. 조금 전처럼 덥고 답답하지 않았다. 숨쉬기도 더 편해졌다.

"레인스퍼드 부인……" 내가 입을 열었다.

"그냥 마라라고 불러요."

"마라." 나는 그녀의 말에 따랐다. "윌리엄을 만나보고 싶어요. 만나서 이야기를 좀 나누고 싶어요. 아주 중요한 일이에요. 이탈리아 어디에 사는지 주소를 좀 알 수 있을까요?"

연결 상태가 좋지 않아 조슈아의 목소리가 잘 들리지 않았다.

"가불해달라고? 여름휴가 중에?"

"네!" 나는 미심쩍어하는 그의 말투에 주눅이 들어 일부러 고함을 질렀다.

"얼마나?"

나는 금액을 말했다.

"이봐 줄리아, 무슨 일이야? 그 자상하던 남편이 구두쇠로 돌변하기라도 했어? 아니면 뭐야?"

나는 조바심에 한숨이 나왔다.

"조슈아, 돼요, 안 돼요? 중요한 문제예요."

"당연히 되지." 그가 서둘러 말했다. "그렇게 오랫동안 같이 일했는데 자네가 돈 이야기를 꺼낸 게 처음이라 그래. 무슨 문제가 생긴 건 아니지?"

"아무 문제 없어요. 여행을 떠나야 하거든요. 지금 당장요."

"아하, 어디 가려고?" 그의 호기심이 점점 커져가는 게 느껴졌다.

"딸아이를 데리고 토스카나에 가요. 자세한 건 나중에 말씀드릴게요."

나는 단호하게 딱 잘라 말했다. 아무리 캐내려 해도 소용없다는 것을 그도 알아차렸을 것이다. 그의 짜증이 파리에서 여기까지 전해졌다. 그는 오후쯤 통장에 입금돼 있을 거라고 퉁명스럽게 말했다. 나는 고맙다고 말하고 전화를 끊었다.

그런 다음 턱을 괴고 고민을 시작했다. 베르트랑에게 내 계획을 알리면 난리법석을 떨 것이다. 그가 모든 걸 복잡하고 힘들게 만들 것이다. 내가 감당할 수 없는 일이었다. 아버님한테는 말씀드릴 수 있지만…… 아니, 너무 이르다. 너무 빠르다. 윌리엄 레인스퍼드를 먼저 만나봐야 했다. 주소를 아니 찾는 데 별 어려움이 없을 것이다. 하지만 그를 만나는 것은 별개의 문제였다.

조에도 문제였다. 롱아일랜드에서 즐거운 시간을 보내고 있는데 방해를 받으면 뭐라고 할까? 외갓집이 있는 나한트에 갈 수 없다고 하면 뭐라고 할까? 처음에는 그게 걱정스러웠지만, 곧 괜찮을 거라는 생각이 들었다. 이탈리아는 처음이니까. 그리고 비밀 속으로 그애를 끌어들이는 것도 한 방법이었다. 사라 스타르진스키의 아들을 만나러 간다고 솔직히 털어놓는 거다.

우리 부모님도 문제였다. 부모님한테는 뭐라고 하지? 어떻게 운을 띄우지? 부모님도 롱아일랜드에서 긴 휴가를 즐긴 다음 나한트에서 나를 만나는 줄 알고 계실 텐데. 도대체 뭐라고 말씀드리면 좋지?

"좋아," 나중에 내가 고민을 털어놓자 샬라는 느릿느릿 말했다. "좋아, 근데 조에와 함께 토스카나로 날아가서 이 남자를 만나겠다고? 육십 년이나 지난 지금에 와서 미안하다는 말을 하려고?"

어찌나 빈정거리는 말투인지 내가 움찔할 정도였다.

"음, 왜 안 되는데?" 내가 물었다.

샬라는 한숨을 쉬었다. 우리는 샬라가 작업실로 쓰는 2층의 넓은 거실에 앉아 있었다. 그날따라 배리의 퇴근이 늦었다. 주방에는 둘이서 같이 준비한 저녁이 차려져 있었다. 샬라는 조에처럼 밝은 색을 좋아해서, 이 거실도 옅은 황록색과 진홍색과 이글거리는 주황색이 한데 어우러진 용광로였다. 처음 보았을 때는 머리가 지끈거리더니 적응이 되자 매우 이국적으로 다가왔다. 나는 심지어 옷을 고를 때도 갈색이나 베이지색, 흰색 아니면 회색처럼 무난하고 차분한 색을 택한다. 샬라와 조에는 뭐든 지나치다 싶을 정도로 밝은 것을 좋아하는데, 둘 다 아주 근사하게 소화해낸다. 그렇게 과감할 수 있다니, 부럽기도 하고 존경스럽기도 했다.

"그렇게 몰아붙이지 마. 언니 지금 임신부잖아. 지금 같은 때 거기까지 찾아가는 게 과연 잘하는 일인지 나는 모르겠어."

나는 아무 대꾸도 하지 않았다. 맞는 말이었다. 샬라는 자리에서 일어나 칼리 사이먼의 오래된 음반을 틀었다. 백업 보컬을 맡은 믹 재거가 구슬프게 흐느끼는 〈You're So Vain〉이었다.

샬라가 고개를 돌리고 나를 쏘아보았다.

"지금 당장 그 남자를 만나야겠어? 나중으로 미루면 안 돼?"

이번에도 핵심을 찌르는 말이었다.

나도 샬라를 똑바로 쳐다보았다.

"샬라, 그렇게 간단한 문제가 아니야. 나중으로 미룰 수 없어. 이유는 설명 못 하겠어. 이게 얼마나 중요한 문제인지 아니? 지금 이 순간 내 인생에서 가장 중요한 문제야. 아이 다음으로 중요한 문제라고."

샬라가 또다시 한숨을 쉬었다.

"이 칼리 사이먼 노래를 들을 때마다 형부가 생각나. '너무나 헛된 당신, 이 노래는 분명 당신을 위한 노래……'"

나는 코웃음을 쳤다.

"엄마 아빠한테는 뭐라고 말씀드릴 거야? 나한트 안 가는 거랑 아이에 대해서." 샬라가 물었다.

"모르지."

"생각해봐. 열심히 생각해봐."

"그러고 있어. 생각해놨어."

샬라가 내 뒤로 걸어와 내 어깨를 주물렀다.

"그럼 계획을 다 세워놓았다는 뜻이야? 벌써?"

"그래."

"빠르기도 하시지."

샬라가 어깨를 주물러주자 온기가 느껴지면서 졸음이 밀려왔다. 나는 알록달록한 샬라의 거실을 둘러보았다. 파일과 책으로 뒤덮인 책상, 산들바람에 흔들리는 옅은 빨간색 커튼. 아이들이 없으니 집 안이 조용했다.

"그 사람은 어디 사는데?" 샬라가 물었다.

"이름은 윌리엄 레인스퍼드야. 루카에 살고."

"거기가 어딘데?"

"피렌체하고 피사 사이에 있는 작은 마을."

"뭐 하는 사람이야?"

"인터넷에서 찾아봤는데, 레인스퍼드 부인도 가르쳐주더라. 음식 평론가래. 부인은 조각가고. 아이는 둘이고."

"나이는 몇 살이야?"

"너 무슨 경찰 같다? 1959년생이야."

"그런데 언니가 그 사람의 인생 속으로 들어가 쑥대밭으로 만들어놓겠다 이거지?"

나는 화가 나 그녀의 손을 치웠다.

"그게 아니야! 우리 쪽 이야기를 들려주고 싶은 거야. 지난 과거를 아무도 잊지 않았다고 알려주고 싶은 거라고."

쓴웃음.

"그 사람도 잊지 않았을걸? 그의 어머니가 평생 그 과거를 짊어지고 살았을 텐데, 그런 사람한테 굳이 다시 일깨워줄 필요가 있을까?"

아래층에서 문 두드리는 소리가 들렸다.

"집에 아무도 없어요? 아리따운 숙녀분과 파리에서 온 언니가 있을 텐데?"

계단을 올라오는 발소리가 들렸다.

배리가 퇴근한 모양이었다. 샬라의 표정이 밝아졌다. 사랑에 푹 빠진 얼굴이었다. 나는 다행이라는 생각이 들었다. 괴롭고 고통스러웠던 이혼 끝에 샬라는 다시 행복해진 것이다.

나는 입을 맞추는 두 사람을 보며 베르트랑을 떠올렸다. 내 결혼생활은 어떻게 될까? 어느 쪽으로 결론이 날까? 다시 예전으로 돌아갈 수 있을까? 나는 그런 생각들을 애써 떨쳐버리며 샬라와 배리를 따라 아래층으로 내려갔다.

나중에 잠자리에 들었을 때 샬라가 한 말이 생각났다. "그런 사람한테 굳이 다시 일깨워줄 필요가 있을까?" 그날 나는 밤새 뒤척였다. 다음 날 아침이 되자, 나는 윌리엄 레인스퍼드가 자기 어머니와 어머니의 과거 이야기를 피하고 싶어하는지 직접 알아보겠노라고 혼자 중얼거렸다. 나는 그를 만나러 갈 것이다. 만나서 이야기할 것이다. 이틀 뒤에 조에와 함께 파리를 거쳐 피렌체로 날아갈 것이다.

윌리엄 레인스퍼드는 늘 루카에서 여름휴가를 보낸다. 마라는 그렇게 말하면서 나에게 주소를 알려주었다. 내가 찾아갈 거라고 전화로 미리 이야기까지 해주었다.

윌리엄 레인스퍼드는 줄리아 자먼드가 조만간 전화할 거라는 사실을 알고 있었다. 하지만 거기까지가 그가 아는 전부였다.

토스카나의 폭염은 뉴잉글랜드의 폭염과는 전혀 달랐다. 습기라고는 없이 지나치게 건조했다. 조에를 데리고 피렌체 페레톨라 공항을 빠져나오는데, 열기가 어찌나 지독한지 탈수로 그 자리에서 쪼그라드는 게 아닐까 싶을 정도였다. 나는 모든 걸 임신 탓으로 돌리고, 평소 같았으면 이렇게까지 바싹 말라버린 듯한 기분을 느끼지 않았을 거라며 스스로를 달랬다. 시차도 한몫 톡톡히 했다. 밀짚모자와 까만 선글라스를 써도 햇볕이 피부와 눈으로 파고드는 듯했다.

미리 빌려놓은 수수한 모양의 피아트가 태양이 내리쬐는 주차장 한가운데서 우리를 기다리고 있었다. 에어컨은 있으나 마나였다. 차를 타고 후진을 하는데, 갑자기 내가 루카까지 사십오 분 거리를 운전해서 갈 수 있을까 하는 생각이 들었다. 그늘진 시원한 방에서 얇고 보드라운 이불을 덮고 자고 싶은 마음뿐이었다. 조에의 활기가 나를 계속 움직이게 했다. 조에는 옆에서 끊임없이 조잘

거리며, 구름 한 점 없는 새파란 하늘과 고속도로변에 서 있는 사이프러스와 일렬로 심은 올리브나무와 저 멀리 언덕 꼭대기에 자리 잡은 허물어져가는 낡은 집들을 가리켰다. 그러다 "저기가 고급 온천과 와인으로 유명한 몬테카티니"라고 가이드북을 보며 아는 척 외쳤다.

내가 운전을 하는 동안 조에가 옆에서 큰 소리로 루카에 대해 읽었다. 루카는 옛 모습을 그대로 간직한 중심가를 에워싼 중세시대의 유명한 성벽이 고스란히 남아 있는, 토스카나에서도 몇 안 되는 마을이었다. 중심가에는 차량이 출입할 수 없었다. 볼거리도 많았다. 대성당, 산미켈레 교회, 귀니지 탑, 푸치니 박물관, 팔라초 만시…… 나는 어디서 저런 기운이 날까 신기해하며 딸아이를 보고 미소 지었다. 그러자 딸아이도 나를 보며 씩 웃었다.

"관광할 시간이 별로 없을 거 아니에요. 그러니까 미리 공부를 해놔야지. 안 그래요, 엄마?"

"물론이지." 나는 맞장구를 쳤다.

조에는 루카 지도를 보고 윌리엄 레인스퍼드가 사는 곳을 벌써 찾아놓았다. 이 마을의 대동맥 역할을 하는 필룬고 보행자 전용 대로와 가까운 곳이었다. 나는 필룬고에 있는 카사 조반나라는 작은 게스트하우스에 방을 두 개 잡아놓았다.

미로처럼 얽힌 루카의 순환도로로 진입하자, 아무 신호 없이 출발하거나 멈추거나 좌회전 혹은 우회전하는 주변 차량들에 대처하려면 정신을 바짝 차려야겠다는 생각이 들었다. 이곳의 운전자들이 파리보다 훨씬 더 험악하다는 결론이 나자 짜증이 났다. 게다가 생리 직전처럼 아랫배가 묵직하게 쑤시는 것도 불안했다. 기내식이 뭐가 안 맞았던 걸까? 아니면 그보다 더 심각한 상황일까? 걱정이 됐다.

샬라의 말이 맞았다. 삼 개월도 안 된 지금 같은 때 여기까지 날아오다니 정신 나간 짓이었다. 나중으로 미룰 수 있었는데. 윌리엄 레인스퍼드와의 만남을 육 개월만 뒤로 미루면 되는 거였는데.

조에의 얼굴을 보았다. 신나고 좋은지 그 예쁜 얼굴에서 빛이 났다. 딸아이는 베르트랑과 나의 별거에 대해 아무것도 모르고 있었다. 우리의 계획에 대해 전혀 알지 못했다. 딸아이에게 올해 여름은 절대 잊지 못할 여름이 될 것이다.

나는 성벽 근처의 무료 주차장으로 차를 몰며, 딸아이를 위해 이곳에서 최대한 근사한 시간을 보내고 싶다는 생각을 했다.

나는 조에에게 잠시 쉬어야겠다고 말했다. 조에가 로비에서 풍만한 가슴에 목소리가 관능적인 사근사근한 조반나와 수다를 떠는 동안 나는 시원한 물로 샤워를 하고 침대에 누웠다. 아랫배의 욱신거림이 차츰 가라앉았다.

서로 맞붙어 있는 우리 객실은 높다랗고 고풍스러운 건물의 고층에 위치해 있고 작았지만, 아주 쾌적했다. 샬라의 집에서 전화를 걸어 나한트로 가지 못한다고, 조에를 데리고 유럽으로 돌아간다고 알렸을 때 들었던 어머니의 목소리가 자꾸 생각났다. 어머니는 걱정스러운 듯 잠깐 아무 말 없다가 헛기침을 한 뒤 결국 무슨 일 있느냐고 물었다. 나는 명랑한 목소리로 아무 일 없다고, 조에와 함께 피렌체에 놀러 갈 수 있는 기회가 생겼다고, 나중에 다시 미국으로 건너와 어머니와 아버지를 만나겠다고 했다. 그러자 어머니가 외쳤다. "미국에 온 지 얼마 되지도 않았잖아! 샬라하고 며칠 지내지도 않았는데 가겠다는 이유가 뭐니? 잘 놀고 있는 조에는 뭐하러 데려가고? 이해가 안 되는구나. 미국이 그립다고 그렇게 말해놓고 이렇게 허둥지둥 떠나다니."

죄송한 마음이 들었다. 하지만 전화로 부모님께 그 모든 상황을 설명할 수는 없는 일이었다. 나중에 말씀드리자. 나는 생각했다. 아직은 때가 아니야. 라벤더 향기를 희미하게 풍기는 연분홍색 시트 위에 누워 있는 지금도 죄송한 마음은 여전했다. 심지어 어머니에게는 임신 소식을 알리지도 않았으니…… 조에한테도 알리지 않았다. 어머니, 조에 그리고 아버지에게 비밀을 털어놓고 싶은 마음이 간절했지만 왠지 모르게 망설여졌다. 난생처음 해괴한 미신과 깊은 두려움에 휩싸였다. 내 인생이 지난 몇 개월 동안 미묘하게 달라진 듯했다.

사라와 생통주 아파트 때문일까? 아니면 뒤늦게 어른이 된 걸까? 뭐라고 말할 수 없었다. 다만 오랫동안 나를 감싸고 있던 부연 안개에서 빠져나온 것 같은 기분이라는 건 알 수 있었다. 이제는 주변의 모든 것이 선명하고 또렷했다. 그 어떤 것도 안개로 뒤덮여 있지 않았다. 그 어떤 것도 흐릿하지 않았다. 이제 남은 것은 사실뿐이었다. 이 남자를 찾아가는 것. 찾아가서 테자크 집안 사람들이, 뒤포르 집안 사람들이 그의 어머니를 결코 잊지 않았다고 전하는 것.

어서 빨리 그를 만나고 싶어 조바심이 났다. 그가 바로 여기, 이 마을에서, 어쩌면 바로 이 순간 떠들썩한 필룬고 대로를 걷고 있을지도 모른다. 이 작은 방에 누워 열린 창문 너머로 전해지는 좁은 골목길의 웅성거림과 웃음소리, 그리고 이따금 들려오는 베스파 스쿠터의 굉음과 찌르릉거리는 자전거 벨 소리를 듣고 있노라니, 그 어느 때보다 사라와 가까워진 듯한 기분이 들었다. 이제 조만간 그녀의 혈육인, 그녀의 핏줄인 아들을 만날 수 있기 때문이었다. 바로 지금이 노란 별을 달고 있었던 그 어린 소녀에게 가장 가까워진 순간이었다.

손을 뻗어 수화기를 들고 전화를 걸어. 간단하잖아. 쉽잖아. 그런데 그게 되질 않았다. 나는 까만색 구식 전화기를 하릴없이 바라보며 절망과 짜증이 섞인 한숨을 내쉬었다. 그렇게 침대에 누워만 있는 나 자신이 한심하고 부끄러웠다. 생각해보면 나는 루카의 매력과 아름다움조차 만끽하지 못할 만큼 사라의 아들에 집착하고 있었다. 지금까지 구불구불 복잡한 골목길을 토박이처럼 누비는 조에의 뒤를 몽유병 환자처럼 터벅터벅 따라다니기만 했을 뿐, 루카를 제대로 구경하지도 못했다. 오로지 윌리엄 레인스퍼드 생각뿐이었다. 그런데 그에게 전화조차 하지 못하고 있다니.

조에가 들어와 침대 가에 걸터앉았다.

"엄마, 괜찮아?" 조에가 물었다.

"응. 푹 쉬었어."

조에는 옅은 갈색 눈동자를 이리저리 움직이며 내 안색을 살폈다.

"좀더 쉬어야겠어, 엄마."

나는 미간을 찌푸렸다.

"그렇게 피곤해 보이니?"

조에가 고개를 끄덕였다.

"그럼 쉬어, 엄마. 조반나가 먹을 것 챙겨줬으니까 내 걱정은 하지 말고. 모든 게 아무 문제 없어."

말투가 어찌나 진지한지 절로 미소가 나왔다. 딸아이는 문 앞까지 걸어갔다 고개를 돌렸다.

"엄마……"

"응?"

"우리가 여기 온 거, 아빠도 알아?"

베르트랑에게는 조에를 데리고 루카에 왔다는 이야기를 아직 하지 않았다. 알면 몹시 화를 낼 게 분명했다.

"아니, 몰라."

조에가 문손잡이를 만지작거렸다.

"아빠랑 싸웠어?"

그 맑고 진지한 눈을 바라보며 거짓말을 해봐야 부질없는 짓이었다.

"응, 싸웠어. 아빠는 엄마가 사라에 대해 알아내려는 걸 좋아하지 않아. 우리가 여기 있는 걸 알면 싫어할 거야."

"할아버지는 아시는데."

나는 깜짝 놀라 침대에서 벌떡 일어났다.

"할아버지한테 말씀드렸어?"

조에가 고개를 끄덕였다.

"응. 할아버지가 사라에 대해 얼마나 궁금해하는지 몰라. 그 아들을 만나러 엄마랑 둘이서 여기 찾아올 거라고 내가 롱아일랜드에서 전화로 말씀드렸어. 엄마도 나중에 전화하겠지만, 너무 흥분돼서 참을 수가 없었어."

"그랬더니 할아버지가 뭐라고 하셨어?" 너무나 거리낌 없이 이야기하는 딸아이에게 놀라워하며, 내가 물었다.

"잘 생각했다고 하셨어. 아빠가 난리 치면 할아버지가 얘기하시겠대. 엄마더러 장하대."

"할아버지가 그러셨단 말이야?"

"응."

나는 고개를 저었다. 당황스럽기도 하고 뭉클하기도 했다.

"할아버지가 다른 말씀도 하셨어. 엄마더러 너무 서두르지 말래. 엄마 너무 피곤하지 않게 잘 챙겨드리랬어."

그러니까 아버님도 알고 있는 것이다. 내가 임신한 것을. 베르트랑과 이야기를 나눈 것이다. 부자간에 긴 대화가 있었을 것이다. 그리고 이제 베르트랑은 1942년 여름에 생통주 아파트에서 무슨 일이 있었는지 모두 알게 됐을 것이다.

조에의 목소리가 아버님에 대한 상념에 잠겨 있던 나를 퍼뜩 깨웠다.

"엄마, 윌리엄 아저씨한테 전화해서 약속을 잡는 게 좋지 않을까?"

나는 똑바로 일어나 앉았다.

"그래, 네 말이 맞아."

나는 마라가 윌리엄의 전화번호를 적어준 종이를 꺼내 구식 전화기의 다이얼을 눌렀다. 심장이 두근거렸다. 꿈을 꾸는 것 같았다. 내가 지금 여기서 사라의 아들에게 전화를 하다니.

불규칙한 벨 소리가 몇 번 이어지더니 윙 하고 자동응답기 돌아가는 소리가 들렸다. 어떤 여자가 이탈리아어로 빠르게 뭐라고 말했다. 황급히 전화를 끊는데, 한심하다는 생각이 들었다.

"그게 뭐야?" 조에가 말했다. "나한테는 자동응답기가 돌아가더라도 그냥 끊으면 안 된다고 수백 번은 말해놓고."

다 자란 어른처럼 곤란하다는 듯 나를 쳐다보는 딸아이를 보고 나는 웃으며 다시 다이얼을 눌렀다. 이번에는 삑 하는 소리가 들릴 때까지 기다렸다. 메시지를 남기는데, 며칠 동안 연습이라도 한 것처럼 자연스럽게 말이 나왔다.

"안녕하세요, 저는 줄리아 자먼드라고 합니다. 마라 레인스퍼드 부인께 제 이야기 들으셨죠? 지금 딸과 함께 루카에 도착해서 필룬고 대로에 있는 카사 조반나에 묵고 있어요. 여기에서 며칠 묵을 건데 연락 부탁드릴게요. 감사합니다."

까만색 수화기를 내려놓는데, 마음의 짐을 내려놓은 것 같기도 하고 실망스러운 것 같기도 했다.

"잘했어, 엄마. 이제 쉬어. 나중에 봐요."

조에는 내 이마에 입을 맞추고 방을 나갔다.

저녁은 안피테아트로 근처에 자리한 호텔 뒤편의 조그맣고 활기찬 식당에서 먹었다. 안피테아트로는 고대 가옥들로 에워싸인 원형 광장으로 수백 년 전 중세시대에 여기에서 여러 가지 경기가 열렸다고 한다. 푹 쉬고 나서 관광객, 루카 토박이, 노점상, 아이들, 비둘기들의 다채로운 행렬을 감상했더니 재충전된 기분이었다. 알고 보니 이탈리아 사람들은 아이들을 끔찍이 좋아했다. 웨이터와 상점 주인들마다 조에를 '프린치페사'*라고 부르며 귀를 당기고 코를 비틀고 머리를 쓰다듬었다. 처음에는 그런 것들이 내 신경을 건드렸지만, 조에는 즐거워하며 초보 수준의 이탈리아어를 열심히 구사했다. "소노 프란체세 에 아메리카나, 미 키아마 조에(나는 프랑스인이며 미국인인 조에라고 합니다)." 더위가 사그라지면서 서늘한 바람이 불었다. 하지만 이 길가의 고층에 자리 잡은 우

* 이탈리아어로 '공주님'이라는 뜻이다.

리의 조그만 객실은 덥고 답답할 게 분명했다. 이탈리아 사람들도 프랑스 사람들처럼 냉난방에 별로 관심이 없었다. 오늘밤만큼은 찬바람이 쌩쌩 불도록 에어컨을 틀고 싶었다.

시차 때문에 몽롱한 상태로 카사 조반나에 돌아가보니 방문 앞에 쪽지가 꽂혀 있었다. "페르 파보레 텔레포나레 윌리엄 레인스퍼드(윌리엄 레인스퍼드에게 전화해주세요)."

나는 깜짝 놀라 멈추어 섰다. 조에는 함성을 질렀다.

"지금 전화를 하라고?" 내가 말했다.

"여덟시 사십오분밖에 안 됐잖아." 조에가 말했다.

"알았어." 나는 대답하고, 떨리는 손으로 문을 열었다. 그런 다음 까만색 수화기를 귀에 대고 오늘 들어 세번째로 그의 번호를 눌렀다. 자동응답기야. 내가 조에를 향해 입을 벙긋거렸다. 메시지 남겨요. 이번에는 조에가 나를 향해 입을 벙긋거렸다. 삑 소리가 들린 뒤 내가 우물쭈물 이름을 남기고 망설이다 전화를 끊으려는데 남자 목소리가 들렸다. "여보세요?"

미국 억양. 그였다.

"안녕하세요. 줄리아 자먼드예요."

"안녕하세요. 저녁식사 중이었어요."

"아, 죄송해요……"

"괜찮습니다. 내일 오전 중에 뵐까요?"

"좋아요."

"팔라초 만시 지나자마자 성벽 위에 괜찮은 카페가 하나 있어요. 거기서 열두시에 뵙죠."

"좋아요. 그런데…… 무슨 수로 우리가 서로를 알아볼 수 있을까요?"

그가 웃음을 터뜨렸다.

"걱정 마세요. 루카가 워낙 손바닥만 한 곳이거든요. 제가 찾을게요."

잠시 침묵이 흘렀다.

"그럼 내일 봐요." 그는 이렇게 말하고 전화를 끊었다.

다음 날 아침이 되자 다시 배가 아팠다. 심하게 아픈 건 아니었지만 계속 신경을 건드렸다. 나는 일단 무시하기로 했다. 오후에도 계속 아프면 조반나에게 의사를 불러달라고 할 작정이었다. 카페가 있는 곳으로 걸어가는데, 윌리엄 앞에서 어떤 식으로 이야기를 꺼내면 좋을지 고민스러웠다. 미리 생각해놓았어야 하는데, 지금까지 미룬 내 잘못이었다. 나는 괴롭고 슬픈 그의 기억을 들추어야 한다. 어쩌면 그는 어머니 이야기를 절대 하고 싶지 않을지 모른다. 어머니를 저 깊이 묻어버렸는지 모른다. 그에게는 록스베리나 생통주와는 한참 멀리 떨어진 이곳이 삶의 무대였다. 평화롭고 소박한 삶의 무대였다. 그런데 내가 찾아와 과거를 파헤치려 하고 있었다. 죽은 사람을 다시 불러내려 하고 있었다.

알고 보니 이 조그만 도시를 에워싸고 있는 두터운 성벽 위를 실제로 걸을 수 있었다. 높고 넓은 등마루에 큼지막하게 길이 나 있고, 길가에 밤나무가 빽빽하게 일렬로 서 있었다. 조깅하는 사람들, 산책 나온 사람들, 자전거 타는 사람들, 롤러스케이트 타는 사람들, 아이를 데리고 나온 엄마, 시끄럽게 떠들어대는 노인, 킥보드를 타는 십대, 관광객의 행렬이 끊임없이 이어지는 가운데 우리도 그 속으로 섞여 들어갔다.

조금 더 걸어가자 잎이 무성한 나뭇가지가 그늘을 드리우고 있는 카페가 나왔다. 조에와 함께 카페로 다가가는데, 이상하게 머리가 어지럽고 멍했다. 아이스크림을 먹는 중년 커플과 지도를 열심히 들여다보는 독일 관광객 말고는 테라스에 아무도 없었다. 나는 눈 위까지 모자를 눌러쓰고 구겨진 치마를 폈다.

그가 내 이름을 불렀을 때 나는 조에에게 메뉴를 읽어주느라 정신이 없었다.

"줄리아 자먼드 씨."

고개를 들어보니 키가 크고 체격이 건장한 사십대 중반의 남자가 서 있었다. 남자는 조에와 나의 맞은편에 앉았다.

"안녕하세요." 조에가 인사를 건넸다.

나는 아무 말도 하지 못하고 그를 쳐다보기만 했다. 흰머리가 섞인 짙은 금발. 점점 벗어지는 이마. 네모난 턱. 우뚝한 매부리코.

"안녕." 그가 조에에게 말했다. "티라미수 먹어. 맛이 끝내주거든."

그가 까만 선글라스를 위로 올려 정수리에 얹자 어머니를 꼭 닮은 눈이 나타났다. 청록색 눈동자와 위로 올라간 눈초리. 그가 미소를 지었다.

"기자시라고요? 파리에서 활동 중인? 인터넷에서 찾아봤어요."

나는 초조하게 손목시계를 만지작거리며 헛기침을 했다.

"저도 윌리엄 씨를 인터넷에서 찾아봤어요. 가장 최근에 출간한 『토스카나의 축제』가 아주 근사해 보이던데요."

윌리엄 레인스퍼드는 한숨을 쉬며 자기 배를 두드렸다.

"아, 그 책 덕분에 찐 10파운드가 빠지질 않네요."

나는 환하게 웃었다. 이렇게 즐겁고 편안한 분위기에서 화제를 바꾸려면 쉽지 않을 것이다. 조에가 의미심장한 눈빛으로 나를 바라보았다.

"여기까지 어려운 발걸음 해주셔서…… 감사해요……"

내 목소리가 어색하고 난감하게 들렸다.

"별말씀을요." 그는 씩 웃으며 손가락을 튀겨 웨이터를 불렀다.

우리는 조에 몫으로 티라미수와 콜라를, 우리 몫으로 카푸치노를 주문했다.

"루카는 처음이신가요?" 그가 물었다.

나는 고개를 끄덕였다. 웨이터가 우리 주변을 맴돌았다. 윌리엄 레인스퍼드가 유창한 이탈리아어로 그에게 뭐라고 빠르게 이야기했다. 그러고는 둘이서 웃음을 터뜨렸다.

"제가 이 카페 단골이거든요." 그가 설명했다. "오늘처럼 더운 날에도 여기 나와서 앉아 있는 걸 좋아해요."

조에가 숟가락을 달그락거리며 조그만 유리그릇에 든 티라미수를 한 입 떠먹었다. 갑자기 정적이 흘렀다.

"그런데 무슨 일로 저를 찾아오셨나요?" 그가 쾌활한 목소리로 물었다. "마라 얘기로는 우리 어머니와 관련된 일이라던데."

나는 속으로 마라에게 감사했다. 덕분에 일이 수월하게 풀릴 것 같았다.

"어머니께서 돌아가신 줄 몰랐어요. 무슨 말씀을 드려야 위로가 될지 모르겠네요."

"괜찮아요." 그는 각설탕 한 조각을 커피에 넣으며 어깨를 으쓱했다. "오래전 일이니까. 내가 아직 어렸을 때 일이죠. 우리 어머니하고 알고 지낸 사이인가요? 그러기에는 너무 젊어 보이는데."

나는 고개를 저었다.

"아뇨. 당신 어머니는 한 번도 뵌 적이 없어요. 제가 그분께서 전쟁 당시 살았던 아파트로 이사를 가게 됐어요. 파리의 생통주 가에 있는 아파트요. 그분과 가깝게 지냈던 분들도 알게 됐고요. 그래서 여길 찾아온 거예요. 그래서 당신을 만나러 온 거고요."

그는 커피잔을 내려놓고 아무 말 없이 나를 바라보았다. 생각에 잠긴 듯 맑고 차분한 눈빛이었다.

조에가 끈적끈적한 손을 내 맨 무릎에 얹었다. 자전거가 몇 대 지나갔다. 또다시 더위가 덮쳐왔다. 나는 심호흡을 했다.

"어떤 식으로 이야기를 시작하면 좋을지 모르겠네요." 나는 더듬더듬 말을 이었다. "이 일을 다시 끄집어내면 당신이 얼마나 괴로워할지 알고 있지만, 그래도 말씀을 드려야 할 것 같아서요. 저희 시댁인 테자크 집안 식구들이 1942년에 생통주 가에서 당신의 어머니를 만난 적이 있어요."

테자크라는 이름에 반응을 보이지 않을까 싶었는데, 그는 미동도 없었다. 생통주 가라는 단어에도 마찬가지였다.

"그 끔찍한 사건, 그러니까 1942년 7월에 그런 사건이 일어나고 당신의 삼촌이 돌아가신 뒤로, 테자크 집안 사람들은 당신의 어머니를 단 한 번도 잊은 적이 없다는 말씀을 드리고 싶었어요. 특히 저희 시아버님은 날마다 그분을 생각하셨죠."

정적이 흘렀다. 윌리엄 레인스퍼드가 눈을 가늘게 떴다.

"죄송해요." 내가 얼른 덧붙였다. "당신 입장에서는 이런 이야기가 얼마나 가슴 아플지 알고 있어요. 죄송해요."

마침내 그가 입을 열었지만, 숨이 막힌 사람처럼 목소리가 이상했다.

"끔찍한 사건이라뇨?"

"그 벨디브 일제 검거 있잖아요." 나는 더듬더듬 말을 이었다. "1942년 7월에 파리에서 유대인 일가족들이 끌려간……"

"계속해보세요." 그가 말했다.

"그리고 수용소…… 가족들이 드랑시에서 아우슈비츠로 이송된 것……"

윌리엄 레인스퍼드가 손바닥을 펴고 고개를 저었다.

"미안하지만 그런 일들이 우리 어머니하고 무슨 상관인지 모르겠네요."

조에와 나는 서로 불안한 눈빛을 주고받았다.

끝나지 않을 것 같은 침묵이 이어졌다. 나는 가시방석에 앉은 것처럼 불편했다.

"삼촌이 돌아가셨다고요?" 한참 만에 그가 물었다.

"네…… 미셸이라고 어머니의 남동생이요. 생통주 가에서 세상을 떠났어요."

다시 침묵.

"미셸?" 그가 곤혹스러워하는 투로 물었다. "어머니한테 미셸이라는 남동생은 없었어요. 그리고 생통주 가 이야기도 들은 적이 없고요. 사람을 잘못 찾아오신 게 아닌가 싶은데요."

"어머니 이름이 사라 아닌가요?" 내가 당황하며 우물쭈물 물었다.

그가 고개를 끄덕였다.

"네, 맞아요. 사라 뒤포르."

"네, 사라 뒤포르. 맞아요. 사라 스타르진스키이기도 하고요." 나는 열띤 목소리로 대답했다.

나는 그가 눈이 반짝이길 기대했다.

"네?" 그가 팔자 눈썹을 만들며 이야기했다. "사라 뭐라고요?"

"스타르진스키요. 결혼 전 성이 스타르진스키였잖아요."

윌리엄 레인스퍼드가 턱을 들고 나를 빤히 쳐다보았다.

"우리 어머니가 결혼 전에 쓰던 성은 뒤포르였는데요."

내 머릿속에서 경보가 울렸다. 뭔가 이상했다. 그는 아무것도 모르고 있었다.

아직 괜찮았다. 이 남자의 평온한 일상을 깨뜨리기 전에 자리에서 일어서면 그만이었다.

나는 태평한 미소를 짓고 착각을 한 모양이라고 중얼거리며 의자를 뒤로 빼고, 디저트 그만 먹고 가자고 조용히 조에를 재촉했다. 더이상 그를 붙잡아두고 싶지 않았다. 그에게 너무 미안했다.

내가 자리에서 일어나자 그도 자리에서 일어섰다.

"사람을 잘못 찾아오신 모양이네요." 그가 웃으며 말했다. "그래도 만나서 반가웠습니다."

내가 뭐라고 대답할 겨를도 없이 조에가 내 가방에 손을 넣더니 그에게 무언가를 건넸다.

노란 별을 달고 있는 여자아이의 사진이었다.

"이분이 어머니 맞으세요?" 조에가 조그만 목소리로 물었다.

우리 주변이 온통 정적에 휩싸인 듯했다. 번잡한 도로에서 들리던 소음이 멈추었다. 지저귀던 새들마저 입을 다문 듯했다. 그저 폭염과 정적뿐.

"맙소사."

그가 중얼거리며 털썩 다시 자리에 앉았다.

테이블 위, 우리 사이에 놓인 사진. 윌리엄 레인스퍼드는 그 사진과 나를 몇 번이고 번갈아 쳐다보았다. 믿기지 않는다는 얼굴로 사진 뒤에 적힌 설명을 읽고 또 읽었다.

"어머니 어렸을 때 모습하고 똑같네요." 마침내 그가 말했다. "그것만큼은 부인할 방법이 없군요."

조에와 나는 아무 말도 하지 않았다.

"이해가 안 돼요. 이럴 리가 없는데. 이럴 수가 없는데."

그가 신경질적으로 손을 비볐다. 은색 결혼반지가 눈에 들어왔다. 길고 가는 손가락도.

"별이라니……" 그가 계속 고개를 저었다. "가슴에 별을 달고 있다니……"

정말로 이 남자는 어머니의 과거를 모르고 지냈을까? 어머니의 종교도? 사라가 레인스퍼드 부자에게 모든 걸 비밀로 한다는 게 가능했을까?

혼란스러운 얼굴로 갈팡질팡하는 그를 지켜보고 있자니, 답을 알 것 같았다. 사라는 그들에게 말하지 않았다. 그녀의 어린 시절과 출신과 종교를. 끔찍했던 과거와 깨끗하게 절연한 것이다.

나는 도망치고 싶었다. 이 마을과 이 나라와 아무것도 모르는 이 남자에게서 도망치고 싶었다. 어쩌면 그렇게 눈치가 없었을까? 어떻게 이런 상황을 미리 예상하지 못했을까? 사라가 이 모든 것을 비밀로 간직했을지 모른다는 상상조차 하지 못하다니. 그녀의 괴로움이 그만큼 컸던 것이다. 뒤포르 집안 사람들에게 보내는 편지를 끊은 것도 그 때문이었다. 아들에게 그녀의 정체를 절대 밝히지 않은 것도 그 때문이었다. 미국에서, 그녀는 새 인생을 시작하고 싶었던 것이다.

그런데 생판 남인 내가 가까스로 불운을 극복한 이 남자를 찾아와 적나라한 진실을 폭로하다니.

윌리엄 레인스퍼드는 입을 굳게 다문 채 사진을 내 쪽으로 밀었다.

"나를 찾아온 이유가 뭡니까?" 그가 나지막이 물었다.

나는 입안이 바짝 말랐다.

"우리 어머니한테 다른 본명이 있었다는 걸 알려주려고요? 우리 어머니가 끔찍한 사건에 연루됐었다는 걸 알려주려고요? 그래서 찾아온 겁니까?"

테이블 밑에서 내 다리가 떨리는 게 느껴졌다. 내가 미처 상상하지 못했던 반응이었다. 고통과 슬픔이라면 모를까, 이건 아니었다. 분노는 상상하지 못했던 반응이었다.

"저는 다 알고 계신 줄 알았어요." 나는 조심스럽게 말했다. "당신 어머니께서 1942년에 겪은 일을 저희 가족이 잊지 않고 있다는 걸 전하고 싶었어요. 그래서 찾아온 거예요."

그는 다시 고개를 젓고 부들부들 떨리는 손으로 머리카락을 쓸어 넘겼다. 까만 선글라스가 덜커덕 테이블 위로 떨어졌다.

"아니," 그는 가쁘게 숨을 쉬었다. "아니, 아니, 아니. 이건 말도 안 되는 이야기입니다. 우리 어머니는 프랑스 사람이었어요. 성은 뒤포르. 출생지는 오를레앙. 전쟁 때 부모님을 잃었고. 형제는 없어요. 가족도 없고. 어머니는 파리에도, 생통주 가에도 산 적 없어요. 이 유대인 소녀가 우리 어머니일 리 없어요. 당신이 착각한 겁니다."

"제발," 내가 부드럽게 말했다. "제가 설명할게요. 제가 자초지종을 다 이야기할……"

그가 나를 밀어내듯 손바닥을 펴서 내 쪽으로 내밀었다.

"알고 싶지 않습니다. 자초지종이 뭐든 간에 혼자 알고 계세요."

누군가 미친 듯이 내 자궁을 긁는 듯한 낯익은 통증이 느껴졌다.

"제발," 나는 힘없이 말했다. "제 말을 좀 들어보세요."

윌리엄 레인스퍼드가 자리에서 벌떡 일어섰다. 큰 체구답지 않게 동작이 날렵하고 유연했다. 그가 어두운 얼굴로 나를 내려다보며 말했다.

"분명히 말씀드리지만, 두 번 다시 댁을 만나고 싶지 않습니다. 두 번 다시 이 문제로 이야기하고 싶지도 않고요. 다시는 연락하지 말아주세요."

그리고 그는 자리를 떠났다.

조에와 나는 그의 뒷모습을 멍하니 바라보았다. 그 모든 게 헛수고였다니. 갖은 노력 끝에 여기까지 찾아왔는데 이런 결과라니. 이렇게 막다른 골목에 다다르다니. 사라의 이야기가 여기서 이런 식으로 순식간에 끝나버리다니 믿을 수가 없었다. 이런 식으로 정리가 되어버리다니.

우리는 한참 동안 아무 말 없이 앉아 있었다. 그런 다음 나는 이 더위에도 몸을 떨며 찻값을 계산했다. 조에는 아무 말이 없었다. 어리둥절한 모양이었다.

나는 자리에서 일어섰지만 한 걸음 한 걸음 옮기는 것조차 힘겨웠다. 이제 어떻게 하면 좋을까? 어디로 가야 하지? 파리로 돌아가야 하나? 아니면 샬라에게 돌아가야 할까?

터벅터벅 발걸음을 옮기는데 발에 납덩이라도 매달린 것처럼 무거웠다. 뒤에서 부르는 조에의 목소리가 들렸지만, 나는 돌아보지 않았다. 어서 빨리 숙소로 돌아가 생각을 정리하고 싶었다. 떠날 준비를 서두르고 싶었다. 전화를 하고 싶었다. 샬라에게. 아버님에게. 가스파르에게.

조에가 걱정스러운 목소리로 목청껏 나를 불렀다. 왜 저러는 걸까? 왜 저렇게 흐느끼는 걸까? 지나가던 사람이 나를 빤히 쳐다보는 게 느껴졌다. 나는 욱한 마음에 홱 고개를 돌리고 조에에게 얼른 오라고 했다.

조에가 바로 달려와 내 손을 잡았다. 얼굴이 창백했다.

"엄마……" 조에가 가는 목소리로 속삭였다.

"왜? 왜 그래?" 내가 날카롭게 다그쳤다.

조에가 내 다리를 가리키며 강아지처럼 훌쩍거리기 시작했다.

밑을 내려다보았다. 새하얀 치마가 피로 물들어 있었다. 내가 앉았던 자리를 보니 새빨간 반달이 찍혀 있었다. 굵은 빨간색 핏줄기가 내 허벅지를 타고 흘러내렸다.

"엄마, 아파?" 조에가 목멘 소리로 물었다.

나는 배를 움켜쥐었다.

"아이가……" 내가 넋이 나간 표정으로 말했다.

조에가 나를 쳐다보았다.

"아이라니?" 조에가 내 팔을 움켜쥐며 외쳤다. "엄마, 아이라니? 무슨 소리야?"

조에의 뾰족한 얼굴이 시야에서 멀어졌다. 다리가 후들거렸다. 나는 뜨겁고 건조한 길 위로 턱을 부딪치며 쓰러졌다.

정적. 그리고 어둠이 찾아왔다.

눈을 떠보니 곁에 있는 조에의 얼굴이 보였다. 절대로 착각할 수 없는 병원 특유의 냄새가 느껴졌다. 조그만 초록색 병실. 팔뚝에 꽂힌 링거. 새하얀 블라우스를 입고 차트에 뭔가를 끼적이고 있는 여자.

"엄마……" 내 손을 꼭 잡으며 조에가 속삭였다. "엄마, 아무일 없으니까 걱정 마."

젊은 여자가 내 옆으로 다가오더니 웃으며 조에의 머리를 쓰다듬었다.

"괜찮아질 거예요, 시뇨라." 그녀는 놀라우리만치 훌륭한 영어로 말했다. "피를 많이 흘렸지만 이제 괜찮아요."

나는 신음하는 듯한 목소리로 물었다.

"아이는요?"

"아이도 무사해요. 정밀 검사를 해보니 태반에 문제가 있었어요. 이제 절대 안정하셔야 돼요. 당분간 누워서 지내셔야 하고요."

그녀는 이 말을 끝으로 조용히 문을 닫고 나갔다.

"엄마 때문에 무서워서 죽는 줄 알았어. 오늘은 내가 죽는 줄 알았다는 소리를 해도 뭐라고 하면 안 돼." 조에가 말했다.

나는 링거가 허락하는 한에서 최대한 힘껏 조에를 끌어안았다.

"엄마, 아기 얘기 왜 안 했어?"

"나중에 하려고 했어."

조에가 나를 올려다보았다.

"아기 때문에 엄마랑 아빠랑 사이가 안 좋은 거야?"

"응."

"엄마는 낳고 싶은데 아빠는 싫다고 하는 거지. 그렇지?"

"비슷해."

조에가 부드럽게 내 손을 쓰다듬었다.

"조금 있으면 아빠 오실 거야."

"맙소사." 내가 말했다.

베르트랑이라니. 이 와중에 베르트랑이라니.

"내가 전화했어. 몇 시간 후면 도착하실 거야."

내 눈에 고인 눈물이 두 뺨을 타고 천천히 흘러내렸다.

"엄마, 울지 마. 괜찮아. 이제 다 괜찮아." 조에가 손으로 내 얼굴을 미친 듯이 닦아주며 애원했다.

나는 힘없이 웃으며 걱정 말라는 듯 고개를 끄덕였다. 하지만 공허하고 허무했다. 멀어져가던 윌리엄 레인스퍼드가 자꾸 생각났다. "두 번 다시 댁을 만나고 싶지 않습니다. 두 번 다시 이 문제로 이야기하고 싶지도 않고요. 다시는 연락하지 말아주세요." 둥그렇게 웅크린 어깨. 굳게 다문 입술.

내 앞에 놓인 며칠과 몇 주와 몇 개월이 황량하고 음산하게 느껴졌다. 이렇게 절망스럽고 난감한 기분은 처음이었다. 나의 가장 중요한 부분이 뜯겨 나갔다. 이제 내게 남은 게 무엇일까? 조만간 남편과 헤어지고 나 혼자 키워야 할 아이. 얼마 안 있어 사춘기가 시작되면 지금처럼 반짝였던 게 언제인가 싶을 딸. 문득 기다려지는 게 아무것도 없다는 생각이 들었다.

침착하고 유능하고 다정한 베르트랑이 도착했다. 나는 그에게 몸을 맡긴 채 그가 의사에게 하는 말을 듣고, 이따금 그가 따뜻한 눈길로 조에를 안심시키는 모습을 바라보았다. 자질구레한 일들은 모두 그가 알아서 처리했다. 나는 출혈이 완전히 멈출 때까지 이곳에 입원해 있기로 했다. 그런 다음 파리로 돌아가 오 개월이 될 때까지 휴식을 취하기로 했다. 베르트랑은 사라의 이름을 단 한 번도 입에 담지 않았다. 아무것도 묻지 않았다. 나는 편안한 침묵 속으로 후퇴했다. 나도 사라에 대해 아무 말도 하고 싶지 않았다.

나는 이리저리 옮겨지는 노파가 된 듯한 기분이 들었다. 할머님이 '요양원'이라는 익숙한 공간 안에서 늘 똑같이 잔잔한 미소를 지으며 늘 똑같이 진부한 친절을 베푸는 사람들 손에 이리저리 옮겨지던 것처럼. 남에게 내 인생을 맡기고 나자 편안했다. 나는 어차피 싸워서 지킬 것도 별로 없었다. 이 아이 말고는.

베르트랑은 이 아이에 대해서는 단 한마디도 하지 않았다.

몇 주 뒤 파리로 돌아갔을 때는 해가 완전히 바뀐 듯한 기분이 들었다. 나는 계속 피곤하고 슬펐다. 날마다 윌리엄 레인스퍼드가 생각났다. 그에게 이야기를 하거나 편지를 보내거나 설명을 하거나 무슨 말이라도 하고 싶어서, 미안하다는 말이라도 전하고 싶어서 몇 번이고 수화기를 들고 펜과 종이를 집었지만 그럴 용기가 나지 않았다.

시간이 흘러 여름이 가고 가을이 왔다. 나는 침대에 누워 책을 읽고, 노트북으로 기사를 쓰고, 조슈아, 뱀버, 알레산드라, 가족, 친구들과 전화 통화를 했다. 침실에서 일을 했다. 처음에는 모든 게 복잡하게 느껴졌지만 그럭저럭 굴러갔다. 내 친구 이자벨, 홀리, 수재나가 번갈아 가며 점심을 챙겨주었다. 시누이 중 한 명이 일주일에 한 번씩 조에와 함께 집 근처 이노나 프랑프리에 가서 장을 봐 왔다. 통통하고 육감적인 세실은 버터가 줄줄 흐르는 부드러운 크레페를 만들어주었고, 미적 감각이 풍부하고 비쩍 마른 로르는 놀라울 정도로 맛있고 이국적인 저칼로리 샐러드를 만들어주었다. 어머님은 자주 들르는 대신 당신 집에 오는 청소 도우미를 보내주셨다. 힘이 넘치고 좋은 향기를 풍기는 르클레르 부인은 어찌나 기운차게 청소기를 돌리는지 내 몸이 다 수축되는 느낌이었다. 우리 부모님은 손주가 또 한 명 태어난다는 데 뛸 듯이 기뻐하며 파리로 건너와, 두 분이 가장 좋아하는 들랑브르 가에 있는 아담한 호텔에서 일주일 동안 머물렀다.

아버님은 매주 금요일 분홍색 장미 꽃다발을 들고 찾아왔다. 매번 침대 옆 안락의자에 앉아 윌리엄과 내가 루카에서 나눈 대화를 몇 번이고 다시 들려달라고 했다. 그러면서 고개를 젓고 한숨을 쉬었다. 윌리엄의 그런 반응을 예상했어야 하는 건데, 윌리엄이 아무것도 모를 가능성을, 사라가 절대 비밀로 했을 가능성을 우리 둘 다 왜 생각 못했는지 모르겠다며 같은 말을 몇 번이고 반복했다.

"전화를 하면 어떨까?" 그가 눈을 반짝이며 물었다. "내가 전화해서 설명하면 어떨까?" 그러다 내 표정을 보고 중얼거렸다. "아니지. 그러면 안 되겠지. 바보 같으니라고. 내가 참 실없는 생각을 하고 있구나."

나는 거실 소파에 누워 있을 테니 사람들을 초대해도 되겠느냐고 의사에게 물었다. 의사는 절대 무거운 걸 들지 않고 수평 자세를 유지하겠다고 약속하면 허락해주겠다고 했다. 어느 늦여름 저녁, 가스파르 뒤포르와 니콜라 뒤포르가 우리 집에서 아버님을 만났다. 나탈리 뒤포르도 그들과 동행했다. 나는 기욤도 초대했다. 가슴 뭉클하고 신비로운 순간이었다. 절대 잊을 수 없는 한 여자아이의 기억을 공유하는 노년의 세 남자. 나는 그들이 사라의 예전 사진과 편지를 꼼꼼히 들여다보는 모습을 지켜보았다. 가스파르와 니콜라가 윌리엄에 대해 물었고, 나탈리는 이야기를 들으며 조에를 도와 음료와 음식을 날랐다.

나이만 몇 살 아래일 뿐 둥그스름한 얼굴과 숱 없는 백발이 가스파르와 꼭 닮은 니콜라가 사라와의 특이했던 관계에 대해 이야기했다. 사라의 침묵이 너무 괴로워서 자꾸 장난을 걸었노라고, 사라가 어깨를 으쓱하건 욕을 하건 발로 차건 뭐라도 반응을 보이면 그 순간만이라도 그녀만의 은둔에서, 그녀만의 섬에서 벗어났다는 증거라 흐뭇했노라고. 니콜라는 1950년대 초 트루빌에서 사라와 함께 처음으로 해수욕했던 일에 대해서도 이야기했다. 사라는 감탄하는 눈빛으로 바다를 빤히 쳐다보다 두 팔을 벌리고 기쁨의 함성을 지르며 물속으로 뛰어들었고, 그 날렵하고 늘씬한 다리로 시원하고 푸른 파도를 헤치며 앞으로 나아갔다. 전에는 본 적 없는 사라의 새로운 모습에 넋을 잃은 채 두 사람도 목청껏 고함을 지르며 그 뒤를 따랐다.

"그때 사라가 참 예뻤어요." 니콜라가 옛 기억을 더듬었다. "활기차고 에너지 넘치는 어여쁜 열여덟 살이었죠. 나는 그날, 그 아이도 기쁨이 뭔지 안다는 걸, 그 아이의 앞날에도 희망이 있다는 걸 처음으로 느꼈어요."

그로부터 이 년 뒤, 사라는 뒤포르 집안 사람들과 영영 헤어져 비밀을 간직한 채 미국으로 건너갔다. 그리고 이십 년 뒤에는 세상을 떠났다. 미국에서의 이십 년은 어땠을까? 나는 생각에 잠겼다.

결혼, 아들의 탄생. 그녀는 록스베리에서 행복했을까? 답을 아는 사람은 윌리엄뿐이었다. 우리에게 답을 줄 수 있는 단 한 사람이 윌리엄이었다. 나의 시선이 아버님과 마주쳤다. 그도 똑같은 생각을 하고 있었다.

문을 따는 소리가 들리는가 싶더니 구릿빛 피부를 자랑하는 잘생긴 나의 남편이 아비 루즈 향수 냄새를 풍기며 등장했다. 그가 환하게 웃으며 사람들과 악수했다. 샬라가 들을 때마다 베르트랑이 생각난다고 했던 노래의 가사가 절로 떠올랐다. "당신은 요트 위를 걷는 것처럼 파티장 안으로 들어서지."

베르트랑은 내 불안정한 상태를 감안해 생통주 아파트로 이사하는 날짜를 늦추기로 했다. 여전히 적응이 안 되는 이 낯설고 새로운 생활 속에서 그의 몸은 다정한 존재로 도움을 주며 내 옆을 지켰지만, 그의 마음은 다른 곳에 가 있었다. 그는 평소보다 출장이 잦았고, 일찍 출근하고 늦게 퇴근했다. 여전히 둘이서 한 침대를 썼지만 부부의 침대라고 할 수 없었다. 한가운데에 베를린장벽이 생겼다.

조에는 이 모든 상황에 나름대로 대처하는 듯했다. 동생이 자기한테 얼마나 소중한지, 동생이 생겨서 얼마나 흥분되는지 모른다며 종종 아기 이야기를 했다. 부모님이 오셨을 때 어머니와 둘이서 쇼핑을 갔다가 고급스럽고 세련된 유아복을 파는 위니베르시테 가의 봉포앵에서 둘 다 넋을 잃기도 했다.

대부분 딸아이와 비슷한 반응을 보였다. 우리 부모님도 그렇고 내 동생, 시댁 식구들, 할머님까지 모두들 아기가 생겼다는 데 감격했다. 심지어 출산휴가와 병가를 경멸하기로 악명이 높은 조슈아마저 관심을 보이며, 그 나이에도 아기가 생길 수 있다는 걸 처음 알았다는 식으로 빈정거렸다. 우리 부부가 겪고 있는 위기에 대해서는 어느 누구도 입에 올리지 않았다. 어느 누구도 알아차리지 못하는 듯했다. 다들 아기가 태어나면 베르트랑이 정신을 차릴 거라고 생각하는 걸까? 이 아이를 두 팔 벌려 환영할 거라고 생각하는 걸까?

우리는 무감각한 상태 속에 서로를 가두어놓고 아무런 대화도 나누지 않았다. 아이가 태어나기만을 기다리고 있었다. 아이가 태어나면 알 수 있을 것이다. 그러면 다음 단계로 넘어가야 할 것이다. 어느 쪽으로든 결정을 내려야 할 것이다.

어느 아침, 내 안 깊은 곳에서 아이가 움직이는 게 느껴졌다. 가스 때문인 것으로 착각할 수 있을 만큼 약한 발길질을 시작하는 게 느껴졌다. 얼른 아이를 낳아서 품에 안고 싶었다. 이렇게 정적에 휩싸인 무기력한 상태와 기다림은 싫었다. 덫에 갇힌 듯한 기분이었다. 겨울로, 내년 초로, 아이가 태어나는 시간으로 순간 이동하고 싶었다.

질질 늘어지는 여름의 끝이 싫었다. 한풀 꺾인 더위와 먼지와 어느새 느릿느릿 나른하게 사라져버리는 시간들이 싫었다. 9월의 시작과 새로운 학기, 새로운 출발을 의미하는 '라 랑트레'라는 단어도 싫었다. 라디오, 텔레비전, 신문에서 수십 번 반복되는 그 프랑스어가 싫었다. 아이 이름을 지었느냐고 묻는 사람들도 싫었다. 양수 검사 결과 성별이 밝혀졌지만, 나는 알고 싶지 않았다. 아이 이름은 아직 짓지 않았다. 그렇다고 해서 내가 마음의 준비가 덜 된 것은 아니었다.

나는 하루가 지날 때마다 달력에 X표를 했다. 9월이 지나 10월로 접어들었다. 배가 제법 불룩하게 나왔다. 이제는 침대에서 일어나 출근을 하고, 조에를 학교에 데려다주고, 이자벨과 함께 영화를 보러 가고, 셀렉트에서 기욤을 만나 점심식사를 할 수 있었다.

전보다 바쁘고 충만한 나날을 보내고 있는데도 마음 한구석은 여전히 공허하고 고통스러웠다.

윌리엄 레인스퍼드. 그의 얼굴. 그의 눈빛. 별을 달고 있는 소녀를 보았을 때 그의 표정. "맙소사"라고 중얼거리던 그의 목소리.

지금 그는 어떻게 살고 있을까? 조에와 나를 두고 등을 돌리던 그 순간 모든 걸 지워버렸을까? 집으로 돌아갔을 때 이미 잊었을까?

아니면 달라졌을까? 내가 한 말이 계속 생각나서, 나의 폭로로 모든 게 180도 달라져서 사는 게 지옥 같을까? 그의 어머니는 이제 그에게 낯선 사람이 되었다. 과거를 전혀 알 수 없는 사람이 되었다.

부인과 딸들에게 이야기했을까? 한 미국 여자가 아이를 데리고 루카로 찾아와, 그의 어머니가 유대인이었고, 전쟁 때 끌려가 고통받았고, 그는 들은 적도 본 적도 없는 어머니의 남동생과 부모님을 잃었다고 전하더라고.

그도 벨디브에 대한 자료를 뒤지고, 1942년 7월 파리 한복판에서 어떤 일이 벌어졌는지 기사와 책을 읽었을까?

나는 궁금했다. 그도 뜬눈으로 밤을 지새우며 어머니와 어머니의 과거, 과거의 진실, 어둠 속에 묻힌 무언의 비밀에 대해 생각하고 있는지.

생통주 아파트 공사가 거의 다 끝났다. 2월에 아이가 태어나면 조에와 내가 바로 들어가 살 수 있도록 베르트랑이 모든 준비를 마쳤다. 아파트는 근사했고 예전과 전혀 달랐다. 그의 팀원들이 솜씨를 제대로 발휘했다. 이제 할머님의 흔적은 하나도 없었고, 사라가 살던 때하고는 더더욱 달라지지 않았을까 싶었다.

하지만 새롭게 칠한 빈방과 새롭게 단장한 주방과 내 전용 작업실을 둘러보는데, 내가 과연 여기서 살 수 있을까 하는 의문이 들었다. 사라의 남동생이 죽은 곳에서 내가 살 수 있을까. 두 방을 하나로 합치면서 비밀 벽장은 사라졌지만, 그렇다 해도 나에게는 마찬가지였다.

바로 이곳에서 그 일이 벌어졌다는 생각이 머릿속에서 떠나지 않았다. 여기서 얼마나 끔찍한 일이 있었는지 딸아이한테는 말하지 않았다. 하지만 조에는 특유의 감으로 알아챘다.

눅눅했던 11월의 어느 아침, 나는 커튼과 벽지와 카펫을 고르기 위해 생통주 아파트로 갔다. 그 전부터 이자벨이 도우미를 자청해 여러 전문점과 백화점으로 나를 데리고 다녔다. 나는 차분하고 잔잔했던 과거의 분위기를 잊고 새롭고 과감한 색상에 도전해보기로 했다. 조에가 가장 기뻐했다. 베르트랑은 무심하게 손을 저었다. "당신이 살 집이니, 조에하고 둘이 알아서 해." 조에는 연두색과 옅은 자주색을 선택했다. 샬라와 취향이 어찌나 비슷한지 미소가 절로 나왔다.

반질반질한 맨바닥 위에 놓인 카탈로그 뭉치가 나를 기다리고 있었다. 하나씩 꼼꼼히 훑어보는데 휴대전화가 울렸다. 나도 아는 번호였다. 할머님이 입원해 있는 요양원이었다. 할머님은 요즘 들어 피곤해했고 어떨 때는 견디기 힘들 정도로 화를 냈다. 심지어 조에가 아무리 애를 써도 잘 웃지 않았다. 누구에게나 짜증을 부렸다. 요즘은 문병이 고역이었다.

"자먼드 양? 요양원의 베로니크예요. 좋은 소식이 아니라 죄송해요. 테자크 부인의 상태가 안 좋으세요. 뇌졸중을 일으키셨어요."

나는 벌떡 일어나 앉았다. 충격으로 정신이 아득했다.

"뇌졸중이요?"

"로슈 선생님이 봐주셔서 조금 나아지셨지만 얼른 와주셨으면 해요. 시아버님께는 말씀드렸는데, 남편분하고는 연락이 안 돼요."

나는 허둥지둥 전화를 끊었다. 밖에서 빗방울이 유리창을 때리는 소리가 들렸다. 베르트랑은 어디 있을까? 그의 번호를 누르자 음성사서함으로 연결됐다. 마들렌 광장 근처에 있는 사무실로 연락해봤지만 앙투안조차 그가 어디 있는지 모른다고 했다. 나는 앙투안에게 생통주 아파트에 있다고 전하고, 긴급한 상황이니 베르트랑을 최대한 빨리 찾아달라고 했다.

"맙소사, 아이한테 무슨 문제라도 있어요?" 그가 더듬더듬 물었다.

"아뇨. 아이가 아니라 할머님이요."

나는 전화를 끊고 밖을 내다보았다. 빗줄기가 제법 굵어져 반짝이는 잿빛 커튼 같았다. 다 젖겠네. 싫은데. 하지만 무슨 상관이람. 할머님. 훌륭하고 사랑스러운 할머님. 나의 할머님. 할머님을 이렇게 떠나보낼 수는 없었다. 나는 할머님이 필요했다. 아직은 때가 아니었다. 나는 아직 마음의 준비를 하지 못했다. 하지만 할머님의 죽음 앞에서 내가 과연 마음의 준비를 끝낼 수 있을까? 거실을 둘러보는데, 바로 여기서 할머님을 처음 만난 순간이 떠올랐다. 그와 함께 이곳에서 일어났던 그 모든 일들이 되살아나 나를 무겁게 짓눌렀다.

세실과 로르에게 전화해 연락을 받았는지 확인해보는 게 좋겠다는 생각이 들었다. 로르는 사무적인 말투로 무뚝뚝하게 가고 있다고, 요양원에서 보자고 했다. 세실은 좀더 감정적이고 여린 반응을 보였고, 목소리에 울음기가 섞여 있었다.

"오, 줄리아, 할머니가 그렇게 되신다는 생각만 해도…… 너무 끔찍해서……"

나는 베르트랑한테 연락이 안 된다고 전했다. 세실은 내 말을 듣고 놀란 눈치였다.

"방금 전에 통화했는데요."

"휴대전화로 연락했어요?"

"아뇨." 세실이 우물쭈물 대답했다.

"그럼 회사로 연락했어요?"

"지금 바로 우리 집으로 데리러 온댔어요. 같이 요양원으로 가자고."

"나는 연락이 안 되던데."

"아, 그랬어요?" 세실이 조심스럽게 대꾸했다.

그 순간 사태가 파악됐다. 분노가 솟구쳤다.

"아멜리에 집에 있었군요, 그렇죠?"

"아멜리에요?" 세실이 덤덤하게 되물었다.

나는 참지 못하고 발을 굴렀다.

"아가씨, 왜 이래요. 아멜리에가 누군지 알잖아요."

"초인종 소리예요. 오빠가 왔나봐요." 그녀가 황급히 내뱉었다.

그러고는 전화를 끊었다. 나는 텅 빈 거실 한가운데 서서 무기라도 되는 것처럼 휴대전화를 움켜쥐었다. 차가운 유리창에 이마를 댔다. 베르트랑을 한 대 치고 싶었다. 결코 끝나지 않는 아멜리에와의 만남 때문에 화가 나는 게 아니었다. 여동생들마저 그 여자의 전화번호를 알고 있고 지금 같은 응급상황에 어디로 연락하면 되는지 알고 있는데, 나만 모른다는 게 문제였다. 우리의 결혼생활이 끝나가고 있건만 그가 그 여자와 계속 만나고 있다는 사실을 고백할 용기조차 없다는 게 문제였다. 늘 그렇듯 이번에도 모두 다 아는 일을 나만 모르고 있었다. 그칠 줄 모르는 남편의 불륜행각을.

나는 아이의 발길질을 느끼며 한참 동안 그 자리에 가만히 서 있었다. 웃어야 할지, 울어야 할지 알 수 없었다.

베르트랑에 대한 미련이 남은 걸까? 그래서 이렇게 가슴이 아픈 걸까? 아니면 그저 상처받은 자존심 때문인 걸까? 파리지앵답게 매력적이고 완벽한 아멜리에, 트로카데로 광장이 내려다보이는 과감할 정도로 현대적인 그녀의 아파트, 누굴 만나든 "안녕하세요" 하고 인사하는 예의 바른 아이들, 베르트랑의 머리카락과 옷에 남아 있는 그 진한 향수 냄새. 베르트랑이 이제는 내가 아니라 그녀를 사랑한다면 왜 내게 아무 말도 못하는 걸까? 나에게 상처를 주는 게 두려워서? 아니면 조에에게 상처를 줄까봐? 뭐가 그렇게 두려운 걸까? 내가 견딜 수 없는 건 그의 불륜이 아니라 비겁함이라는 사실을 언제쯤이면 그가 깨달을까?

주방으로 건너갔다. 입안이 바싹 말랐다. 나는 수도를 틀고 거추장스러운 배로 싱크대를 누르며 수도꼭지에 입을 대고 물을 마셨다. 다시 밖을 내다보았다. 비가 잦아든 것 같았다. 나는 레인코트를 입고 핸드백을 들고 현관 쪽으로 걸어갔다.

누군가가 짧게 세 번 문을 두드렸다.

베르트랑이겠지. 나는 침울하게 생각했다. 앙투안이나 세실에게 이야기를 듣고 찾아온 거겠지.

밑에서 기다리고 있을 세실이 떠올랐다. 얼마나 당황스러울까. 내가 차에 타자마자 신경질적이고 팽팽한 침묵이 계속될 텐데.

그들에게 보여줘야겠다. 알려야겠다. 마음 약하고 고상한 프랑스 부인 노릇은 이제 그만하겠다고. 나는 베르트랑에게 앞으로는 솔직하게 이야기해달라고 말할 것이다.

나는 확 문을 열었다.

그런데 문 앞에서 나를 기다리고 있는 사람은 베르트랑이 아니었다.

나는 그 훤칠한 키와 떡 벌어진 어깨를 한눈에 알아볼 수 있었다. 비에 젖어 더욱 짙어진 잿빛 금발이 머리에 딱 달라붙어 있었다.

윌리엄 레인스퍼드였다.

나는 깜짝 놀라 뒷걸음질쳤다.

"제가 타이밍을 잘 못 맞췄나요?" 그가 물었다.

"아니에요." 나는 겨우 대답했다.

도대체 무슨 일로 여기에 찾아온 걸까? 원하는 게 뭘까?

우리는 아무 말 없이 서로를 바라보았다. 지난번에 만난 뒤로 달라진 그의 얼굴이 눈에 띄었다. 전보다 야위었고 퀭했다. 구릿빛 피부를 자랑하던 그 태평한 식도락가가 아니었다.

"할 말이 있어서 급히 왔어요. 미안하지만 전화번호를 몰라서 여기로 찾아왔어요. 어젯밤에는 안 계시더군요. 그래서 오늘 아침에 다시 와보기로 했죠."

"이 주소는 어떻게 아셨어요?" 나는 혼란을 느끼며 물었다. "아직 전화번호부에 등록도 안 했고 이사도 안 했는데."

그가 재킷 주머니에서 봉투를 꺼냈다.

"여기에 주소가 적혀 있더군요. 당신이 루카에서 말한 그 생통주 가 주소가."

나는 고개를 저었다.

"무슨 말씀이신지 이해가 안 돼요."

그가 나에게 봉투를 건넸다. 귀퉁이가 해진 낡은 봉투였다. 겉면에는 아무것도 적혀 있지 않았다.

"열어보세요." 그가 말했다.

열어보니 너덜너덜해진 얇은 공책과 빛바랜 그림이 들어 있었다. 기다란 황동 열쇠가 쩔그렁 소리를 내며 바닥으로 떨어졌다. 그가 허리를 숙여 열쇠를 줍더니 손바닥에 얹어 나에게 보여주었다.

"이게 뭔가요?" 내가 조심스럽게 물었다.

"당신이 루카를 떠났을 때 나는 충격에 빠진 상태였죠. 그 사진을 머릿속에서 지울 수가 없더군요. 계속 생각이 났어요."

"그러셨군요." 내 심장이 빠르게 뛰었다.

"그래서 아버지를 만나러 록스베리로 갔어요. 아시다시피 아버지는 병세가 아주 위독하세요. 암으로 살날이 얼마 안 남으셨죠. 이제는 말씀도 못하시고. 여기저기 뒤져보니 아버지 책상에 이 봉투가 들어 있더군요. 그 오랜 세월 동안 이걸 보관하고 계셨던 거예요. 나한테 보여주시지는 않았지만."

"저를 찾아오신 이유가 뭔가요?" 나는 나지막이 물었다.

그의 눈빛에서 고뇌가 느껴졌다. 고뇌와 두려움이 느껴졌다.

"무슨 일이 있었는지 듣고 싶어서요. 어렸을 때 우리 어머니가 어떤 일을 겪었는지. 전부 다 알고 싶어요. 그런데 도움을 청할 곳이 당신뿐이네요."

나는 그의 손에 있는 열쇠를 내려다보았다. 그러고 나서 그림을 보았다. 금발의 고수머리 남자아이를 서투르게 그린 그림이었다.

무릎에 책을 얹고 옆에 곰 인형을 두고 조그만 벽장에 앉아 있는 듯했다. 뒷면에 희미하게 '미셸, 생통주 가 26번지'라고 적혀 있었다. 공책도 훑어보았다. 날짜도 없이 시처럼 짤막한 문장들이 프랑스어로 끼적여 있었다. 알아보기가 힘들었다. 몇 단어가 눈에 확 들어왔다. '수용소' '열쇠' '결코 잊지 못해' '죽다'.

"이거 읽어보셨어요?" 내가 물었다.

"읽어보려고 했는데, 프랑스어를 잘 몰라서요. 무슨 뜻인지 알 수 있는 부분이 조금밖에 안 되더군요."

내 주머니 속에 들어 있던 휴대전화가 울리는 바람에 우리 둘 다 놀랐다. 더듬더듬 꺼내보니 아버님이었다.

"어디쯤 왔니? 할머님 상태가 안 좋으시구나. 너를 찾으신다." 아버님이 조용히 물었다.

"가고 있어요." 내가 대답했다.

윌리엄 레인스퍼드가 나를 내려다보았다.

"어디 가셔야 하는 모양이네요?"

"네. 집안에 급한 일이 생겨서요. 시할머님이 뇌졸중을 일으키셨대요."

"저런."

그는 머뭇거리다 내 어깨에 손을 얹었다.

"언제 다시 볼 수 있을까요? 이야기를 나누고 싶은데요."

나는 내 어깨에 올려진 그의 손을 쳐다보았다. 그의 어머니에게 그 많은 아픔과 그 많은 슬픔을 안긴 아파트 현관에 서 있으면서도, 그는 이곳에서 그의 가족과 조부모와 삼촌이 어떤 일을 겪었는지 아직 아무것도 모른다니, 이상하고 애처롭게 느껴졌다.

"같이 가요." 내가 말했다. "소개해드리고 싶은 분이 있어요."

지치고 생기 없는 할머님의 얼굴. 잠드신 것 같았다. 나는 할머님에게 말을 걸었지만, 할머님이 내 말을 들으실 수 있는지는 확신하지 못했다. 그런데 그때 할머님이 내 손목을 잡았다. 내가 곁에 있는 줄 알고 계신 것이다.

테자크 일가족이 내 뒤에서 침대를 에워싸고 서 있었다. 베르트랑. 어머님 콜레트. 아버님 에두아르. 로르와 세실. 그리고 그 뒤로 복도에 어정쩡하게 서 있는 윌리엄 레인스퍼드. 베르트랑은 곤혹스러운 표정으로 그를 한두 번 흘끗 쳐다보았다. 나의 새 남자 친구라고 착각하고 있을지도 모른다. 다른 때 같았으면 나는 배를 잡고 웃었을 것이다. 아버님은 호기심과 긴장이 어린 눈빛으로 몇 번이고 그를 쳐다보다 그다음엔 나를 뚫어지게 쳐다보았다.

다들 줄지어 병실에서 나온 다음에야 나는 아버님의 팔을 잡았다. 로슈 박사는 할머님이 고비를 넘겼지만, 아직은 불안한 상태라고 했다. 앞으로 어떻게 될지 장담할 수 없다면서 마음의 준비를 하는 게 좋겠다고 했다. 이제 마지막일지 모르므로 우리는 서로 마음을 다잡아야 했다.

"아버님, 너무 마음이 아파요." 내가 속삭였다.

그가 내 뺨을 어루만졌다.

"어머님이 너를 얼마나 사랑하시는지 모른다, 줄리아. 너를 진심으로 사랑하시지."

베르트랑이 딱딱하게 굳은 얼굴로 나왔다. 나는 그를 흘끗 쳐다보며 잠깐 아멜리에를 떠올렸다. 그에게 독설을 퍼부어 상처를 줄까 하다 그만두기로 했다. 나중에 이야기할 시간이 있을 테니까. 지금 당장은 그게 중요한 문제가 아니었다. 할머님, 그리고 저쪽에서 나를 기다리고 있는 훤칠한 남자만 생각해야 할 때였다.

"줄리아, 저 사람은 누구냐?" 아버님이 어깨 너머를 돌아보며 물었다.

"사라의 아들이에요."

아버님은 놀란 얼굴로 그 훤칠한 남자를 잠시 바라보았다.

"네가 연락을 한 게냐?"

"아니에요. 저 사람이 얼마 전에 자신의 아버지가 지금까지 감추어두었던 과거의 기록을 찾았대요. 사라가 쓴 글을요. 자기 어머니에 대한 일을 모두 알고 싶어서 저를 찾아온 거예요. 오늘 만났어요."

"내가 직접 만나고 싶구나." 아버님이 말했다.

나는 윌리엄에게 다가가 아버님이 그를 만나고 싶어한다는 말을 전했다. 그가 나를 따라와 옆에 서자 베르트랑, 아버님, 어머님,

로르와 세실이 그렇게 작아 보일 수가 없었다.

에두아르 테자크가 그를 올려다보았다. 표정은 차분하고 침착했지만, 눈가가 젖어 있었다.

그가 손을 내밀었다. 윌리엄이 그 손을 잡았다. 조용하지만 강렬한 순간이었다. 아무도 입을 열지 않았다.

"사라 스타르진스키의 아들이라고요?" 아버님이 중얼거렸다.

나는 무슨 일인지 궁금해하며 옆에서 예의 바르게 지켜보고 있는 어머님과 세실과 로르를 흘끔 쳐다보았다. 그들은 무슨 상황인지 모르고 있었다. 베르트랑은 알고 있었지만, 빨간색 '사라' 파일을 발견한 그날 저녁 이후로 내 앞에서 그 이야기를 꺼낸 적이 한 번도 없었다. 심지어 몇 달 전에 우리 집에서 뒤포르 집안 사람들을 만난 뒤에도 아무 말이 없었다.

아버님이 헛기침을 했다. 두 사람은 아직도 손을 맞잡고 있었다. 아버님이 영어로 말을 했다. 프랑스 억양이 강하긴 했지만 아주 훌륭한 영어였다.

"나는 에두아르 테자크라고 합니다. 이렇게 난감한 때 만나게 됐군요. 우리 어머님 병세가 위중하세요."

"네, 들었습니다. 위로의 말씀 전합니다."

"줄리아가 모든 이야기를 해줄 거예요. 당신의 어머니 사라는……"

아버님이 말을 하다 말고 멈추었다. 목소리가 갈라졌다. 그의 아내와 두 딸이 놀란 표정으로 그를 쳐다보았다.

"이게 다 무슨 소리예요? 사라가 누구예요?" 어머님이 걱정스러운 목소리로 중얼거렸다.

"육십 년 전에 있었던 일이오." 아버님이 애써 목소리를 가다듬으며 대답했다.

나는 팔을 뻗어 아버님의 어깨를 감싸주고 싶었지만 참았다. 아버님이 심호흡을 하자 얼굴색이 돌아왔다. 그는 윌리엄을 올려다보며 미소를 지었다. 내가 지금까지 본 적 없는 작고 수줍은 미소였다.

"나는 당신의 어머니를 죽을 때까지 잊지 못할 겁니다. 절대로."

아버님의 얼굴이 일그러지며 미소가 사라졌다. 그는 나에게 모든 것을 털어놓았던 그날처럼 고통스럽고 슬픈 표정으로 다시 한 번 힘겹게 심호흡을 했다.

견디기 힘든 침묵이 무겁게 드리워졌다. 세 여자는 당혹스러워하며 계속 지켜보았다.

"오랜 시간이 지났지만 오늘 이 말을 전할 수 있어서 얼마나 다행인지……"

윌리엄 레인스퍼드가 고개를 주억거리며 나지막이 말했다.

"고맙습니다." 그의 안색도 창백했다. "저는 아는 게 별로 없어서, 알고 싶어서 이곳에 찾아왔습니다. 저희 어머니가 고통을 겪으신 듯한데, 왜 그랬는지 이유를 알고 싶어서요."

"우리는 당신 어머니를 위해 최선을 다했어요. 그것만큼은 장담할 수 있습니다. 줄리아가 이야기해줄 거예요. 줄리아가 설명해줄 겁니다. 당신 어머니의 이야기를 들려줄 거예요. 우리 아버지가 당신 어머니를 위해 어떻게 했는지 알려줄 겁니다. 그럼 나는 이만."

아버님은 이렇게 말하고 뒤로 물러섰다. 갑자기 그가 힘없고 쭈글쭈글한 노인처럼 느껴졌다. 베르트랑은 거리를 두면서도 호기심 어린 눈빛으로 그를 지켜보았다. 아버지가 이렇게 동요하는 모습은 아마 처음일 것이다. 그것이 그에게 어떤 영향을 미칠지, 그것이 그에게 어떤 의미를 가질지 궁금했다.

아버님은 질문을 퍼붓는 아내와 두 딸을 거느리고 발걸음을 옮겼다. 그의 아들은 주머니에 손을 넣은 채 아무 말 없이 그 뒤를 따랐다. 아버님이 당신의 아내와 딸들에게 진실을 이야기할까? 아마 그럴 것이다. 나는 그들이 받을 충격을 상상할 수 있었다.

요양원 복도에는 윌리엄 레인스퍼드와 나뿐이었다. 창밖 쿠르셀 거리에는 아직도 비가 내리고 있었다.

"커피나 한잔 할까요?" 그가 물었다.

그의 미소가 아름다웠다.

우리는 부슬부슬 내리는 비를 맞으며 가장 가까운 카페로 걸어갔다. 자리를 잡고 에스프레소 두 잔을 시켰다. 잠시 우리는 아무 말 없이 앉아 있었다.

그가 물었다. "환자분과 가까우신가요?"

"네, 아주 가깝게 지냈어요."

"임신을 하신 모양이군요."

나는 불룩한 배를 가볍게 토닥였다. "2월이 예정일이에요."

이윽고 그가 천천히 이야기를 꺼냈다. "저희 어머니에 대해 들려주세요."

"편하게 들을 수 있는 이야기는 아닐 거예요."

"알아요. 하지만 듣고 싶어요. 부탁할게요, 줄리아."

나는 가만가만 이야기를 시작했고, 이따금 눈을 들어 그를 바라보았다. 이야기하는 동안 위니베르시테 가의 우아한 살구색 거실에 앉아 똑같은 이야기를 아내와 두 딸과 아들에게 하고 있을 아버님이 생각났다. 일제 검거. 벨디브. 수용소. 탈출. 되돌아온 여자아이. 벽장에서 죽은 아이. 죽음과 비밀로 연결된 두 가족. 슬픔으로 연결된 두 가족. 나는 이 남자에게 모든 진실을 밝히고 싶기도 했고, 한편으로는 노골적인 진실로부터 그를 보호하고 싶기도 했다. 어린 소녀와 그녀의 아픔. 소녀의 고통과 상실감. 그의 고통과 상실감. 내가 이야기를 할수록, 세세한 부분을 파고들수록, 그의 질문에 대답할수록 내 말이 비수가 되어 그를 찌르는 듯했다.

이야기를 마친 후 나는 그를 올려다보았다. 얼굴과 입술이 창백했다. 그는 봉투에서 공책을 꺼내 아무 말 없이 내게 건넸다. 황동 열쇠가 우리 둘 사이에 놓였다.

나는 공책을 들고 다시 한번 그를 올려다보았다. 그가 눈빛으로 나를 재촉했다.

공책을 펴고 첫 문장을 속으로 읽어보았다. 그런 다음 프랑스어를 영어로 바꾸어가며 소리 내어 읽었다. 내 목소리는 띄엄띄엄 이어졌다. 길쭉하고 비스듬하게 마구 휘갈겨 쓴 필체를 알아보기가 힘들었다.

내 동생 미셸, 어디 있니? 내 사랑스러운 미셸.

너는 지금 어디 있니?

나를 기억하니?

미셸.

나야, 사라, 네 누나.

결코 돌아가지 못했던. 너를 벽장에 남겨두고 떠났던. 거기 있으면 네가 안전할 줄 알았던.

미셸.

그 오랜 세월이 흘렀지만 지금도 나는 열쇠를 가지고 있어.

우리가 숨던 그 비밀의 방 열쇠를.

날이면 날마다 그 열쇠를 만지작거리며 너를 생각해.

1942년 7월 16일부터 그 열쇠는 항상 나와 함께했지.

여기서는 아무도 몰라. 그 열쇠에 대해, 너에 대해 아무도 몰라.

벽장에 숨은 너를.

아버지를, 어머니를.

수용소를.

1942년 여름을.

내가 진짜 어떤 사람인지를.

미셸.

단 하루도 너를 생각하지 않은 날이 없어.

단 하루도 생통주 가 26번지를 떠올리지 않은 날이 없어.

나는 아이를 업듯 너의 죽음을 짊어지고 있어.

죽을 때까지 그걸 내려놓지 못할 거야.

가끔은 죽고 싶다는 생각이 들기도 해.

네 죽음의 무게를 견딜 수가 없어서.

어머니와 아버지의 죽음의 무게를 견딜 수가 없어서.

두 분을 죽음의 문 앞으로 싣고 간 가축 운반차.

머릿속에서 그 열차 소리가 들려. 지난 삼십 년 동안 계속해서 되풀이된 그 소리가.

나는 과거의 무게를 견디지 못하겠어.

그런데도 네가 갇혀 있었던 벽장의 열쇠를 버리지 못하겠어.

나와 너를 이어주는 건 오직 네 무덤과 그 열쇠뿐이니까.

미셸.

어떻게 하면 내가 아닌 다른 사람인 척할 수 있을까.

어떻게 하면 다른 여자인 척 사람들을 속일 수 있을까.

아니, 나는 잊을 수 없어.

경기장.

수용소.

열차.

쥘과 주느비에브.

알랭과 앙리에트.

니콜라와 가스파르.

아이를 낳아도 잊히지가 않아. 그 아이를 사랑하는데도. 내 아들인데도.

남편은 내가 어떤 사람인지 몰라.

내 과거도.

하지만 나는 잊을 수가 없어.

여기로 도망친 건 끔찍한 실수였어.

그러면 달라질 거라 생각했는데. 그러면 모든 걸 뒤로할 수 있을 거라 생각했는데.

그럴 수가 없어.

그분들은 아우슈비츠로 이송되셨어. 거기서 돌아가셨지.

동생. 동생은 벽장 안에서 죽었고.

나에게는 남은 게 없어.

남은 게 있을 줄 알았는데 없어.

아이와 남편으로는 충분하지 않아.

그들은 아무것도 몰라.

내가 누군지 몰라.

끝까지 알 수 없을 거야.

미셸.

꿈속으로 찾아와 나를 데려가주렴.

내 손을 잡고 멀리 데려가주렴.

이 삶을 견디기가 너무 힘들어.

나는 열쇠를 보며 너를, 그리고 과거를 그리워해.

전쟁 전의 순수하고 편안했던 날들을.

내 상처는 절대 아물지 않을 거야.
내 아들이 날 용서해주었으면 좋겠구나.
그 아이는 절대 모를 거야.
아무도 절대 모를 거야.

Zakhor. Al Tichkah.
기억할지어다. 절대 잊지 말지어다.

시끄럽고 활기찬 카페였건만, 윌리엄과 내 주변에서는 완전한 침묵이 거품처럼 점점 커졌다.

나는 새로이 알게 된 사실에 망연자실하며 공책을 내려놓았다.

"자살한 거로군요." 윌리엄이 무미건조한 투로 말했다. "사고가 아니라 어머니가 차로 나무를 들이받은 거였어요."

나는 아무 말도 하지 않았다. 할 말이 없었다. 무슨 말을 해야 할지 알 수 없었다.

손을 뻗어 그의 손을 잡아주고 싶었지만, 왠지 모르게 망설여졌다. 나는 심호흡을 했다. 그런데도 아무 말도 할 수 없었다.

테이블 위에 놓인 황동 열쇠가 과거를, 미셸의 죽음을 목격한 말 없는 증인이었다. 나는 그가 루카에서 나를 밀어내듯 손바닥을 펴고 내 쪽으로 내밀었던 그때처럼 자기만의 세계로 침잠하는 게 느껴졌다. 그는 꼼짝하지 않았지만 뒤로 물러나는 게 똑똑히 느껴졌다. 나는 그를 어루만지고, 그를 붙잡고 싶은 강렬한 욕구를 다시 한번 억눌렀다. 왜 나와 이 남자가 너무나 많은 걸 공유하고 있는 것처럼 느껴지는 걸까? 더이상 그는 나에게 낯선 사람이 아니었다. 그보다 더 이상한 것은 나 역시 그에게 낯선 사람이 아닌 것처럼 느껴진다는 사실이었다. 무엇이 우리를 하나로 묶었을까? 나의 여정이었을까, 진실을 향한 열망이었을까, 그의 어머니에 대한 연민이었을까? 그는 나에 대해 아는 게 전혀 없었다. 파경에 이른 결혼생활이나 루카에서 유산될 뻔했던 아이나 내 직업이나 생활에 대해 아는 게 전혀 없었다. 나는 그와 그의 아내와 아이들과 일에 대해 얼마만큼 알고 있나? 그의 현재는 베일에 가려 있었다. 하지만 그의 과거는, 그의 어머니의 과거는 어두운 길을 환하게 밝히는 횃불처럼 선명했다. 나는 이 남자에게 나의 마음을 전하고, 그의 어머니가 겪은 일이 내 인생을 바꾸어놓았음을 알리고 싶었다.

"고맙습니다." 한참 만에 그가 입을 열었다. "이렇게 이야기해줘서 고마워요." 그의 목소리가 이상하고 어색하게 느껴졌다. 가만 생각해보니 나는 그가 무너지거나, 눈물을 흘리거나, 내 앞에서 어떤 감정을 보여주길 바라고 있었다. 왜 그랬을까? 아마 내가 해방되고 싶었기 때문일 것이다. 이 특별하고 사적인 만남을 통해 고통과 슬픔과 공허감을 눈물로 씻어버리고, 그와 교감하고 싶었기 때문일 것이다.

그가 자리에서 일어나 열쇠와 공책을 챙겼다. 이렇게 금세 헤어지다니 생각만 해도 견딜 수 없었다. 그가 지금 이렇게 떠나면 두 번 다시 그의 소식을 듣지 못할 거라는 확신이 들었다. 그는 두 번 다시 나를 만나려 하지도, 나와 이야기하려 하지도 않을 것이다.

사라와의 마지막 연결 고리가 이렇게 사라져버릴 것이다. 나는 그를 잃을 것이다. 이유는 도무지 알 수 없었지만 바로 그 순간 내가 함께 있고 싶은 사람은 윌리엄 레인스퍼드뿐이었다.

내 표정에서 뭔가를 읽었는지 그는 그 자리에 선 채 머뭇거렸다.

"본라롤랑드와 넬라통 가에 찾아가볼 겁니다."

"원하시면 같이 가드릴게요."

그의 시선이 나에게 머물렀다. 그의 눈빛에서 나에 대한 원망과 고마움이라는 완전히 다른 두 감정이 복잡하게 뒤엉키는 것을 또 한번 느낄 수 있었다.

"아뇨. 혼자 가고 싶어요. 그런데 괜찮으시면 뒤포르 형제가 사는 곳을 알려주시겠어요? 그분들도 뵙고 싶은데."

"그러세요." 나는 수첩에 써놓은 주소를 메모지에 옮겨 적었다.

그때 그가 갑자기 털썩 다시 자리에 앉았다.

"술 한잔 마실 수 있을까요?"

"그럼요. 물론이죠." 나는 손짓으로 웨이터를 불러 윌리엄 몫으로 와인을, 내 몫으로 과일주스를 주문했다.

아무 말 없이 각자의 잔을 홀짝이는데, 그와 함께 있는 것이 얼마나 편안한지 마음 깊이 느껴졌다. 조용히 잔을 기울이는 두 명의 미국인. 말이 필요 없었다. 말을 하지 않아도 어색하지 않았다. 하지만 잔을 비우면 그는 곧바로 떠날 것이다.

그 순간이 다가왔다.

"고마웠어요, 줄리아. 전부 다 고마웠어요."

그는 앞으로 계속 연락하자고, 이메일로 소식을 주고받자고, 가끔 통화하자고 하지 않았다. 아무 말도 하지 않았다. 하지만 나는 그의 침묵의 의미를 명확하게 알고 있었다. 앞으로 전화하지 마세요. 부탁이니 연락하지 마세요. 내 인생 전체를 다시 생각해봐야겠어요. 시간을 두고 조용히, 방해받지 않고 고민해봐야겠어요. 지금의 내가 누구인지 알아봐야겠어요.

나는 비를 맞으며 번화한 거리 속으로 사라지는 훤칠한 그의 모습을 바라보았다.

그런 다음 불룩한 배 위로 양손을 포개고, 외로움이 내 안으로 스며드는 걸 내버려두었다.

그날 저녁 집으로 돌아와보니 테자크 일가족이 나를 기다리고 있었다. 베르트랑, 조에와 함께 우리 집 거실에서 기다리고 있었다. 딱딱한 분위기가 대번에 감지되었다.

보아하니 양쪽으로 나뉜 듯했다. 아버님과 조에와 세실은 나를 지지하는 '내 편'이었고, 어머님과 로르는 나를 비난하는 쪽이었다.

베르트랑은 아무 말도 하지 않았고 이상할 정도로 침묵을 고수했다. 입꼬리를 내리고 슬픈 얼굴을 하고 있었다. 그런 채로 나를 외면했다.

어머님은 어떻게 그런 짓을 할 수 있느냐며 노발대발했다. 그 가족을 추적해, 자기 어머니의 과거에 대해 아무것도 모르던 그 남자와 접촉하다니.

"그 남자가 불쌍하지도 않아요?" 로르도 떨리는 목소리로 옆에서 거들었다. "어머니는 유대인이었고, 온 가족이 폴란드에서 몰살당했고, 삼촌은 굶어 죽었고, 자기가 실제 어떤 사람인지 알게 된 심정이 어떻겠어요. 그냥 아무것도 모르게 내버려뒀어야 한다고요."

아버님이 손을 휘휘 저으며 자리에서 벌떡 일어났다.

"어허!" 그가 소리를 질렀다. "우리 가족이 어쩌다 이렇게 된 게냐!" 조에가 내 품으로 파고들었다. "줄리아가 얼마나 용감하고 속 깊게 행동했는데." 그는 분노로 몸을 떨며 이야기를 계속했다. "줄리아는 그 소녀의 가족에게 그걸 알리고 싶었던 것뿐이야. 우리가 마음 쓰고 있었다는 걸. 사라 스타르진스키가 양부모의 보살핌을 받을 수 있도록 우리 아버지가 계속 신경 쓰고 있었다는 걸, 그녀가 사랑받고 있었다는 걸."

"아버지," 로르가 말허리를 잘랐다. "언니는 한심한 짓을 저지른 거예요. 과거를, 특히 전쟁 중에 벌어졌던 일을 끄집어내는 건 좋은 생각이 아니에요. 그때 일을 다시 떠올리고 싶어하는 사람은, 그때 일을 생각하고 싶어하는 사람은 아무도 없다고요."

로르는 내 쪽을 쳐다보지 않았지만, 엄청난 적의가 고스란히 느껴졌다. 나는 그녀가 무슨 생각을 하는지 한눈에 알 수 있었다. 미국인이나 할 법한 짓이라는 거였다. 과거를 존중할 줄 모르고, 가문의 비밀이 뭔지 모르고, 매너 없고, 둔하고, 꼴사납고 무식한 미국인. 아메리켄 아베크 세 그로 사보(속내를 감출 줄 모르는 미국인).

"난 그렇게 생각하지 않아!" 세실이 날카롭게 외쳤다. "아버지, 어떤 일이 있었는지 이야기해주셔서 고마워요. 그 딱한 아이는 아파트에서 죽고, 그 어린 아이가 집을 찾아왔다니 얼마나 끔찍한지…… 나는 언니가 그 가족한테 연락한 게 잘한 일이라고 생각해요. 우리는 부끄러워할 만한 일은 아무것도 저지르지 않았어요."

"그건 그렇지." 이번에는 어머님이 입술을 일그러뜨리며 말했다. "하지만 줄리아가 이렇게 파고들지 않았다면 아버지가 아무 말씀도 안 하셨을 거 아니니?"

아버님이 어머님 쪽으로 고개를 돌렸다. 표정에서 냉기가 느껴졌고, 목소리도 마찬가지였다.

"콜레트, 나는 그때 일을 절대 발설하지 않겠다고 아버님 앞에서 맹세했소. 그리고 지난 육십 년 동안 힘겹게 아버님의 유지를 받들었지. 하지만 이제는 온 가족이 알게 돼서 다행이라고 생각해. 심란하게 받아들이는 사람도 있는 모양이지만, 다 같이 함께 나눌 수 있으니까."

"어머님은 아무것도 모르시니 그나마 다행이죠." 어머님이 한숨을 쉬며 잿빛이 도는 금발을 손으로 눌러 매무새를 정리했다.

"증조할머니도 알고 계세요." 조에가 끼어들었다.

조에는 두 뺨이 홍당무처럼 새빨갰지만, 그래도 용감하게 우리 얼굴을 쳐다보았다.

"증조할머니가 얘기해주셨어요. 난 그 남자아이 이야기는 몰랐어요. 아마 엄마는 내가 그 부분은 모르길 바랐겠죠. 하지만 증조할머니가 모두 다 말씀해주셨어요."

조에는 계속 말을 이었다.

"증조할머니는 처음부터 알고 계셨대요. 사라가 돌아왔다고 관리인한테 들어서 알고 계셨대요. 그리고 할아버지가 자기 방에 죽은 아이가 나타나는 악몽을 계속 꾸셨다면서요? 증조할머니는 다 알고 있는데도 남편이나 아들과, 나중에는 다른 가족들과 한마디도 할 수 없었던 게 괴로우셨대요. 그 때문에 증조할아버지가 달라지셨다고 했어요. 증조할머니한테도 말 못 할 뭔가가 생기셨다고."

나는 아버님을 쳐다보았다. 아버님은 미심쩍어하는 얼굴로 조에를 빤히 쳐다보았다.

"조에, 증조할머님이 알고 계셨다고? 처음부터 알고 계셨다고?"

조에가 고개를 끄덕였다.

"혼자 간직하기엔 끔찍한 비밀이었다고 하셨어요. 그 여자아이 생각이 끊이질 않았다고, 그런데 저한테 털어놓으니 홀가분하다고 하셨어요. 진작 터놓고 이야기했어야 했다고, 진작 엄마처럼 그랬어야 했다고, 나중으로 미루지 말았어야 했던 거라고 하셨어요. 진작 그 아이의 가족을 찾았어야 했다고. 꼭꼭 숨겨놓은 게 잘못이었다고. 증조할머니가 그렇게 말씀하셨어요. 뇌졸중을 일으키시기 직전에."

불편한 침묵이 한참 이어졌다.

조에가 고개를 꼿꼿이 들고 할아버지, 할머니, 고모, 아버지를 가만히 바라보았다. 그러고는 나를 바라보았다.

"말씀드리고 싶은 게 있어요." 조에는 자연스럽게 프랑스어에서 영어로 바꾸어 말하며 미국식 억양을 일부러 강조했다. "다른 분들이 어떻게 생각하시든 저는 상관없어요. 엄마가 잘못했다고, 한심한 짓을 저질렀다고 생각하셔도 저는 상관없어요. 저는 엄마가 정말 자랑스럽거든요. 엄마가 어떻게 윌리엄 아저씨를 만나서 어떻게 아저씨에게 이야기를 전했는지, 다들 모르실 거예요. 그게 엄마한테 얼마나 의미 있는 일이었는지. 저한테 얼마나 의미 있는 일이었는지. 그 아저씨한테 얼마나 의미 있는 일이었는지. 그런데 있잖아요, 저는 크면 엄마처럼 되고 싶어요. 내 아이들이 자랑스럽게 여기는 엄마가 되고 싶어요. 그럼 다들 안녕히 주무세요."

조에는 우스꽝스럽게 허리를 숙여 인사하더니 거실문을 조용히 닫고 나갔다.

우리는 한동안 아무 말 없이 앉아 있었다. 어머님의 얼굴은 점점 딱딱하게 굳어갔다. 로르는 손거울을 보며 화장을 살폈다. 세실은 멍한 얼굴이었다.

베르트랑은 한마디도 하지 않고 뒷짐을 진 채 창밖을 바라보았다. 내 쪽은 단 한 번도 돌아보지 않았다. 어느 누구도 돌아보지 않았다.

아버님이 일어나 내 머리를 다정하게 토닥였다. 나를 내려다보는 옅은 파란색 눈이 반짝였다. 그가 내 귓가에 대고 프랑스어로 중얼거렸다.

"옳은 일을 했다. 잘했어."

하지만 나중에 아무것도 읽을 수 없고 아무것도 생각할 수 없는 상태로 나 혼자 침대에 누워 천장만 바라보고 있는데, 과연 잘한 일인가 하는 의문이 들었다.

지금 어디에선가 인생의 새로운 조각을 맞추려고 애쓰고 있을 윌리엄이 생각났다.

딱 한 번 껍질을 깨고 나와, 이 슬프고 우울한 비밀을 딱 한 번 공개적으로 이야기한 테자크 집안 사람들이 생각났다. 나에게 등을 돌린 베르트랑이 생각났다.

"튀 아 페 스 킬 팔레. 튀 아 비엥 페." 아버님이 프랑스어로 한 말이 이거였다.

과연 그럴까? 모르겠다. 여전히 모르겠다.

조에가 문을 열고 말 없는 강아지처럼 침대 위로 올라와 내 옆으로 파고들었다. 그러더니 내 손을 잡고 천천히 입을 맞추고 내 어깨에 머리를 기댔다.

나는 몽파르나스 대로를 오가는 차량의 나직한 소음에 귀를 기울였다. 밤이 깊어가고 있었다. 베르트랑은 분명 아멜리에와 함께 있을 것이다. 그가 낯선 사람처럼 멀게 느껴졌다. 전혀 모르는 낯선 사람 같았다.

적어도 오늘 하루는 내가 두 가족을 서로 연결시켰다. 두 가족은 절대 예전처럼 살 수 없을 것이다.

내가 과연 옳은 일을 한 걸까?

뭘 생각해야 할지 알 수 없었다. 뭘 믿어야 할지 알 수 없었다.

옆에서 잠든 조에의 느릿느릿한 숨결이 내 뺨을 간질였다. 앞으로 태어날 아이를 생각했다. 그러자 평화로움이 나를 감쌌다. 평화로운 기분이 잠시 나를 위로했다.

하지만 아픔과 슬픔은 사라지지 않았다.

2005년, 뉴욕

"조에!" 내가 고함을 질렀다. "제발 동생 손 좀 잡아줘. 그러다 떨어져서 목 부러지겠다!"

다리가 유난히 긴 딸아이가 얼굴을 찡그렸다.

"엄마는 진짜 피해망상증 환자야."

조에가 여동생의 토실토실한 팔을 잡고 다시 세발자전거를 밀어줬다. 아이의 그 짧은 다리가 트랙을 따라 미친 듯이 위아래로 움직였고, 조에는 그 뒤를 열심히 쫓아다니고 있었다. 아이는 고개를 길게 빼고 내가 보고 있는지 확인하며 까르르 웃었다. 두 살짜리 특유의 노골적인 자부심이랄까.

센트럴파크와 감질나는 봄기운. 나는 다리를 쭉 뻗고 햇빛이 비치는 쪽으로 고개를 숙였다.

옆에 앉은 남자가 내 뺨을 어루만졌다.

닐. 나의 남자 친구. 나보다 나이가 조금 많은 변호사. 이혼남. 십대인 두 아들과 플랫아이언 지구에 거주. 동생에게 소개받은 사람. 나는 그가 좋았다. 사랑하지는 않았지만, 같이 있으면 즐거웠다. 똑똑하고 교양 있는 남자였다. 다행히 그도 나와 결혼할 생각이 없었고, 가끔 내 딸들도 참아주었다.

나는 여기서 살기 시작한 이래 몇 명의 남자 친구를 사귀었다. 진지한 사이는 아니었다. 심각한 관계도 아니었다. 조에는 그들을 예비 신랑감이라 불렀고, 샬라는 스칼릿 오하라 식으로 멋쟁이라고 불렀다. 닐 이전에 만났던 예비 신랑감 피터는 화랑을 운영했고, 벗어진 정수리 때문에 괴로워했고, 외풍이 심한 트라이베카의 맨 위층에 살았다. 그들은 하나같이 점잖고 살짝 지루한, 미국의 전형적인 중년 남자였다. 예의 바르고 진지하고 꼼꼼한, 직업 좋고 학벌 훌륭하고 교양 있는 이혼남. 그들은 나를 데리러 오고 데려다주고 팔과 우산을 빌려주었다. 메트로폴리탄 미술관, 뉴욕 현대미술관, 메트로폴리탄 오페라하우스, 뉴욕 시립발레단, 브로드웨이 공연 관람과 점심식사, 저녁식사를 함께 했고, 가끔 잠자리도 함께 했다. 나는 참고 견뎠다. 잠자리는 이제 일종의 의무사항이 되었다. 기계적이고 지루했다. 잠자리에서도 뭔가가 사라져버렸다. 열정. 흥분. 격렬함. 이 모든 게 사라져버렸다.

나는 내 인생이라는 영화를 앞으로 빠르게 돌리고 있는 듯한 기분이 들었다. 찰리 채플린의 영화 속 주인공처럼 달리 방법이 없어 새 삶에 만족하는 듯 어색한 미소를 짓고, 허둥지둥 어설프게 모든 일을 해치우는 사람이 된 듯했다.

가끔 샬라가 나를 훔쳐보며 물었다. "언니, 괜찮아?"

그러면서 나를 쿡 찌르면 나는 "그럼, 괜찮지" 하고 중얼거렸다.

샬라는 미심쩍어하는 눈치였지만, 당장은 아무 말 하지 않았다.

어머니도 내 안색을 살피며 걱정스러운 듯 입을 오므렸다. "얘, 별일 없는 거지?"

그러면 나는 환하게 웃어 보이며 어머니의 걱정을 쫓아버렸다.

눈부시게 맑은 뉴욕의 아침. 파리에서는 절대 볼 수 없는 날씨였다. 코끝이 아릴 정도로 상쾌한 공기. 새파란 하늘. 나무 위로 우리를 둘러싼 스카이라인. 어슴푸레 보이는 맞은편의 다코타 아파트. 산들바람을 타고 오는 핫도그와 프레첼 냄새.

나는 점점 강해지는 햇빛 때문에 눈을 감은 채 손을 뻗어 닐의 무릎을 쓰다듬었다. 뉴욕과 사계절이 뚜렷한 날씨. 이글거리는 여름. 온 세상이 하얗게 변하는 혹한의 겨울. 내가 사랑하게 된, 온 도시에 내리쬐는 눈부신 은빛 햇살. 잿빛 부슬비가 축축하게 내리던 파리와는 완전히 다른 세상이었다.

나는 눈을 뜨고 뛰어다니는 두 딸을 바라보았다. 조에는 하룻밤새 눈부신 십대로 자랐고, 유연하면서도 튼튼한 팔다리를 자랑하며 내 키를 뛰어넘었다. 샬라와 베르트랑의 기품과 미모와 매력을 물려받은 이 아이는, 활달하고 강한 두 집안의 조합을 어찌나 잘 보여주는지 매번 나를 감탄하게 했다.

꼬맹이는 달랐다. 언니보다 부드럽고 통통하고 여렸다. 그 나이 때 조에보다 더 많이 안아주고 뽀뽀해주고 난리법석 관심을 기울여주어야 했다. 아버지가 없기 때문일까? 아이가 태어나자마자 내가 조에와 함께 프랑스에서 뉴욕으로 집을 옮겼기 때문일까? 모르겠다. 나는 너무 신경 쓰지 않기로 했다.

수십 년 동안 프랑스에서 살다 다시 미국에서 지내려니 처음에는 낯설었다. 지금도 가끔씩 낯설 때가 있다. 내 집 같지가 않았다. 언제쯤이면 내 집처럼 느껴질까? 하지만 이미 정리된 일이었다. 그곳에서도 어려움이 있었다. 힘들게 결정한 일이었다.

조산을 하는 바람에 나는 당황스럽고 고통스러웠다. 아이는 크리스마스 직후에 세상에 태어났다. 예정일보다 두 달이나 빨랐다. 나는 생뱅상 드 폴 병원에서 끔찍할 정도로 오랜 시간 동안 제왕절개수술을 받았다. 내 옆을 지키던 베르트랑은 이상할 정도로 긴장했고, 자기도 모르게 감격에 겨워했다. 조그맣고 흠잡을 데 없는 여자아이였다. 베르트랑은 실망스러웠을까? 모르겠다. 어쨌든 나는 그렇지 않았다. 이 아이는 나에게 엄청난 의미를 가졌다. 내가 싸워서 지킨 아이였다. 내가 굴하지 않고 낳은 아이였다. 나의 승리를 상징하는 아이였다.

아이가 태어나고 생통주 아파트로 이사하기 직전에 베르트랑이 드디어 용기를 내어 고백했다. 아멜리에를 사랑한다고, 이제 트로카데로 아파트로 들어가 아멜리에와 함께 살고 싶다고, 나와 조에에게 더는 거짓말을 못 하겠다고, 최대한 빠르고 간단하게 이혼 수속을 밟았으면 좋겠다고. 고개를 숙인 채 뒷짐을 지고 방 안을 왔다 갔다 하며 복잡하고 장황하게 고백하는 그를 지켜보는 동안 문득 다시 미국으로 돌아가면 어떨까 하는 생각이 처음으로 떠올랐다. 나는 베르트랑의 이야기를 끝까지 귀 기울여 들었다. 그는 진이 빠지고 녹초가 되었지만 결국에는 해냈다. 드디어 나에게 솔직해진 것이다. 그리고 자기 자신에게도. 나는 잘생기고 관능적인 남편을 돌아보며 고맙다고 했다. 그는 놀란 눈치였다. 그는 격하고 모진 반응을 보일 줄 알았다고 털어놓았다. 고함을 지르고, 독설을 퍼붓고, 난리를 피울 거라고. 내 품에 안겨 있던 아이가 끙끙대며 조그만 주먹을 흔들었다.

"난리 피우지 않을 거야." 내가 말했다. "고함을 지르거나 독설을 퍼붓지도 않고."

"알았어." 그는 이렇게 말하고 나와 아이에게 입을 맞추었다.

이미 내 인생과는 무관한 타인이 된 것처럼. 이미 예전에 내 곁을 떠난 것처럼.

그날 밤, 나는 배고픈 아이에게 젖을 물리려고 일어날 때마다 미국을 떠올리며 고민했다. 보스턴? 아니, 보스턴은 싫었다. 과거로 돌아가다니, 어린 시절을 보낸 그곳으로 돌아가다니 상상만 해도 끔찍했다.

그러다 갑자기 떠올랐다.

뉴욕. 조에와 아이, 나, 이렇게 셋이서 뉴욕으로 가면 어떨까? 샬라가 있고, 친정도 가까운 그곳. 뉴욕. 잘 알지도 못하고, 해마다 샬라네 집에 놀러 갔을 때 말고는 오래 있어본 적도 없지만, 뭐 어때?

뉴욕. 어쩌면 너무 다르기 때문에 파리와 대적할 수 있는 유일한 도시. 생각하면 할수록 마음에 들었다. 친구들과 의논은 하지 않았다. 내가 떠난다고 하면 에르베, 크리스토프, 기욤, 수재나, 홀리, 잰, 이자벨이 얼마나 야단법석을 떨지 뻔했다. 결국에는 이해하고 받아들이겠지만.

그리고 얼마 안 있어 할머님이 돌아가셨다. 11월에 뇌졸중을 일으킨 뒤 겨우 목숨만 부지하고 계셨다. 의식은 회복했지만 두 번 다시 말씀은 하시지 못했다. 할머님은 코슈앵 병원의 집중치료실로 옮겨졌다. 나는 할머님의 임종이 얼마 남지 않았음을 예감하고 마음의 준비를 했지만 그래도 충격은 어쩔 수 없었다.

부르고뉴의 아담하고 수수한 묘지에서 장례식을 치르고 났을 때 조에가 물었다. "엄마, 우리 생통주 아파트에서 살아야 해요?"

"아빠는 그러길 바라실걸?"

"엄마는 거기서 살고 싶어요?"

"아니." 나는 솔직하게 대답했다. "그 집에서 어떤 일이 있었는지 알고 난 다음부터는 거기서 살고 싶지 않더라."

"나도 그런데."

잠시 후 조에가 다시 물었다. "그럼 우리 어디서 살지?"

나는 조에가 말도 안 된다는 듯 콧방귀를 뀔 거라 생각하며 가볍게 농담처럼 운을 띄웠다. "글쎄? 뉴욕 어때?"

조에하고는 이렇게 쉽게 의견 일치를 보았다. 베르트랑은 우리가 내린 결정을 탐탁지 않게 여겼다. 자기 딸이 그렇게 멀리 떠난다는 것에 못마땅해했다. 하지만 조에의 결심은 확고했다. 자기가 몇 달에 한 번씩 왔다 갔다 할 테고, 아빠도 자기와 동생을 보러 오면 된다고 했다. 나는 정해진 건 아무것도 없다고, 이사에 관해서도 확정된 건 아무것도 없다고 베르트랑에게 설명했다. 영원히 거기 살겠다는 것이 아니라 이삼 년 만에 돌아올 수도 있는 거라고. 조에에게는 절반의 핏줄인 미국을 이해하는 기회가 될 것이다. 나에게는 인생의 새로운 장을 열 수 있는 기회가 될 것이다. 새 출발할 수 있는 기회가 될 것이다. 그와 아멜리에는 같이 지내고 있었다. 공식 커플이 된 것이다. 다 자란 아멜리에의 아이들은 따로 살았고, 친아버지와 지내기도 했다. 베르트랑은 날마다 (그 또는 그녀의) 아이들을 돌봐야 한다는 양육의 책임이 없는 새로운 삶에 유혹을 느꼈을까? 그랬을 수도 있다. 마침내 그가 동의했다. 나는 준비를 시작했다.

처음에는 샬라의 집에서 신세를 지다 그녀의 도움으로 암스테르담과 콜럼버스 가 사이에 있는 웨스트 86번가의 방 두 개짜리 아파트를 구했다. 도어맨이 있는 수수한 하얀색 건물로, 로스앤젤레스로 이사한 샬라의 친구가 재임대를 놓은 곳이었다. 건물은 일가족이나 이혼한 편부모들, 아기들과 아이들, 자전거, 유모차, 킥보드가 내는 소음으로 가득했다. 편안하고 아늑한 보금자리였지만 여기에서도 뭔가 부족했다. 그게 뭘까? 나도 알 수 없었다.

조슈아 덕분에 잘나가는 어느 프랑스 웹사이트의 뉴욕 통신원이라는 일자리도 얻었다. 재택근무였고, 파리에서 사진을 구해야 할 일이 있으면 뱀버에게 부탁했다.

조에는 몇 블록 떨어진 트리니티 스쿨에 입학했다. "엄마, 나는 어딜 가든 적응 못할 거야. 여기서는 나더러 프랑스식이래." 조에가 이렇게 투덜거릴 때마다 나도 모르게 웃음이 나왔다.

뉴요커는 흥미로운 존재였다. 그 씩씩한 걸음걸이, 악의 없는 농담, 몸에 밴 친절. 이웃 사람들은 이사 온 우리에게 꽃다발과 사탕을 선물했고, 엘리베이터에서 만나면 인사를 건넸고, 도어맨과 농담을 주고받았다. 나는 이 모든 걸 까맣게 잊고 있었다. 같은 층에 살아도 만나면 무뚝뚝하게 목례만 하던 쌀쌀맞은 파리지앵들에게 너무나 익숙해져 있었다.

이런 상황에서 가장 아이러니한 것은 이렇게 정신없이, 신나게 살고 있는데도 파리가 그리웠다는 것이다. 나는 매일 저녁 정해진 시간이 되면 보석으로 치장한 여자처럼 반짝반짝 불을 밝히는 에펠탑이 그리웠다. 매월 첫째 주 수요일 정오가 되면 월례 훈련의 시작을 알리던 사이렌 소리도 그리웠다. 에드가키네 가에서 매주 토요일마다 열리던 노천 시장도 그리웠다. 야채를 팔러 나온 상인들이 여자 손님 중에서 가장 키가 큰 나를 "우리 아담한 사모님"이라고 불렀는데, 미국인임에도 불구하고 나도 조에처럼 프랑스식이 된 것처럼 느껴졌다.

파리와 헤어지는 건 생각처럼 쉽지 않았다. 뉴욕과 그 에너지, 맨홀에서 올라오는 수증기, 그 거대함, 다리, 빌딩, 교통 체증이 아직 낯설었다. 여기서도 좋은 친구들을 사귀었지만 파리의 친구들이 그리웠다. 매달 내게 편지를 보낼 만큼 가까워진 아버님도 그리웠다. 여자들을 훑어보는 프랑스 남자들의 그 '적나라한 시선'(홀리의 표현이었다)도 그리웠다. 그런 시선에 워낙 익숙해져 있었는데, 여기 맨해튼에서는 조에를 향해 "헤이, 날씬한 아가씨!"라고, 나를 향해 "헤이, 금발 아가씨!"라고 외치는 남자가 쾌활한 버스 기사밖에 없으니 내가 투명인간이라도 된 것 같았다. 내 삶이 왜 이렇게 공허하게 느껴지는 걸까? 허리케인이 휩쓸고 지나가기라도 한 것처럼. 밑이 빠져버리기라도 한 것처럼.

그리고 밤.

밤이 되면 닐과 함께 있어도 쓸쓸했다. 침대에 누워 고동치는 이 대도시의 소음을 들으며, 슬금슬금 해변을 덮치는 밀물처럼 되살아나는 영상들을 떠올리고 있노라면.

사라.

나를 떠날 줄 모르는 그 이름. 나를 영원히 바꾸어놓은 그 이름. 그녀의 이야기와 그녀의 고통이 내 안에 고스란히 남았다. 나는 그녀와 아는 사이인 것처럼 느껴졌다. 어렸을 때부터 알고 지낸 사이 같았다. 어린 소녀였을 때부터. 미끄러운 뉴잉글랜드 도로에서 나무를 들이받은 마흔 살의 주부였을 때부터. 나는 그녀의 얼굴을 완벽하게 기억했다. 끝이 올라간 초록색 눈. 그녀의 두상. 자세. 손. 아주 가끔 볼 수 있는 미소. 나는 그녀를 알고 있었다. 만약 그녀가 지금까지 살아 있었다면 길거리에서 마주쳐도 알아봤을 것이다.

조에는 예리했다. 나는 조에에게 현장을 들켰다.

윌리엄 레인스퍼드를 인터넷에서 검색하고 있었다.

나는 조에가 수업을 마치고 집에 돌아온 것도 모르고 있었다. 어느 겨울 오후, 조에가 소리도 없이 살금살금 다가왔다.

"언제부터 이런 거야?" 조에가 마리화나를 피우는 자식과 맞닥

뜨린 엄마 같은 말투로 물었다.

나는 얼굴이 붉어져서 지난해부터 자주 인터넷에서 찾아보았다고 솔직히 털어놓았다.

"그래서?" 조에가 팔짱을 끼고 나를 향해 눈살을 찌푸리며 물었다.

"음, 루카를 떠난 것 같아." 내가 털어놓았다.

"그래? 그러면 지금은 어디 있는데?"

"몇 달 전에 미국으로 돌아온 모양이야."

나는 딸아이의 시선을 감당할 수가 없어 자리에서 일어나 창가로 다가가 암스테르담 가를 내려다보았다.

"그 아저씨가 지금 뉴욕에 있는 거야, 엄마?"

조에가 조금 전보다 부드럽고 듣기 좋은 목소리로 묻더니 내 뒤로 다가와 그 사랑스러운 머리를 내 어깨에 얹었다.

나는 고개를 끄덕였다. 딸아이에게 말은 못 했지만, 그도 여기 있다는 사실을 알게 됐을 때 얼마나 기뻤는지 모른다. 마지막으로 만난 지 이 년 만에 우리 둘이 한 도시로 모였다는 사실을 알게 됐을 때 얼마나 가슴이 두근거리고 놀라웠는지 모른다. 그러고 보니 그의 아버지가 뉴욕 출신이었다. 어쩌면 그도 어렸을 때 이곳에 살았을지 모른다.

전화번호부를 뒤지니 그의 주소가 나왔다. 웨스트 빌리지였다. 여기서 지하철로 십오 분이면 갈 수 있는 곳이었다. 나는 전화를 할까 말까 몇날 며칠을 심각하게 고민했다. 그는 파리에서 만난 뒤로 두 번 다시 나를 찾지 않았다. 그 이후로 나는 그의 소식을 들을 수 없었다.

어느 정도 시간이 지나자 흥분이 가라앉았다. 나는 전화를 할 용기가 없었다. 하지만 밤이면 밤마다 그를 생각했다. 낮이면 낮마다 그를 생각했다. 아무도 모르게, 조용히. 어느 날 공원에서, 백화점에서, 혹은 술집이나 식당에서 우연히 만날 수 있을까? 가족들과 함께 왔을까? 왜 나처럼 미국으로 온 걸까? 무슨 일이 있었던 걸까?

"연락해봤어?" 조에가 물었다.

"아니."

"연락해볼 거야?"

"모르겠어."

나는 아무 말 없이 눈물을 흘렸다.

"엄마, 제발." 조에가 한숨을 쉬었다.

나는 신경질적으로 눈물을 닦았다. 내가 한심하게 느껴졌다.

"엄마, 그 아저씨도 엄마가 여기로 이사 온 거 알고 있을 거야. 분명해. 그 아저씨도 엄마를 찾아봤을 거야. 여기서 어떤 일을 하는지, 어디 사는지 알고 있을 거야."

나는 그런 생각은 한 번도 하지 못했다. 윌리엄이 인터넷에서 나를 검색한다고? 내 주소를 알아낸다고? 정말 그럴까? 그 사람이 나도 뉴욕에, 어퍼 웨스트 사이드에 산다는 걸 알고 있을까? 나를 생각한 적이 있기나 할까? 만약 나를 생각했다면 어떤 기분이 들었을까?

"엄마, 이제 그만 훌훌 털어버려. 이제 그만 잊어버려. 널 아저씨한테 연락해서 좀더 자주 만나고, 엄마 인생을 즐겨."

나도 모르게 조에 쪽으로 고개를 돌려 거칠게 소리를 지르고 말았다.

"못 그러겠어, 조에. 내가 한 일이 그 사람 인생에 도움이 됐는지 알고 싶어. 그걸 알고 싶어. 너무 지나친 욕심인 거니? 그게 그렇게 불가능한 일이야?"

옆방에서 아이가 울었다. 낮잠을 자다 내 소리에 깬 것이다. 조에가 건너가 딸꾹질을 하는 토실토실한 동생을 안고 돌아왔다.

조에가 동생의 고수머리 위로 손을 뻗어 내 머리를 가만가만 쓰다듬었다.

"엄마, 난 엄마가 알 수 없을 거라고 생각해. 그 아저씨가 엄마한테 말해줄 수 있을 것 같지도 않고. 엄마 때문에 그 아저씨 인생이 달라졌잖아. 송두리째 뒤집혔잖아. 어쩌면 엄마를 두 번 다시 만나고 싶지 않을지도 몰라."

나는 조에의 품에 안겨 있던 아이를 받아 꼭 끌어안고 그 따뜻하고 토실토실한 느낌을 음미했다. 맞는 말이었다. 나는 과거를 묻고 현재의 삶에 충실해야 했다.

그런데, 문제는 방법이었다.

나는 계속 바쁘게 지냈다. 조에, 막내, 닐, 우리 부모님, 조카들, 일로도 모자라 샬라와 배리가 끊임없이 초대하는 파티에 꼬박꼬박 참석하느라 일 분 일 초도 혼자 보내는 시간이 없었다. 파리에서 살면서 사귄 사람보다 이곳에서 이 년 동안 새로 사귄 사람이 더 많았다. 멜팅 팟을 진정으로 즐기고 있는 셈이었다.

물론 나는 파리를 영영 떠났지만, 일 때문에 혹은 친구들이나 아버님을 만나러 파리에 갈 때면 늘 혼자 마레를 찾았다. 발걸음이 저절로 향하는 것처럼 그곳을 찾고 또 찾았다. 나는 로지에르, 루아드시실, 에쿠페, 생통주, 브르타뉴 가를 차례차례 지나며 그곳들을 새로운 시선으로 바라보았다. 1942년, 내가 태어나기 한참 전이었던 그때 여기서 벌어졌던 일을 기억하면서.

지금 생통주의 아파트에는 누가 살고 있을까, 녹음이 우거진 안마당이 내려다보이는 창가에는 누가 서 있을까, 반질반질한 대리석 벽난로는 누가 손으로 훑고 있을까? 새로운 세입자는 그 집에서 꼬마 아이가 죽었고, 그날 한 여자아이의 일생이 영원히 달라져 버렸다는 사실을 어렴풋하게나마 알고 있을까?

나는 마레로 돌아가는 꿈까지 꾸었다. 꿈속에서 내가 목격한 적도 없는 과거의 참사가 내 눈앞에서 생생하게 재현되었다. 나는 악몽을 쫓기 위해 불을 켜야 했다.

사람들과 이야기를 나누느라 지치고, 더는 마시지 말았어야 하는데 참지 못하고 마신 와인 한 잔 때문에 목이 말라 잠 못 이루고 침대에 누워 있는 공허한 밤이면, 해묵은 아픔이 되살아나 나를 괴롭혔다.

그의 눈빛. 내가 사라의 편지를 읽어주었을 때 그가 지었던 표정. 이 모든 게 되살아나 내 속을 파고들며 나를 잠 못 들게 했다.

조에의 목소리에 나는 다시 센트럴파크로, 화창한 봄날로, 내 허벅지에 손을 얹고 있는 닐에게로 돌아왔다.

"엄마, 이 고집불통이 사탕 먹고 싶대."

"안 돼. 사탕은 절대 안 돼." 내가 말했다.

그러자 아이는 그대로 풀밭 위로 엎어져 떼를 썼다.

"보통내기가 아니야, 그지?" 닐이 중얼거렸다.

2005년 1월 내내 나는 사라와 윌리엄을 떠올리고 또 떠올렸다. 아우슈비츠 해방 60주년 기념식의 의의가 전 세계에서 헤드라인을 장식했다. '대학살'이라는 단어가 이렇게 자주 언급된 적은 없었을 것이다.

그 단어가 들릴 때마다 나는 그와 그녀를 떠올리며 괴로워했다. 아우슈비츠 기념식을 텔레비전으로 지켜보던 나는 윌리엄도 그 단어를 들으면서, 소름 끼치는 과거를 담은 흑백 영상이 화면 위로 지나가는 것을 보면서, 산처럼 쌓인 뼈만 앙상한 시신과 화장터와 유해를 보면서 나를 떠올릴까 궁금했다.

그의 가족이 그 끔찍한 곳에서 유명을 달리했다. 외할아버지와 외할머니가. 그러니 그가 어떻게 나를 떠올리지 않을 수 있겠는가. 조에와 샬라를 옆에 끼고 화면을 응시하는데 수용소 위로, 철조망과 납작한 망루 위로 눈송이가 흩날렸다. 모여 있는 사람들, 연설, 기도, 촛불. 러시아 병사들과 그들의 독특한 춤추는 듯한 발걸음.

그리고 해질녘의 그 잊을 수 없는 마지막 광경. 철길이 어둠 속에서 불꽃처럼 빛나고 있었다. 비탄과 회상이 통렬하고 날카롭게 뒤얽힌 철길이.

전화가 걸려온 것은 5월의 어느 오후, 내가 전혀 생각지도 못했던 때였다.

나는 책상에 앉아 변덕을 부리는 새 컴퓨터와 씨름하고 있었다. 그러다 벨이 울려 수화기를 들었는데, "여보세요" 하는 내 목소리가 내가 듣기에도 퉁명스러웠다.

"안녕하세요. 윌리엄 레인스퍼드입니다."

나는 똑바로 앉아 쿵쾅거리는 심장을 달래려 애썼다.

윌리엄 레인스퍼드.

나는 놀라서 수화기만 꼭 붙든 채 아무 말도 하지 못했다.

"줄리아, 내 말 들려요?"

나는 침을 꿀꺽 삼켰다.

"네. 컴퓨터랑 씨름하는 중이었어요. 잘 지냈어요, 윌리엄?"

"잘 지냈어요." 그가 대답했다.

잠시 침묵이 흘렀다. 하지만 부자연스럽거나 어색하게 느껴지지는 않았다.

“오랜만이에요.” 내가 우물쭈물 말을 건넸다.

“그렇네요.”

또다시 이어지는 침묵.

“이제 뉴요커가 되셨죠?” 마침내 그가 입을 열었다. “인터넷에서 찾아봤어요.”

그러니까 결국 조에의 짐작이 맞았던 것이다.

“한번 만날까요?” 그가 물었다.

“오늘요?” 내가 말했다.

“괜찮으시면요.”

옆방에서 낮잠을 자고 있는 아이가 걸렸다. 오늘 아침에 어린이집에 다녀왔는데…… 그래도 데리고 나가자 싶었다. 단잠을 깨우면 달가워하지는 않겠지만.

“괜찮아요.” 내가 말했다.

“잘됐네요. 제가 그쪽으로 갈게요. 어디서 만날까요?”

“카페 모차르트라고 아세요? 웨스트 70번가하고 브로드웨이 사이에 있어요.”

“알아요. 삼십 분 뒤에 거기서 뵐까요?”

나는 전화를 끊었다. 심장이 하도 쿵쾅거려서 숨도 제대로 쉴 수 없었다. 나는 옆방으로 가 칭얼대는 아이를 깨워 옷을 입히고, 유모차를 편 다음 카페 모차르트를 향해 출발했다.

도착해보니 그가 기다리고 있었다. 그의 뒷모습이 먼저 보였다. 떡 벌어진 어깨와 이제 금발은 한 가닥도 남지 않은 풍성한 은발이 눈에 들어왔다. 그는 신문을 읽고 있다 내가 다가가자 내 시선을 느끼기라도 한 것처럼 고개를 돌렸다. 그가 자리에서 일어섰고, 악수를 해야 할지 가볍게 입을 맞추어야 할지 몰라 서로 우왕좌왕하는 어색하고 우스꽝스러운 순간이 찾아왔다. 그가 웃음을 터뜨렸고, 나도 덩달아 웃음을 터뜨렸다. 그는 내 턱이 그의 쇄골에 부딪힐 정도로 힘차게 나를 끌어안고 등을 토닥이더니 쪼그리고 앉아 내 딸아이를 바라보았다.

"정말 예쁜 꼬마 아가씨로구나." 그가 탄성을 질렀다.

아이는 거드름을 피우며 자기가 좋아하는 고무 기린을 건넸다.

"그런데 이름이 뭐니?" 그가 물었다.

"루시." 아이가 혀 짧은 소리로 대답했다.

"그건 기린 이름이고……" 내가 설명하려고 나섰지만, 윌리엄이 벌써 기린을 눌러 삑삑 소리를 내는 바람에 내 목소리가 묻혔다. 아이는 좋아서 소리를 질렀다.

우리는 테이블에 자리를 잡고 앉았다. 아이는 그냥 유모차에 앉혔다. 그가 메뉴판을 훑었다.

"아마데우스 치즈케이크 먹어봤어요?" 그가 한쪽 눈썹을 치켜세우며 물었다.

"그럼요." 내가 대답했다. "악마의 유혹이죠."

그가 씩 웃었다.

"줄리아, 얼굴이 좋아 보여요. 뉴욕이 잘 맞나봐요."

나는 십대 소녀처럼 얼굴을 붉혔다. 이 모습을 보았다면 눈살을 찌푸렸을 조에가 떠올랐다.

그때 그의 휴대전화가 울렸다. 그가 전화를 받았다. 표정으로 보건대 여자였다. 누구일까 궁금했다. 부인일까? 딸일까? 통화가 계속됐다. 그는 당황스러워하는 듯했다. 나는 아이 쪽으로 몸을 기울여 기린을 가지고 놀았다.

"미안해요." 그가 전화를 멀찌감치 치우며 말했다. "여자 친구예요."

"아."

내가 당황한 것처럼 보였는지 그가 껄껄 웃었다.

"나 이혼했어요, 줄리아."

그는 나를 똑바로 쳐다봤다. 이제는 표정이 진지했다.

"당신한테 그 이야기를 들은 뒤로 모든 게 달라져버렸거든요."

드디어. 드디어 그에게서 듣고 싶었던 이야기를 들었다. 그 이

후. 그 결과.

나는 뭐라고 말하면 좋을지 알 수가 없었다. 내가 뭐라고 한마디라도 내뱉으면 그의 말이 끊길까 두려웠다. 나는 아이에게 물병을 주고, 물을 쏟지 않게 단속하고, 종이 냅킨을 찾으며 계속 바쁜 척했다.

웨이트리스가 주문을 받아 갔다. 아마데우스 치즈케이크 두 조각, 커피 두 잔, 아이가 먹을 팬케이크.

윌리엄이 말했다. "모든 게 산산조각이 났어요. 지옥이 따로 없더군요. 끔찍한 한 해였죠."

우리는 한동안 아무 말 없이 주변 테이블만 두리번거렸다. 보이지 않는 스피커에서 클래식이 흘러나오고, 밝고 시끌벅적했다. 아이는 혼자 까르르거리다 나와 윌리엄을 올려다보고 웃으며 장난감을 휘둘렀다. 웨이트리스가 음식을 가지고 왔다.

"이제는 괜찮으세요?" 내가 조심스럽게 물었다.

"네." 그는 재빨리 대답했다. "괜찮아요. 새로운 내 일부에 적응하기까지 시간이 걸리긴 했죠. 어머니의 과거를 이해하고 받아들이기까지. 그에 따른 고통을 수습하기까지. 가끔은 아직도 잘 안 돼요. 하지만 열심히 노력하고 있어요. 꼭 필요한 몇 가지 일도 했고요."

"그게 뭔데요?" 나는 끈적끈적한 팬케이크를 잘라 딸아이에게 먹이며 물었다.

"이 모든 걸 더는 혼자 감당할 수 없다는 사실을 깨달았어요. 외롭고 버겁더군요. 집사람은 내가 어떤 변화를 겪고 있는지 이해하지 못했어요. 나도 설명하기 어려웠으니 우리 둘 사이에 대화라는 것이 존재하지 않았죠. 작년에, 60주년 기념식 직전에 두 딸을 데리고 아우슈비츠에 다녀왔어요. 증조할아버지, 증조할머니가 어떻게 되셨는지 알려주고 싶었는데 그게 잘되지 않더군요. 결국 직접 보여주는 수밖에 없었어요. 가슴 뭉클하고 눈물로 얼룩진 여행이었지만, 드디어 마음의 평화를 찾을 수 있었어요. 딸들도 나를 이해하는 것 같았고요."

그는 슬프고 상념에 젖은 얼굴이었다. 나는 아무 말도 하지 않고 듣기만 하며 아이의 얼굴을 닦아주고 물을 좀더 먹였다.

"1월에 마지막 일을 처리했죠. 파리를 다시 찾아갔거든요. 마레에 홀로코스트 기념관이 새로 건립됐잖아요. 알고 계시죠?" 나는 고개를 끄덕였다. 안 그래도 소식을 듣고, 다음번에 파리에 가면 찾아가보려고 마음먹고 있었다. "시라크도 참석한 준공식이 1월 말에 열렸죠. 입구에 이름이 새겨진 벽이 있어요. 엄청나게 큰 회색 돌담에 칠만 육천 개의 이름이 새겨져 있어요. 프랑스에서 강제 이송된 유대인들의 이름을 모두 적은 거죠."

나는 커피잔 테두리를 만지작거리는 그의 손가락을 바라보았다. 그의 얼굴을 똑바로 바라보기가 힘들었다.

"그분들 이름을 찾으려고 간 거였는데, 있었어요. 블라디슬라프 스타르진스키와 리브카 스타르진스키. 우리 할아버지 할머니. 아우슈비츠에 찾아갔을 때처럼 마음이 평화로워지더군요. 그때처럼 괴롭기도 했고. 프랑스 국민들이 그분들을 이런 식으로라도 기억하고 기리고 있다는 게 고마웠어요. 그 벽 앞에서 우는 사람들도 있었어요. 나이가 많은 사람, 젊은 사람, 나와 비슷한 사람들이 벽을 손으로 더듬으며 울고 있었어요."

그는 말을 멈추고 입으로 조심스럽게 숨을 내쉬었다. 나는 커피잔에, 그의 손가락에 시선을 고정했다. 아이의 기린이 삑삑거렸지만, 우리 귀에는 거의 들리지 않았다.

"시라크가 연설을 했죠. 나는 물론 알아듣지 못했죠. 나중에 인터넷을 뒤져 번역된 걸 읽었어요. 훌륭한 내용이었어요. 벨디브 일제 검거와 그 이후에 대해 프랑스가 져야 할 책임을 촉구하는. 어머니가 편지 말미에 적었던 그 문장을 시라크도 이야기했어요. 기억할지어다. 절대 잊지 말지어다. 그걸 히브리어로 이야기하더군요."

그는 허리를 숙여 발치에 놓아둔 배낭에서 큼지막한 마닐라 봉투를 꺼내더니 나에게 건넸다.

"어머니 사진이에요. 보여주고 싶어서 들고 왔어요. 문득 어머니가 어떤 분이었는지 내가 모르고 있었다는 생각이 들더라고요. 물론 어머니의 생김새야 알죠. 얼굴이며 미소며. 하지만 어머니의 내면에 대해서는 아무것도 모르고 있었어요."

나는 손에 묻은 메이플 시럽을 닦은 뒤 봉투를 건네받았다. 결혼식 날의 사라. 키가 크고 늘씬하며, 수줍은 미소와 비밀을 감추고 있는 듯한 눈빛. 아기인 윌리엄을 안고 있는 사라. 아장아장 걷는 윌리엄의 손을 잡고 있는 사라. 에메랄드색 드레스를 입고 있는 삼십대의 사라. 죽기 직전의 큼지막한 컬러 클로즈업 사진. 그 사진을 보니 머리가 희끗희끗했다. 때 이른 반백인데 이상하게 잘 어울렸다. 지금의 윌리엄처럼.

"어머니는 키가 크고 늘씬하고 말이 없는 분이었어요." 나는 점점 북받치는 심정을 달래며 한 장씩 사진을 넘겼고, 윌리엄은 이야기를 계속했다. "잘 웃지는 않으셨지만 감정이 풍부했고 사랑이 넘치는 어머니였죠. 하지만 어머니가 돌아가시고 난 뒤에 자살을 언급한 사람은 없었어요. 단 한 사람도요. 아버지조차도요. 아버지는 그 공책을 읽지 않으셨을 거예요. 그 공책을 읽은 사람은 아무도 없었을 거예요. 아니면 어머니가 돌아가시고 한참 뒤에 발견됐거나. 아무튼 다들 사고인 줄 알았어요. 우리 어머니가 어떤 분인지 아는 사람이 한 명도 없었던 거죠. 심지어 나조차도 몰랐으니까요. 그 생각을 하면 지금도 힘들어요. 그 춥고 눈이 내리던 날, 어머니를 죽음으로 몰고 간 게 무엇이었을까. 어머니는 어쩌다 그런 결심까지 하게 됐을까. 우리는 왜 어머니의 과거에 대해 아무것도 몰랐을까. 어머니는 왜 아버지에게 비밀로 했을까. 왜 그 모든 고통과 괴로움을 혼자 간직하셨을까."

"참 아름다운 사진들이네요. 보여줘서 고마워요." 나는 그렇게 말한 다음 잠시 말을 멈추었다.

"한 가지 묻고 싶은 게 있어요." 나는 사진을 옆으로 치우고 용기를 내어 그의 얼굴을 똑바로 쳐다보았다.

"말씀하세요."

"나한테 나쁜 감정 없어요?" 나는 희미하게 미소 지으며 물었다. "내가 당신 인생을 엉망진창으로 만든 것 같아서요."

그가 씩 웃었다.

"그런 거 없어요. 그냥 생각할 시간이 필요했던 것뿐이에요. 이해할 시간이, 모든 조각들을 다시 짜 맞출 시간이요. 시간이 조금 걸렸죠. 그래서 그동안 연락하지 못한 거예요."

깊은 안도감이 밀려왔다.

"하지만 당신이 어디 있는지는 알고 있었어요." 그가 미소를 지었다. "계속 행방을 추적했죠." 엄마, 그 아저씨도 엄마가 여기로 이사 온 거 알고 있을 거야. 그 아저씨도 엄마를 찾아봤을 거야. 여기서 어떤 일을 하는지, 어디 사는지 알고 있을 거야.

"뉴욕으로 이사한 게 정확히 언제였어요?" 그가 물었다.

"아이가 태어나고 얼마 뒤에 왔어요. 2003년 봄이요."

"파리를 떠난 이유가 있나요? 물어봐도 되는지 모르겠지만……"

나는 서글픈 미소를 지었다.

"결혼생활에 문제가 생겼어요. 이 아이가 태어나면서. 거기서 있었던 모든 일을 알게 됐는데 차마 생통주 아파트로는 이사하지 못하겠더라고요. 미국으로 돌아오고 싶은 마음도 있었고요."

"그래서 어떤 식으로 실행에 옮겼는데요?"

"처음에는 어퍼 이스트 사이드에 있는 동생 집에서 잠깐 신세를 졌는데, 동생이 친구가 재임대하는 집을 구해줬어요. 옛날 직장 상사가 괜찮은 일자리를 알아봐줬고요. 당신은요?"

"비슷해요. 더이상 루카에서 살 수 없을 것 같았어요. 아내하고는……" 그는 말끝을 흐리며 손가락으로 작별 인사를 하는 흉내를 냈다. "어렸을 때, 록스베리로 이사하기 전에 여기서 살았어요. 그래서 잠깐 고민하다 저지른 거죠. 처음에는 예전에 알고 지냈던 친구와 브루클린에서 살다 빌리지에 적당한 집을 얻었어요. 여기서도 똑같은 일을 해요. 맛집 평가."

윌리엄의 휴대전화가 울렸다. 이번에도 여자 친구였다. 나는 프라이버시를 존중하는 차원에서 고개를 돌렸다. 잠시 후 그가 전화기를 내려놓았다.

"여자 친구가 조금 집착하는 성격이에요." 그가 멋쩍은 듯 말했다. "전화기를 꺼놓는 게 좋겠네요."

그는 전화기를 만지작거렸다.

"만난 지 얼마나 됐어요?"

"두세 달 정도요." 그가 나를 바라보았다. "당신은요? 만나는 사람 있어요?"

"네, 있어요." 나는 닐의 예의 바르고 온화한 미소를 떠올렸다. 조심스러운 몸짓과 지루한 잠자리도. 하마터면 심각한 관계는 아니라고, 혼자인 걸 견딜 수 없어서, 지난 이 년 육 개월 동안 밤이면 밤마다 당신과 당신의 어머니가 생각나서 옆에 있어줄 사람이 필요했을 뿐이라는 말이 나올 뻔했지만 참았다. "좋은 사람이에요. 이혼남이고, 변호사예요."

윌리엄이 커피를 더 주문했다. 그가 내 잔에 커피를 따라주는데, 다시 한번 그의 아름다운 손과 길고 가는 손가락이 눈에 들어왔다.

"마지막으로 만나고 육 개월쯤 지났을 때 생통주 가를 다시 찾아갔어요." 그가 말했다. "당신을 만나고 싶어서요. 당신과 이야기를 나누고 싶어서요. 전화번호도 모르고 남편 이름도 기억이 안 나니 전화번호부에서 찾을 수가 있어야죠. 하지만 계속 거기 살고 있을 거라 생각하며 찾아갔어요. 이사했을 거라곤 전혀 생각도 못 하고."

그는 말을 멈추고 풍성한 은발을 뒤로 쓸어 넘겼다.

"벨디브 일제 검거에 대해 모든 자료를 읽고, 본라롤랑드와 경기장이 있었던 곳까지 다녀왔어요. 가스파르와 니콜라 뒤포르도 만났고요. 두 분이 오를레앙에 묻힌 삼촌의 묘지까지 안내해주시더군요. 얼마나 고마웠는지 몰라요. 하지만 견뎌내려니 힘들더군요. 버거웠어요. 당신이 옆에 있으면 얼마나 좋을까 생각했죠. 나 혼자 그럴 게 아니라 당신이 같이 가주겠다고 했을 때 그래달라고 했어야 하는 건데."

"내가 더 강하게 고집부렸어야 했어요." 내가 말했다.

"당신 말을 들었어야 했어요. 혼자 감당하기에는 너무 벅찬 일이었거든요. 그러다 결국 생통주 아파트를 찾아갔어요. 그런데 모르는 사람이 문을 열어주니 당신한테 배신당한 기분이 들지 뭐예요."

그가 시선을 떨어뜨렸다. 나는 커피잔을 내려놓았다. 화가 치밀었다. 어떻게 그럴 수가 있어. 나는 생각했다. 내가 그를 위해 한 모든 것들, 그 모든 시간, 그 모든 노력, 그 고통, 그 공허감은 다 어쩌고?

그가 내 표정에서 뭔가를 읽었는지 얼른 내 소매에 손을 얹었다.

"이런 소리 해서 미안해요." 그가 중얼거렸다.

"나는 절대 배신하지 않았어요, 윌리엄."

이렇게 말하는 내 목소리가 딱딱하게 들렸다.

"알아요. 미안해요."

그의 목소리는 깊고 울림이 있었다.

나는 긴장을 풀었다. 간신히 미소도 지었다. 우리는 아무 말 없이 커피를 홀짝였다. 테이블 밑에서 가끔 서로의 무릎이 부딪치기도 했다. 그와 함께 있는 것이 편했다. 오랫동안 이렇게 지내기라도 한 것처럼. 세번째 만나는 자리 같지 않았다.

"전남편은 아이들과 함께 여기 살아도 괜찮다고 하던가요?" 그가 물었다.

나는 어깨를 으쓱하고, 유모차에서 잠든 아이를 내려다보았다.

"쉽지 않았죠. 그런데 그 사람이 꽤 예전부터 다른 여자를 좋아하고 있었어요. 그게 도움이 됐어요. 아이들과 자주 만나지는 않아요. 그 사람이 어쩌다 한 번씩 이쪽으로 오고, 조에가 방학 때마다 프랑스로 가는 식이죠."

"우리 부부하고 비슷하네요. 전처가 얼마 전에 아이를 낳았어요. 남자아이예요. 나는 가능한 한 자주 루카에 가요. 딸들이 보고 싶어서요. 아이들이 여기로 오기도 하는데, 그러는 횟수가 점점 줄고 있어요. 이제는 다 커버려서."

"몇 살인데요?"

"스테파니아는 스물한 살, 주스티나는 열아홉 살이에요."

나는 휘파람을 불었다.

"젊을 때 낳으셨네요."

"너무 젊을 때 낳았죠."

"나는 잘 모르겠어요." 내가 말했다. "가끔 이 아이가 어색하게 느껴져요. 좀더 일찍 낳았어야 하는 건데. 조에하고 터울이 너무 많이 져서요."

"귀여운데요, 뭘." 그가 치즈케이크를 한입 크게 잘라 먹으며 말했다.

"맞아요. 엄마 눈에는 다들 예뻐 보이죠."

우리는 둘 다 킥킥 웃었다.

"아들이 없는 게 아쉬워요?" 그가 물었다.

"아뇨. 당신은요?"

"아뇨. 딸들이 너무 예뻐요. 나중에 손자가 태어날 수도 있겠지만. 아이 이름이 루시라고 했죠?"

나는 그를 흘끗 쳐다보다 아이 쪽으로 시선을 돌렸다.

"아뇨. 그건 장난감 기린 이름이에요." 내가 대답했다.

잠깐 침묵이 흘렀다.

"아이 이름은 사라예요." 내가 조용히 말했다.

그가 치즈케이크를 먹다 말고 포크를 내려놓았다. 눈빛이 달라져 있었다. 그는 아무 말도 못 하고 나와 잠든 아이를 번갈아 쳐다보았다.

그러더니 양손에 얼굴을 묻고 잠시 그렇게 앉아 있었다. 어떻게 해야 좋을지 알 수 없었다. 나는 그의 어깨를 만졌다.

그래도 아무 말이 없었다.

다시 죄책감이 들었다. 용서받지 못할 짓을 저지른 것 같았다. 하지만 처음부터 이 아이 이름은 사라일 수밖에 없었다. 나는 딸이라는 사실을 안 순간, 아이가 태어난 순간, 아이의 이름을 뭐라고 지어야 할지 바로 알 수 있었다.

다른 이름은 있을 수 없었다. 이 아이는 사라였다. 나의 사라였다. 내 인생을 바꾸어놓은 그 소녀, 노란 별을 달고 있던 그 소녀의 메아리였다.

마침내 그가 손을 거두자 아름답게 일그러진 얼굴이 드러났다. 극도의 슬픔, 감정이 북받친 눈. 그는 내가 쳐다보는데도 아랑곳하지 않았다. 애써 눈물을 참지 않았다. 그의 인생에 새겨진 아름다움과 아픔을 내가 모두 봐주길 바라는 듯했다. 그의 고마움과 감사와 고통을 내가 모두 봐주길 바라는 듯했다.

나는 그의 손을 꼭 잡았다. 더는 그냥 보고 있을 수가 없어서 눈을 감고 그의 손을 내 뺨에 갖다 댔다. 그런 채로 그와 함께 눈물을 흘렸다. 내 눈물이 그의 손가락을 적시는 게 느껴졌지만, 그래도 손을 놓지 않았다.

우리는 그렇게 한참을 앉아 있었다. 우리 주위의 손님들이 점점 사라질 때까지, 태양이 기울고 빛이 바뀔 때까지. 눈물 없이 다시 마주 볼 수 있을 때까지.

감사의 말

어느 누구보다 고마운 사람은 엘로이즈 도르메송과 질 코앙 소랄이다. 그들의 능력과 에너지와 열정이 없었다면 이 책은 출간되지 못했을 것이다.

끝없는 응원과 인내심이 무엇인지 보여준 멋진 우리 남편 니콜라 졸리에게도 감사를 전한다. 이 책의 가능성을 처음부터 믿어준 앤드리아 스튜어트, 휴 토머스, 피터 비어틀, 카트린 랑보, 로르 뒤파비용에게도 감사를.

세인트 마틴스 출판사의 환상적인 팀원들 제니퍼 와이스, 리사 센츠, 세라 골드스타인, 스테파니 린드스코그, 엘리자베스 와일드먼, 힐러리 루빈 티먼, 콜린 슈워츠에게도 감사를 전한다.

샬라 카터 핼러비, 잰 파이퍼, 줄리아 자먼드의 실제 모델이 되어준 캐럴 뒤포르에게도 감사를 전한다.

도움과 열정을 아끼지 않은 홀리 댄도, 줄리아 해리스 보스, 세라 허시, 타라 코프먼, 엘렌 르 보, 에마 패리, 수재나 소크에게도 감사를 전한다.

『사라의 열쇠』를 믿어준 메릴린 애머슨, 로라 더넬, 마리 에드워즈, 샌디 플리터먼 루이스, 매리언 히긴스, 마시아 혼 박사, 리언 제데킨, 아이작 레벤델, 바버라 믹스에게도 감사를 전한다.

옮긴이의 말

이 책의 번역을 시작하고 끝내기까지 참 많은 시간이 걸렸다. 내용을 몰랐더라면 무작정 덤벼들 수 있었을 텐데 검토 때부터 관여했던 작품이라, 검토하면서 난생처음 눈물을 펑펑 쏟은 작품이라 그럴 수가 없었다. 이 부분을 마치면 그다음에 어떤 내용이 나를 기다리는지 뻔히 알고 있으니 도무지 속도를 낼 수가 없었다. 평소와는 다르게 이 문장을 끝내고 얼른 다음 문장으로 넘어가고 싶지가 않았다. 이것 역시 지금까지 번역을 하면서 처음 있는 일이었다.

2차 대전 당시 유대인들을 상대로 자행되었던 만행을 보면 인간의 무지와 무관심과 집단 최면이 얼마나 무서운가 하는 생각이 든다. 미국에서 장기 상영되었던 〈맹점: 히틀러의 여비서〉라는 다큐멘터리 영화가 있다. 히틀러의 마지막 비서로 히틀러가 자살하는 순간까지 곁을 지키며 유서를 타이핑했던 트라우들 융에가 주인공이다. 그녀는 "그저 최고 권력자 곁에서 특별한 지위를 부여받는 것에 흥분했던 순진한 스물두 살 아가씨"였고, 삼 년 동안 히틀러의 비서로 일하면서 유대인 대학살조차 몰랐다고 한다. 눈앞에 보이는 현실을 부정하고 외면하는 인간의 능력은 탁월하다. 그렇게 끔찍한 일을 저지를 수 있는 것도 그것이 옳다고 착각하거나 그런 행위 자체를 아예 부인하거나 대의를 이루려면 희생이 따르는 법이라고 생각하기 때문일 것이다. 반나치 투쟁을 벌이다 유대인이라는 이유로 붙잡혀 아우슈비츠 수용소로 끌려갔다 가까스로 목숨을 건진 프리모 레비는 이런 말을 남겼다. "괴물이 없지는 않다. 그렇지만 진정으로 위험한 존재가 되기에는 그 수가 너무 적다. 그보다 더 위험한 것은 평범한 사람들이다. 의문을 품어보지도 않고 무조건 믿고 행동하는 기계적인 인간들 말이다."

프리모 레비는 아우슈비츠 수용에서 살아남았지만, 일흔 살을 앞두고 끝끝내 스스로 목숨을 끊었다. 그런데 살아남은 자의 슬픔은 다른 나라에만 국한된 이야기가 아니다. 요즘 올레길 걷기로 각광받고 있는 내 고향 제주에서 올레 1코스의 종착점은 광치기 해안이다. 지금은 그 아름다운 풍경으로 많은 사랑을 받는 해안이지만, 4·3사건 당시에는 떠내려 온 시체로 그 일대 바닷물이 핏빛이었다고 한다. 같은 동포끼리 죽이고 죽은 사건이라 더욱 가슴이 아프다. 프랑스의 벨디브 사건이 그런 것처럼.

제2의 사라, 제2의 미셸이 이제 더는 없었으면 좋겠는데, 엊그제 신문을 보니 중국 신장에서 위구르족과 경찰 사이에 또 유혈충돌이 있었다는 기사가 났다. 인종이나 종교나 정치 이념이 과연 인간의 목숨보다 더 귀할 수 있을까. 이유가 뭐가 됐건 우리 인간에게 타인의 목숨을 빼앗을 권리가 있을까.

우리가 역사를 공부하는 이유는 과거의 실수를 반복하지 않기 위해서라는 명언이 새삼스럽게 떠오른다. 사라가 말했던 것처럼 기억하고, 절대 잊지 말아야 할 일이다.

2011년 여름

이은선

옮긴이 **이은선**
연세대학교 중어중문학과와 같은 학교 국제대학원 동아시아학과를 졸업했다. 출판사 편집자, 저작권 담당자를 거쳐 전문 번역가로 활동 중이다. 옮긴 책으로 『숨겨진 비밀』 『풀하우스』 『올해는 다른 크리스마스』 『더 체스트넛맨』 『세상의 한 조각』 『고아 열차』 『주황은 고통, 파랑은 광기』 『다이어트랜드』 『딸에게 보내는 편지』 『엄마, 나 그리고 엄마』 『키르케』 『먹을 수 있는 여자』 『그레이스』 『초크맨』 『미스터 메르세데스』 『맥파이 살인 사건』 『할머니가 미안하다고 전해달랬어요』 『베어타운』 등이 있다.

문학동네 세계문학
사라의 열쇠

1판 1쇄 2011년 8월 17일 | 1판 13쇄 2025년 6월 3일

지은이 타티아나 드 로즈네 | 옮긴이 이은선
기획·편집 이현자 | 편집 윤정민 김경미 오영나
디자인 엄혜리 이원경 | 저작권 박지영 형소진 오서영
마케팅 정민호 서지화 한민아 이민경 왕지경 정유진 정경주 김수인 김혜원 김예진 나현후 이서진
브랜딩 함유지 박민재 이송이 김희숙 박다솔 조다현 김하연 이준희
제작 강신은 김동욱 이순호 | 제작처 영신사

펴낸곳 (주)문학동네 | 펴낸이 김소영
출판등록 1993년 10월 22일 제2003-000045호
주소 10881 경기도 파주시 회동길 210
전자우편 editor@munhak.com | 대표전화 031) 955-8888 | 팩스 031) 955-8855
문학동네카페 http://cafe.naver.com/mhdn
인스타그램 @munhakdongne | 트위터 @munhakdongne
북클럽문학동네 http://bookclubmunhak.com

ISBN 978-89-546-1570-9 03840

www.munhak.com